सुनो मालिक सुनो

सुनो मालिक सुनो

मैत्रेयी पुष्पा

वाणी प्रकाशन

वाणी प्रकाशन
4695, 21-ए, दरियागंज, नयी दिल्ली 110 002

शाखा

अशोक राजपथ, पटना 800 004

फ़ोन: +91 11 23273167 फ़ैक्स: +91 11 23275710

www.vaniprakashan.in
vaniprakashan@gmail.com
sales@vaniprakashan.in

SUNO MALIK SUNO
by Maitreyee Pushpa

ISBN : 978-81-8143-483-8
Essays

संस्करण 2006, 2009
आवृत्ति 2018

मूल्य : ₹ 495

सिटी प्रेस, दिल्ली-110 095 में मुद्रित

वाणी प्रकाशन का लोगो मक़बूल फ़िदा हुसेन की कूची से

लक्ष्मण रेखा की चुनौतियाँ

सर्जनात्मक अपेक्षाओं और दबावों को मद्देनजर रखकर श्लीलता और अश्लीलता की सीमा रेखा? यह कैसी सीमा रेखा होगी और फिर वह किस तरह की रचनात्मकता के तहत आएगी? लेखक भी यदि इन सीमा रेखाओं को माने तो समाज के लिए किस नई दिशा का निर्माण करेगा? सृजन दबावों और अपेक्षाओं की आधार-भूमि पर नहीं होता, वह होता है कसावटों, छटपटाहटों, दबावों के बर-अक्स। वैसे हर व्यक्ति का पैमाना श्लीलता और अश्लीलता को लेकर अलग होता है। जैसे—किसी के लिए स्त्री-पुरुष का परस्पर नजर भर देखना ही अश्लीलता की निशानी है और किसी के लिए आपसी दैहिक स्पर्श भी अश्लीलता की हदबन्दी में नहीं आता। यही बात विभिन्न समाजों को लेकर भी कही जा सकती है, वर्ग और वर्ण भी श्लीलता-अश्लीलता की एक परिभाषा तले नहीं निकाले जा सकते।

यदि मैं अपने ही उपन्यासों से उदाहरण दूँ तो *इदन्नमम्* की कुसुमा भाभी को सवालों के घेरे में लिया जा सकता है, जहाँ वह 'बहू के चचिया ससुर से शारीरिक संसर्ग' और फिर बेटा पैदा होने की घटना से गुजरती है। ऐसा क्यों होता है? इस 'क्यों' का जवाब ही सर्जनात्मक प्रकिया में कृति का सरोकार बनता है। जब कोई वर्चस्व इतना शक्तिशाली हो जाता है कि व्यक्ति की आकांक्षाएँ/सपने/जिन्दगी पिसने लगे, तो फिर नीति-रीति के बन्धन अपना अर्थ खोने लगते हैं। श्लीलता की रक्षा के लिए मैं जिन्दगी को तबाह कर दूँ, ऐसा दबाव मानने से इनकार करती हूँ। अपने लेखन से मेरी सबसे पहली अपेक्षा रहती है, जीवन के पक्ष में खड़े होना, जीवन जो गतिशीलता के साथ रहे। श्लीलता की बनी-बनाई लकीर जब न तब हमें आगे जाने से रोकती है। विशेष तौर पर स्त्रियों के लिए तो बड़ी बाधा पैदा करती है क्योंकि अपने लिए कोई फैसला लेना उसे अपनी गलती लगता है, अपराध बोध जगाता है। और यहीं से उसका जीवन पराधीनता के हवाले हो जाता है।

मैं मानकर चलती हूँ कि सामाजिक नैतिकताएँ निश्चित ही लेखक की वे मर्यादाएँ नहीं हो सकतीं जिसका वह नियमपूर्वक पालन कर पाए। लेखकीय

स्वतन्त्रता परम्पराबद्ध नैतिकता पर समाज के सामने सवाल खड़े करती है और हर हाल में टकराहट की स्थिति बनती है। इसका मुख्य कारण है समय का बदलाव। हमारे समाज में आज भी रामायण (रामचरित मानस) के आदर्श चलाए जाते हैं—भरत सम भाई, लक्ष्मण जैसा आज्ञाकारी, राम जैसा मर्यादा पुरुष, सीता जैसी कुलवधू। अयोध्या का रामराज्य—बेशक ये आदर्श भारतीय परिवार को पुख्ता करने के लिए स्तम्भ स्वरूप हैं, लेकिन व्यक्ति का जीवन रामचरित मानस की चौपाई भर नहीं है और न मनुस्मृति के श्लोक और न आर्यसमाजी मन्त्रों का रूप। मनुष्य को जटिल जिन्दगी जीनी पड़ती है और उलझाव ही उसे सोचने को मजबूर करते हैं कि जो नैतिकता हमें दी गई है, वह आखिर है क्या? यदि यह मर्यादा हमें जीने नहीं देती, विकसित होने में रोड़ा अटकाती है तो यह हमारे काम की नहीं। यदि इससे व्यक्ति की, समाज की भलाई होती है तो यह संग्रहणीय है। कितने ही लेखकों ने, लेखिकाओं ने सीता और द्रौपदी को अपने लेखन का विषय बनाया है और उन विसंगतियों में भी नैतिकता को आधार माना है, जिन्होंने स्त्री के जीवन को दाँव पर लगा दिया। यह भी एक भय है, जो शास्त्रों और पुराणों पर चोट नहीं करने देता।

मुझसे ऐसा न हो सकेगा। मुझसे ऐसा नहीं हुआ। मेरी सीता यदि राम के साथ पत्नी बनकर वन जाती तो सबसे पहले उस शूर्पनखा को बचाती, जिसकी नाक उसके पति और देवर काट रहे थे। प्रणय निवेदन की सजा एक लड़की को अंग-भंग करके दे रहे थे। मेरी द्रौपदी सास के कहने से पाँच पांडवों के बीच पत्नी के रूप में टुकड़े-टुकड़े न बँटती। वह समूची औरत की तरह, पांडवों में से उस एक पुरुष का वरण करती, जो उसे पसन्द होता। मेरी नायिकाओं के साथ यही तो हुआ कि उन्होंने अपनी नैतिकता खुद बनाई। अपनी इच्छा की मालकिन अपने शरीर को किसी दूसरे के फैसले पर न छोड़ने वाली निश्चित ही अपने दिमाग से काम लेती रही और आगे आई तो उनके लक्ष्य और टैबू के बीच टकराहट हुई वे समाज बिगाड़ू स्त्रियाँ मानी गईं। लेकिन परिवर्तन की निशानी है टकराहट (टूट-फूट) और सर्जना फिर नए की निशानदेही करती है!

लेखक की कमर उन जिम्मेदारियों के बोझ से टूटी जाती है, जिन्हें वह अपने चिन्तन-मनन के जरिए मनुष्यता की थाती के रूप में कन्धों पर लादे फिरता है। आश्चर्य नहीं कि कितने ही लेखकों/कवियों/आलोचकों ने इस बोझ को पटककर राहत की साँस ली और कन्धे सीधे कर लिए। या कि वे रचनाकार की चुनौतियों से मुक्त हुए! मैं इसे मुक्ति कैसे कहूँ? जब हमने अपना 'कर्तव्य' ही बेच खाया तो किस अधिकार की बात कर सकते हैं? लेखकीय संस्कृति का विकास नहीं किया तो समाज से किस संस्कार की बात करेंगे? इन दिनों मैं देख रही हूँ कि लेखन से जुड़े लोगों में ज्यादातर वे हैं जो जीवन मूल्यों को स्वार्थों,

चालबाजियों, दादागिरियों में परिवर्तित करते हुए उन्हें न्यायसंगत बताते फिरते हैं, जैसे यही लेखकीय मर्यादाओं की नई परिभाषा हो। खासतौर पर तथाकथित लघुपत्रिकाओं के अपने-अपने खेमों ने लेखकों को छपने की जगह तो दी है, मगर गुटबाजियों का ऐसा नजारा पेश किया है। गोया यहाँ लेखक नहीं, धूर्तों के अखाड़े खुले हों! यह लेखकीय उपभोक्तावाद है, लोग लेखक नहीं, लठैत और ठग होकर अपना 'माल' बेच रहे हैं।

लेखन और ईमानदारी एक-दूसरे को सार्थकता देते हैं। ईमानदारी अगर लिख दी जाए तो सत्य की खोज का रास्ता बनाती है। लेखन यदि ईमानदारी के साथ हो तो मनुष्यों के लिए मिसाल बनता है। माना जाता है कि रचनाकार संवेदनशील होने के साथ कल्पनाशील भी होता है। मैं हवाई बातों को कल्पनाशीलता की संज्ञा नहीं देती। जिस कल्पनाशीलता से तथ्य कथ्य में बदल जाते हैं, वही जीवन के धरातल को सर्जना से हरा-भरा बनाती है। बड़ी मुश्किल तो यह है कि हमारे यहाँ एक समाज दूसरे समाज की भिन्नताओं, विषमताओं और वर्जनाओं को नहीं समझना चाहता। साधारण आदमी से मैं यह उम्मीद नहीं करती, लेकिन लेखकीय दायरों में, जहाँ उच्च मध्यम वर्ग, मध्य वर्ग, निम्न वर्ग के शोषित वंचित, आदिवासी, जनजातियों के लोग और विभिन्न समाजों की स्त्रियों का साहित्य आता है, उनसे तो उम्मीद की जा सकती है कि मनुष्य के परिवेशगत, जातिगत और नस्लगत दबावों को समझें। लेकिन होता यह है कि महानगरों में बैठे (पले-बढ़े) साहित्यकारों को ऐसी किताबें झूठी और धोखेबाज लगने लगती हैं। एक शब्द 'अविश्वसनीय' गाँठ में बाँधकर चलते हैं शहरबाज और दूरदराज से आई कहानियों, उपन्यासों, आत्मकथाओं को खारिज करते हुए लेखक के लिए ताल ठोंकते रहते हैं और इसी दादागिरी पर समीक्षक बने रहना चाहते हैं, जैसे वह लेखनी के साहस को कील देंगे। नहीं जानते कि नैतिक, आर्थिक और सामाजिक सुरक्षाओं में जीवन काटनेवाले उन असुरक्षितों से लोहा ले रहे हैं, जिन्होंने जिन्दगी दाँव पर लगाकर रास्ते बनाए हैं। जानलेवा मुठभेड़ों से गुजरे हैं, आमने-सामने की लड़ाइयाँ लड़ी हैं। शायद यही कारण है कि तथ्यात्मक और कथ्यात्मक ईमानदारी से लबरेज लेखन स्त्रियों के लिए देशव्यापी आन्दोलन का रूप ले रहा है। साहित्यिक फतवों से बेपरवाह रहकर।

मेरी दृष्टि में 'प्रेम' शब्द और 'व्यभिचार' शब्द को अलग-अलग देखा जाए तो दोनों एक-दूसरे के विपरीत आचरण में दिखते हैं। प्रेम जहाँ निश्छलता, विश्वास और ईमानदारी भरा लगाव है, वहीं व्यभिचार, कपट, चोरी और बेईमानी है। लेकिन सामाजिक विडम्बना यह है कि अक्सर ही प्रेम को व्यभिचार से जोड़ दिया जाता है। खासतौर पर विपरीत लिंगी प्रेम को। *चाक* उपन्यास छपने के बाद बड़ा बावेला मचा था, क्योंकि मैंने नायिका की ओर से लिख दिया था—यह

व्यभिचार नहीं, मेरा जन्मसिद्ध अधिकार है--प्रेम, जो प्रेमी का स्पर्श करना चाहता है, उसके दुखदर्द को छूना चाहता है, उसको तकलीफों और प्राणलेवा हमलों से बचाना चाहता है, किसी भी मनुष्य के अधिकार में आता है तो फिर स्त्री के हक में क्यों नहीं? विभाजन कैसे हो? मापदंड क्या हो? क्या वही रेखा जो पुरुष व्यवस्था ने खींच रखी है, पति के घर के आसपास, बस। यह सीता-सिद्धान्त है, मगर सीता ने भी इसे नहीं माना। लक्ष्मण रेखा लाँघ ही दी। क्या सीता ने व्यभिचार किया? हाँ, सीता ने रावण से प्रेम भी नहीं किया था, लेकिन अपनी उस इच्छा को महत्त्व दिया, जो उसे किसी अतिथि की भूख-प्यास से बाँधती थी। यहाँ स्त्री के स्नेह के अहसास की ईमानदारी ही तो है। मैंने अपनी नायिकाओं को प्रेम के मामले में पूरी छूट दी है, क्योंकि प्रेम करना नैसर्गिक प्रवृत्ति में आता है जिसमें धूर्तता का लेशमात्र भी नहीं होता। यदि छल, कपट, चालाकी और धूर्तता होगी तो निश्चित ही वह व्यभिचार होगा। लेकिन हम देखते हैं कि सर्जना के नाम पर आर्थिक और सामाजिक आत्मनिर्भरता की माँग करने की सारी कवायद तब तक बेमानी रहेगी, जब तक कि हिम्मत के साथ सम्बन्धों के खोखलेपन को न खोला जाएगा। स्त्री को सती बनकर पूरा जीवन काटना पड़ता है। उसका तन श्रम और सैक्स के साथ पति के चरणों में रहता है और मन परिवार के लिए व्रत-उपवास करके भक्ति साधना के हवाले।

'हाशिए के वर्ग' सच मानिए इस शब्द से मैं साहित्य में आने के बावजूद बहुत दिनों तक परिचित नहीं हो पाई। केन्द्रीय वर्चस्व कहाँ हैं, मैंने यह भी नहीं देखा। बस एक जीवन था मेरा (स्त्री का) एक जिन्दगी थी एदल्ला, मेरे बालमित्र (पुरुष) की। हम दोनों बच्चे कपड़े में सुतली से बाँधी गई किताबों के बस्ते या धोती की किनारी से बने झोले कन्धे पर लटकाकर जाते थे स्कूल तक। कुछ लड़के (बड़े घरों के) बारी-बारी मुझे छेड़ते, शरीर छूते, नोचते, अकेले में घेरते। और एदल्ला के ऊपर अपने सारे बस्ते लाद देते फिर उसे गधे की तरह पीटते हुए चलते। हम दोनों चुपचाप रोते। सिर झुकाकर रहते कि हमारा दुख न दिखे।

तब लगता था एदल्ला ही मेरा हमराही है। अब लगता है हम दोनों की पीड़ा यातना और दुख एक-दूसरे के सहोदर हो गए थे। तब सोचती थी एदल्ला को लड़के क्यों लादते हैं? क्यों पीटते हैं? मेरी फ्रॉक क्यों उघाड़ते हैं? निकट क्यों खींचते हैं? आज सोचती हूँ कि एदल्ला की जाति ने उसे लदैनी के लिए प्रस्तुत किया और मेरे शरीर पर लड़कों को कामुक हमले करने की छूट थी। क्या यह दलित और स्त्री-विमर्श था? हम विमर्श तो नहीं जानते थे। मैं और एदल्ला सच्चे मित्र बने, एक-दूसरे से लिपटकर रोए। लड़कों से छिपकर अरहर के खेत में एक-दूसरे को जकड़े रहते। मैंने कुछ दिन बाद उस पत्ते और ढेले की कहानी पढ़ी थी, जिसमें लिखा था आँधी आई ढेला पत्ते पर बैठ गया, पत्ता तूफान में घिरने से

बच गया। वर्षा आई पत्ता ढेले पर झुक गया ढेला गलने से बच गया। मुझे एदल्ला बेइन्तहा याद आया। यदि मैं उस प्रेम के यथार्थ को लिख दूँ तो दिल्ली के साहित्य शिरोमणि, रचना मर्मज्ञ मेरे और एदल्ला के सम्बन्ध को व्यभिचार के खाते में डाल देंगे। और मैं इस अपमान को सह न पाऊँगी। आप कहेंगे, ऐसा आखिर क्यों? ऐसा इसलिए कि हमारे जैसे जीवन से वे लोग गुजरे नहीं, जो समकालीन साहित्य पर फतवे देने के अधिकारी बने हुए हैं। उनमें यदि कोई एदल्ला होता, कोई मैत्रेयी होती तो इस जीवन के रचनात्मक रूपान्तर की अश्लील छीछालेदर न होती। मुझ पर भी स्त्री-विमर्श के बदले 'देह विमर्श' के इलजाम न लगते।

लेकिन मैं यह मानकर चलती हूँ कि सवर्णों को, पुरुष मानसिकता में पले लोगों को आरोप लगाने और सजा देने का बचपन से ही प्रशिक्षण मिलता है, जो आगे चलकर लत में तब्दील हो जाता है। बस अपनी लत को वे हमारी लगन के पीछे कूकर की तरह छोड़ देते हैं, यह कहकर कि देखो ये कौन आए साहित्य के पवित्र संसार में घुसने? इनकी टाँगें चींथ लो, इन्हें घायल कर दो, इनमें जहर चढ़ा दो कि ये उन दृश्यों को न उघाड़ पाएँ, जिनमें ताकतवरों की हमलावरी भरी है। उनकी 'जायज' क्रूरता के प्रमाण छिपे हैं।

पर हम भी मानते कहाँ हैं! रचना के दर्पण में उनके शातिर और कातिल चेहरे दिखाने से बाज नहीं आते। सबूतों के साथ कहते हैं—ये तुम्हीं हो, तुम। तुमने हमारा जीवन हमारे लिए बेमानी बनाया, हम जब उसी के मूल्य खोजने निकले हैं। मैं संकल्प उठाए हुए हूँ, छद्म के बने रेशमी परदों की सारी बखिया उधेड़ दूँगी। जीवन-मूल्यों का मानक बनाने निकले हैं हम।

मंटो का नाम सुना है न? मंटो तो अपनी कहानियों के लिए कम प्रसिद्ध और अश्लीलता के लिए ज्यादा बदनाम हुए। इस्मत चुग़ताई के सारे लेखन को उनकी कहानी 'लिहाफ़' से ढँक दिया गया। उनके अनुसार—साहित्यिक समाज की साफ-शफ्फाक चादर पर सलवटें पड़ने लगी थीं। तसलीमा का हश्र और ज्यादा बुरा हुआ। स्त्री के सैक्स-प्रसंगों ने ऐसा मन मोहा कि बड़े से बड़े साहित्यिक धुरन्धर उसके संघर्षमय जीवन को दरकिनार कर बैठे। लोग सोचते हैं कोई औरत चर्चित होने के लिए सैक्स-प्रसंगों को अपनी रचना में जगह देती है, वे भूल जाते हैं कि लड़की का शोषण अबोध बचपन से ही सैक्स के जरिए पुरुष करता है। बालिका को सैक्स की बात पर लज्जा करते रहने का दबाव डाला जाता है, जो मानसिक तौर पर भय और आतंक का रूप ले लेता है। इस भय और आतंक की मजबूत दीवार में जब स्त्री द्वारा लिखित सच्चाइयों से दरारें पड़ती हैं तो हजारों सालों से चलती आ रही हुकूमत का सिंहासन हिलने लगता है।

तो समझिए कि लीक तोड़ने वाले लेखक बदनाम होने के लिए अभिशप्त हैं, क्योंकि ज्यादातर साहित्यिक लोग भी सामान्य रूढ़िवादी परिवार ढाँचे से अलग

नहीं जा पाते। ये अश्लीलता का फतवा उस पर जारी करते हैं, जो मुक्ति की तलाश करता है। बुर्के और घूँघट में लिपटी औरत खुले में साँस लेने के लिए छटपटाती है, उनके चलते वह व्यभिचार करना चाहती है। नहीं मानते कि मनुष्य के मूल रूप नारी की कर्मेन्द्रियों और ज्ञानेन्द्रियों को बन्धन से कसकर रखनेवाला समाज अश्लीलता का असली अपराधी है। यही कारण है कि तसलीमा के लेखन को स्त्रियाँ अश्लील नहीं मानतीं, जो मानती हैं, वे पुरुष-मानसिकता से पीड़ित हैं या पुरुष व्यवस्था के आतंक बनाम नैतिकता की मारी हुई हैं।

मैत्रेयी पुष्पा

अनुक्रम

कन्या

(1)

सभागार में दिए गए वक्तव्य–

आपकी शिकायत्त वाजिब है कि मैंने अभी तक दहेज को निखालिस तौर पर उपन्यास या कहानी का विषय नहीं बनाया। क्यों नहीं बनाया, यह आपका प्रश्न मुझे भी परेशान कर रहा है। हमारे देश में विवाह के आगे-पीछे घटित होने वाली खूँखार दुर्घटना की तरह दहेज का नाम लिया जाता है, इसके चलते कितनी नवयुवतियों की जान जाती है, कितने नवयुवक जलालत के घेरे में आ जाते हैं, यह देखते जानते हुए भी मैं इस विकराल समस्या को लेकर क्यों उदासीन रही हूँ?

आप जो नवयुवतियाँ हैं, नवयुवक हैं, मेरे विचार सुनते हुए, या मेरे कथा-साहित्य पर शोध करते हुए इस खतरनाक प्रश्न को साहित्य का मंथन करने के बाद लाए हैं, यह मैं निश्चित रूप से मानती हूँ।

और देखिए कि इन दिनों मैं जब शान्तचित्त होकर और खुद को चिन्ता मुक्त मानकर जब रात के समय बिस्तर पर लेटती हूँ, तो आँखें बन्द कर लेने पर भी आपका सवाल मुझे अपनी नजरों के सामने तलवार की तरह लटकता दिखाई देता है, क्योंकि अपने लेखन के जरिए मैं जिस युवा पीढ़ी से जुड़ी हूँ, वह या तो विवाह की दहलीज पर है, या उस दहलीज पर कदम रखकर सफर में थोड़ी-सी आगे बढ़ी है और निश्चित ही अपने जीवन की रोजमर्रा वाली आवश्यकताओं या रहन-सहन के स्तर पर 'दहेज' से खुद को प्रभावित पाती है।

मैं समझ रही हूँ आपके मन में 'दहेज' शब्द की एक निश्चित परिभाषा है। वह तो मैं ही हूँ, जिसको 'दहेज क्या है' इस सवाल का मुकम्मल जवाब मिलता नहीं। यह बात नहीं कि मेरे सामने लोगों ने तरह-तरह से इस शब्द को व्याख्यायित न किया हो, उन्होंने मुझे समझाया भी है कि जो स्वेच्छा से दिया जाए, वह उपहार माना जाएगा और जो कुछ वर पक्ष माँगता है, उसे दहेज कहा जाएगा। शास्त्रों में आए श्लोकों को उद्धृत करूँ और आपको संस्कृत भाषा में भटकाकर

प्रभावित कर लूँ, ऐसा मेरा इरादा नहीं। इसलिए सरल भाषा में कहती हूँ कि 'दान-दहेज' हमारे समाज में प्राचीन काल से प्रचलित है, जिसका अर्थ लिया गया कन्यादान के उपलक्ष्य में अपनी हैसियत के हिसाब से बेटी के साथ गाएँ, स्वर्ण-मुद्राएँ और धन-धान्य जामाता को अर्पित की जाती थीं, क्योंकि बेटी के निर्वाह की आजीवन जिम्मेदारी लेनेवाला पुरुष कन्या के पिता के लिए पूज्य होता था। इस पूजनीय को समय-समय पर दान-दक्षिणा देकर प्रसन्न रखने की प्रथा में जो रुपए, कपड़े और मिठाइयाँ, फलों का विधान बनाया है, बेटी की सुखमय जिन्दगी की कामना का परिचायक है। इसके बाद पिता का इतना ही दायित्व रह जाता है कि वह पुत्री को कुछ चुने हुए त्यौहारों पर बुला ले या चन्द दिन टिक जाने की मोहलत दे दे। विवाह के बाद बेटी का अपने जन्म-गृह पर इससे ज्यादा का अधिकार नहीं माना जाता।

अतः अब उस घर में जो कुछ पितामहों का है, वह जैसे पिता का हुआ, उसी प्रकार जो पिता का है वह बेटे का होता है। चल-अचल सम्पत्ति का स्वामी घर का बेटा अपनी बहन को कभी-कभी बुला लेने और उसके घर की खुशी-गमी में शरीक होने तथा अपनी इच्छानुसार (लोग कहते हैं हैसियत के हिसाब से) कुछ धन खर्च करने के चलन को निभाता है। यह मान्यता हमारी सामाजिक स्थितियों को शान्त रखने और परम्परा को सुचारु रूप से चलाने में अपना महत्तर योगदान करती रही है। इस व्यवस्था के ठहरे हुए सरोवर में ज्वार तब आता है, जब वर पक्ष आपकी बेटी को अपने घर ले जाने और उसका आजीवन निर्वाह करने की एवज इतनी मात्रा में धन माँगने लगता है, जितना देने की आपकी इच्छा नहीं, मंशा नहीं...

मैंने इस विषय पर खूब सोचा है, कितनी ही बार मंथन किया है, मगर हर बार मैंने जो पाया, वह यही कि इस व्यवस्था का मतलब है, लड़की को पिता द्वारा अपनी सम्पत्ति से खारिज कर देना। जो कुछ उसे दिया जाता है, वह उसके विवाह के समय का ही दान है, दामाद और उसके परिवारीजनों के लिए। बेटी के लिए इस सब में 'सुख की कामना' समाहित है। 'डोली चढ़कर जाने वाली को ससुराल से ही अर्थी पर निकलने' का उपदेश देने वाले माता-पिता बेटी की कुशलता का नेक चाहते हैं क्योंकि परायी हो जाने के बाद भी उससे माँ-बाप का अंश तो जुड़ा ही रहता है। लड़की भी जानती है कि उसके जन्मदाता और पालनेवाले, पराये घर में उसे सुखी देखकर ही सन्तुष्ट होंगे। इसलिए जहाँ तक पेश जाती है, वह अपने दुःखों को नहीं कहती। नहीं बताती कि जिसको आप बार-बार 'उसका घर' कह रहे हैं, उसमें उसका कितना हिस्सा है? इस भावपूर्ण सम्बन्ध का आधार अन्ततः लड़की की सहनशीलता से ही पुख्ता होता है। यही गुण है कि दोनों परिवारों की सुख-शान्ति का सूत्र बनता है। मेरा मानना है कि

इस ढर्रे के कारण ही औरत की अपनी जगह सिकुड़ती चली जाती है।

क्या आप मेरी बात से सहमत हैं कि स्त्री मनुष्य सृष्टि की ऐसी कमजोर प्राणी के रूप में खुद को प्रस्तुत करती गई कि जिसकी जिन्दगी के फैसले दूसरों के हाथों में चले गए? आप मानें या न मानें सत्य यही है कि इस परम्परा का सबसे क्रूर और खतरनाक वाहक है पिता, जिसने सरेआम बेटी के हक से धरती, वायु, आकाश और जल छीना। अपने जन्मदाता के हाथों वंचित हुई बेटी किसी दूसरे के घर क्या और कितना पा सकेगी? प्राचीन और पुण्य परम्परा के चलते लड़की के ओलनाल को काटकर फेंक देना, उसके समस्त हकों का खात्मा कर डालने का प्रतीक है।

आप कह सकती हैं कि आज वैधानिक रूप से लड़की का हक पिता की सम्पत्ति में आ गया है। मगर यहाँ मैं कहती हूँ कि इस विधान के व्यावहारिक पहलू पर भी गौर किया जाए। हमारे समाज की संरचना में भाई-भाई के बीच सम्पत्ति के बँटवारे की मान्यता छाई हुई है, बहन को तो तीज-त्यौहार, पछ और भात (बच्चा होने (लड़का) और बच्चों की शादी पर मिलने वाले उपहार) राखी और टीका के हवाले रखा गया है। ये रिवाज पुरुष सत्ता के पक्षधर हैं, मगर बहन बेटियों का मानसिक अनुकूलन मेरे बयान के खिलाफ है। वे लोकाचार में विश्वास करती हैं। मानती हैं कि वे इस मजबूत परम्परा की आदर्श वाहिका हैं। हमारे देश की स्त्रियों का बहुलांश भावुकता का शिकार है तो मैं आश्चर्य नहीं करती, क्योंकि यह धारणा पाँच हजार वर्ष के अभ्यास का परिणाम है। मगर मुझे दुःख तब होता है, जब हमारे समाज की विदुषियाँ, सरकारी और गैरसरकारी पदों की जिम्मेदार स्त्रियाँ अपने वक्तव्यों में उन रिवाजों-चलनों और परम्पराओं की वकालत करती हैं, जो स्त्री के जीवन में कुछ जोड़ती नहीं, तोड़ती हैं। शिक्षित और ज्ञान के संसार में दखल रखनेवाली स्त्री यदि आँख-नाक-कान और वाणी को निष्क्रिय रखे या ढोंग और कर्मकाण्डों के पक्ष में बोले तो आप उसे क्या कहेंगे?

मैं आपको एक दैनिक अखबार में छपी टिप्पणी का भेद बताती हूँ, जो टिप्पणी हमारे समाज-कल्याण विभाग की अध्यक्ष ने की। उन्होंने बताया कि वे नदी के तट पर छठ पूजा करने जाती हैं। विधान के अनुसार खोंइचा (एक केला, दो ठेकुआ, अंकुर और अक्षत) को लड़की का हिस्सा मानती हैं। यह हिस्सा लड़की के दामन के छोर में उसे विदा करते समय बाँधा जाता है। यह एक प्रदेश की रीति नहीं, हमारे देश में ज्यादातर प्रदेशों में 'डलिया बायना कलेवा' बेटी के साथ रखने का रिवाज है। कहीं-कहीं तो दाल, आटा, चावल, घी भी रखने का चलन है। बरी, पापड़, अचार रखते हुए यह सोचा जाता है कि यह स्त्री धन है, क्योंकि विदा में दस-बीस, पचास-सौ रुपए भी पकड़ाए हैं। जेवर गहने भी स्त्री धन में आते हैं, यह अलग बात है कि सोने-चाँदी जैसी कीमती वस्तु स्त्री के पास अक्सर

नहीं रहने दी जाती। माना जाता है कि औरत सुरक्षा में अत्यन्त कमजोर होती है। अपने शरीर की रक्षा कर ले, यही बहुत। यह भी एक रिवाज ही है कि बहुमूल्य वस्तुओं की हिफाजत स्त्री को न सौंपी जाए और उसे कभी अपने ऊपर भरोसा न हो पाए।

बहरहाल औरत अपनी जिन्दगी के चलन से कभी असन्तुष्ट हो तो उसे नेगचारों में बाँध लिया जाता है। उदाहरण के लिए ससुराल में भाभी, चाची और माँ बनकर उपहार लेती रहती है और पिता के घर बेटी, बहन, बुआ मौसी के रूप में अपना नेग उगाहती है। शादी ब्याह, उपनयन, मुण्डन, दस्टौन आदि ऐसे अवसर हैं, जब स्त्री को घर भीतर होने वाली रस्म अदायगी का कर्ता-धर्ता माना जाता है। इन्हीं समारोहों के बड़े स्तर पर होने वाले काम जैसे दावतें, लेनदेन और बाजार के बड़े खर्चे पुरुषों की मालिकी में होते हैं।

स्त्री सन्तुष्ट है, बटुए में कुछ रुपए, आँचल में खोंइचा बायना, इसके अलावा नाक-कान के कील-काँटे, पायल-बिछिया, अँगूठी-चेन, साड़ी-ब्लाउज, शॉल-स्वेटर स्त्रीधन है। कभी-कभी गाय-भैंस, बकरी भी बहन-बेटी को मिल जाती है। मैं ऐसे में अगर कुछ हटकर बात करूँ तो उन कर्कश और दुष्टा स्त्रियों में शुमार पाई जाऊँगी, जो इतना सब मिलने के बावजूद भी हक की बात करती हैं। कैसा हक अब, कौन-सा हक? यह सवाल मुझसे वे ही करेंगी, जो स्त्रियों के हक का प्रतिनिधित्व कर रही हैं और स्त्रियों को समझा रही हैं—अपने समाज में वे गलत धारणा बनाए बैठे हैं, जो रीति-रिवाजों का मर्म नहीं जानते। भाई-दूज, रक्षा-बन्धन और सामा चकेवा ऐसे अवसर हैं, जब भाई अपनी बहन को अपनी हैसियत के अनुसार धन देता है। इसलिए बुढ़ापे तक बहनों को भाइयों पर गर्व रहता है। मायके में धन-सम्पत्ति बढ़ने पर वह अपने आपको ससुराल में मजबूत समझती है। लड़की लक्ष्मी रूप मानी जाती है।

क्या दलीलें, क्या दृष्टान्त! पिता की सारी सम्पत्ति अपने कब्जे में रखकर भाई जिस तरह बहन को खोंइचा, भाई-दूज या भात और पछ देकर बहलाता रहता है, क्या अपने भाई को वह नेग देकर सन्तुष्ट कर सकता है? एक बहन एक भाई की जगह अगर दो भाई ही हों, तब फिर एक को पूरी सम्पत्ति और दूसरे को खोंइचा, भाई-दूज का नेग या राखी के पैसे देकर देखिए तो जरा। लड़ाई-दंगे, खून-खराबे, मुकदमा-कचहरी का दृश्य न बने तो मुझसे कहिए। चोर का होता है, सो मेरा करिए। दरअसल बेटे को शुरू से बताया जाता है कि वह घर, जमीन और चल-अचल सम्पत्ति का हकदार है, जितने भी बेटे हों, सबका हिस्सा है। बेटी को समझाया जाता है कि वह जहाँ पैदा हुई है शादी तक की मेहमान है। ये बातें कोई दूसरा नहीं कहता, अपना पिता ही होता है, जो बेटों को जमाने और बेटियों को उखाड़ने का विनम्र ऐलान क़रता है। माँ कुल-परिवार की रीति को चलाने की

सीख देती है।

यहाँ सवाल यह भी उठता है कि लड़की जिस घर जाती है, उस घर क्या उसे हिस्सा नहीं मिलता? मगर हम भी पूछ सकते हैं कि वह हिस्सा कब मिलता है? पति जिन्दा रहे, तब तक नहीं मिल सकता। पति न रहे और बेटा बालिग हो जाए, तो भी हक खटाई में पड़ जाता है। एक बात यह भी कि लड़का विवाहित होता है, ससुराल से जो कुछ खींचता है, उसके अलावा पिता की सम्पत्ति में से तिनका भर भी नहीं छोड़ता।

बहुत हो गया लोकाचार। बड़ी लम्बी खिंच गई स्नेह-बन्धन की दुहाई। सामाजिक प्रतिष्ठा के कारण आज कितने भाई अपनी बहन के घर को धन-धान्य से भर देते हैं? या उसके ससुराल में प्रताड़ित होने पर कितने भाई हिस्सा और हौसला देते हैं? जिसे लक्ष्मी रूपा माना गया है, उसके श्रम को भी फोकट में इस्तेमाल करना सबको अच्छा लगता है। 'लक्ष्मी'...हिन्दू समाज में देवी-देवताओं के नाम पर बड़ी आसानी से अन्याय होते रहते हैं। और पाप-पुण्य के नाम पर सबसे ज्यादा स्त्री ही चौकन्नी रहती है, तभी तो अपना अगला जन्म सुधारने के लिए इस जन्म में व्रत-उपवास करती है कि भूखे रहने की सजा भुगतती है। माना जाता है कि वह लोक-मंगल से जुड़ रही है। कहे जाने को तो क्या-क्या नहीं कहा जाता, लेकिन स्त्री से कभी पूछा नहीं जाता कि वह अपनी छोटी-सी इच्छा से भी कहीं जुड़ी है?

हमारी आदरणीय स्त्रियाँ, जो लोकतन्त्र में उस सत्ता का अंग बनी हैं, मानती हैं कि स्त्री के दो-दो घर होते हैं। बेशक होते हैं, मगर पाया गया है कि इन दो-दो घरों में से उसका अपना एक भी घर नहीं होता। ससुराल में प्रताड़ना की मारी जब वह खुद मायके भागती है तो मायके वालों को अपनी नाक-मूँछ कटती दिखाई देती है। मेरी बात से आप सहमत हो सकें तो मान लें कि स्त्री को ससुराल और मायके से लिवा लाने का विधान पुरुष व्यवस्था में खूब सोच-समझकर बनाया गया होगा। नहीं तो बहन को लिवा लाने की तरह कोई भाई अपने भाई को लिवाने क्यों नहीं जाता? बेटी को लिवा लाने वाला पिता क्या किसी बेटे को लिवाने जाता है? या यह नियम लागू होता है कि जब तक कोई लिवाने न जाए बेटा या भाई आए नहीं? आने-जाने के मामले में पुरुष स्वतन्त्र है। इन लोकाचारों से ही यह बात निकलकर आती है कि सारे 'अच्छे नियम' स्त्री को रोकने, बाँधने के लिए बनाए गए हैं। नहीं तो गौर करिए कि विवाह के बाद दोनों पक्ष स्त्री की क्या दशा करते हैं।

मैं मानती हूँ हिन्दू उत्तराधिकार कानून में जो संशोधन किया गया है, वह सराहनीय है। यदि इसे व्यवहार में लाया जाए तो दहेज की भीषण समस्या समाधान की ओर बढ़ेगी। मगर फिर वही कि स्त्रियों में ही यह भावना घर किए

बैठी है कि भाई से हिस्सा बँटाने वाली बहन डायन होती है। और जिसके माँ के जाए वीर होते हैं, उसका मायका बना रहता है।

मगर प्यारी बहनो, मायका तभी तक बना रहता है, जब तक कि तुम अपने हिस्से को भाइयों के हवाले किए रहती हो। क्या किसी पुरुष को अपना मायका बनाए रखने के लिए इस तरह अपना अधिकार खोते देखा है? नहीं देखा न? बस इसी तरह पुरुष खुद को हर हालत में ताकतवर बनाए रहता है और स्त्री को हर हालत में, हर सम्बन्ध में आसानी से गुलाम बना लेता है। औरत, जो अपना हक छोड़ती चली जाती है, समझती है कि वह स्नेह की पुतली है। नहीं मानना चाहती कि यह स्नेह नहीं, सीधा-सादा सौदा है, जो भाई के रूप में एक पुरुष अपनी बहन (स्त्री) से करता है। और बहन जी खोंइचा खाने में मस्त रहती हैं, भले कहीं की न रहें।

मैं यह भी जानती हूँ कि मेरी इन बातों पर सम्बन्धों के चलते जीवन मूल्यों के हनन का आरोप लगेगा, जैसे कि कानूनी अधिकार माँगने पर लोकाचारों की जड़ें हिलने लगेंगी। मगर यह भी तो होगा कि समाज में रीति-रिवाजों को लकीरों की तरह न पीटा जाए, व्यवहार की तरह बरते जाएँ। जाहिर सी बात है पैतृक सम्पत्ति में से हिस्सा कट जाने पर भाई लोग नेगों के दस्तूर निभाते जाएँ, जरूरी नहीं। तब फिर बहन से भी ऐसा ही सम्बन्ध रहना चाहिए जैसा भाई और भाई का रहता है। हिस्सेदार का हिस्सेदार से होता है। इसमें शुरुआत में भले स्वार्थ झलके, मगर ढोंग भी तो नहीं रहेगा। माना कि पुराने विधानों में जबरदस्त टूट-फूट होगी, मगर टूट-फूट के बिना कुछ नया कैसे बनेगा?

तो मैंने अपना यह वक्तव्य इसीलिए ही दिया कि हमारे समाज में अमीर और गरीब परिवार पुरुष-सत्ता की पक्षधरता पर एकमत हैं और यहीं से होती है स्त्री के सर्वहारा जीवन की शुरुआत। अपने सर्वहारा जीवन से इन विदुषियों की टिप्पणियों की तुलना में वह स्त्री ज्यादा परिचित है, जो शास्त्र की नहीं लोक की निर्मिति है। उसने अपनी स्थितियों को लोकगीतों में मुखर करने में न शर्म मानी, न लिहाज किया न डर ही माना।

> "काये को ब्याही बिदेस, रे रंगी बाबुल मोरे
> भइया को छाये महल तिबारे, हाय हमको छाया बिदेस
> रे रंगी बाबुल मोरे...
> मैं तो बाबुल तेरे द्वारे की गइया, हाँको जिधर हँक जाऊँ
> रे रंगी बाबुल मोरे..."

इन पंक्तियों को आप क्रान्ति की कविता तो नहीं कहेंगे और न उत्तेजक नारा मानेंगे, जो आक्रामक गूँज पैदा करे। मगर यह वेदना भरा व्यंग तो है ही,

जो हमारी पितृ-सत्ता के नाम है।

यह ज्ञान का और विज्ञान का युग है, स्त्री के शारीरिक श्रम का कुछ भार मशीनों ने ले लिया है, या ससुराल पक्ष के लोग उन मशीनों को अपना स्टेटस सिंबल मानते हैं सो बस लड़की के साथ अब गाएँ नहीं, फ्रिज, टी.वी., वाशिंग मशीन, सोफा, डबल बैड, डाइनिंग टेबिल, अलमारियाँ जाती हैं। पहली तरह घोड़ा-बछेड़ा नहीं, स्कूटर या कार होती है। स्वर्णमुद्राओं को नोटों में तब्दील कर लीजिए। समय के साथ यही विवाह का विकसित और प्रचलित रूप है। यही बदलाव है।

यदि कुछ नहीं बदला है तो वह है बाप-बेटी का रिश्ता। इस रिश्ते के आधार पर ही बाकायदा बहैसियत लेन-देन और सौदेबाजी जारी है। मजदूर से लेकर मालिक तक, नागरिकों से लेकर सत्ताधारियों तक वैवाहिक व्यापार में समान रूप की दिलचस्पी है। शादी का समारोह शानदार जश्न होना चाहिए। पण्डाल महलों का भ्रम दें और मोटर अश्वरथ व पुष्परथ में तब्दील हो जाए। ज्यौनार में संसार के लोकप्रिय छप्पन भोग छत्तीसों व्यंजन। विवाह का ऐसा राजसी ठाठ देखकर लड़की भी पिता की हैसियत पर तरस खाने लगती है। और हौसले पर दाँतों तले उँगली दबाती है। क्या बेटियाँ ऐसे ही चमकीले उत्सवों से चमत्कृत होकर अपना हक भूल जाती हैं, क्योंकि समझती हैं, दोनों ओर का खर्चा पिता के कन्धों पर लदा है। बदले में कभी कुछ न लेने का संकल्प और श्रम, सैक्स और सहनशीलता के रूप में अपनी दौलत लुटाने के इरादे से सेवा को ही अपना अधिकार मान लेती हैं। न इधर कुछ न उधर कुछ, नितान्त खाली-खाली स्थितियों में उखड़ा-उखड़ा अस्तित्व, जिसे कोई भी कहीं गिरा दे। यह है हमारे लोकतन्त्र में स्त्री रूपी नागरिक का चेहरा, जिसे वोट देने का अधिकार है, मगर मनुष्य की भूमिका नसीब नहीं।

स्त्रियाँ गौर करें कि दहेजदाता और दहेज लोभी के बीच अन्तर की बारीक-सी लकीर तक नहीं। बस एक सिक्के के दो पहलू हैं, पहला बेटी को सम्पत्ति से बेदखल करता है, दान-दहेज देकर, दूसरा बेटे के दम पर अतिरिक्त धन और सामान जुटा लेता है। एक दीन, दूसरा याचक, दोनों ही चालें चलते हुए स्त्री को तबाह करने पर उतारू हैं। समझने की बात यह भी है कि पढ़ी-लिखी और कैरियरिस्ट लड़की पर भी पिता को वह भरोसा नहीं, जो बेटे पर होता है। क्या किया जाए, वह संरक्षक की भूमिका में हमेशा लड़की की शारीरिक सुरक्षा में चौकन्ना रहता है। इसलिए ही बेटी को पति नाम के पुरुष की आश्रिता के रूप में सबसे ज्यादा सुरक्षित पाता है। पिता मानता है कि विवाह ऐसा सुरक्षा कवच है जिसे लड़की भी चाहे तो आसानी से तोड़ नहीं सकती।

(2)

हाँ, मैंने दहेज को विषय बनाकर अलग से कोई कहानी या उपन्यास नहीं लिखा, सम्भवतः मेरे अवचेतन में यह बात रही कि मैं आप जैसी नवयुवतियों से आमने-सामने बैठकर अपील करूँ कि 'बिना दहेज के ब्याह' का संकल्प लें।

मेरे सामने इस समय उस राधिका गोस्वामी की तस्वीर आती है, जिसके पिता ने बेटी की शादी के लिए आठ लाख की रकम और दो लाख का सामान दहेज रूप में देने का वादा किया था। अपना प्रोविडेंट फण्ड, फिक्स डिपॉजिट की धनराशि मिला दी जाए तो रकम पूरी हो जाती थी। लड़के का पिता राजी था, मगर राधिका राजी नहीं हुई। उसने न पिता पर तरस खाया न लड़के पर क्रोध किया, क्योंकि दोनों ओर से पिता ही पिता थे। इन पिताओं-संरक्षकों और भाइयों से केवल इतना कहा, शादी तो मैं खुद भी कर लूँगी, मुझे मेरा हिस्सा चाहिए, बस।—कहने वाली राधिका न पति की हो पाई, न पिता की रही।

जब तब मैं यह बात नौजवानों और नई पीढ़ी की लड़कियों के सामने कहती हूँ, तो मेरा कहा चुपचाप ही नहीं सुन लिया जाता, नवयुवाओं की ओर से महत्त्वपूर्ण सवाल आते हैं, मसलन—पैतृक सम्पत्ति में से हिस्सा बँटाया जा सकता है, लेकिन जिनके पास अचल-सम्पत्ति नहीं है, उनसे क्या लिया जाएगा? जबकि दहेज प्रथा तो सम्पत्तिवान और सम्पत्ति विहीन के घर एक से रूप में मौजूद है।

बेशक, देश की आबादी का बहुत बड़ा हिस्सा भूमिहीन है। भूमिहीन और दलित वर्ग एक-दूसरे के पर्यायवाची हैं। जैसा हमने देखा है, बहुत दिन नहीं गुजरे इस बात को कि मेहनतकश लोग अपनी बेटियों के साथ सवर्णों या भूमि के मालिकों की तरह पेश नहीं आते थे। यदि गड़रिया के पास बीस भेड़ें हैं तो वह आसानी से पाँच भेड़ें बेटी के हवाले कर देता था कि इन्हें चराकर दूध और ऊन से अपना पेट पालेगी, किसी के आश्रित नहीं रहेगी। सूअर पालनेवाले चार-छः सूअर देकर लड़की का हिस्सा निकालते थे। नाई, धोबी, कुम्हार जैसी कामगार जातियों में बेटी को जिजमानों के घर दे दिए जाते हैं, आड़े वक्त में पिता के यहाँ आकर अपनी मेहनत का खा सकती है।

मेरा मतलब आप समझ गए होंगे कि कहना चाहती हूँ—जो लोग सम्पत्ति से नहीं, श्रम से जुड़े हैं, समतामूलक समाज में विश्वास रखते हैं। यह तो आजादी के बाद की बात है कि जमाना बदला। आरक्षण ने शिक्षा और सरकारी नौकरी देकर भूमिहीनों को उस स्तर पर ला दिया कि सामर्थ्यवान बनें। परिवर्तन के साथ बिखराव भी आता है और विकास कई बार विनाश का कारण बन जाता है। पढ़-लिख कर सवर्णों की बराबरी पर आया श्रमिक वर्ग अपने खुरदरे रीति-रिवाजों का कायाकल्प करने लगा। जिन मालिकों ने उन पर शासन किया था, वैसे ही

मालिक बनने की तमन्ना हुई। नई सभ्यता के प्रशिक्षण ने बेटी का हिस्सा 'दहेज' में बदल दिया। आज गड़रिया भेड़ें बेचकर बेटी की ससुराल में टेलीविजन पहुँचा रहा है, मोटर साइकिल खरीद रहा है। सूअरों की कीमत में स्टील की अलमारी और सोफा आ रहे हैं। आज वाशिंग मशीन और फ्रिज सवर्णों की होड़ में दलितों के स्टेटस सिंबल हैं। श्रमशील आदमी ऐसी सुविधाएँ खरीद रहा है, जिनके निस्तार की उसके पास जगह नहीं। बेटी का हिस्सा आराम और मनोरंजन पर निछावर है। क्या वह उन भूस्वामियों की बराबरी पर खड़ा होकर अपनी पीठ ठोंक रहा है जो दहेज की आड़ में दयनीय बनकर बेटी का हिस्सा हड़प जाते हैं।

श्रमशील नहीं जानते कि भूस्वामियों की समस्याएँ अलग तरह की हैं, जिसके कारण वे लड़की का हक दबा जाते हैं। कृषि व्यवस्था में संयुक्त परिवारों की भूमिका अहम रहती है, भले सारे सदस्य एक आँगन या एक चूल्हे से बँधे न हों। खानदानी सम्पत्ति को लेकर साफ दिखाई देगा कि अगर एक भाई के यहाँ सिर्फ लड़कियाँ हैं और दूसरे भाई के यहाँ लड़के हैं तो जान-बूझकर लड़कियों को ऐसे घर ब्याहा जाएगा, जहाँ थोड़ी सम्पन्नता हो। ससुराल पक्ष के लोग बहू के मायके की खेती की ओर न भागें। जाहिर है कि ऐसा घर मुफ्त में तो हासिल नहीं होगा। दहेज के चमाचम प्रलोभन से ही अपनी ओर आकर्षित किया जाएगा। नकदी और सामान का ऐसा समां बाँधा जाता है कि पूरा इलाका दहेज की नई दरों के बारे में सोचने लगता है। इसी तरह दरों में नवीनीकरण भी होता है।

दूसरी बात यह है कि किसान जो अक्सर सवर्ण होते हैं, पारम्परिक और धर्मभीरु होना उनकी प्रवृत्ति में शामिल है। किसान दामाद को पूज्य मानता है, पुरोहित की तरह उसकी आवभगत करता है, क्योंकि कन्या दान किया है। अब बताइए कि वह देवतुल्य पुरुष से अपनी खेतों में मेहनत कैसे करा सकता है? दामाद पाँव पसारकर सोता रहेगा, ससुर उसे जगाने की हिम्मत नहीं जुटा सकेगा। हो सकता है इसी पक्ष को सोचकर विधान बना हो कि खेती पुत्र के न होने पर भतीजों को चली जाए तो बेहतर है। इसके पीछे जो कुछ है, वह यह कि पुरुष पुरुष के बारे में ही सोचता है, उसके लिए लड़की की क्षमता भरोसेमंद नहीं होती। क्यों हो? औरत की मर्यादा और लोकलाज का तामझाम पुरुष को ही ताकत देता है। अतः जमीन बेटी को दी तो कर्ता-धर्ता दामाद ही बन जाता है और इस पराये बेटे के लिए परिवार में सौ सन्देह उठ खड़े होते हैं। क्या गारण्टी है कि वह अपनी पत्नी के हिस्से की खेती को बिकवा नहीं डालेगा? वह पराये गाँव में क्यों रहेगा? इन सन्देहों को गहरा करने के लिए हमारे यहाँ लानत भरी कहावतों का कमाल अलग से है—बहन के घर भाई कुत्ता। ससुर के घर जमाई कुत्ता।—बताइए इतना सब सुनकर कौन-सा खुद्दार आदमी ठहर सकता है? तब, जब खरीद-फरोख्त उसके कब्जे में हो। बहुत सम्भव है कि ऐसी नजरवालों की जमीन को वह उनके

दुश्मनों को ही बेच दे। जो ऊँची-से-ऊँची कीमत देने के लिए इसलिए तैयार हो जाएँगे कि दुश्मन को धूल चटानी है। यदि ऐसा हो जाता है तो लोक से ज्यादा परलोक के बारे में सोचने वाला किसान अपनी जमीन पर बेटी की ओर से चलनेवाले हल (आजकल ट्रैक्टर) को देखकर नरकवासी होने की आशंका में अधमरा हो जाएगा। बस समझ लीजिए कि कोशिश यही रहती है कि यदि वैधानिक तौर पर भी बेटी का हक जायदाद में आता है तो व्यावहारिक अभ्यास से बचाया जाए।

आप सोचेंगे मैं अपनी कल्पनाओं के घोड़े तो नहीं दौड़ा रही या ऐसा होता भी है अथवा नहीं? मैं आपको मध्य प्रदेश की कचहरियों का उदाहरण देती हूँ, जो मेरी बात को पुष्ट करेगा। वहाँ दस रुपए का एफिडेबिट लगाकर लड़की के हक की बात खत्म कर दी जाती है। यह तो आप और हम जानते हैं कि 'बहन' के सम्बन्ध और नाम धारिणी स्त्री भावात्मक शोषण की जीती-जागती मिसाल होती है। तहसीलों और जिलाधीशों के कार्यालयों में विराजे 'शपथ कमिश्नर' दाएँ-बाएँ बैठे टाइपिस्ट चल-अचल सम्पत्ति से लड़की को हटाने में माहिर होते हैं। वे उस भाषा के जानकार होते हैं, जो कमिश्नरी तक ही नहीं, प्रदेश के बाहर भी लागू होती है। आप देख सकते हैं वहाँ जाकर।

लड़की को यदि गाय कहूँ तो प्रगतिशील नाराज हो सकते हैं, मगर उनकी नाराजगी अभी तक तो लड़की का 'गाय होना' रोक नहीं पाई। वह अपने हक के लिए लड़ती है, चचेरे भाई तमाम गवाहों को खड़ा कर देते हैं, जो लड़की को शादी के बाद परदेसिन समझते हैं। वे बयान देते हैं--पिता से बेटी का सरोकार इतना ही था, जितना किसी रिश्तेदार का होता है। चाचा की सेवा भतीजों ने की है। (भतीजे गवाहों की भी सेवा-पानी करते हैं।)

इसमें क्या शक है कि रिश्तेदार हिस्सेदार नहीं होता। देख लिया न, कि परम्पराएँ कानून को कैसी करारी मात देती हैं। क्या बदला है, आजादी के बाद? स्त्री की यह कैसी आजादी है और कैसी नागरिकता? हाँ विवाह के कर्मकांडों को बिजली और स्वचालित यन्त्रों ने आधुनिक बना दिया है वरन् विवाह के पहले और विवाह के बाद उसे तो केवल सम्बन्धों की भारी गठरी मिलती है, जिसकी ओर इशारा कर करके उसे त्याग और बलिदानों की अनिवार्यता समझाई जाती है। वह इसलिए भी कि पुरुष अपने सम्बन्धों में बड़े संसारी और व्यवहारी होते हैं, बहनें-माँएँ ज्यादा त्यागमयी होती हैं, जानते हैं। भाइयों और बेटों पर सर्वस्व निछावर कर सकती हैं। आत्म सजगता से खुद को दूर रखकर अनजाने ही दण्डित होते रहने की अभ्यस्त। यह 'कुल्हाड़ी मार कदम' उन्हें शहीदाना व्यक्तित्व जरूर देता है, मगर सामाजिक घुटन के हवाले करने के बाद। दूसरों के फैसलों पर चलने से जो सुरक्षा मिलती है, वही खतरनाक और जानलेवा सिद्ध होती है।

यह किससे और कैसे कहा जाए कि मुक्ति का चुनाव करनेवाले सबसे पहले सम्बन्धों से निजात पाते हैं। सम्बन्ध, पारिवारिक रिश्ते, भाईचारे जैसी अनुभूति नहीं देते क्योंकि उनमें छोटे-बड़े पूजक और पूज्य मालिक और दास की अदृश्य सीढ़ियाँ बनी होती हैं। समय आने पर ये ही सीढ़ियाँ पल्टा खा जाती हैं। यों तो माँ का पद सबसे बड़ा देवी तुल्य माना गया है, मगर पति की मृत्यु के बाद वह अपने सम्पूर्ण अधिकारों से खारिज कर दी जाती है (यदि उसके नाम पर सम्पूर्ण की वसीयत न की गई तो) फिर मान लिया जाए कि वह बेटी रहे, पत्नी रहे, माँ रहे, कोई फर्क नहीं पड़ता, वह तो केवल स्त्री है। स्त्री जिसे रोटी, कपड़ा और सिर पर छत की एवज जिन्दगी भर के लिए बँधुआ बनाया जा सकता है।

मेरी तीव्र इच्छा है, हजारों साल से चला आ रहा सिलसिला टूटना चाहिए। अपने हक के लिए लड़ना चाहिए। संरक्षण और सुरक्षा स्त्री के लिए वे खतरनाक और बर्बर शब्द हैं, जो भरोसा देकर उसे नष्ट करते हैं। बात वही है कि जो अपने प्रति न्याय की बात नहीं सोचता, उसे न्याय देने की मूर्खता कौन करेगा?

(3)

पार्क में टहलते हुए या एकान्त में सोचते हुए मेरे मन में बार-बार यह बात आती है कि मैं मनुस्मृति, याज्ञवल्क्य और ऋषि वशिष्ठ से इतना क्यों गुस्सा हूँ? उनकी नस्ल में पैदा हुए 'पुरुष पिता' की खिलाफत में अपना मत क्यों दे रही हूँ? क्या यह मेरे किसी आहत अभिमान की चीख है? जबकि माना यही जाता है कि पिता हर हाल में अपनी सन्तान का शुभ चाहता है। और इस शुभाकांक्षा को पूर्ण करने के लिए वह अपनी सामर्थ्य से बाहर जाकर यत्न करने से नहीं चूकता। बेटी या बेटे का सुखमय जीवन देखना ही जैसे उसका अभीष्ट हो। सुखमय जीवन का बँटवारा वह बेटे को अपनी सम्पत्ति और रोजगार के साधन मुहैया कराकर अच्छे-से-अच्छा जीवन स्तर देना चाहता है। तो बेटी को योग्य कमाऊ वर को सौंपते हुए अच्छा-सा घर ढूँढ़ता है। पिता का सामाजिक न्याय यही होता है। बेटी की पढ़ाई-लिखाई या उसकी आजीविका के बारे में बहुत गम्भीरता से न सोचना, उसकी लापरवाही या सोची हुई साजिश नहीं, शास्त्र-सम्मत संस्कार है। इसी के तहत मान्यता बनी है कि लड़की का राजपाट उसके पति के घर ही होता है।

राजपाट? हाँ राजपाट देनेवाले आई.ए.एस. वर का दाम आजकल करोड़ का आँकड़ा छू रहा है। आई.पी.एस. कुछ कम में मिल जाएगा और डॉक्टर या इंजीनियर का मोल पचास लाख में पट जाएगा। बाजार भाव सारे पिताओं और भाइयों को पता है कन्यापक्ष से भी और वरपक्ष से भी। यहाँ मेरा मतलब उन

मुट्ठीभर लड़कियों से नहीं है, जिनकी योग्यता इन वरों के समकक्ष है। मैं उन बहुसंख्य कन्याओं की बात कर रही हूँ, जिनके पास योग्यता तो नहीं होती, पिताओं में आर्थिक सामर्थ्य जुटाने की कूबत होती है। उन सुशील, सुन्दर कन्याओं के लिए ही ये वर जन्म लेते हैं, अफसर की पदवी धारण करते हैं और मुँहमाँगी रकम वसूल करते हैं। अपने पिताओं की मानसिकता के अनुसार बेटियाँ रानियों जैसा जीवन जीनेवाली होती हैं। देखा जाए तो इसमें कुछ गलत भी नहीं है। योग्यता बेकीमत हुई तो योग्यता की तौहीन है। कोई दूसरे की काबिलियत से कमाए गए सुख में अपनी बेटी को शामिल करेगा तो मूल्य अदा करना ही होगा। यही मूल्य हमारे समाज में दहेज नाम से जाना जाता है।

तब मेरा मानना है कि अनमेल विवाह दहेज का कारण बनता है। अभी तक हम अनमेल विवाह का अर्थ वर और कन्या की आयु के अन्तर से लेते रहे हैं, जो कि नितान्त अधूरा अर्थ है। अनमेल तो वे सारे विवाह हैं, जो आयु में, शिक्षा और योग्यता में, रहन-सहन में, बुद्धिविवेक में तथा पेशे और रोजगार में एक-दूसरे से बहुत ऊँचाई, बहुत नीचाई को देखते हुए भी होते हैं। ऐसे विवाहों में कन्यापक्ष की कमजोरी को पाटने का पुल बनता है दहेज। पिता ने बेटी को शैशव से लेकर युवावस्था को ग्रहण करते हुए जो सुरक्षा दी है और इसी सुरक्षा की खातिर उसकी योग्यता और क्षमता को दबाकर रखा है, इसकी भरपाई वह वर के रूप में करता है। समझ लेता है कि उसके कर्तव्य की इतिश्री हो गई। इसी मुगालते में खरबूजों को देखकर खरबूजे रंग बदलते हैं और दहेज की ऊँची-से-ऊँची रकम धड़ल्ले से पद-पदवी वाले वरों का बाजार तय करती है। सुभीता बन जाता है कि दोयम दर्जे पर रही बेटी भले ही पति के घर निचले पायदान पर पड़ी रहे, मगर कही जाएगी वैभवपूर्ण घर की मालकिन। पिताओं का यह जीवनदर्शन, जिसे उन्होंने बेटियों के लिए आदर्श रूप में तैयार किया है, दहेज प्रथा को पुख्ता-से-पुख्ता बनाता जाता है। कारण यह भी कि बेटियों की मानसिकता बेजुबान विनम्रता के हवाले रहती हुई 'अपने फैसले' को अपराध मानती है।

मैं अगर यह कहूँ कि पिताओं की रीतिनीति की बेटियाँ कब तक लदैनी करेंगी तो हो सकता है मुझे आप ही अक्खड़, बेलिहाज और पिताओं की पीढ़ियों का अपमान करनेवाली मानें, मगर कहना तो मुझे पड़ेगा कि पक्षपात झेलती हुई लड़कियाँ अपने लिए कब तक खरीद-फरोख्त के मैदान में वरों को ढुँढ़वाती रहेंगी?

जमाना वह भी तो नहीं रहा, जब विवाह के समय कन्या की आदर्श उम्र नौ या ग्यारह साल होती थी और उस अबोध आयु की समझ में इस कारोबार का रहस्य आता ही नहीं था। आज लड़की इतनी बड़ी होती है कि पढ़ी हो, कम पढ़ी हो, अनपढ़ हो, विवाह और दहेज का आपसी रिश्ता समझने योग्य होती है।

जानती है कि राजा लोग अब कहीं नहीं हैं, वह किसकी रानी बनेगी? दासी होना किस लड़की को मंजूर होगा? अतः अब न आँखों में किसी राजकुमार का सपना होता है न किसी मालिक के क्रूर व्यवहार को सहने की गुंजाइश। वर के रूप में एक साथी की जरूरत होती है, जो अपने जैसा ही हो। किसी लड़की की ऐसी निष्कपट, निश्छल और सादगीपूर्ण भावनाओं का खात्मा होता है, तो वह होता है पिताओं के संस्कारों के कारण, क्योंकि ये संस्कार लड़की को मानसिक यन्त्रणा देते हैं, कुँआरी रह जाने का डर दिखाकर।

आज आधुनिक संस्कारों से प्रभावित और परिचालित लड़कियाँ, जो 'स्त्री-स्वतन्त्रता' का अर्थ समझने का दावा करती हैं, क्यों नहीं अपने पिताओं और अभिभावकों से कहतीं कि वे किसी की सुख-सुविधाओं, शान-शौकत और वैभव में अनधिकार घुसने की चेष्टा नहीं करना चाहतीं। वे अपनी योग्यता और क्षमता के समकक्ष वर की अपेक्षा करती हैं। ऐसा करेंगी तब वे लड़कियाँ देखेंगी कि पिता और अभिभावकों के चेहरों पर लड़की को लेकर पक्षपात की जो उन्मुक्त भावना रही है, वह कैसे गायब हो जाती है। और दहेज लोभी वर महोदय भी अपनी कीमत तय करते हुए दस बार सोचेंगे। समाज में चलते आ रहे ढर्रे में यह तस्वीर अटपटी जरूर लगेगी, मगर दहेज विरोधी अभियान में भी उसके नक्श अलग होंगे। कोई हम स्त्रियों के अनुभव पूछे कि जो लड़कियाँ अनमेल विवाहों के शिखर क्षणों में खुद को विजय-पताका की जगह लहराती-फहराती हुई प्रस्तुत करती हैं, उनका भ्रम तब टूटता है, जब पिता अन्य बहनों को दहेज देते-देते टूटने लगता है कि इस टूटन में वह बेटे के लिए सम्पत्ति किस तरह बचाता है, जब वरपक्ष और और की रटन लगाता जाता है। फिर इसके आगे क्या होता है, सब जानते हैं। लाओ तो पति पक्ष गद्गद होकर शाबासियाँ देगा, न लाओ तो सता-सताकर मारी जाओ। तंग आकर आत्महत्या कर लो, खुद जीवन से मुक्त हो जाओ, पिता को छोड़ो। सब मानते हैं कि स्त्री विवाह वेदी के लिए जन्म लेती है, मरती है और स्वर्गधाम जाती है, रहना चाहिए पति आसपास। जीते जी वह दहेज के सिंहासन पर पति को बिठाकर ढोते रहनेवाली गुलाम होती है, क्योंकि महँगे दामों में खरीदा हुआ पुरुष उसका प्रभु बनाया जाता है।

दहेज और रिश्वत में क्या फर्क है? भ्रष्टाचार जिसे कहते हैं, वह लड़की के लिए उसके जन्म से ही घटित होने लगता है। क्योंकि उसकी परवरिश दूसरे को खुश करने के लिए की जाती है। सुरक्षा देना यौन शुचिता की गारण्टी लेना माना जाता है। सम्पत्ति के हक से कटी हुई लड़की को सुख मिले क्योंकि वह बन्धनों को मानती रही है। विवाह करप्शन का चरम है, जिसमें ऐसे समझौते होते हैं, जो पवित्र बेटी को दाँव पर लगा दें और दाँव बार-बार खेला जाए। हे पिताओ, हमारे लिए सुख मत खरीदो। खरीदी हुई चीज का सुख जल्दी ही खत्म हो जाता

है। हमें जिन्दगी कमाने दो, कमाई हुई जिन्दगी अपनी होती है उसका सकून खत्म नहीं होता, क्योंकि वह हमारी कूबत से पैदा होगा। हे पिताओ, हो सकता है हमारा यह कथन शास्त्र-विरोधी, परिवार विरोधी और समाज विरोधी लगे, मगर क्या किया जाए, जब दहेज रूपी विकराल रथ के दो पहिए (पिता और पति) स्त्री के जीवन को रौंदते चले जाएँ और खून-खच्चर में फैले जहरवाद के द्वारा औरत को मनुष्य कोटि से खारिज किया जाए, वस्तु बनाकर बाजार में रख दिया जाए तो हम उन संस्कारों को क्यों मानें? वर रूपी ट्रंपकार्ड हाथ में रखकर दिखा-दिखाकर औरत को खेल से बाहर करने के नुस्खों का असर क्यों लें हम? इसके बदले अपनी जिन्दगी का फैसला न लेंगे हम!

(4)

आप में से जो लोग मेरे उपन्यासों पर शोध कर रहे हैं, या इस सभागार में मुझे सुनने आए हैं, सभी ने दहेज को भारतीय समाज की बर्बर और विकराल समस्या माना है। कोई-कोई इसे समाज का कोढ़ कह रहे थे। सभी को इस चलन से घृणा है।

मैं यह सवाल आप से ही पूछती हूँ कि फिर वे कौन हैं, किस समाज से आए हैं, जो उस पिता को चमत्कृत दृष्टि से देखते हैं, गर्व की निगाह से देखते हैं, वाहवाही के भाव से देखते हैं, जो अपनी बेटी के विवाह में बढ़-चढ़कर दहेज देता है। साधन विपन्न या निर्धन पिता अपनी औकात लाँघता हुआ लड़की के लिए ऐशोआराम की वस्तुएँ जुटाए तो प्रशंसा की बारिश होने लगती है। किसान है तो अपने पसीने की कमाई, नौकरीपेशा है तो अपनी भविष्यनिधि और बीमा ऋण को पानी की तरह उलीचता है, जैसे उसका यही पराक्रम हो। बेटी के लिए त्याग और प्रेम जैसी भावनाओं को दिखाने का अपूर्व क्षण उसके विवाह पर ही पैदा किया जाता है, यह मेरा अनुभव है।

मैं यहाँ आपके सामने उस नजारे को पेश करने जा रही हूँ, जो लगभग शादियों का अनिवार्य दृश्य है। मैं आपसे किसी करोड़पति पिता की बात नहीं कर रही, बेहद मामूली बाप था वह। माली हालत भी गुजर बसर में सामान्य थी। सैकड़ों जनों के बीच पवित्र चौक पर मंगल-कलश था, पास ही पण्डित जी विराजे थे। आसपास मेवा-मिठाइयों के थाल-परात वरक और चमकीली पन्नियों में सजे थे। नारियल पर चाँदी मढ़ी थी और सुपारी सोने के खोल में थीं। वस्त्राभूषणों की ओर इशारा करके पण्डित जी ने तमाम सामान की घोषणा की। विशेष घोषणा होनेवाली थी, इसलिए ढोलक बजाकर गीत गानेवाली औरतों को चुप रहने की खास हिदायत दी गई। जब सब पण्डित जी को ध्यान से देखने लगे, उन्होंने नए

करारे नोटों की गड्डियाँ अपने दोनों हाथों में लीं, पाँच लाख रुपए की राशि बताई गई कि सब सुन लें। और उस खुले चौक की ओर खड़े होकर इशारा किया गया—यह कार सगाई में दी है। सुनहरी पन्नी और रंग-बिरंगे कागजों से सजी ऐस्टीम गाड़ी खड़ी थी।

'क्या बात है!' के भाव से लोगों ने तालियाँ बजाईं। आशीर्वाद स्वरूप गाड़ी की ओर गुलाब की पंखुड़ियाँ और बताशे फेंके।

बेटे का भाग्यशाली पिता मेरा मौसेरा भाई था, जो कह रहा था—तेरी कसम पुष्पा हमने तो एक पैसा भी नहीं माँगा। तू क्या जानती नहीं, हमारे परिवार में बिना दहेज की शादियों का चलन रहा है। अब ये लोग कार दे रहे हैं, मैं उलझन में पड़ गया हूँ। मैंने कहा भी कि आप कार दे रहे हो, पेट्रोल का इन्तजाम कौन करेगा? लड़के की ऐसी नौकरी नहीं कि इस कार को खींचता रहे। लेकिन लड़की वाला कहता है कि यह उसके स्तर और इज्जत का सवाल है।

मेरी यह बात बहुतों को अजूबा या अविश्वसनीय लग सकती है कि लड़के का पिता दहेज न लेना चाहे। मगर यह बात है सच। सच इसलिए कि लड़के वाला या लड़का वधू की योग्यता देखकर कुछ न लेने का मन बना सकता है। तो यह बात भी अनहोनी नहीं कि मिलते हैं ऐसे लोग भी। मगर जो बेहूदी बात यहाँ आकर जुड़ती है, वह यह है कि वधू-पक्ष अनावश्यक उत्साह में आकर खर्च करने लगता है। आपको याद होगा, आपके शहर इलाहाबाद का ही किस्सा है, एक इंजीनियर साहब की बेटी की शादी में वरपक्ष ने दहेज के नाम पर हाथ जोड़ दिए, अर्थात् उन्हें कुछ नहीं लेना है। लेकिन बेटी के पिता के बारे में अखबार में लिखा गया कि अपनी बेटी को दहेज देने के लिए उन्होंने जमीन बेची, भविष्यनिधि फूँक दी। दस लाख का उम्दा-से-उम्दा सामान जुटाया। कहते हैं कि इसके बाद वरपक्ष ने तीस-पैंतीस लाख नकद रुपयों की माँग की तब लड़की आगे आई और विवाह करने से साफ इनकार कर गई। अतः बारात बैरंग वापस लौट गई।

अच्छा हुआ या बुरा, मैं क्या कहूँ? मैं तो इतना ही कहना चाहती हूँ कि लड़की के पिता ने यदि अपनी नौकरी में ईमानदारी बरती थी तो उस ईमानदारी को अपने रहन-सहन के स्तर पर लागू क्यों नहीं कर पाए? धनाढ्य वर्ग की शान-शौकत को क्यों उधार लेना चाहा? झूठा रुतबा दिखाने के लिए जीवन का आधार जमीन बेच डाली। भविष्यनिधि बरबाद करने का यह तरीका कहाँ तक उचित था? हम सब जानते हैं कि दुधारी भैंस को हर कोई दुहना चाहता है। वर पक्ष आपका रिश्तेदार होने के नाते चमकाऊ-भड़काऊ वैवाहिक दृश्यों में बरबाद होने वाले धन को अपने पास आनेवाले धन की बरबादी मानता है क्योंकि शानदार नुमाइश से सिद्ध हो जाता है कि आप मोटी मुर्गी हैं।

यही तो हमारे समाज का विरोधाभासी व्यवहार है कि एक ओर तो 'दहेज दहेज' करते हुए कभी कराहते हैं तो कभी चीखते हैं, दूसरी ओर शोबाजी, शेखी और दानपुण्य की आदत रो बाज नहीं आते। ऐसे में मेरा सम्बोधन उन नवयुवतियों के लिए है, जो विवाह के दायरे में प्रवेश करनेवाली हैं और दहेज उन्मूलन को तहे दिल से चाहती हैं।

दिल्ली के पास नोएडा में एक घटना हुई। दहेज के जुर्म में लड़की ने वर और उसकी माँ को गिरफ्तार करा दिया। 'यह साहस की बात है', सब ने माना। हिन्दी का एक दैनिक तो उस लड़की के साथ मय संवाददाताओं और सम्पादक को लिए खड़ा रहता। आधा पृष्ठ, नहीं पूरा-का-पूरा पृष्ठ उसकी तस्वीरों से भरा होता तो लगता इस देश का मीडिया कुरीतियों-रूढ़ियों और गलत संस्कारों का कितना बड़ा दुश्मन है! टी.वी. भी इसमें पीछे न रहा। लड़की ने नायिका का दर्जा पा लिया और यह जो मैंने आपके सामने इलाहाबाद की कहानी कही है यह भी 'नोएडा की लड़की' की होड़ में घटित हुई। और भी कई जगह ऐसा हुआ।

अच्छा हो कि मैं 'नोएडा की नायिका' की कहानी आपको भी सुना दूँ। माना कि हमारे पास इतना वक्त नहीं है कि ऐसी कहानियाँ चलती रहें और हम तरह-तरह के अनुभवों से गुजरकर आज ही किसी निष्कर्ष पर पहुँच जाएँ। बहरहाल...

नोएडा की नायिका एक फैक्टरी मालिक की बेटी थी। जहाँ उसकी शादी तय हुई, लड़का एक अध्यापिका का बेटा था। विवाह की रस्म के अनुसार दान-दहेज जुटाया जाने लगा—टी.वी., फ्रिज, वाशिंग मशीन, सोफा, डबल बैड और कार जैसी सामान्य दहेज में आने वाली वस्तुएँ। कहते हैं कि लड़के की माँ ने ऐसे सामान के दो-दो सैट माँगे, एक विवाह वाले लड़के के लिए, दूसरा अपने बड़े बेटे के लिए। कन्या के पिता ने इतना देना मंजूर किया। और सारा सामान लाए भी। कहते हैं कि बारात आने पर वरपक्ष से कुछ रुपयों की माँग हुई, जाहिर है लाखों में हुई होगी। इस पर कन्या का पिता क्रोधित हो गया। बात झगड़े तक आ गई और मारपीट होने लगी। तभी दृश्य के बीच दुल्हन आ गई और उसने पुलिस को फोन कर दिया। बस फिर क्या था, दहेज लोभी पकड़े गए। लड़की का साहस, लड़की का इरादा और उसकी दृढ़ता दहेज के विरुद्ध उदाहरण बनी।

मेरा मन शंकालु है। मुझे इस बहुत पढ़ी-लिखी लड़की की हिम्मत पर भरोसा नहीं हो रहा था। उसका कृत्य तत्काल असर दिखाने वाला तो था, मगर स्थायी रूप से दहेज पर मार कर सके, ऐसा नहीं था। हालाँकि उस लड़की के साक्षात्कारों की बाढ़ आ गई, मगर मेरे मन में उभरे प्रश्नों में से उन साक्षात्कारों में एक भी नहीं था। उसकी तमाम तस्वीरें दहेज के सामान के साथ पत्र-पत्रिकाओं में छपीं, लेकिन जिस चित्र की मुझे ख्वाहिश थी, वह नदारद था।

चित्र सामान के साथ नहीं, सामान खरीदने के पहले का होता, मतभेद और वाद-विवाद लड़के या उसकी माँ से नहीं, अपने पिता से होता। बारात लौटाने से पहले ही ऐसी शादी से इनकार जरूरी था। दहेज लेनेवाले से पहले दहेज देनेवाला गिरफ्तार होना चाहिए। लड़की संकल्प और इरादे की बेहद कच्ची थी, क्योंकि उसमें कुँआरी रह जाने की हिम्मत न थी, दहेज की समस्या वरपक्ष या वर के लालची होने को रोककर हल नहीं होगी, उसका समाधान शादी योग्य लड़कियों के फैसले में छिपा है।

लड़कियाँ अन्तर्विरोधों की पिटारी हैं। एक ओर तो टी.वी., फ्रिज, अलमारी, सोफा, डबल बैड और मोटरगाड़ी के साथ फोटो खिंचवाकर दहेज लेने वालों का पर्दाफाश करती हैं, दूसरी ओर जब पिता और अभिभावक इन दामी चीजों को खरीद रहे होते हैं, तब शर्मीली बेटी बनकर चुप रहती हैं। क्यों नहीं कहतीं कि इन चीजों को लेकर वे हरगिज विदा नहीं होंगी। देना है तो इन चीजों के बदले अपनी बेटी को आर्थिक सुदृढ़ता दीजिए। और इसी तरह जब पिता बेटे का विवाह करें तो सच्चे अर्थों में दहेज लेने से हाथ जोड़िए। परतों के नीचे दबी-छिपी बात यह भी है, सो जान लीजिए कि बेटी का पिता होकर आदमी जितना दहेज देता है, बेटे का बाप बनकर उतने से ज्यादा लेने की अप्रत्यक्ष मुनादी कर देता है।

अतः यह बहुत जरूरी है कि लड़कियाँ दहेज के 'लेन-देन' पर अपनी अस्वीकृति का फैसला शादी से पहले ही दे दें, क्योंकि जहरीली धारा को उद्गम पर आसानी से रोका जा सकता है, नहीं तो वह तेज बहाव का विकराल रूप धारण कर लेती है। और बड़े-से-बड़ा बाँध बहा ले जाने के इरादे में रहती है। अभी तक दहेज के मामले में रवैया यही रहा है कि हम जड़ों को अनदेखा करते रहे हैं, पत्ते और फूलों को नोचकर, डालियों को काटकर समझते हैं कि जहरीला वृक्ष खत्म हो गया। माता-पिता के घर जन्म लेकर पालन-पोषण पाकर हमें ऐसी अंधश्रद्धा नहीं रखनी चाहिए कि आज्ञाकारिता, विनम्रता और संस्कारिता दिखाने के चक्कर में सामाजिक असावधानियों से नजरें फेरे रहें। अपने मामले में कुरीतियों को नजरअन्दाज करने का मतलब है ये कुप्रथाएँ एक घर में पनपकर दूसरे घरों में महामारी की तरह संक्रमित होती जाएँगी।

प्रसंगवश, नोएडा की नायिका के बरक्स मुझे एक गँवई लड़की के विवाह की याद आ रही है जब चकाचौंध पण्डाल में से कीमती सामान वाला ट्रक पिता ने विदा किया और बेटी की ओर मुड़कर देखा। कहने लगे, आज तू जा रही है। हमने तेरे लिए अपनी औकात से ज्यादा खर्च किया है कि तेरे घर तेरी इज्जत हो और तू खुश रहे, सुख से जिए। यह कहते हुए पिता का गला भर आया। लड़की भी रो रही थी।

लेकिन उसका स्वर चिढ़ा हुआ-सा हो गया। वह धीमे से बोली, पिताजी,

मेरी इज्जत इस घर में ही नहीं हुई तो उस घर में क्या होगी? ब्याह में शानशौकत की घोड़ी नाची तो नाची अपनी शोभा के लिए। मैं तो जैसी दुखी-सुखी यहाँ थी, वैसी ही जा रही हूँ...

लड़की सामाजिक व्यवस्था द्वारा बिछाए गए जाल में उलझी-बँधी हुई, पिता को कन्यादान के जरिए मुक्ति-मार्ग दिखा रही थी, जिसे पिता गाजे-बाजे और धूम-धाम से सम्पन्न कर रहा था। आगे लड़की का कुछ भी हो—हत्या-आत्महत्या ...वैवाहिक ऋण को वह पिता के सिर से उतार चली।

(5)

ये कुछ कागज हैं, जो मैंने पकड़े हुए हैं। आप सोच रहे होंगे, 'दहेज' विषय पर लिखे गए मेरे कुछ नवीनतम विचार हैं। नहीं, ऐसा नहीं है। यह एक चिट्ठी है। लम्बा पत्र मान सकते हैं इसे। विवाहिता के इस पत्र को आप भी पढ़ सकते हैं। उसकी बातों से, अनुभवों से, अनुभूतियों से सम्भवतः हम किसी नतीजे पर पहुँचें, जो स्त्री की सामाजिक स्थिति में कुछ सुधार लाने का आधार बने।

इस पत्र की फोटोकॉपी करा ली जाएँ, आवश्यकतानुसार। पहले ही बता दूँ, मैंने अपने उपन्यास में दहेज को मुख्य रूप से विषय नहीं बनाया, मैं मानती हूँ और मुझे इस बात का पश्चात्ताप भी है कि ऐसी भीषण समस्या को, जो रोज ही युवा स्त्रियों की जान ले रही है, मैंने क्यों नजरअन्दाज किया?

'जो तटस्थ हैं, समय लिखेगा, उनका भी अपराध' मैं खुद को यहाँ निश्चित ही अपराधिनी पाती हूँ। फिर भी उन उपन्यासों में ऐसा क्या है, कि नव-तरुणियों से लेकर अधेड़ विवाहिताएँ मुझे अपने जीवन पर टूटती यातनाओं, यन्त्रणाओं से अवगत कराती रहती हैं। मैं उनके पत्रों का जवाब तो देती हूँ, मगर अपनी ऐसी राय दे पाती हूँ या नहीं जो उन्हें मुक्ति का रास्ता दिखाए?

आदरणीय दीदी,

आपके उपन्यास पढ़कर दिमाग खराब हो गया है, यह बात मेरे पति कहते हैं। मैं अब बहस करती हूँ, जबकि पहले केवल सुनती थी। मैं उपन्यासों के संवाद बोलती हूँ, मेरे मालिक को इन दिनों मैं सुहाती नहीं। लेकिन जाऊँ कहाँ, कोई जगह भी तो नहीं है। पिता के घर जा सकती थी, सदा के लिए तो नहीं, कुछ दिनों के लिए। मगर आपकी कलम की मेहरबानी मेरी कलम पर ऐसी हुई कि अपनी जिन्दगी से परेशान होकर पिता को खत लिख बैठी।

लिखा था—पापा मैं आप से अपना हक माँगूँ तो आप सकते में आ जाएँगे। मुझे आपका जवाब भी पता है, कहेंगे—तेरा हक तेरी ससुराल में है। समझाएँगे कि यही मेरा स्थायी घर है। कैसी खामख्याली है आपकी भी....मेरी जैसी

बेटियों को पिता ऐसे ही बहलाया करते हैं। और हम अपने प्यारे पिता और दुलारे भाइयों की बातों का सच आकाश और धरती के सच की तरह ग्रहण कर लेते हैं। मगर पापा, खून के रिश्तों से ज्यादा बेरहम कोई सम्बन्ध नहीं होता औरत के लिए। तभी तो उस घर के मालिक आप हैं और इस घर का स्वामी यहाँ का आदमी। दोनों बड़े गम्भीर, बहुत शान्त-सन्तुष्ट पुरुष जैसे हमें बेदखली की अवस्था से गुजारने में माहिर।

पापा, सच्ची बताओ आपको नहीं पता था कि ससुराल में मुझे कुछ नहीं मिलेगा? क्या आप यह समझ रहे थे कि यहाँ आते ही मेरे नाम रुपया-पैसा, घर-मकान कर दिए जाएँगे। कोई ऐसा ससुर होता है पापा, जो बहू को बेटे की तरह सम्पत्ति सौंप दे? ऐसी भूल नहीं करते मर्द, मैंने दोनों घरों को देख लिया। हाँ, अपनी सास के नाम चढ़ते हुए कुछ देखा है, मगर वह ऐसी सम्पत्ति है, जिसे वे बेनामी कहते हैं। ससुर के लिए पत्नी से ज्यादा और कोई भरोसेमन्द भी तो नहीं। भरोसा अपना रंग दिखा रहा है। उस सम्पत्ति पर केस चल रहा है। सास की पेशी कचहरी में हो रही है। वकील ससुर को पढ़ाता है और ससुर सास को समझाते हैं, क्योंकि जानते हैं कि पत्नी को उस सम्पत्ति के बारे में तिनका भर भी ज्ञान नहीं।

आप जिसे मेरा घर कहते रहते हैं पापा, पहले दिन से ही वह मेरा नहीं। मुँह दिखाई में जो कुछ मिला, सास छीनती गई, क्योंकि वह ससुर के पारिवारिक और सामाजिक व्यवहार के बदले का था। कीमती जेवर भी ले लिए गए, मैं नई बहू उनको सँभालने में अक्षम करार दी गई। इसके बाद भी नहीं मिले, कहा अपनी रक्षा तो कर पाती नहीं है औरत। मैं आप से भी ये बातें बेकार कह रही हूँ। आप हिन्दूधर्म की दुहाई देते हुए यही कहेंगे—बेटी, तुम्हारा पिता इस मामले में बोलने का अधिकारी नहीं, क्योंकि पिता बेचारा तो शास्त्रों के विधानानुसार अपना जाति-गोत्र भी बेटी से वापस ले लेता है। लड़की पर अपने सारे अधिकार त्यागने के बाद ही तो गंगा नहाने जाता है। कन्यादान का सच्चा अर्थ यही है।

पापा, मुझसे आपको छुटकारा मिला या विश्रान्ति? मुझे लगता है कि मेरे बाप से बड़ा मुजरिम कोई नहीं है, जिसने मुझे अनजान पुरुषों के हाथ सौंपकर आँखें फेर लीं। मैं रोई तो मेरे दुःख को 'लड़कियाँ तो रोया ही करती हैं' के खाते में डालकर सुख की नींद सो गए। नहीं देखा कि जिसे आप मेरा ईश्वर कहते हैं, वह मुझसे कैसा व्यवहार करता है?

पापा, मैं इन दिनों एक नया खेल भी देख रही हूँ, अगर बेटी की हत्या हो जाती है तो आप निश्चित ही दहेज का केस बनाकर मेरे ससुराल पक्ष पर मुकदमा ठोंक देंगे। पिताओं को जिन्दा लड़की नहीं, मृत बेटी का मुआवजा प्यारा लगता है। दान दी गई बछिया की 'मुई खाल' का मोल कन्यादान को कहीं से

भ्रष्ट नहीं करता।

मैने तो नहीं कहा था पापा कि आप दहेज दीजिए। और आज यह भी नहीं मान पा रही कि मेरे पापा बेचारे हैं। वर पक्ष को लालच देकर अपनी लड़की भेड़ने वाले अव्वल दर्जे के पाखण्डी और गुनहगार होते हैं।

सवाल वहीं आता है कि मैंने यहाँ क्या पाया? पति का वंश चलाया, इसी को हक मान बैठी। और इसी आशा में जीती रही कि अपनी कोख से बेटा पैदा करूँ तो मान पाऊँगी। वही मर्द की तरह पति की सम्पत्ति का वारिस होगा। इसलिए ही बेटी का जन्म नहीं चाहने वाली औरतें मेरी जैसी होती हैं क्योंकि लगता है कि औरत का जन्म और जीवन खारिज होते रहने के लिए होता है। यह मैं इसलिए कह रही हूँ कि आप बताओ पापा, कानून हमारे किन हितों की रक्षा करता है? पति दूसरी औरत से सम्बन्ध रखता है, वेश्यागमन करता है, अवैध कामों में धन फूँक देता है, मेरे पास उसे रोकने का कौन-सा अधिकार है, जो कारगर हो? कानून तो हमारे चलते एकदम इकतरफा है। मैंने देखा है विधवा पुनर्विवाह कर ले तो उसको पहले पति के यहाँ मिला हक (?) खत्म हो जाता है। किसी विधुर के दूसरे विवाह करने पर हकों की ऐसी कटाई होती कहीं देखी है? आप मानें या न मानें, औरत पति की सम्पत्ति पर आश्रित मानी जाती है, जबकि मर्द अपने पिता की छोटी-बड़ी जायदाद का वारिस होता है। यह अस्थायी और स्थायी का फर्क है।

मैत्रेयी दीदी, मैंने क्या-क्या लिख दिया पापा को! मेरी लज्जा-हया को जिन्दगी पर टूटती मार पी गई थी शायद। जर-जमीन-जोरू के मालिक ने मेरी सुरक्षा का जिम्मा लिया था, इसलिए ही खुद को ताकतवर मान रहा था। मर्द की ताकतवरी से आप लेखिकाएँ भी अछूती नहीं। एक ख्यातनाम लेखिका कहती है—पुरुष होना आसान नहीं। औरत पुरुषों वाले काम करती है, तब पता चलता है कि पुरुष किस ताकत और हिम्मत का नाम है—दीदी, ये पुख्ता दलीलें हमें कितना हौसला दे सकती हैं, सिवा डराने के? डर के मारे हम जैसी औरतें उसी कछुआ खोल में घुस जाती हैं, जो हजारों वर्ष की मजबूती पाए हुए है।

आप लोगों को क्या बताऊँ कि इस चिट्ठी को पढ़ने के बाद मेरे ध्यान में यही आया कि स्त्री हर तरह से अपनी देह को पवित्र रखकर मालिक की इज्जत बचाने का दावा करती है तो फिर ताज्जुब नहीं कि हमारा साहित्यिक समाज इस तरह की स्त्री को ही स्त्री का सच्चा प्रतीक मानता है। यदि स्त्री पुरुष की शासन सत्ता को चुनौती देती है, तो उस पर पुरुष घातिनी होने का इल्जाम लगाया जाता है। इसलिए भी बड़े-बड़े भूस्वामियों, सम्पत्ति के मालिकों की औरतों को सर्वहारा की स्थिति में जीना पड़ता है। वे रोटी-कपड़ा और मकान की छत की एवज सेवा करती हैं, समर्पण देती हैं और हर तरह से परिवार का नेक चाहकर मर जाती हैं।

नीत्शे ने एक सूक्त वाक्य ईजाद किया था—स्त्री के सौ मर्जों का इलाज है उसको गर्भवती बना देना—यह वाक्य पुरुषवर्ग को ऐसा रास आया कि वह तीस-चालीस साल पहले की स्त्रियों को याद करता हुआ उनकी सहनशीलता के गुण गाता है। बेचारी स्त्रियाँ गर्भ-निरोधकों के अभाव में धर्मपत्नी का पद पाकर साल-दर-साल गर्भवती हुआ करती थीं और जानलेवा प्रसूति से चुपचाप गुजर जातीं। अपने सबसे ज्यादा दुर्बल और दयनीय काल में वे पुत्रों की माँएँ होकर गौरव पाती थीं। अब इक्कीसवीं सदी में उन्हें कुछ मिला हो या नहीं मिला, कोख से मुक्ति जरूर मिल गई है, जिसका उर्वरा होना ही अच्छी औरत की निशानी माना जाता था।

मुझे लगा, पत्र लिखने वाली सुलक्षणा नाम की युवती को दिलासा दूँ—घबराती क्यों हो, वैज्ञानिक उपलब्धि ने स्त्री को वह समय दिया है, जिसमें वह तसल्ली से फुरसत से समाज के गोपनीय दायरों में पुष्ट होती महीन साजिशों की पड़ताल कर सकती है, जिनमें औरत के बेदखल होने के 'नायाब तरीके' अपनाए जाते हैं। जहरीली काँटेदार खूँखार व्यवस्था में दहेज तो ऊपरी शगूफा है। यह शगूफा पतिंगे की तरह भिनभिनाता हुआ औरत का ध्यान अपनी ओर खींचे रहता है। समय आ गया है सुलक्षणा कि घबराहट छोड़कर असलियत को समझते हुए दान-दहेज को लड़कियाँ अपने जीवन से निकाल फेंकें, तभी उन्हें सब जगह हिस्सेदारी करने का अवसर मिलेगा। जानती तो हो कि दहेज देनेवाले और लेनेवाले जब आपसी समझौते करते हैं, तो लड़की वहाँ कहीं नहीं होती और लड़की के जीवन के लिए उसमें कुछ नहीं होता। पापा से शिकायत करके क्या बनेगा, शिकायत तो अपने आप से होनी चाहिए भाई की तरह पिता के घर की वारिसी में शामिल क्यों नहीं हुईं? दहेज के टुकड़े पर ही क्यों मान गईं?

(6)

इसमें सन्देह नहीं कि जिस तरह सुलक्षणा ने कुछ सच्ची बातें लिखकर पिता से घृणा के तोहफे पाए हैं, उसी तरह मेरा भी हाल कुछ अच्छा नहीं रहा। मैंने सरकारी और गैरसरकारी संस्थाओं के पर्दे हटाकर झाँकने की जुर्रत की है और उनके तेवरों, उनकी नफरतों और उनकी कोपभाजन बनी हूँ। कारण यह है कि मैंने उनके उपकारों, सुधारों और चिन्ताओं को ऐसे नहीं देखा जैसे कि लोगों को उन्हें देखने की आदत पड़ी हुई है। सुलक्षणा ने भी तो यही गलती की है, पिता को बेटियों की पारम्परिक निगाह से नहीं देख पाई।

यदि स्वायत्त संस्थाओं के लोग, गैरसरकारी संगठनों के सदस्य और सरकारी अमले के नुमाइन्दे स्त्री की गिरती हुई स्थिति की चिन्ता करते हैं तो उनके बोलने-चालने, उठने-बैठने और पहनने-ओढ़ने से लेकर खाने-पीने के अन्दाज से

लगता है, ये ही हैं वे उच्च स्थितियों वाले लोग जो दूसरों की हीनावस्था का कारण बनते हैं और वे मुझसे नाराज भी इसलिए हैं कि कहीं मैं उनके महत्त्व को घटाने के अभियान में तो नहीं लगी। मेरे उपन्यासों को जब समाज-सुधारक अश्लील कहते हैं, स्त्री-मुक्ति की बात को देहमुक्ति से जोड़ते हैं, मैं समझ जाती हूँ, उनका दिमाग उपन्यासों को लेकर गरम नहीं हुआ, अपनी रक्षा में ही उठ खड़े हुए हैं। स्त्रियाँ भी, जो पुरुष मानसिकता से पीड़ित हैं, अश्लील-अश्लील का नारा लगाती हैं।

लेकिन मैं जो कह रही हूँ अगर सटीक है तो खुद-ब-खुद असर करेगा। मैं यह कह रही हूँ कि मेरे उपन्यास उससे ज्यादा अश्लील नहीं, जैसा व्यवहार ये लोग स्त्री के लिए करते हैं। चेतना सम्पन्न करने के बहाने औरत को इस्तेमाल करने की कला इनसे ज्यादा किसको आती होगी?

आप खुद ही देख लीजिए। निर्धन-अनाथ और 'बदनाम पेशा' करने के लिए मजबूर लड़कियों के सामूहिक विवाह करना या कराना इन्होंने स्त्री की जिन्दगी के लिए कामयाब नुस्खा माना है। इस जादुई चिराग के साथ स्वयंसेवी संस्थाएँ, आयोग और संगठनों के अलावा राजनीतिक पार्टियाँ और प्रशासनिक एसोसियेशंस आए दिन अखबारों और टेलीविजन तथा खबरों के अन्य माध्यमों पर छाए रहते हैं। पुण्य कर्म और समाज सुधार का आधार कन्याओं का विवाह ही प्राचीन काल से माना जाता रहा है। बेशक, यह मांगलिक कार्य स्त्री-पुरुष सम्बन्धों को वैधता प्रदान करता है। साथ ही विवाह के कर्ता-धर्ता महिला उद्धार के लिए भव्य और गरिमामय सन्तोष के साथ आत्मगौरव के उदात्त संस्कार से भर जाते हैं।

'यह तस्वीर भ्रम में डालनेवाली है।' यह बात कोई मर्द कहता है तो मर्दों को इतना गुस्सा नहीं आता, जितना कि किसी औरत के सच बोलने पर आता है। महिलाओं के उद्धार की असली तस्वीर कोई महिला ही पेश कर दे तो तस्वीर दागदार हो जाएगी, तब महत्त्व सिकुड़ने लगेगा। औरत का न बोलना कितना लाभदायक है कि कोई चाहे जैसे निर्णय ले सकता है, नियम कानून बना सकता है, अपनी क्षमता को कई गुना बढ़ाकर दिखा सकता है।

मगर मैंने कह डाला—क्या विवाह ही स्त्री जीवन की सार्थकता है? आज इस वैज्ञानिक समय और आधुनिक युग में औरत की जिन्दगी व्यवस्थित करने का यही एक साधन है? नहीं, हरगिज नहीं, यह तो सामाजिक वैधता की आड़ में स्त्री को गतिहीन करने की नायाब साजिश है। मूलतः स्त्री-विरोधी। स्त्री-विरोधी इसलिए कि उसे सौभाग्यवती का तमगा पहनाकर आप उद्धारक लोग उस स्थिति से मुँह मोड़ लेना चाहते हैं, जिसे विवाह के सांस्कृतिक रूप में उसे दे रहे हैं। न यकीन हो तो उन श्लोकों को पढ़िए, अर्थ करिए, लोकगीतों को सुनिए और

परम्परा को देखिए कि क्रमशः पवित्रता, पीड़ा और महानता मिलकर कैसे कराहती है। सीता, द्रौपदी, तारा, मन्दोदरी और अहल्या जैसी विवेकशील स्त्रियाँ अपनी बात पुरुषों को नहीं समझा पाईं, घुटती रहीं। राजरानी, गृहलक्ष्मी और गृहदेवी विवाह की एवज स्त्री को दिए गए खिताब हैं। शानदार लगते हैं, मगर पराधीनता के सिवा क्या देते हैं? लक्ष्मी अपनी इच्छा-आकांक्षाओं को कुचले जाते हुए देखती रहती है, नितान्त कंगाल और तबाह होती हुई...

चलिए, फिर भी मान लेते हैं कि लड़की की पारिवारिक पृष्ठभूमि में तो उसके जन्म से ही विवाह और दहेज के भयानक नगाड़े बजते रहते हैं, और यह सांस्कृतिक परम्परा में शुमार है। मगर स्वयंसेवी संस्थाएँ, समाजसेवी संगठन, राजनीतिक पार्टियाँ और प्रशासनिक एसोसिएशंस भी क्यों लड़की को 'विवाह का दान' मानकर अपने कर्तव्यों की क्यों इतिश्री समझ लेते हैं? क्या वे लड़की के अनब्याहे रहने के पाप को धोते हैं? प्रमाणित कर देते हैं कि व्यवस्था ने तुम्हारे लिए यही जिन्दगी तय की है। यही औरत की गति और नियति है।

लेकिन मुझे इस रवैये पर सख्त एतराज है। यह गति है न नियति है, यह तो थोपी हुई वह नीति है, जिससे आयोगों, संगठनों और संस्थाओं में बैठे लोगों की काहिली, ढोंग और अन्त में नाइंसाफी सिद्ध होती है। इंसाफ की बात कहिए और बताइए, क्या विवाह से लड़की को आर्थिक आत्मनिर्भरता मिल जाती है?

लिखा जाता है, बाकायदा दिखाया जाता है कि सामूहिक विवाह समारोह में हर जोड़े को कपड़े, बर्तन और बिस्तर दिए गए। गृहस्थी की छोटी-मोटी चीजें भेंट की गईं, अनाथ, असहाय लड़की का उद्धार कर दिया। यदि मैं यह कहूँ कि सूझबूझ और विद्वत्ता के मालिक अभी भी कितने-कितने अँधेरों में भटक रहे हैं, तो मुझे गलत मत ठहराइए, क्योंकि मैं कहना चाहती हूँ कि जिन लड़कियों को रोजगार देना था, एक कोठरी बराबर जगह देनी थी, उनको एक-एक मर्द पकड़ा दिया। मेरे हिसाब से जो धन और वस्तुएँ लड़की के काम नहीं आतीं, वह दहेज का रूप होती हैं। यदि आपने भी दहेज-सा ही कुछ दे दिया तो नया क्या किया? काश आय का ऐसा स्थायी साधन प्रदान किया जाता, जिस पर वह अपनी मेहनत लगाती और जरूरत की चीजें खुद खरीद लेती। यह ऐसा खर्चीला भी नहीं होता, जितना कि विकास के नाम पर गैरजरूरी मदों में फूँक दिया जाता है। और जमकर घपलेबाजी होती है। संयोग से कि सुयोग से अखबारों में सामूहिक विवाह समारोह के चित्रों की बराबरी पर ही घपलेबाजी की खबरें छपी रहती हैं।

यह तो हमें भी बताया गया है कि विवाह की सामाजिक स्वीकृति स्त्री को सम्मानजनक जीवन प्रदान करती है। तभी इस इक्कीसवीं सदी में महिला विकास के पुरोधा इस मानसिकता से पीड़ित हैं कि लड़की को विवाह द्वारा ही ठिकाने लगाया जा सकता है। वह 'नथ चुनरी' पहने हुए सिर झुकाकर गाय की तरह

एक मर्द के पीछे-पीछे गाँठ बाँधकर चली जाए, बस! मगर कहने को दिल चाहता है कि अनाथ, असहाय और मजबूर लड़कियाँ बिना खूँटे की गाय जैसी होती हैं और ऐसी गायों को अक्सर कसाई ले जाया करते हैं। अब संस्था-संगठनों की क्या जिम्मेदारी जो उन लड़कियों की ओर पलटकर देखें? वे तो माता-पिता तक नहीं कि गंगा ही नहा आएँ। फिर क्या आश्चर्य कि विवाह संस्था अपना सुरसा मुख फैलाती चली जाती है और स्त्रियों को चुपचाप निगल जाती है।

तो उदार मसीहाओ, सुख-सुविधाओं से ऊबी गृहिणियो, सेनानायकों की धर्मपत्नियो और प्रदर्शन के जरिए इस धन्धे को चलाने वाले मदारियो, सुनो, नेमफेम पाने के और भी तरीके हैं, अजगर की तरह खाने के और भी ढंग हैं, जो श्रम की माँग नहीं करते। अच्छा हो कि उन धन्धों में हाथ आजमाएँ। इन लड़कियों को बख़्शें महानुभाव...क्योंकि विवाह करना इतना मुश्किल नहीं कि वह खुद न कर पाएँ, मुश्किल है लड़की का अपने पैरों खड़े होना। मेरी राय में सम्मानजनक जीवन शादी से नहीं, सार्थक श्रम से मिलता है। नहीं तो सच्चाई खंगालिए, पता लगाइए, कितनी शादीशुदा औरतें सम्मानजनक जीवन जी रही हैं। सम्मान तो छोड़िए, यही बताया जाए कि मानवीय जिन्दगी ही कितने प्रतिशत स्त्रियों को मिली है?

'मेरी दोनों बहनें ब्याह के बाद बहुत दुःख पा रही हैं' कहने वाली लड़की उन्हीं ब्याहों का जिक्र कर रही थी, जिनमें उद्धारकर्ता दिपदिपाते चेहरों, चमचमाते व्यक्तित्वों के मालिकों के रूप में कई जोड़े दूल्हा-दुल्हनों को आशीर्वाद देते दिखते हैं। लेकिन यह सिद्ध हो चुका है कि यह सारा तामझाम रूढ़ और अलोकतान्त्रिक है। इस मामले में कुछ नया सोचते हुए 'कन्यादान धर्मियों' को सांस्कृतिक कष्ट होता है। वे फिर-फिर उसी मुकाम पर आ पहुँचते हैं, जहाँ तय है कि आखिर अपनी महान प्राचीन परम्पराओं को जिन्दा रखना है। पिता और पितामहों की बहुमूल्य विरासत नष्ट न होने पाए।

इस रवैये को मैं पुरुष वर्चस्व का दबदबा कहूँ तो मुझे पुरुष विरोधी कहा जाएगा, मैं जानती हूँ।

परिणीता

मुझे यहाँ कंचन भारद्वाज की याद आती है, जिसने मेरे उपन्यास 'चाक' पर एम. फिल. किया है। वह प्रखर तेवरों वाली मुखर लड़की है आरोप लगाने पर जहाँ मेरा लेखकीय मौन मुझे धैर्य देता है, गम्भीरता प्रदान करता है वहीं मेरी यह मुद्रा उसे विकलता की हद तक बेचैन कर डालती है।

कंचन मेरे सामने है, कह रही है—आप क्यों नहीं बोलतीं, क्यों जवाब नहीं देतीं, साहित्य की दुनिया में लोग आपके उपन्यासों पर क्या-क्या कहते हैं।

—मेरे बोलने से या लिखित जवाब देने से क्या होगा?

—होगा, कुछ लोग तो समझेंगे कि जो आपने लिखा है, क्यों लिखा है। उस लिखे हुए में औरत का चेहरा ऐसा क्यों बना?

—तुम जल्दी में हो कंचन!

—हाँ, हम जल्दी में हैं मेरे साथ कई शोधार्थी, विद्यार्थी। हम जवाब चाहते हैं, क्योंकि आप तो लिखकर निश्चिन्त हुईं, इंटरव्यू तो हमें फेस करने पड़ते हैं। उत्तर देने पड़ते हैं, जिन्हें विश्वविद्यालयों के अकादमिक पदों पर बैठे लोग तर्क दिए बिना काट देते हैं। बताइए आपने सारंग नैनी (चाक) जैसी स्त्री की कल्पना कैसे की और क्यों की, जबकि उसको हमारे समाज में कतई स्वीकार नहीं किया जाएगा, आप यह भी समझ रही होंगी। मैं भी समझती हूँ, फिर भी मुझे सारंग के समर्थन में अपने उत्तर तैयार करने पड़ते हैं।

मैं कंचन को देखकर मुस्कराई! उफ् वह विचार तो मुझे आया ही नहीं, जिसके चलते मैं स्त्री को लेकर अनधिकृत क्षेत्र में प्रवेश करने की धृष्टता न करती। अनधिकृत क्षेत्र यानी कि पुरुषों द्वारा कब्जाया हुआ दायरा।

मगर मैं कंचन जैसी लड़कियों को या अंजुम (कंचन का पति) जैसे नवविवाहित युवकों को आमने-सामने बैठकर सबकुछ एक ही बैठक में समझा नहीं सकती। मैं अपनी बात यथासम्भव कह भी दूँ, तो भी जरूरी नहीं कि मैं उस बात को उन सही शब्दों में फिलहाल रख पाऊँगी, जो मैं कहना चाहती हूँ। अर्थात् वह निखालिस सच्चाई, जो हजारों वर्षों से छिपाकर रखी गई है और जिसे देखना औरत के लिए वर्जित है।

बहरहाल आज के लिए कहने-सुनने का मामला स्थगित रहे तो बेहतर है। कल कागज कलम लेकर बैठना होगा कि लगाए गए आरोपों पर अपना अभिमत पेश करूँ। बता दूँ कि मैं स्त्री का चेहरा बदलने की बात कैसे सोच सकी?

स्वामिभक्ति ऐसा गुण माना गया है, जिससे मनुष्य की विश्वसनीयता सिद्ध होती है। निष्ठा और प्रेम के साथ सेवा का नाम वफादारी है, ऐसे पाठ जहाँ लड़की बचपन से पढ़ती है। जिन्होंने स्वामिभक्ति के नाम पर मालिक के लिए अपना सर्वस्व निछावर किया है, वे गौरव का विषय बनते हैं। मिसालें उन्हीं ने कायम की हैं।

मैं स्त्री होकर सोचती हूँ कि ये स्वामिभक्त लोग कौन थे, कौन हैं? किस तबके से आते हैं? समाज में कौन से वर्ण या वर्ग इनके लिए आरक्षित कर रखे हैं? या वे कौन से सौभाग्यशाली हैं, जिनको पौराणिक-प्रशंसाएँ और ऐतिहासिक प्रामाणिकताएँ मिली हैं? यदि इनकी पड़ताल न की जाए तो स्त्री जीवन के ही नहीं, समाज के बहुत से सवाल अनसुलझे रह जाएँगे, क्योंकि ये स्वामिभक्त उसी प्रजाति से आते हैं, जिसको भूमि, जल और साँस लेने वाली हवा के लिए दूसरों की आज्ञा लेनी पड़ती है। वे अपने मनुष्यगत अधिकारों से वंचित हैं। वे ऐसे लोगों की छत्रछाया में रहते आए हैं, जो अपने जन्म और जीवन को समाज में सबसे ऊपर मानते हैं और जिन्हें वफादार गुलाम पालने की लत इसलिए है कि इससे मालिकीकरण की चमकदार और शानदार तस्वीर बनती है कि लम्बे समय तक धुँधली न हो सके।

अतः पुरुष व्यवस्था ने स्त्री को पूजा से प्रशंसा, पुराण से इतिहास तक ऐसा मार्ग दिखाया, जिस पर सतियों की निशानदेही थी। आध्यात्मिक विकास के इन चमत्कारों ने उसे मर मिटने और जल मरने के लिए तैयार कर लिया। पन्ना धायों और पद्मिनियों के पहले सीता, सावित्री, अहल्या, अनसूया की कहानियाँ हम बच्चियों के पाठ्यक्रम में शामिल हुईं कि हम राजकुँवरों को बचाने, राजाओं के बिना खत्म हो जाने और देवताओं के छल-कपटों को पचाने की प्रक्रिया को अपनी जीवनवृत्ति समझें। मीरा के पदों की व्याख्या समझाई गई कि कृष्ण को उसने अपना पति माना। कृष्ण, जो सखा के रूप में सर्वत्र सराहे गए, द्रौपदी के सहायक बने, मीरा ने उनको पति बनाकर क्या पाना चाहा? समर्पण भाव छीज रहा था और पुरुष दुश्चिन्ता में थे, क्या मीरा ने 'पति' शब्द की आड़ में अपने मन की बात कह डाली? रानी पद्मिनी का जौहर व्रत मेरे गले में अटकी हड्डी है। यह बात गले नहीं उतरती कि उसने पति के सिवा परपुरुष के स्पर्श मात्र से ऐसा डर माना कि आग में कूद गई! यह डर अपने लिए तो सौ फीसदी नहीं था, राजा के

मान-अभिमान का बीभत्स मुखौटा था, वरन् वह जलकर खाक नहीं होती, दुश्मन से जमकर लड़ती। इतिहास की लाजवाब मिसाल यह भी है कि रानी झाँसी ने आत्म-बलिदान गोद लिए राजकुँवर के लिए किया था, जो राजघराने का वंशज था। स्वामिभक्ति की ये दास्तानें स्त्री के लिए आत्महन्ता स्थितियाँ पैदा करती रही हैं, जिन्हें हत्या या आत्महत्या कहा जाए तो अकादमिक और ऐतिहासिक हल्कों में हलचल मच जाएगी। जो भी हो, ये धार्मिक और पारम्परिक कुरबानियों के दृश्य दृष्टान्त हैं।

बेशक औरत के ऊपर ऐसी जिन्दगी का नशा सवार है कि वह पागलपन की हद से गुजर जाती है, अपना भविष्य-बोध मर मिटने के अलावा कुछ नहीं मानती। कोई बताए यह स्थिति उन्मादी ताने-बाने में किसने बुनी?

यह स्थिति मेरी जैसी स्त्रियों को रास नहीं आती। नवयुवतियाँ अगर अपने कार्यकलापों की व्याख्या करें तो समझ में आएगा कि ये संहारक, मगर पवित्र कार्यवाहियाँ औरत को खत्म कर डालने के हथियार हैं। और इन हालातों को बदलना आसान नहीं। मैं सतियों, देवियों से क्षमा चाहती हूँ और उन खेत-खलिहानों की ओर निकलती हूँ, जहाँ किताबी नहीं, व्यावहारिक तौर पर स्त्री के जीवन की वास्तविकता है। वास्तविकता का पर्दा उघाड़ा जाए तो शहरों और गाँवों में वह तरह-तरह से अपनी उपयोगिता सिद्ध करने में लगी रहती है, चाहे वह घरेलू काम हो, खेतों में मेहनत-मशक्कत हो, बच्चों की जरूरतें हों, इन्हीं चिन्ताओं के हवाले होकर उस दुनिया में जा पहुँचती है, जहाँ स्वामिभक्ति का सिक्का चलता है। यही सिक्का पुरुषों की पैंतरेबाजियों और कामुकताओं का सामना करता हुआ कभी बच निकलता है तो कभी पस्त हो जाता है क्योंकि क्रूर और कायर प्रस्ताव कभी धर्म के नाम पर, कभी इतिहास का हवाला देकर औरत को आर्थिक उलटबाँसियों में फँसा लेता है।

अपना फैसला लेने की जगह नहीं बचती। आकांक्षाओं को अपनी मौत मर जाना होता है...

'क्यों आखिर?'

यह सामान्य प्रश्न कई बार सामने आता है तो हमारे भीतर खूब खँगालने पर हमें एक जवाब जो मिलता है, वह यह है कि हमारे समाज के पुरुष को स्त्री की आकांक्षाओं का ख्याल ही नहीं, उसे रम्भा जैसी सुन्दर नारी चाहिए, इसी इच्छा की पूर्ति में कहीं-से-कहीं तक गुजर जाता है। दुष्यन्त, नल, पृथ्वीराज जैसे राजाओं ने ये सिद्धान्त और दृष्टान्त तय किए हैं। सौन्दर्यमयी स्त्री उनका अभीष्ट है, न कि उसका विवेकशील आचरण। प्रतापी राजाओं का अनुकरण-अनुसरण प्रजा करती रही है और यह एक आदर्श परम्परा मानी गई।

आज जो हम बाजार व्यवस्था में स्त्री की सजावट को देखते हैं तो आश्चर्य

या दुःख क्यों करते हैं? क्यों सवाल उठाते हैं **'क्या यही स्त्रीमुक्ति है?'** जानते तो हैं कि हाँ, यह स्त्रीमुक्ति नहीं, स्वामिभक्ति का ही खरा रूप है।

मगर यह रूप...अपने पुरुष (पति) के लिए सजे तब ठीक है, सार्वजनिक हो जाए तो गलत! गलत इसलिए कि फिर वह स्वामिभक्ति के घेरे को तोड़ देता है। अपनी पहचान में आजाद होने लगता है।

नहीं, ऐसा नहीं चलेगा, रूपवती के साथ बुद्धिमती होना खतरनाक है। आर्थिक नीति भी यही माँग करती है। अपने स्वामी (पिता और पति) से छूटी औरत को अर्थपति घेरने लगते हैं और स्त्री रूपी ऐसी भेड़ों का रेवड़ बना लेते हैं, जिन्हें अपनी आज्ञा से मूँड़ लिया जाए। और वे वफादारी की चादर ओढ़कर अपनी आधुनिकता पर गर्वित होती रहें। कौन जाने ऐसी औरतें पुरुष व्यवस्था में अपनी जगह निश्चित करना चाहती हैं, या स्त्रीपन से छुटकारा पा लेती हैं? हम तो इतना ही जानते हैं कि वे स्वामिभक्त कुत्ते की मौत नहीं भी मारी जातीं, तो मक्खन में सानकर ब्रेड खाती हुई पालतू बना ली जाती हैं। नजारा बनता है कि औरत को चारदीवारी से मुक्ति मिली है, मगर उसका शरण्य शक्तिमान पुरुष ही है, जो उसके सौन्दर्य को सार्वजनिक करते हुए कीमत वसूल रहा है।

कितनी शातिर है पुरुष व्यवस्था, देखा न?

पत्नी क्यों बनाई जाती है स्त्री?

पत्नी होकर मेरे मन में यह सवाल बार-बार कड़कता है कि क्यों विवाह के बगैर स्त्री की पूर्णता की कल्पना नहीं की जा सकती? 'पति ही गति है' का आदर्श सिद्धान्त नारी जीवन से लिपटा हुआ है और पिंगला जैसी सतियों के पवित्र वाक्य—'स्त्री को स्वतन्त्र नहीं होना चाहिए, अन्यथा उसका पतन होता है'—औरत के लिए अनुकरणीय बताए गए हैं। अचम्भा नहीं कि हमारे पौराणिक आख्यान और ऐतिहासिक कथाओं की जमीन सती महिमा से पटी पड़ी है और हमारी दादियाँ-नानियाँ इन्हीं परिपाटियों से अनुकूलित रही हैं। अतः समाज में स्त्री स्वतन्त्रता की बात देशी नहीं, विदेशी लगती है। स्वतन्त्रता शब्द यदि आचरण का रूप ग्रहण करता है तो उच्छृंखलता की तरह देखा जाता है। क्या स्त्री की आजादी सचमुच जघन्य अपराध है, क्योंकि यह विदेशी है?

ऐसा सोचने से पहले आप उन विदेशी विद्वानों के अभिमतों पर भी जरा गौर फरमाएँ कि विदेशों की असलियत का पर्दाफाश हो। **मैथ्यू अर्नाल्ड** कहते हैं—"स्त्री की उत्पत्ति पुरुष के पाँव से हुई है, जिससे कि वह उसके द्वारा शासित होती रहे।" **नीत्शे** के अनुसार, "स्त्री के पास कोड़ा लेकर जाना चाहिए।" **रूसो** के विचार भी स्त्रियों की आजादी का समर्थन नहीं करते हैं।

निश्चित ही ऐसे मूर्द्धन्य विद्वानों की बर्बर घोषणाओं के प्रतिक्रिया स्वरूप पश्चिमी देशों में स्त्री-स्वतन्त्रता की आँधी आई होगी और उसी क्रम में हिन्दुस्तानी औरत अपने पौराणिक और ऐतिहासिक पुरुषों के कथनों-विवरणों-विमर्शों को अपने विरुद्ध कार्यवाही में भरपूर योगदान देते हुए पाती है। मजे की बात तो यह है कि अंग्रेजों से मिली स्वतन्त्रता के बाद भारतीयों ने देश सँभाला तो उसी पुरातन धारा को औरत की जमीन पर बहा दिया, जिसका उद्गम ऋषियों-मुनियों और राजगुरुओं द्वारा रचित ग्रन्थों में है। उसी के अनुसार आधुनिक साहित्य रचा जाने लगा।

'स्त्री का विवाहित होना, उसकी जिन्दगी का चरम लक्ष्य है' और अविवाहित रहना भविष्यहीन जीवन की खाई में गिर जाना है। ओह! विचार करना होगा कि सच में ही यदि पुरुष का पति के रूप में साथ और शासन स्त्री को न मिले तो आत्महन्ता स्थितियाँ आ जाती हैं? मगर विचार के लिए स्त्री के पास वक्त कहाँ है? पुरुष सोचता है कि उसके पास विचार करने का विवेक कहाँ है? इस कहाँ-कहाँ में फँसी हुई वह कहना स्थगित करती जाती है। फिर एक सिलसिला ऐसा बनाती है, जिसमें पुरुष सत्ता का बोलबाला है। हम देखते हैं कि आज भी कुँवारे रह जाने के नाम पर पुरुष नहीं घबराता, स्त्रियाँ घबराती हैं। यदि कुँआरेपन से गुजरना पड़ता है तो सहज जीवन से दूर होती चली जाती हैं। मानसिक तनाव में कई बार अपनी कुँआरी देह को लेकर आत्महत्या कर लेती हैं। अब आप ही देख लीजिए पुरुष के लिए स्त्री में समर्पण की कैसी उत्कट भावना है कि उसकी 'वैध संगत' के लिए अनचाही शर्तें भी मंजूर करती जाती है। वह नहीं देखती कि 'विवाह' उसे कहाँ-कहाँ से काट रहा है? पिता के घर से, पाँवों तले की जमीन से, परिचित जगह से...जिसपर कि उसका उतना ही हक था, जितना कि एक पुरुष का होता है। यह बात उसके जेहन में आए भी कैसे, ऐसा होता देखा ही नहीं। समाज का हर परिवार जहाँ बेटे के रोजगार और स्तरीय जीवन के लिए चिन्तित रहता है, वहीं बेटी के विवाह को अपना लक्ष्य समझता है, क्योंकि लड़की की डगमगाती जिन्दगी का सुदृढ़ आधार उसका पति ही होगा, ऐसी मान्यता है।

ऐसा विधान पुरुषों ने पुरुष के लिए नहीं बनाया। उसको अपनी अविवाहित देह अपराध नहीं लगती। वह अनब्याहा रहकर तिरस्कार नहीं, आदर पाता है। ब्रह्मचारी कहलाता है, पूज्य हो जाता है। कुँआरे रहने के उसके आत्मविश्वास को लोग श्रद्धा से देखते हैं। वह सांसारिकता से निकलकर सार्थकता खोजने का निमित्त माना जाता है। लोग गर्व से देखते हुए उस पुरुष की ओर इशारा करते हैं—उसने विवाह नहीं किया। जबकि अविवाहित स्त्री की ओर देखते ही दया की धारा खोल देते हैं—चच् च्च, बेचारी का विवाह नहीं हो पाया! एक

ही स्थिति में खड़े दो स्त्री-पुरुष अलग-अलग व्यवहार पाते हैं। समर्थ और सामर्थ्यहीन दिखने की फाँक बन जाती है। मंचों पर सुनिए, कवि कितने दुःख से कहता है—बिन दहेज के बेटी रह गई कुँआरी...

आजादी के बाद लिखे गए कहानी-उपन्यासों ने एक घातक दौर चलाया, जिसमें रचनाकारों ने अपना मुख्य विषय 'बेटी का अनब्याहा रह जाना' बनाया। यदि उन कहानीकार और उपन्यासकारों को यह विषय इतना सार्थक लग रहा था तो वे उन पौराणिक पुरुषों, ऐतिहासिक राजाओं और शासकों से किस प्रकार कम थे, जिन्होंने स्त्री को पत्नी का नाम देकर श्रम और सैक्स के लिए बँधुआ घोषित किया है। बेशक इन प्रकरणों में स्त्री की बेचारगी को उभारा गया हो, मगर प्रमाणित यही करना चाहा है कि पुरुष की वैध छाया के बिना आर्थिक रूप से आत्मनिर्भर औरत का जीवन भी व्यर्थ है। स्त्री रचनाकारों की कृतियाँ भी इसी विवाह ग्रन्थि से पीड़ित रहीं। हो सकता है कि स्त्री के ऊपर असुरक्षा के बादलों के घेरे हों और लड़कियाँ विवाह को रक्षा-कवच मानती हों। 'रुकोगी नहीं राधिका', 'शाल्मली' और 'तत्सम' अपने असर में विवाह को प्रमुखता देते रहे तो बेजा बात नहीं है। अब यह बात दूसरी है कि आज के समय में ऐसा रवैया दिशा भ्रम है। आज हमारे समाज में वे स्त्रियाँ ज्यादा मजबूत हैं, जिनके ऊपर पुरुषों का साया नहीं। मेधा पाटेकर, ममता बनर्जी, सोनिया गाँधी, मेनका गाँधी, अरुंधती राय के साथ और भी नाम हैं, जो सामाजिक, राजनीतिक और सांस्कृतिक संघर्ष के जरिए दृश्य बदल रही हैं। नवयुवतियों को इन स्त्रियों के जीवन से खुद्दारी की प्रेरणा मिलती है, न कि कुंठा की भावना।

अविवाहित या विधवा स्त्री के कुंठारहित जीवन जीने पर वे लोग कुढ़ते हैं, जो भारतीय संस्कृति की महान परम्परा के पालनहार हैं। संस्कारों को आस्था मानते हैं और विरासत में वही सब छोड़ना चाहते हैं, जो उन्होंने पाया है। अनिवार्य विवाह की विवशता में स्त्री को बाँधा जाए। पत्नी बनाकर भोगा जाए, शासन किया जाए, संतति का जरिया बनाया जाए। पीढ़ी-दर-पीढ़ी वंशबेल को चलाया जाए।

उफ्! यह थोपी गई पवित्र परम्परा...हम स्त्रियों की नजर में दुश्मन है, एक अपवित्र रूढ़ि।

आप इसे उल्टा चलन भी मान सकते हैं कि महान परम्पराओं से हमारा विश्वास उठ गया है। युवतियाँ जो विवाह के कठघरे से भाग छूटती हैं, वीरांगनाएँ हैं और युवक जो उन्हें समर्थन देते हैं, हमारे चलते बहादुर हैं। अन्तर्जातीय मिलन के निर्बन्धन सम्बन्ध माना कि आपकी आचार संहिता के खिलाफ व्यवस्था रचते हैं, मगर यही सक्रिय समाज का जीवित रूप है। आज, इस इक्कीसवीं सदी की शुरुआत का सच यह है कि गाँव जवार में कुँआरी या प्रेम करने के लिए बदनाम

हुई लड़कियाँ भय के कारण कुओं में छलाँग नहीं लगातीं, नदी में नहीं डूबतीं या आग में जल नहीं मरतीं, जहर भी नहीं खातीं! वे अपनी जिन्दगी के साथ परमपिता परमेश्वरों से मुठभेड़ पर उतारू हो जाती हैं। यह साहस समाज बिगाड़ अभियान भले माना जाए, लेकिन हर हाल में जीवन की सार्थकता सिद्ध करता है। यदि रुकावटों, गतिरोधों और शासनों के जरिए मुहिम स्थगित भी हो जाए तो भी बाद में जो नतीजे निकलेंगे व्यर्थ या फालतू जाने वाले नहीं।

स्त्री जीवन में पत्नी होना सफलता भले मान लिया जाए, मगर यह उसके जीवन की सार्थकता नहीं, क्योंकि दी गई सीमाएँ स्वार्थ और स्वामित्व के घेरों से बनी हैं, उसके पार जाना मुक्ति का धर्म है। इस धर्म का आधार है प्रेम।

इसलिए कहती हूँ जिस प्रेम शब्द की व्यापकता ईश्वर तक मानी गई है, उस प्रेम से हम स्त्रियों की दुनिया में व्याप्त प्रेम भिन्न होता है, जबकि रचनाकार, कलाकार, चित्रकार प्रेम को सबके हक में एक-सा ही आँकते हैं। हम मानते हैं कि ईश्वर तक जानेवाला प्रेम वायवीय, निराकार जो देह के ठोस धरातल से नहीं गुजरता, मारे काम का नहीं क्योंकि वह न मन की राह चले न आँखों-से-आँखों तक का सफर करे और न परस्पर वादे-इरादों का भेद जाने। वेदान्त और वैराग्य दर्शन हो या साहित्य के छायावादी घेरे हों अथवा कबीरवाणी का आँखों देखा सच हो, प्रेम की अमूर्त परिभाषाओं के नैतिक झूठ को जिसने भुगता है, वह है स्त्री। अपने अस्तित्व और व्यक्तित्व के नकार को झेलती हुई...

यह सच है, खरा सच कि प्रेम के नाम पर नर योनि में जन्मा प्राणी यदि समानता में विश्वास नहीं रख पाता तो स्त्री की देह से साक्षात्कार करता हुआ देवता बना रहता है। यही कारण है कि जब स्त्री देह के ठोस धरातल पर प्रेम प्रसंगों को उठाती है तो देवता का सिंहासन हिलने लगता है। 'एम्टी कैनवैस', 'लाइफ विद पिकासो' और अब 'द्विखंडिता' गुमनाम प्रेमों की बदनाम कहानियाँ। यकायक बवाल मचने लगता है। स्त्री को दण्डित करने के ऐलान किए जाते हैं, उन लोगों की अपील पर, जो प्रेम को दुनिया की सबसे खूबसूरत चीज मानते हैं। मगर खूबसूरती तभी तक जब तक महबूबा हिजाब और नकाब में रहे।

हिजाब, नकाब, हया और लिहाज, मर्यादा और कुलीनता पत्नी के लिए बताए गए लक्षण हैं, शर्तें हैं...

हम इन लक्षणों, इन शर्तों को भूल रहे हैं और खुलेआम इश्क का इजहार कर रहे हैं। माना कि अखबार, टेलीविजन और इंटरनेट भले ही चटखारे लेकर देखने के पुराने अभ्यास में रहें, मगर हमें अपने नए नज़रिया पर गौरव है। कोई पद-पदवी वाला, कोई रोब-रुतबे वाला अपनी गरिमा और गर्व की दुहाई देता हुआ हमारी व्यक्तिगत चाहतों में निषेध शब्द नहीं जोड़ पा रहा। आलीजाह चुप हैं, मुँह फेर रहे हैं या पछता रहे हैं कि नाचीज औरत को शिक्षित करके काबिल बना

दिया। सोचा था कि शिक्षा के जरिए सलीके से सेवा प्राप्त होगी, घर का रखरखाव शानदार बनेगा ऐसे ही जैसे बादशाहों और राजाओं के जमाने में खूबसूरत औरतों की ओर कीमती तोहफे फेंककर उन्हें माशूका बनाया जाता था और महबूबा तोहफों को प्रेम की कीमत भी मानती थी, चुप रहने का मुआवजा भी।

यही साहसहीनता तो प्रेम को पाप में बदल देने का कारण थी। हमें पता चल गया कि औरत पर लगाई गई ये क्रूर शर्तें सिर्फ मौका देखकर रियायत का विधान अपना लेती हैं, हक जैसी चीज समझती नहीं। औरत की मोहब्बत को खरीदने का स्थायी तरीका है उसको पत्नी बनाना और अस्थायी है रखैल या वेश्या के रूप में मोल लेना। स्त्री फिर किस स्वायत्तता के बारे में सोच सकती है? वह प्यार के नाम पर इतना कुछ हार जाती है कि आगे चलने के लिए कुछ बचता नहीं। पुरुष सत्ता से अनुकूलित दिमाग की हालत बार-बार उस भयानक तस्वीर पर सिर पटकती है, जिसमें जाती हुई जवानी उम्र में से उस परी चेहरे को खींच रही होती है, जिस पर पति फिदा था या मालिक मरता था। अब सौन्दर्य के पुजारी दूसरी मूर्ति की ओर चल देंगे...यह छली परम्परा और स्त्री की सन्निपातिक अवस्था अपने जरिए नहीं, उस पुरुष के कारण बनी है, जिसके बिना उसका जीवन व्यर्थ समझा जाता है।

इस रचना संसार में मैंने प्रतिभाशाली युवतियों को किसी का गर्भ टाँगकर कविता पढ़ते देखा है और फिर सुनी है बच्चे और माँ की हत्या की दास्तां। क्या सच में ही उसका जीवन सार्थक हुआ? या उसे स्वर्ग मिला? नहीं इस अलग तरह के साहस के लिए मृत्युदंड मिला। क्या अपनी हिम्मत के खतरे वह स्त्री नहीं जानती थी? जानती तो थी, मगर हौसले से बाज नहीं आ रही थी। कैसी खामख्याली है, मालिकों के वेश में पुरुषों ने समझा है औरत की सामाजिक और राजनीतिक सूझबूझ के रंध्रछिद्र बन्द हैं और सम्भोग सुख का नजारा स्वर्ग या राजभवन का आनन्द है, यह स्वामियों का दावा है। मगर यह कौन-सी औरत है कि सम्मोहन का पर्दा फाड़कर बाहर निकल आई?

पत्नी स्वामिभक्त कुत्ते से ज्यादा वफादार होती है, पत्नी को बचाओ। धार्मिक सीमाएँ ज्यादा मजबूत होती हैं, उसे धर्म से बाँधो। सबकुछ वही हो रहा है, जो पहले से होता आया है, सिर्फ इतना पता चल गया है कि धार्मिक, सामाजिक और राजनीतिक दायरों के केन्द्रों में कोई रहे, प्रेम के केन्द्र में स्त्री होती है। होती है इसलिए क्योंकि वह शासन नहीं साहस करती है नहीं तो आज अपने होने को उच्छ्वसित नहीं उल्लसित होकर प्रस्तुत करती? यह उसके सत्य का स्वीकार ही है कि वह छद्म के सहारे खड़े पुरुष के रूप में तथाकथित प्रेमी पति और संरक्षक को देखकर हँस सकती है, रो सकती है, गा सकती है, नाच सकती है और यहीं से अपनी अभिव्यक्ति का ऐसा नया रास्ता खोलती है जिसके लिए

कहीं जगह न थी।

सिद्ध हो रहा है कि उसकी भावनाओं का संसार न सुरक्षा के लोभ से प्रभावित होता है न किसी पूज्य की पूजा से आगे बढ़ता है, अपने नैतिक बोध को अपनी तरह प्रस्तुत करने से जीवन की प्रेम कहानी सार्थक बनती है। भयानक और विकृत दृश्यों भरे संसार को तिलांजलि देती है, जिनमें उसे अभावों के चाबुकों ने पीटा है और शारीरिक तथा मानसिक यातनाओं के बदले मिले सुखों ने अपने बीच घसीटा है और अब तक उसकी पूर्वजाएँ प्रेमहन्ता नहीं हो पाईं, भले आत्महन्ता होना पड़ा। सत्तान्ध अहंकार में डूबी पुरुष व्यवस्था देख रही है कि उसे कौन-कौन-सी सजाएँ दी जाएँ, जिससे इस नई कहानी का खात्मा हो?

और जीवन कथा के खात्मे की कहानी कुछ इस तरह आ रही है कि नई तकनीक में अत्याधुनिक स्टाइल से स्वामित्व की सहजवृत्ति और अधिग्रहण का जुनून स्त्री प्रजाति को सेवा और सैक्स के लिए झपटता रहा है। यह हवस उसके आधिकारिक क्षेत्र में मानी जाती रही है कि अपना परचम लहराता हुआ देवताओं के रूप में ब्रह्मा, विष्णु और महेश के नाम से अनसूया का स्त्रीत्व लूटें, इन्द्र के रूप में अहल्या पर बलाघात करें, पाँच पाण्डव द्रौपदी के पति बनें, अलाउद्दीन बनकर पद्मिनी को आगोश में लेना चाहें, राजा के नाम पर पृथ्वीराज के रूप में संयोगिता को ले उड़ें। ऐसे तमाम मामलों में बहादुरी के तमगे किसी ने लूटे हैं तो उसी ने, जो पुरुष था। स्त्रियाँ अनसूया, अहल्या, द्रौपदी, पद्मिनी और संयोगिता के रूप में अपने पुरुषों की प्रतिष्ठा में सती नारी ही रहीं। उनके बारे में इससे ज्यादा सोचने की मोहलत नहीं क्योंकि हम पिछली शताब्दियों की स्थितियों में अपने विवेक को दबानेवाली आदर्श स्त्री की स्थिति में रहे हैं।

मैं उन देवी सतियों के समाधिकाल के बारे में सोचने की बात करती हूँ और उन औरतों के प्रस्तरीकरण को अन्यायपूर्ण मानती हूँ, तो गुस्ताखी करती हूँ, क्योंकि आज भी बच्ची के रूप से लेकर जवान और वृद्धा होती हुई उन सतियों की अकाल मृत्यु के सामने हाथ जोड़े सिर झुकाए खड़ी हुई है।

और! और जिन चंद लड़कियों की समझ में यह आ गया है कि इन विवाहिताओं के हश्र को देखकर वे अपनी स्वतन्त्रता के लिए इतनी जगह हासिल कर लें कि अपना अस्तित्व बचा रहे और उसकी बरकरारी में व्यक्तित्व को विकसित करने के रास्ते बना लें।

निःसन्देह ऐसी लड़कियों को बदचलन, बदकार, आवारा, पागल और चुड़ैल-डायन समझे जाने के खतरे से दो-चार होना पड़ेगा। आयातित नारीवाद से दूरी बनाते हुए मैंने सोचना शुरू किया तो अपने देश के पुरुष मुझे मासूम नजर आए। वे बेचारे क्या करें, जब उन्हें पुरुष-पूजिका नारी की तस्वीर रास आती है। उसका सेवा समर्पण ही स्त्री होने की परिभाषा बनता है। वे किसी सती को ही

स्त्री मानते हैं। इस समय किसी प्रभा खेतान, वृन्दा कारत, सैयदा हमीद, मणिमाला, क्षमा शर्मा और मनीषा को इतना प्रोत्साहन नहीं मिला, जितना कि किसी ओहदेदार पुरुष की पत्नी को मिल जाता है। व्यवसायी की पत्नी के लेखन को मिल जाता है। कोई बात नहीं, पुरुषविहीन अकेली स्त्रियों को देखकर मर्द समाज कभी-कभी भय से, कभी घृणा से अस्थिर मन रहता है। यदि सकून पाता है तो यही सोचकर कि धर्मपत्नियों से उसके वर्चस्व को कोई खतरा नहीं।

निश्चित ही खतरा नहीं, तथाकथित पतिव्रताओं के लेखन को मैं देखती हूँ तो पाती हूँ, आजादी के बाद पैदा होनेवाली लेखिकाएँ जन्म और विवाह के कारण कुलीनाएँ अपने सुखमय पराधीन जीवन को जीते हुए और क्या लिखेंगी, सिवा इसके कि उनके दादे-परदादों ने कितनी शानदार जिन्दगी जी, या उनके पिताओं ने कितनी बार कितने शहरों की यात्राएँ करते हुए वहाँ निवास किया या उनके परिवार के सम्बन्ध जवाहर लाल नेहरू, इन्दिरा गाँधी और स्वतन्त्रता सेनानियों के नामधारी कुलीनों, सम्भ्रान्तों तथा कैबिनेट मन्त्रियों से कैसे रहे। उनकी शिक्षा कॉन्वेंटों, मिशनरियों और आर्य-समाज के उच्च स्तरीय माध्यम से कैसे हुई। उन्होंने यदि प्रेम-विवाह करना चाहा तो प्रेमी की जाति की सवर्णता को लेकर किस कदर सतर्क रहीं कि परिवार की मर्यादा और सदियों पुरानी परम्परा का निर्वाह शानदार ही रहे। शालीनता की मिसालें वे स्त्रियाँ अपने लेखन में शील का अवगाहन जिस शिद्दत से कर सकीं, उसी तीव्रता से उनके साहित्य को सराहा जाता है।

मगर।

इसके विपरीत वह कौन है, जो कुलीनता में अपनी प्रतिभा को जंगली घास की तरह उगते देखती है, महज उखाड़े जाने के लिए बढ़ते देखती रहती है, उसकी आँखें जंगली गुलाब की तरह खुलकर खिलती हैं, पानी और खाद के अभाव में बरौनियों की तरह असमय रंग-विहीन होती हुई झरने लगती हैं।

जंगली आदिवासी औरतों की बेघर जुबान, बेबाक गीतध्वनि उसे कितना-कितना तड़पाती है कि चमगादड़ की तरह कुलीनता के किले की दीवारों से सिर फोड़ती हुई स्त्री केंचुए-सी बिलबिला उठती है, यों ही कुचले जाने के डर से।

क्या वह कवयित्री हो सकती है? उसकी शिक्षा योग्यता और क्षमता को जंगली, मगर उदार, मगर महानता के बोध का मारा पुरुष समाज थोड़ी-सी भी जगह देगा? देगा उस घुटन के गीत को जगह, जो उबलकर कंठ तक भर आया है?

क्या मैं इस तरह कुछ गा सकती हूँ, जिस तरह की कविता मेरे होठों पर दहक रही है?

नाम, बेनाम, **अनामिका** का यही अर्थ हुआ न, जो अनगिनत स्त्रियों के नामों और जिन्दगियों के साथ जुड़ती है। अब आप उसके साहस का अन्दाजा लगा सकते हैं और उन स्थितियों का भी, जिनके पार वह जाना चाहती है और उस विश्वास का भी, जिसके चलते उसने सोचा कि यह वास्तविक गीत न दुखड़ा रोने की प्रक्रिया में, न हास्यास्पद होने के डर में और न खुद को सिद्ध औरत माने जाने के प्रयत्न में कलम ने स्वीकार किया है, यह छोटा-सा अनुभव है, बहुत मुख्तसर, जो मेरी ही जैसी स्त्रियों तक पहुँचेगा—

पढ़ा गया है हमको
जैसे पढ़ा जाता है कागज
बच्चों की फटी कापियों का
चना जोर गरम के लिफाफे बनाने से पहले

भोगा गया है हमको
बहुत दूर के रिश्तेदारों के दुख की तरह!
एक दिन हमने कहा
हम भी इंसां हैं—
हमें कायदे से पढ़ो एक-एक अक्षर
जैसे पढ़ा होगा बी.ए. के बाद
नौकरी का पहला विज्ञापन!
देखो तो ऐसे
जैसे कि ठिठुरते हुए देखी जाती है
बहुत दूर जलती हुई आग
सुनो हमें अनहद की तरह
और समझो जैसे समझी जाती है
नई-नई सीखी भाषा!
इतना सुनना था कि अधर में लटकती
हुई
एक अदृश्य टहनी से
टिड्डियाँ उड़ीं और रंगीन अफवाहें
चीखती हुई चीं चीं
'दुश्चरित्र महिलाएँ, दुश्चरित्र महिलाएँ—
किन्हीं सरपरस्तों के दम पर फूली फैली
अगरधत्त जंगली लताएँ...'

एक विवाहिता का यह वक्तव्य उसके पत्नी होने की कथा कहता है। और लोग यह सोचकर खुद को समझाते देखे जाते हैं कि 'दिमाग खराब औरतें' ऐसा ही कुछ अल्ल-गल्ल बकती हैं, अन्यथा कोई भद्र और शालीन महिला अपनी कविता में किताब में ऐसा कुछ क्यों लिखेगी?

लिखेगी

मैं एक दरवाजा थी
मुझे जितना पीटा गया
मैं उतना ही खुलती गई
अन्दर आए, आने वाले तो देखा–
चल रहा है एक वृहत्चक्र
चक्की रुकती है तो चरखा चलता है
चरखा रुकता है तो चलती है कैंची-सूई
गरज यह है कि चलता ही रहता है
अनवरत कुछ-कुछ।

और अन्त में सब पर चल जाती है झाड़ू–
तारे बुहारती हुई
बुहारती हुई पहाड़ वृक्ष पत्थर
सृष्टि के सब टूटे बिखरे कतरे जो
एक टोकरी में जमा करती जाती है
मन की दुछत्ती पर।

पूरे निश्चय के साथ कह सकती हूँ कि कविता लिखने वाली उस स्त्री में स्त्री बाकायदा मौजूद थी, न कि कोई घरेलू जानवर, क्योंकि वह पालतू जीव होने से इनकार करना तय कर चुकी थी।

मगर विरोध!

जिस औरत ने लिखा उसे भी विरोध ने बता दिया, तुम गलत हो, दुश्चरित्र हो, ऐसी बदचलन, जिसे वेश्या कहा जाता है। अपने इस इबारत के साथ तुम जिस रूप में खड़ी हो, उस रूप पर खुद ही लज्जित होगी एक दिन।

अखबारों में, अपनी इच्छा की मालकिन जवान स्त्रियों की धर-पकड़ हो रही है। उनको वेश्या नहीं, कॉलगर्ल माना जा रहा है। जैसे रंडी शब्द के मुकाबले 'वेश्या' कहना कहने वाले के लिए आसान हो जाता है, उसी तरह वेश्या शब्द को कॉलगर्ल

में तब्दील कर दिया है, मगर इन तब्दीलियों से उनके गन्दे चलन का अर्थ तो नहीं बदल गया। अर्थ में तो कुँआरी, विवाहिता, विधवा के खाँचे से निकलकर स्त्री रंडी ही मानी जाती है, जो किसी भी पुरुष के लिए उपलब्ध हो।

हर पुरुष के लिए उपलब्ध होने के बावजूद भी क्यों होती है पकड़ा-धकड़ी?—कॉलगर्ल ने पूछा।

इसलिए कि वेश्यावृत्ति औरत ही अपनाती है। शरीर बेचकर पैसा कमाती है।

—और जो हमें बेचते रहे हैं वो?

—हाँ, दलाल भी पकड़े गए हैं।

—क्यों?

वेश्यावृत्ति को उखाड़ने का अभियान सदियों से चला आ रहा है, लेकिन वह कैंसर की तरह नई-नई जगह नए-नए रूपों में प्रकट हो जाता है। ऐसे, जैसे इस सामाजिक रोग को किसी अदृश्य ताकत ने खाद-पानी मुहैया कराया हो।

किसने?

औरत की मौजमस्ती ने। अब यह आर्थिक मजबूरी के कारण नहीं, क्योंकि अब वह अपनी कीमत हजारों में लगाती है। कॉलगर्ल नामक स्त्री वह सुरसा है, जो जींस टॉप पहनकर मोबाइल फोन हाथ में रखती है और समाज के धनाढ्य वर्ग को लूटती है।

ओह! हम जिन्दगी के रास्ते पर कौन-सा मोड़ मुड़ रहे हैं? क्या हम उन शालीन और महिमामयी औरतों को पीछे अकेली छोड़ जाने की बात कर रहे हैं, जिन्होंने पुरुष के इशारे झुकी हुई नजरों से ही समझ लिए थे और जो अपने जीवन की समीक्षा किए बगैर सुख से जिया करती थीं। अब हम खुले आम उस भीड़ में प्रवेश कर गए हैं। जहाँ हमारे कन्धों से भिड़कर पुरुषों के कन्धे छिलने लगे। दुस्साहसिक पहनावा, दुस्साहसिक कृत्यों की पहचान है...

लेकिन अखबार के लोग हों या टेलीविजन के, अथवा सामाजिक संस्थाओं के कर्ता-धर्ता और पुलिस से धर-पकड़ कराने वाले सभ्य आदमी, क्या इनमें से कोई नहीं जानता कि अर्थशास्त्र का एक सिद्धान्त कहता है कि, "बिना माँग के पूर्ति के रास्ते रुक जाते हैं। बाजार की पहली शर्त होती है माँग।"

कॉलगर्ल की माँग कौन करता है? वेश्याओं की माँग किस वर्ग ने की? स्त्री वर्ग ने?

बेशक पुरुष वर्ग यह माँग करता है।

दलाल स्त्री को किसके लिए प्रस्तुत करता है? वह लड़की का मोबाइल फोन किसको देता है? खरीददार को ही न? इसमें यह भी जोड़ दूँ तो गलत न होगा कि दलाल और मोबाइल फोन का इस्तेमाल आज भी स्त्री की उस बची-खुची

लज्जा को दर्शाता है, जो उसे अपराधिनी होने का संस्कार देती है। इन दोनों साधनों के रहते वह खुल्लम-खुल्ला अपने शरीर का सौदा करने से बचती हुई मान लेती है कि यही उसकी मर्यादा का अनुशासन है।

आप कहते हैं संकोच में लिपटी स्त्री पतित हो गई, कॉलगर्ल बन गई। वेश्या का रूप...लेकिन सोचिए कि वह कौन है, जिसने उसे इस बाजार में उतारा।

वह अपनी इच्छा की मालिक हो सकती है, मगर इच्छा हर पुरुष के संसर्ग की नहीं हुआ करती। वह दलाल भी अपना पेशा स्त्री देह की ही दलाली चुने, जरूरी नहीं वह लड़की की डीलिंग करे या प्रॉपर्टी डीलिंग, जानवरों की डीलिंग, इलैक्ट्रिकल गैजिज की डीलिंग, उसे कमीशन चाहिए पैसे के रूप में।

दलाल भी माल की खपत देखता है। स्त्री देह के तलबगार उसको ऊँचा कमीशन देकर आकर्षित करते हैं। तलबगारों की प्रवृत्ति में कामुक मनोरंजन स्थायी भाव की तरह होता है, मगर वे ऊपर से स्त्री की पवित्रता के हिमायती होने का दावा करते हैं। देह-बाजारों में मस्ती करनेवालों ने स्त्री को वेश्या और कॉलगर्ल कहकर समाज से दूर रखने का प्रावधान बना लिया है और इसी आधार पर वे अपने घरों को पवित्र मन्दिर मान सकते हैं कि उनके शासन में सतियाँ रहती हैं। वरन् इन कुकृत्यों से दूर रहनेवाले पुरुष के लिए न कोई वेश्या और कॉलगर्ल होती है न पत्नी और धर्मपत्नी। औरत, औरत ही होती है। वहाँ धन फेंककर देह की प्राप्ति नहीं की जाती। आपसी इच्छा का और साझा सहयोग का आलम रहता है।

आपने किसी स्त्री को वेश्या नाम क्यों दिया? किस हक से दिया?

क्या आप जानते हैं कि जिसे आप कॉलगर्ल या वेश्या कह रहे हैं, उसने जीवन में शालीन सम्बन्धों का क्या रूप देखा? घर में सुरक्षित लड़की को भाई, पिता, मौसा, फूफा, जीजा, चाचा लोग निर्वस्त्र करने से बांज नहीं आते तो उसकी आस्था इन आत्मीय माने जाने वाले सम्बन्धों पर कैसे रहे? वह आए दिन विश्वासघात झेलती, प्रेम में धोखा खाती हुई अचानक किसी सौदे के हवाले हो जाती है वहाँ, जहाँ नैतिकता के कड़े कानून लागू थे। अब लड़की की लज्जा के लिए कौन-सा रहस्य बाकी बचा? कौमार्य घर में, पड़ोस में, रिश्तेदारियों में, सम्बन्धी, मित्र और विश्वसनीय व्यक्ति के द्वारा आसानी से भंग कर दिया जाता है तो अब उसे अपनी इच्छा से पुरुष के सामने कपड़े उतारने में क्या बाधा?

मैं नहीं मानती कि इस साधारण-सी बात को पुरुषवर्ग समझता नहीं। बस वह अपनी काम पिपासा को अनैतिकता के नजदीक नहीं आने देता और इसलिए ही उसने घर और वेश्यालयों को अलग-अलग बसाया कि दोनों जगह औरत का भोग मनमाने रूप से करे।

लेकिन कॉलगर्ल घर और वेश्यालय की दीवारें लाँघ आई। जान गई कि जो कुछ वेश्या के साथ होता है, वही पत्नी के साथ भी किया जाता है। पहली

देह का भुगतान नकद रुपयों के लिए करती है तो दूसरी पुरुष की कामपिपासा को रोटी, कपड़ा और मकान के लिए बुझाती है। दोनों ही मजबूर जिन्दगियों की मालकिन हैं। तथ्य यह है कि उनके पास जीवन-यापन के लिए शरीर के सिवा कुछ नहीं, यहाँ तक कि अपनी इच्छा जैसी कोई चीज नहीं। इच्छा का मर जाना जिन्दगी का खात्मा होना है। अब वह समय आ गया है जब अपने शरीर को अपने लिए समझा जाए। शरीर से इच्छा तृप्त हो या धन जुटे, यह अपना ही फैसला होगा। एकदम अपना।

क्या स्त्री बदला लेने पर तुल गई है? हमारे हिन्दी साहित्य में बार-बार यह बात कही जा रही है कि पुरुष विरोधी औरतें साहित्यकार नहीं मानी जाएँ। प्रतिशोध की भावना बुरी होती है।

मैं मान रही हूँ कि जो ऐसा कह रहे हैं, वे अपने विचारों को स्त्री-विरोधी विचार के रूप में पेश नहीं करना चाहते मगर कहना कुछ इस तरह का ही चाहते हैं। नहीं देखते कि औरतें पुरुषों का विरोध नहीं कर रहीं, अपने हाथ-पाँवों के बन्धन खोल रही हैं। उन परिभाषाओं को बदल रही हैं, जो उसके शरीर पर नैतिकता के रूप में कसी गई हैं। यहीं से शुरू होता है पुरुष का भय, जैसे स्त्रियों के बन्धन नहीं, उसकी ताकत कट रही हो। रूढ़ियाँ नहीं, उसका बनाया सुरक्षित गढ़ ढह रहा हो। कोई पूछे, अपनी सुरक्षा में रखकर वह औरत को कितना बचा पाता है? असलियत तो यह है कि किसी पुरुष द्वारा नष्ट की गई लड़की को वह सड़े हुए फल की तरह कहीं भी फेंक देता है।

आश्चर्य नहीं कि अपनी ऐयाशी की शिकार औरत को कॉलगर्ल या वेश्या बताकर पकड़वाता है, क्योंकि खुद को व्यभिचार के अपराध से मुक्त मानता है। औरत बेवजह सजा पाती है और इसलिए ही वेश्यावृत्ति खत्म नहीं होती कि देह की खरीददारी की कोई सजा नहीं। यहाँ तक कि खरीददारों का कोई चेहरा नहीं। समझना यह है कि कानून ऐयाशी को माफ कर देता है या बिकनेवाला ही अपराधी माना जाता है, जो अफीम, गाँजा और चरस की तरह कब्जे में ले लिया जाता है।

वैसे कहा तो यह जाता है कि पत्नी वेश्याओं जैसे नाज नखरे नहीं करती कि पुरुष के सामने उतनी मुखर नहीं होती या सक्रिय होना उसे आता नहीं, जबकि पुरुष शयन समय में 'रम्भा'-सी स्त्री चाहता है।

ओफ्फो! मर्द की मर्दानगी के अपने नखरे हैं! क्या वह जानता है कि वेश्या सचमुच ही नखरे कर रही है? नाज दिखा रही है। मुखर हो रही है? सच बात तो यह है कि यदि सैक्स करने की मजबूरी है या धन अर्जन करना है तो सारा क्रियाकलाप अभिनय है। यह अभिनय न हो तो चेहरे पर पीड़ा का भाव आ जाएगा जो उसकी कीमत कम कर देगा। जिन्दगी में जब देह ही उसको कोई मूल्य

देती है, यह बात भी उसे पुरुष ही ज्ञात कराता है।

मगर उस पुरुषवर्ग पर न छापामार दस्ते टूटते न पुलिस शिकंजा कसती, जो इस व्यापार के कर्ता की हैसियत रखता है। रखता है, इसलिए ही वह पूँजी लगाता है, वरन् दलाल और कॉलगर्ल पैदा ही कैसे होते? इसी वर्ग ने चकलाघरों का रिवाज मसाज सेंटरों में बदल दिया है, जहाँ स्वास्थ्य का मतलब है ऐयाशी। अपनी ऐयाशी को छिपाने के लिए कॉल गर्ल्स को इस बेशर्मी से पेश किया जाता है, मानो वे ही समाज का ईमान बिगाड़ रही हों और खरीददार पुरुष उसे माता मानने आया हो।

अन्त में मुझे यही कहना है कि जिसे व्यभिचार कहा जाता है, उसका आदिमूल पुरुष है।

आदिमूल पुरुष को निरन्तर मजबूती प्रदान करने में हमारे समाज की स्त्रियाँ आगे बढ़कर सहयोग करती हैं, वे सभी सतियों की समाधि पर चुनरी, नारियल चढ़ाती हैं, देवियों की मूर्तियों पर सिन्दूर, घी और मीठा मिलाकर जल ढारती हैं और परिवार के मंगल का वरदान माँगकर नजरें झुकाए घर का रास्ता लेती हैं। झमेलों से दूर रहना पत्नी का आदर्श चरित्र माना जाता है।

इस आदर्श के खिलाफ जानेवाली औरतों ने देवियों, सतियों और मातृशक्तियों की महिमा भुला दी, अब ये कलियुग में क्या सिद्ध करने चली हैं? समय का पटपरिवर्तन इस तरह होगा देवता पुरुषों ने, ऋषि मुनियों ने और परिवार के अभिभावकों ने कब सोचा था? यही कारण है कि स्त्री के विचारों को, कथन और प्रतिक्रियाओं को अहमियत देने की अपेक्षा हँसी में उड़ा दिया जाता है।

मैं आपको हाल फिलहाल का वाकया बताती हूँ, राजस्थान की राजधानी जयपुर में 'साहित्य में स्त्री' का आकलन हो रहा था और इसी बात के लिए एक वरिष्ठ लेखिका ने स्त्रियों को सचेत किया कि यदि स्त्री के विचारों या विमर्श को गम्भीरता से नहीं लिया जाता तो स्त्री को अपनी कमियों पर नजर डालनी चाहिए।

वाजिब बात। उन्होंने इस बात पर भी जोर दिया कि औरत अपनी भूमिका भूल रही है। माँ होना और अपने पुरुषों की देखभाल करना भूल रही है। सच बात तो यह है कि औरत के अन्दर की त्याग भावना सूख रही है।

देखा न आपने? साहित्य में लेखन का दावा करने वाली एक स्त्री अपनी रचनात्मकता को इस तरह सुरक्षात्मक रवैया अपनाकर खपा देती है तो आगे भी हमारा इतिहास अग्नि परीक्षाओं, जौहरों और भूमिसमाधियों को लाँघकर आगे जाने वाला नहीं। अपने लिए निराकार सपनों द्वारा स्वर्ग की कल्पना में जिन्दगी बीतनी है। आश्चर्य नहीं कि इन दिनों सरकारी अमला भी स्त्री को इसी रास्ते ले जाने

की तैयारी कर रहा है। विश्वविद्यालयों से जुड़े महिला अध्ययन केन्द्रों का स्वरूप बदला जा रहा है। वहाँ अब स्त्री के अधिकारों में परिवार की देखभाल को मुख्यतः जोड़ा जा रहा है। घर-आँगन के लिए पूरा समय न देना, अपनी बात जोर देकर कहना और आजाद होने की इच्छा करना महज पागलपन है। गलत रास्ते जाती औरतों को मोड़ देना होगा कि उनका आध्यात्मिक विकास हो सके। मेरी समकालीन लेखिका बार-बार अनुरोध कर रही थी, श्रद्धा और गरिमा का जीवन ही औरत होने की सच्ची निशानी है। गतिशीलता यहाँ है। प्रगति यही है।

यदि मैंने यह कह दिया कि यह कोल्हू के बैल की तरह गतिशील रहने का दृश्य है, तो बात और उपमा घटिया लग सकती है। इसलिए मैं यह कह बैठी कि यही ब्रह्माण्ड की वह फेरी है, जिसमें माता अपने चरणों से राह पवित्र करती है। इन्हीं दिनों एक और पारिवारिक अभियान चल पड़ा, जिसमें माँ है—वन्दे मातरम् और माँ तुझे प्रणाम! बेशक माँ शब्द स्त्री की छवि का विस्तार है, लेकिन उसी तरह का, जिसमें कोई व्यक्ति अपना सुख-दुःख, सपने और आकांक्षाएँ भूलकर आदर्श का अवसाद-गीत अलापता रहता है। यही स्वर जब आध्यात्मिक साधना के शिखर पर टूटता है तो इससे जुड़नेवाले कहीं दिखाई नहीं देते। अतः आजादी के बाद के तमाम उपन्यास, जो बेहतरीन माने जाते रहे, ऐसी स्त्रियों ने रचे, जिनको उन निचाइयों से वास्ता न था, जो चाल-चलन की कसौटी या निम्न वर्ण के पायदान अथवा दैहिक रूप से तिरस्कृत वर्ग से घृणा के कारण मिलती हैं।

मैं यही पूछना चाहती थी कि बच्चे के निर्माण में माँ का हाथ होता है, मगर क्या बच्चा अपनी माँ की वेशभूषा, विचार या जागरूकता से घृणा करता है? बच्चा ही प्रमाणित करता है कि लोकतान्त्रिक शक्ति का वह निर्ब्याज दृष्टान्त है, जो रंग-रूप, अमीरी-गरीबी, वर्ण-अवर्ण से परे जाकर माँ को आत्मीय मनुष्य के रूप में पहचानता है। वह उसे टूटकर प्यार करता है और माता को अपनी प्रथम गुरु मानता है। तब फिर हम कैसे मानें कि आज की आत्मचेता स्त्री पर स्वच्छन्दता के जो आरोप लगाए जा रहे हैं, वे पुरुष व्यवस्था के अपने स्वार्थ में नहीं हैं? पुरुष सत्ता के पुराने चलन के अनुरूप बदलती हुई नई स्त्री के वात्सल्य और त्याग को सूखा घोषित किया जा रहा है। रही बात माँ को देवी के रूप में पूजने की, तो मैं मानती हूँ कि यह रवैया हर माँ के लिए उदार नहीं। यदि कोई कुँआरी, विधवा या परित्यक्ता स्त्री माँ बनती है, तो उसकी कितनी पूजा होगी? उसको कितना सम्मान दिया जाएगा? अबोध शिशु अपरिमित प्यार और लगाव के अलावा लगभग हर व्यक्ति उसे घृणा की नजर से देखता है। क्यों? ऐसा तो नहीं कि ये माँएँ गर्भ का बोझ और प्रसव पीड़ा की यातना कम झेलती हैं। बच्चे का लालन-पालन तो इन तिरस्कृत माँओं के लिए कठिन से कठिनतर पड़ता है। साथ ही सवालों की धारदार छुरियाँ इनके वजूद को काटने-छीलने से बाज नहीं आतीं।

बहिष्कार की सजा देकर समाज खुद को शुद्ध करता रहता है।

तब फिर यह तय रहा कि माँ के रूप में वही स्त्री सम्मानित होती है, जो वैध रूप से किसी की पत्नी होती है और इस शर्त पर खरी उतरती है कि पति उसका कर्ता हो। यही मान्यता उसे परिवार की सदस्यता प्रदान करती है। कहने को तो यही कहा जाता है कि परिवार स्त्री से चलता है, मगर असलियत यह है कि पत्नी की कोख से किसी पुरुष का वंश चलता है। वह वंश चलाने का जरिया नहीं बनती तो पत्नी के पद वाला आसन भी डगमगाने लगता है। पुराण और इतिहास बताते हैं कि वंश चलाने के लिए पुरुषों ने क्या-क्या किया और स्त्रियाँ कहाँ-कहाँ से गुजर गईं! यदि इसी वाक्य को आज के सन्दर्भ में लिखा जाए तो इबारत बनेगी कि पुरुष व्यवस्था ने ऐसे-ऐसे डर लागू कर रखे हैं कि स्त्री कन्याभ्रूण का गर्भपात खुशी-खुशी कराकर आती है, जैसे अभिशाप मुक्त हो गई हो। 'मदरकोड' के अन्तर्गत बेटे की माँ बनना लाजिमी है। यह उसी महान परम्परा की समर्थ कड़ी है, जिसने रामायण और महाभारत काल से पुरुष की शक्ति का संवर्द्धन किया है। नहीं तो ऋषि व्यास अपने ही घर की वधुओं को गर्भवती बनाने आते? चित्रवीर्य और विचित्रवीर्य की पत्नियाँ अम्बा और अम्बालिका के लिए कहा जाता है कि माता सत्यवती ने उन्हें ऋषि व्यास के सामने से नंगी निकल जाने का आदेश दिया। उन स्त्रियों ने इस आदेश को सहर्ष माना या अपना अस्तित्व बरकरार रखने की मजबूरी में आज्ञा पालन किया, यह सवाल अनुत्तरित है, बहरहाल उन दोनों ने धृतराष्ट्र और पाण्डु को जन्म अवश्य दिया। रानियों के साथ दासी भी गई थी, जिससे विद्वान विदुर पैदा हुए।

आज हम जिस युग में हैं, वहाँ सहज विश्वास नहीं होता कि पुरुष के सामने से स्त्री केवल नंगी निकल जाए और गर्भाधान की प्रक्रिया पूरी हो जाए! निश्चित ही वंश चलाने की खातिर ऋषि ने अपना ब्रह्मचर्य (अगर हो तो) खण्डित किया होगा और तीनों स्त्रियों ने अपना पवित्र पतिव्रत धर्म गँवाया होगा।

माना कि वे तीनों स्त्रियाँ माँ बनीं, लेकिन अन्तर्ध्वनि यही निकलती है कि माँ का गौरव उन्हें जितना मिला, बन्दिनी होने की मजबूरी उससे ज्यादा रही। वे नहीं कह सकीं कि जिसे आप पत्नी कहते हैं, हम व्यास की पत्नी नहीं थे। यही औरत की वह शील-संस्कृति है, जो शास्त्रों की शरण में जाकर खुद को गौरवान्वित करती है। और शास्त्र शतप्रतिशत रूप से पुरुष-पक्ष में लिखे गए हैं।

माना यह भी जाता है कि हर स्त्री में माँ बनने की चाह होती है, मगर क्या यह चाह औरत के मनोविज्ञान पर खरी उतरती है? नहीं, यदि अपना ही मत दोहराऊँ तो सार निकलकर आता है कि स्त्री में माँ बनने की चाह अपने अस्तित्व के लिए हो जाती है, जबकि पुरुष में पिता बनने का शौक अपनी मर्दानगी प्रमाणित करने का रुतबा है। अच्छी स्त्री की शिनाख्त माँ-पत्नी और बेटी के रूप

में की जाती है, जिसका जीवन पुरुष व्यवस्था को बचाए रखने के कर्तव्यों से बुना जाता है। अतः चले आ रहे सामाजिक सिलसिले के बरअक्स वे अध्ययन केन्द्र बेमानी हैं, जो औरत को लैंगिक भेद, सामाजिक गैरबराबरी और राजनीतिक पक्षपात के प्रति सचेत करते हैं। अर्थशास्त्र और विज्ञान पढ़ने के बाद इन विषयों को जीवन के धरातल पर व्यवहार के रूप में उतारना औरत की गुस्ताखी है। इसलिए कि सद्गृहस्थिन के पास अगर भगवान का दिया सबकुछ (पति और बच्चे) हैं तो यही उसका जीवन मूल्य है। सस्ती लोकप्रियता पाने के लिए उसे अपनी चेतना का इस्तेमाल परिवार के खिलाफ ले जाएगा।

इन दिनों स्त्री-जीवन की सीमाओं पर खलबली है। कारण वही कि अब तक संस्कृति का साकार रूप औरत के उस भावात्मक अनुवाद में रहा है, जहाँ वह धुरी के रूप में परिवार के हर सदस्य को जोड़े रखती है, जिसकी खातिर वह हर तरह के आदमी के अनुरूप खुद को ढालती है। लेकिन समय का स्थायी भाव या आग्रह परिवर्तन का रूप होता है, इसी आग्रह में कतिपय स्त्रियाँ आगे बढ़ रही हैं तो आदरणीय लेखिका मान रही हैं कि भारतीय संस्कृति उनके अपवित्र पग चिह्नों से क्षत-विक्षत हो रही है। क्या वे नहीं जानतीं कि परम्पराएँ जब रिवाज बन जाती हैं, तब समय के अन्तराल में वे रूढ़ि बनकर उभरती हैं। बदलाव ही रूढ़ि को तोड़ता है। संस्कृति का अपना आग्रह ही होना चाहिए–किसी को अपने ऊपर शासन न करने देना, किसी के द्वारा स्वार्थ में इस्तेमाल न होना। तभी वह संस्कृति सांस्कृतिक अभियान के व्यापक दायरे बनाएगी।

अपने समाज की स्त्रियों के बारे में हमने सोचा नहीं कि इनकी अपनी भी आकांक्षाएँ होंगी। उपन्यासकार होने के नाते मैं बता सकती हूँ कि आकांक्षा विहीन स्त्री की कल्पना करना सर्जनात्मक रूप से अपराध है। हाँ, उपन्यास और कहानियों का सार यदि उन आकांक्षाओं और सपनों की दिशा में ले जाता है, तो वह हमें उस सत्य में विश्वास करने की हिमायत करता है, जिसे हम नजरअन्दाज करने की लत पाले हुए हैं, और इसी कारण मानते आए हैं कि आकांक्षाविहीन स्त्री ही सद्गृहस्थिन होती है। महत्वाकांक्षाएँ उसका सर्वनाश कर डालती हैं।

बस इसी मान्यता के विरुद्ध मेरी रचनात्मक प्रक्रिया मुझे वह दिशा देने लगती है, जो समाज में चल रही परम्पराओं के खिलाफ मानी जाती है। इसी प्रसंग में मुझे वह बात याद आती है, जब मैंने वह लोकगीत शिष्ट साहित्य के दायरों में उजागर कर दिया, जिसमें सीता रूपी स्त्री की आकांक्षा मर्यादा पुरुषोत्तम राम के मुकाबले महत्वाकांक्षा मानी जा सकती है–

सीता ठाड़ी जनक दरबार
सुरिज जल दैर हीं ऽ ऽ...
सीता माँगनों होय सोई माँगि
तपस्या पूरन हैगई ऽ ऽ...
मैंने माँगी कौसिल्या-सी सास
ससुर राजा दशरथ से
मैंने वर माँगे सिरीराम
ननद छोटी भगिनी सी
मैंने माँग्यौ अजुध्या कौ राज
गंगा जी माँगी नहाइवे कूँ...

किसी स्त्री को वरदान माँगते हुए ऐसी जुर्रत करते देखा है आपने, जबकि उसका आदर्श सीता होना हो। लड़कियों को ऐसा आचरण करना मना है। लेकिन लोकगीतों का साहित्य हमें यकीन करा देता है कि ऐसा हुआ था। जैसे-जैसे हम गीत सुनते जाते हैं, प्रत्येक कड़ी को इसी छवि में देखते हैं। लगता है कि हमारी प्राकृतिक चेतना की रोशनी में ये भाव खुले हैं। यहीं हमारी ईमानदार वृत्ति की परख होती है। जबकि लोक साहित्य से हटकर सामाजिक क्षेत्र में स्त्री का यह वक्तव्य अतार्किक सनक जैसा लग सकता है। लेकिन लोकगीत में डूबते, आस्वाद करते हुए हम सोचते हैं कि अब हम किसी महान कलाकार के निश्चय को सुन रहे हैं। यही तो प्रतिभा की रोशनी में दृश्यमान सत्य है कि मनुष्य के गुणों से लैस स्त्री जीवन ग्रहण करे।

सीता रूपी स्त्री को सास-ससुर, वर और ननद के साथ अयोध्या का राज चाहिए, नदी का जल चाहिए, सूर्य का प्रकाश चाहिए, वायुमण्डल की हवा चाहिए। मगर मिलता क्या है? परिणीता होते ही उसे राजपाट से खदेड़ दिया जाता है, पति की मिल्कियत की तरह। तब गाँव की स्त्रियाँ अयोध्या की असलियत जान जाती हैं। गीत गाते हुए उनके नेत्र सजल हो उठते हैं। वे निश्चित ही सीता की छवि से अपने जीवन को जोड़कर देखती हैं, जैसे मौखिक साहित्य के आनन्दातिरेक में महसूस करती हैं, हाँ वे भी यही चाहती थीं, यही तो लेकिन...

मैंने इस गीत को गाते हुए ऐसे सहेजा है, जैसे यह मेरी अमूल्य धरोहर हो और त्यागों की बनाई गई लड़ियाँ स्त्री के लिए कूड़ा-कबाड़ा हों। बलिदानों के सती-चेहरों को देखते हुए और उनकी परीक्षा करते हुए थोथे के ढेर लग जाते हैं। सूप की भंगिमा के कारण तीव्र प्रतिक्रिया पैदा होती है। लगता है आदर्श वाक्यों ने औरत के विकास में भयानक रुकावट की भूमिका अदा की है। फिर इसमें शक नहीं कि उपन्यास लिखते हुए मेरे मन पर यह व्यथा हावी रहती है कि हम औरतों

ने अपने जीवन के आईने में पुरुष को बढ़ा-चढ़ाकर देखते हुए उसका अक्स सजाया है, क्योंकि ऐसा करते रहना ही हमारे जीवित रहने की अनिवार्य शर्त है। इस शर्त को पूरा न करें तो यह धरती हमारे लिए अग्नि कुण्ड और दलदल हो जाएगी, जिसमें हमें सीता की तरह जलना होगा और न जल पाईं तो भूमि समाधि लेनी होगी। सूरज पर जल चढ़ाने की क्या तपस्या और क्या शानदार वरदान... जिसने सीता को सती घोषित कर दिया। मर्यादा पुरुषोत्तम राम का व्यक्तित्व पत्नी के सतीत्व पर कायम रहा, स्त्रियों के उद्धार (?) से विकसित हुआ। क्या ऋषि-मुनियों ने स्त्री को सतीत्व की झूठी महिमा से चमत्कृत करके उनकी कमजोरी का फायदा नहीं उठाया? इसी कमजोरी के आधार पर उन्हें बात-बात पर शाप देने की लत लगी। शाप क्या होता है? स्त्री ने कभी समझा है? वह तो जटाजूट और दाढ़ी-मूँछों वाले पुरुषों से इतनी आक्रान्त रही है कि उनको नाराज करने की बात सपने में भी नहीं सोच सकी। शकुन्तला और दुर्वासा ऋषि का किस्सा आध्यात्मिक पुरुषों की दादागिरी का भयानक उदाहरण है। यदि स्त्री अपने प्रिय पुरुष के बारे में सोचती हुई इतनी गहनता में चली जाती है कि किसी दूसरे पुरुष (ऋषि, साधु, महात्मा) की आवाज नहीं सुन पाती तो वह शाप की भागी बनती है। कैसा इन्साफ है पुरुष व्यवस्था का कि अपनी इच्छा से औरत परपुरुष की ओर देखे तो पापिन होगी, मगर ये संड-मुसंड योगी यती खुद को उसके पति से भी ऊपर रखते हैं और कोई वज्र वक्ष, वृष-स्कन्ध एतराज नहीं करता...

अब स्त्री के आगे दोगुना डर फैल जाता है। पहला पतिव्रत के रूप में दूसरा शाप के रूप में। वे किस राजपाट की तमन्ना करती हैं? कुलीनाएँ हों या मेहनतकश औरतें, उनको राजपाट देने का मन पुरुषों का नहीं, क्योंकि इस त्याग से उनकी ताकत को ठेस पहुँचती है। मान लिया जाए कि स्त्री के लिए पुरुष की ओर से त्याग हो, ऐसी परम्परा नहीं। श्रमिकाओं की बोध शक्ति भले आर्थिक दासता से मुक्ति का सजीव संघर्ष हो, वह हर हालत में पुरुषों के विषय भोग और अहंकार के हवाले रहती है। अन्त में अन्दरूनी दुर्बलता अमरबेल-सी फैलती जाती है, जैसे यही जिन्दगी का अनुशासन हो। मैंने माना कि परपुरुषों की आक्रामकता से पतिव्रत धर्म उतना बचाता नहीं, जितना आत्मविश्वास से वंचित करता है। मर्यादा का यह नियन्त्रण स्त्री को निष्क्रिय और लद्धड़ बनाने में सहायक रहा है। अब आप ही बताइए कि कोई भी मानव चरित्र इतना भ्रष्ट हो सकता है, जितना कि निरंकुशता का स्वामी होता है? क्या स्त्री के आँख, कान, जुबान जैसे अंगों को निष्क्रिय कर देना ऐसा ही नहीं है, जैसा कि कारीगरों के हाथ-पाँव काट देना?

राजपाट का गीत औरतों के हक में नहीं, सीता ने क्यों गाया? सीता स्त्री का रूप, जिसके लिए जंगल तक में मर्यादा की रेखा खिंची थी। वनचारी देवता

अपनी स्त्रियों के लिए सशंकित थे तो संसारी आदमी अनुकरण क्यों न करे? नकल करना मानव स्वभाव में आता है, जिसकी शिकार औरतें बनती हैं। अतः हमको इस नकली जीवन का मुलम्मा उतार देना होगा, जिसमें शरीर को वस्त्रों की तरह पवित्रता धारण करनी होती है, जिससे कि पुरुषों की निरंकुश प्रवृत्ति पर लगाम लगे। माँगने से राजपाट नहीं मिलते और वरदान कभी चैन नहीं लगने देते। अपनी गंगा खुद ही निकालनी है, नहीं तो हमें भूखे-प्यासे और सजे-सँवरे रहकर शासित सती की तरह जीना ही सौभाग्य मानते हुए खत्म हो जाना है। दरवाजे के बाहर कदम रखती हुई मैं सोच रही थी कर्मशीलता और गतिशीलता को रोकने की मुहिम अब भी जारी है और स्त्री के लिए जल, हवा, धरती, आकाश का हिस्सा न देने के इरादे पुरजोर हैं, इसी के सुखद अहसास में पुरुष व्यवस्था मूँछों पर ताव दे रही है।

मर्दानगी की परिभाषा के आईने में स्त्री को देखा जाए तो साफ नजर आएगा कि पुरुष एकाधिकार जताकर उसे बन्दिशों में रखना चाहता है। बन्दिशों को स्वीकार न करने को हुकुमउदूली माना जाता है और हुकुमउदूली की सजा होती है प्रताड़ना। प्रताड़ित स्त्री जब कभी अपनी इच्छा को ही ज्यादा महत्त्व दिए जाती है तो उसे त्रिया-हठ से जोड़कर देखते हुए जान-जोखिम के हवाले कर डालना भी मर्दानगी के लक्षणों में शुमार किया जाता है। पारिवारिक नियमों के अनुसार कोई पुरुष किसी स्त्री से बहन-पत्नी-बेटी के रूप में जुड़ता है तो वह अपने बनाए नियमों को लागू करता है। यही कारण है कि लड़की को जन्म से ही किसी 'खतरे' के रूप में देखा जाता है और उसके बढ़ते हुए शरीर को देखकर परिवार थर्राने लगता है, जैसे उसकी सुरसा जवानी नियन्त्रित नहीं की गई तो सामाजिक रूप से परिवार का सर्वनाश कर डालेगी। ऐसी भयावनी आशंकाएँ स्त्री के जीवन का निर्माण करती हैं और पुरुष यह भी अच्छी तरह जानते हैं कि उनका डर उन पुरुषों से ही है जो स्त्री के मुकाबले हर हाल में उत्तम समझे गए हैं। उत्तमता के आधार पर ही उन्हें तमाम रियायतें दी गई हैं। मानते यह भी हैं कि स्त्री लोकतन्त्र में सम्मानित नागरिक है। बावजूद इस हैसियत के, परिस्थितियों की जटिलता यह है कि प्रकृति ने नवयौवन के आकर्षण से स्त्री और पुरुष को स्वाभाविक रूप से जोड़ा है, जिसे समाज की मान्यता नकारती है। प्रेम पुरुष के ही पक्ष में है, स्त्री को अपनी प्रेम-भावना हर हालत में दबाकर रखनी है, क्योंकि उसे हर हालत में घर सँभालने वाली पवित्र स्त्री की स्थिति में रहना है।

यौन शुचिता का मामला ही जैसे समाज के संचालन का सूत्र हो, युवक अपनी प्रेमिका को भी स्वतन्त्र स्त्री की छवि में नहीं देख पाता, उसके लिए स्त्री

का आदर्श आजीवन बन्दिनी का होता है। पुरुषों के इस मनोविज्ञान सम्बन्धी खतरनाक तथ्यों का अनुसन्धान यदि मैं करती हूँ तो निश्चित ही मुझे समाज बहिष्कृत होने के लिए तैयार रहना चाहिए। नैसर्गिकता और एकाधिकार की मुठभेड़ तभी होती है, जब कोई बन्दिनी स्वाभाविक स्वतन्त्रता का दावा करे, अपनी शारीरिक उपलब्धियों और मानसिक विकास के अर्थ खोले। निजी इच्छाओं का सम्बन्ध पुरुष-फैसले से न जोड़े, प्रेम या विवाह के विषय पर हथकड़ी बेड़ियों के बेसुरे रागों से इनकार कर दे। परम्परागत शिक्षाओं-संस्कारों और सीखों को नए सिरे से रचे-गढ़े। तो इस आदर्श बनाम आधुनिक समाज में उसका जीना दूभर हो जाएगा। इन दिनों, इस इक्कीसवीं शताब्दी में उन युवतियों को चुन-चुनकर मौत के घाट उतारा जा रहा है, जिन्होंने अपनी इच्छा को सर्वोपरि माना, प्रेम और विवाह जैसी निजी अभिव्यक्तियों को स्वाधीनता का प्रतीक माना। कसूर यह भी कि उनमें आत्मसंशय नहीं, सहजता रही और वे स्वावलम्बी होकर अपनी भावनाओं को संचालित करने का किसी को अधिकार न दे रही थीं, यदि कहूँ कि वे ऐसी अबाधित आस्था को सँजोए थीं कि किसी भी कदम पर अकर्मण्य होना रास नहीं आता था तो गलत न होगा।

मगर गलत स्त्री के पक्ष से ही तो नहीं है, पुरुष पक्ष जो अब तक अपने नियम-निर्णय देता आया है, उसके साँचे-खाँचे अलग हैं। पुरुषार्थ और मर्दानगी के मुकुटों में जड़े अनमोल रत्न या जेबों में सहेजे नगीने स्त्री की प्रेम-भावना को काटने के काम आते हैं। वे नहीं सोचना चाहते कि स्त्री के चेहरे पर रोशनी वाली दो आँखें हैं, अन्धी शास्त्रीय संस्कृति उन्हें किस तरह हाँक सकती है? लेकिन पुरुष पति हो या प्रेमी, चाहता यही है कि स्त्री परिणीता या प्रेमिका की तरह आज्ञाकारिता का व्रत पा ले। स्वामित्व उसी तरह माने जैसे राणा प्रताप का घोड़ा अपने मालिक की आँख की पुतली के फिरने से पहले ही मुड़ जाता था। स्त्री को जानवर में तब्दील करने का यह नुस्खा बाबा तुलसीदास ने त्रेता युग के बहाने समझा दिया था। और जाने-माने लेखक शरत्‌चन्द्र ने हमारी माँओं-चाचियों-बुआओं के लिए 'देवदास' का आदर्श गढ़ा था। घुड़सवार घोड़े को पीटता है, देवदास पारो के चेहरे को डण्डे से दागदार बनाता है, जैसे पिटना और मर मिटना ही स्त्री की नियति हो। और इस घनघोर तनाव के चलते रचनाकार स्त्रियों की कल्पना हकलाने लगती है, क्या कोई प्रेम की राह चलकर भी मनुष्यता से कट सकता है? और ऐसा पुरुष किस स्त्री की आँख का नूर हो सकता है? दो मनुष्यों (पुरुष और स्त्री) के बीच का यह भेद कि स्त्री अपनी प्रभुता को निरन्तर त्यागती हुई...मगर यह प्रक्रिया सक्रियता और पूर्णता से कट जाने की नहीं...जिसके कारण पुरुष उसे बेवफा और गद्दार मान लेता है। हिम्मत इसी दयनीयता से मुक्त होने के लिए जुटाने वाली स्त्रियों को देखकर लगता है कि वे खतरनाक हो रही हैं,

उनका समर्पण विष-कन्याओं का प्रेम है। आदिम युग से चली आ रही मान्यताएँ मर्दानगी की छटपटाहट को उस हथियार में बदल देती हैं, जिसे शास्त्रों और स्मृतियों के रसायन से ढाला गया है। और तुर्रा यह कि अपने पुरुष/पुरुषों से वध होकर स्त्री सीधे स्वर्ग में जाती है। स्वर्ग की असलियत और सूरज-चन्द्रमा जीवन की लीला-भूमि में स्त्री-विरोधी रहे हैं, फिर भी प्राचीन, ऐतिहासिक और मध्ययुग का साहित्य चन्द्रमुखियों की छवि देकर अप्सराओं की भंगिमा का गुणगान करता हुआ आधुनिक साहित्य तक पैठ बनाता है, तो यह हम स्त्रियों की वाजिब घबराहट का मुद्दा हो उठता है और मैं मर्दों के लेखन के बरक्स स्त्री की तरह लिखते हुए उजागर कर डालती हूँ कि जिस तरह युद्धों में धन-सम्पत्ति के साथ स्त्रियों को लूटनेवाले राजा पराक्रमी नहीं वहशी थे, उसी तरह देवदास जैसे प्रेमी कुंठित, कायर और बर्बर हैं क्योंकि ऐसे लोग संकल्प और संघर्ष से आँखें चुराते हैं। नहीं समझना चाहते कि प्रेम एक-दूसरे को स्वतन्त्र करने का माध्यम है। स्वतन्त्र व्यक्तित्व आदर के योग्य होता है।

'स्वाभाविक रूप से स्वतन्त्रता हमारी आदत में है' इस बात पर सामाजिक अनुशासन रजामन्द नहीं होता। 'आजादी हमारी खुशी का गोमुख है' कहने से लोग हमें कड़ी निगाहों से देखते हैं या उपहास उड़ाते हैं। कहा जाता है कि आजादी चाहने वाली स्त्रियाँ कुलीनाओं का कलंक होती हैं। वे ऐसा क्यों कहते हैं? किस आधार पर कहते हैं?

पुरुषों की दुनिया में स्त्री-शरीर पर कड़ी नजर रखने का चलन जो है। और औरत के साथ दिक्कत यह है कि वह अपने कुकृत्य माने जाने वाले चारित्रिक दोष को किस पर्दे में छिपाए? क्या वह अपने शरीर और शरीर में होनेवाले बदलावों से इनकार कर सकती है? नहीं न? क्योंकि प्रकृति ने उसे यथा सम्भव ऐसे सच के साथ जोड़ा है, जो झूठ के आवरण तले समा नहीं सकता। गर्भ ऐसा ही सच है और शिशु ऐसी ही जिम्मेदारी। यों तो स्त्री के पक्ष में आई यह प्राकृतिक घेराबन्दी उसे मनुष्यता से जोड़ती है, मगर सामाजिक विधान अपने साँचे खाँचों में फिट किए बिना स्त्री को चैन से जीने नहीं देते। उसे हर हाल में ताबेदारी भरी व्यवस्था से समझौता करना होता है। वेश्या इसलिए ही सम्मान की भागीदार नहीं होती या वह इसलिए ही सामान्य जीवन की हकदार नहीं रहती क्योंकि देह से सम्बन्धित काम खुले आम अपनाती हुई उसे स्वीकार भी करती है। यदि वह पर्दे के पीछे पुरुष का मनोरंजन करती रहे और पतिव्रत का झण्डा फहराती रहे, कोई उँगली नहीं उठाएगा। यहाँ तक देखा गया है कि एक स्त्री जिसके चाल-चलन पर जिन्दगी भर आशंकाएँ उठती रहीं, अन्त समय में पति के साथ

सती हो जाती है तो दोष मुक्त मान ली जाती है। मेरे कहने का मतलब यही है कि पुरुष के मनोरंजन, वंश और पुण्य का जरिया स्त्री शरीर ही है, जो क्रमशः काम-तुष्टि, प्रजनन और अपने दहन में प्रस्तुत होता है।

पाप क्या है? जब स्त्री सम्मिलन के नतीजे पुरुष की इच्छा के विरुद्ध घटित होते हैं। उन परिणामों को वह औरत का पाप कहकर उन सामाजिक कानूनों के हवाले कर देता है, जो चुनौती-प्रूफ बनाए गए हैं। फिर कोई नादान औरत उसे कैसे ललकार सकती है, जिसकी कोख से गर्भ बँधा है? आजादी का अर्थ यहाँ अपनी इच्छा नहीं, पुरुष व्यवस्था के दिए फतवों की गुलामी और सजा के रूप में घटित होना है।

विश्वासघात सहनेवाली पत्नियाँ आदर्श पतिव्रत पालन करने वाली मानी गई हैं। वे बराबर पति के पक्ष में बोलती हुई आत्महनन का पुण्य लूटती हैं। 'सावित्री परम्परा' के आगे मनुष्य मूल की स्त्री की आजादी बेबिसात और बेऔकात है। पुण्यकाल वही है, जहाँ सुहाग की छाँव सलामतं रहे। यहाँ आकांक्षाएँ और सपने पालने वाली स्त्री का मनोजगत शास्त्रीय विधानों से टकराता है। पवित्र हथियार अपनी तेज धार को रूढ़ियों के हवाले से अन्तर्द्वन्द्व का खात्मा करते हैं, नहीं तो आधुनिक बाजारों में पूँजी का जरिया बनाई जाने वाली स्त्री का इस्तेमाल तरह-तरह से क्यों होता? लाभ कमाने वाली कम्पनियों के मालिक वे ही हैं, जो औरत के बाहर निकलने पर एतराज करते हैं। उन्हें बदचलनी से जोड़ते रहे हैं।

अजीब तमाशा है औरतों के बुद्धि-विवेक को नकारकर उन्हें देह में रिड्यूस करने का चलन...उसी की शल्यक्रिया में संलग्न पुरुष समाज...कितने मजे की बात है कि कहानीकार, उपन्यासकार और कवि हमें यकीन दिलाते रहे हैं कि जो कुछ उन्होंने लिखा है, स्त्रियों के लिए वहाँ हमदर्दी होती है, जीवन पर सार्थक वक्तव्य दिए जाते हैं, करुणा को आधार बनाया जाता है। लेकिन हमें लगता है कि जो कुछ जिन्दगी के बदलाव के लिए कहा जाना चाहिए, उसके लिए शब्द खर्च करने में कृपणता बरती जाती है। रचनाकारों के ढर्रे का अंग है कि औरत के शरीर की दुर्गति, छीछालेदर तो हो मगर उसके अधिकारों के बारे में कुछ न कहा जाए, जैसे स्त्री के हकों का कोई मतलब न हो। प्रेमचन्द से लेकर नई कहानी तक घर की चौखट छोड़कर बाहर आ जाने वाली औरतों ने औरत होने की सजा पाई है। स्वतन्त्रता की दुहाई लगानेवालों के बीच स्त्री के बन्धन खुलने को नहीं आते। उन कानूनों में फेरबदल करने का खतरा कौन उठाए, जो पुरुषों द्वारा बनाए गए हैं। उनके दायरों में सीधी-सी बात यह है कि जब तक उन्हें खुश रखा जाएगा वे साधन-सुविधाएँ देंगे, जो प्रेम के उपहार का रूप होंगे। एक उदाहरण चित्रलेखा (उपन्यास) के बीजगुप्त और कुमार गिरि के अपने-अपने दायरे भोग और योग के आसन राजदरबार और आश्रम के द्वार खुले, मगर अपने

स्वामियों का इशारा समझने में जहाँ चूक हुई, वही रम्भा, अप्सरा तक 'औरत के हश्र' को प्राप्त हुई। नाक-कान काटने से लेकर परित्याग का विधान सदियों की यात्रा तय कर चुका, मगर कमजोर नहीं पड़ा। तय यह रहा कि कुछ भी सोचो, कुछ भी बनो, तुम्हारी हैसियत 'मादा' से ज्यादा नहीं। मादा जो मर्द के हिसाब से गर्भवती हो, उसी की नपुंसकता के लिए बाँझ रहे, उसी की सुविधा के लिए गर्भपात करे।

समझ में आ गया कि पुरुषों की सामाजिक प्रतिष्ठा से स्त्री क्यों और कहाँ तक जुड़ी है? जब तक वह किसी पुरुष की पत्नी नहीं, अपमानजनक अवस्था में रखी जाती है। यह दीगर बात है कि घर के भीतर भी सम्मान नहीं ढूँढ़ पाती। लेकिन उस दोष से बच जाती है, जिसे अकेली स्त्री पर आसानी से मढ़ दिया जाता है। कहते हैं कि पुरुषों को पुंश्चलियाँ बिगाड़ देती हैं, ऋषियों तक के तप मेनकाओं ने भंग किए हैं, तो स्त्री पर नाका क्यों न उठाया जाए? बड़ा भोला होता है पुरुष, बड़े मासूम थे विश्वामित्र, स्त्री के भरमाए में आ गए, राजकाज में अपनी पैठ रखने वाले, विद्वत्ता के बल पर सम्मान और सम्पत्ति पाने वाले असल में तो स्त्री को शास्त्र और शस्त्र दोनों से डराते रहे हैं और मौका आने पर शाप से ही तबाह कर दिया है। कैसे अचम्भे की बात है कि समाज में जहाँ कुँआरी, परिणीता और विधवाओं के अलग-अलग खाँचे हैं, महान पुरुषों के लिए वह केवल स्त्री है, जिसे वे भोग्या मानकर अपना माल समझते हैं। आत्महन्ता स्थितियाँ पैदा करके अपनी मर्दानगी की मिसाल कायम करते हैं।

अब स्त्री को ही तय करना है कि पतिव्रत धर्म का आखिर मर्म क्या है और क्या है स्त्रीत्व का हश्र?

हश्र यही है कि यह कहावत कही जाए—किसी सफल (महान) पुरुष के पीछे कोई औरत होती है।—इस वाक्य को परम्परा में शामिल कर लिया जाए।

लेकिन वह परम्परा ही क्या, जिसे लेखक तोड़े नहीं। एक लेखक ने 'सच्चे पुरुष' की तरह बयान दिया और ताल ठोंककर कहा—यदि औरत के रूप में पत्नी पुरुष के पीछे होती है तो यह मान्यता खोखली है। पत्नी तो इस काबिल होती ही नहीं जो अपने पति के महान उद्देश्य को समझ सके।

मैं समझ गई कि यह लेखक बेहद ईमानदार मर्द निकला, छद्म नहीं किया, झूठ नहीं बोला, जो आम मर्द सोचता है वही कहा। औरतों को कूढ़मगज मानना हमारी रिवाज में शामिल है। स्वदेश दीपक नामचीन कथाकार-नाटककार खुद की महानता पर मुग्ध न हों तो क्या करें? तमाम औरतों को वे अपनी प्रेमिका के रूप में देख चुके हैं, पत्नी की ले दे कर रहे हैं तो आश्चर्य क्यों? मैं ही नादान निकली कि सवाल कर बैठी—विवाह क्यों किया? किसी स्त्री को अपनी पत्नी क्यों बनाया, आपको पत्नी से जब इतनी चिढ़ है। वह ऐसी नीच अधम होती है। कमाल है,

उसी के साथ रहकर आप अपने लेखन की ऊँचाइयाँ छूने लगे! मैं ऐसे कितने ही साहित्यकारों को जानती हूँ, जो पत्नी को इसी निगाह से देखते हैं, मगर स्वदेश दीपक की तरह बेबाकी से कहते नहीं, अपने प्रति भी आसानी से झूठ-कपट बरत लेते हैं।

बहरहाल लिखने-पढ़ने वाले चिन्तनशील मर्द खफा रहते हैं कि घरेलू कामों में खपी औरतें उनकी कविता-कहानियों का घर में काम आने वाली चीजों में तर्जुमा कर डालती हैं। हम पूछते हैं क्या आप घर की चीजों को इस्तेमाल किए बिना रह सकते हैं? तुच्छ रोटी, नाचीज दाल, जो उस औरत ने पकाई बनाई है, आपकी शारीरिक और मानसिक खुराक है, जो आपको सक्रिय रखती है और आप समझते हैं कि कोई वायवी ऊर्जा है, जिसके साथ आप लेखक, कलाकार या वैज्ञानिक के रूप में पैदा हुए थे। आपके हिसाब से तो वह औरत कमाकर लाए और आपकी सेवा में रहे, ताकि आप खाएँ-पिएँ और बूढ़े साँड की तरह साहित्य में डकारते रहें और मायाविनियों के लद्धड़ इन्तजार में अजगर की तरह पड़े रहें।

कोई बताए कि इन वाहियात हरकतों के साथ जीवन काटते पुरुष को वह स्त्री पागल, काहिल और जाहिल न समझे तो क्या समझे जो जीवन की गतिशीलता में मनुष्य के महत्त्व को नहीं समझ रहा। आपके सपनों का सच इतना ही है कि पत्नी आपको बच्चे की तरह पाले। लम्बी उम्र और स्वस्थ जीवन के लिए कवायद करती रहे। मुसीबतों के आगे अपना शरीर बिछा दे, क्योंकि आप लिख रहे हैं, रच रहे हैं। आप लेखक न हो गए बादशाह हो गए, जिसे चूल्हा जलने की रत्तीभर चिन्ता नहीं होती। और जो नमक तेल की चिन्ता में घुली जा रही है, वह नीच है, निर्बुद्धि है।

शादी भी कैसा अद्भुत जरिया मिला है पुरुष को, जिसके बहाने वह पत्नी को बन्धन मानकर तरह-तरह से झटका देता रहता है। मगर उसी पत्नी से निर्लज्ज की तरह चौबीसों घण्टे सेवा लेने में कोताही नहीं करता। आँखें नीची नहीं होतीं, यह है असलियत, खुली आँखों सपने देखने-दिखाने वालों की। शोषित-वंचितों की मसीहागिरी करने वालों की।

प्रेमिका पालने की आकांक्षा, सपने, यही बदलाव की पराकाष्ठा मानते हैं वे। प्रेमिका सध भी जाएगी, यह जरूरी नहीं। अपने ही जैसे किसी पुरुष का भय लेकर सोते-जागते हैं और प्रेम काफूर होता जाता है। स्त्री के रूप में पत्नी हो या प्रेमिका, मेरा दावा यह है कि पुरुष इस मामले में न्याय करने की सामर्थ्य नहीं जुटा पाता। मर्द के हवाई इरादों-वादों की असलियत को बदकिस्मती से पत्नी से ज्यादा कोई नहीं जानता, क्योंकि उसकी 'नंगई' से ऐसा वास्ता किसका पड़ा होगा? मैं मानती हूँ कि पत्नी शरीर के दरवाजे से ही आपके मांसल स्वर्ग में आती है, लेकिन आपकी रातों की वास्तविकता समझते उसे कितनी देर लगेगी, ऐं?

कारण वही 'नौन तेल लकड़ी' से जुड़कर आपको देखना। इस दृश्य में आप साहित्यिक संवेदना का मुखौटा भी तो नहीं पहन पाते, जिसे पहनकर प्रेमिका को रिझाए जाते हैं। क्या करें आप भी। आदतें पीछा नहीं छोड़तीं। पत्नियों की ऐसी परम्परा है कि पति की इश्कीली कबड्डियों और खिलंदड़ी दुष्टताओं को महिमामण्डित करती रही हैं और अँधेरे कोनों में पड़ी वे पत्नियाँ तब जागती हैं, जब आप रफै-दफै हो जाते हैं। निष्ठा और श्रद्धा तो देखिए कि सती के माफिक विधवा-विलाप के रूप में आपके लिए अभिनन्दन ग्रन्थ छपवाती हैं। इसका वही ठोस कारण है, आपकी दी हुई अमानुषिक ठेसें...पति की ज्यादतियों पर कभी उफ् नहीं किया, इसी धर्म को लिखित रूप में पेश किया जाए कि पतिव्रत धर्म की जय बनी रहे। पुरुषों से वाहवाही इसी तरह मिल सकती है, वे समझती हैं वरन् जानती तो वे भी हैं कि पति के प्रति अंधश्रद्धा दिखाकर समर्पण न करती तो हालत क्या होती।

स्वदेश दीपक जैसे अनेक लेखकों, 'कलम का सिपाही' लिखकर महान लेखक प्रेमचन्द के बेटे ने अपने पिता का बेदाग मान बढ़ाया हो, मगर शिवरानी देवी ने 'प्रेमचन्द घर में' लिखकर कहीं-न-कहीं तो वे छींटे उड़ाए हैं, जो महान लेखक के महान चरित्र पर जम जाते हैं। फणीश्वरनाथ रेणु ने पत्नी को मूर्खा मानकर लतिका से प्रेम किया, यह एक बात है, लेकिन बिना बताए शादी कर ली, यह क्या बात थी? मैं जब आज भी लतिका जी को रेणु की तस्वीर के सामने समर्पित देखती हूँ तो लगता है यह पर्दे के पीछे की औरत क्या व्यर्थता का ही हक लेकर आई है? सेवा, आर्थिक संघर्ष और त्याग ही उनकी पूँजी रही! अज्ञेय तो 'कितनी नावों पर कितनी बार' के व्यक्ति और लेखक बने रहे। डूबने वाली स्त्रियों की निशानदेही कहाँ है? इसके साथ ही जैनेन्द्र की ईमानदारी भी देख लीजिए, ताल ठोंककर कह दिया, लेखक के लिए पत्नी के अतिरिक्त प्रेमिका भी चाहिए। बौद्धिक उत्कृष्टता में रचना का सृजन स्त्री, वह भी दूसरी स्त्री के बिना सम्भव नहीं? जो भी हो यह बौद्धिक विलास उस रोमन सभ्यता का अनुसरण करता है, जहाँ दो हब्शी गुलाम (यहाँ दो स्त्रियाँ) मुर्गों की तरह लड़ाए जाते थे। जब एक गुलाम दूसरे का वध कर देता था, अभिजात वर्ग आनन्द से चिल्ला उठता था। हमारे महान लेखक खूब जानते हैं कि स्त्रियों के नृशंस उत्पीड़न से पुरुष व्यवस्था भी हर्षोन्माद का अनुभव करती है।

ओ बहुस्त्रीप्रिय लेखको, आपको एक स्त्री से विवाह करके उसके स्त्रीत्व के अपमान का कोई अधिकार नहीं।

स्पष्ट करती हूँ कि आप लिखते कुछ भी रहें, सोचते शास्त्रों के अनुसार ही हैं। स्त्री, जिसे भारत में सती का महान दर्जा दिया गया है, पत्नी के ऐसे मूल्यांकन से आप उबरे नहीं, समाज को क्या उबारेंगे? अपनी कमाई महानता की

परछाई पत्नी पर भूले से भी पड़ जाए, आपकी कुढ़न शुरू हो जाती है। और कुछ विलक्षण कर गुजरने की चाह में लेखक घर के अन्दर क्रूर अत्याचारी हो उठता है। यहाँ टॉलस्टॉय या फ़िराक़ गोरखपुरी को पेश कर सकते हैं, जिन्होंने बिना स्त्री के सहयोग के महानता को प्राप्त किया। मैं उनसे फ़िदा हुसैन को भी जोड़ती हूँ। मगर सवाल यह उठता है कि क्या इनका जीवन इस हद तक सार्वजनिक रहा है कि हर रात निगरानी से गुजरे? इनकी जिन्दगी की जानकारियाँ सिर्फ रचनाओं के माध्यम से मिलती हैं। जो अनुमान के सहारे हैं। लेखकीय करिश्मा यह भी है कि आत्मकथा को भी खतरों से बचा-बचाकर लिखा जाए, उन प्रसंगों से गुरेज बरता जाए, जिन पर शर्मिन्दा होना पड़े। एक महान लेखक की प्रेमिका ने मुझसे कहा था—अगर इस लेखक की जीवनी मैं लिख दूँ तो इसकी आत्मकथा औंधे मुँह गिरेगी।

बस यहीं से स्त्री का खतरनाक पक्ष खुलता है और लेखक पत्नी पर आशंका की नजर फेंकता है। क्या यह मुझे अपने उत्सव-पुरुष के रूप में रखेगी? क्या यह चन्द सतरें लिखते हुए मेरे लिए कसीदे काढ़ेगी? दासानुदास की स्थिति में रहनेवाली पत्नी मेरे मरने के बाद खुदमुख्तार हो जाएगी? मुझे इसने बच्चे की तरह सँभाला है, मेरा बिछोह सह पाएगी? मुझे 'प्रभु जी तुम मोती हम धागा' के राग अलापने वाली पत्नी की दरकार रही है। वही जो पति के सामने दीया जलाए बैठी रहे, बरसों बीत जाएँ तो भी क्या, रचना पूरी होने का इन्तजार करे। भारवि की पत्नी, जिसका नाम ही धर्मपत्नी हो। आत्म त्यागिनी, समर्पिता और प्रकट दृश्य से अनुपस्थित रहनेवाली चाहिए हर हाल में। क्या कमाल है कि भविष्य द्रष्टा साहित्यकार उम्मीद करता है कि समर्पिता माँओं की सन्तानें उन्हीं के गुण लक्षण लेकर आएँ।

स्वदेश दीपक जी नाराज इसलिए हुए कि इन दिनों स्त्री का स्वभाव समर्पण की जगह खुद्दारी की राह गुजरने लगा है। 'अनाम प्रेरणा' का खिताब प्रेमिका को भी मंजूर नहीं। यदि स्त्री अपनी छाया तक समेट ले जाए तो आप फिर कौन से सपने देखेंगे? निश्चित ही आपकी दुर्दान्त महानता काबिले बर्दाश्त नहीं, इसलिए ही हुआ यह कि जिस दम्भ को अब तक स्त्री सहलाती रही, आज उसी की क्रूर छाया से निकलने के लिए जद्दोजहद कर रही है। आप ही सोचें जब वह पुरुष-वर्चस्व को कन्धों पर उठाए शताब्दियाँ पार कर आई तो खतरे उठाने से क्यों कतराएगी? दूसरे के दिए हुए सुख को दया का कर्ज ही मानती है, जिसको किसी-न-किसी रूप में चुकाना पड़ता है, यह कौन-सी औरत नहीं जानती?

यही कारण है कि स्त्री आगे निकली जा रही है। पुरुष के दायरों में उड़ती रंगीन तितलियाँ गायब होने लगीं। फफूँद लगे एंटीना दिमाग से निकलते हैं, पागलपन सवार होता है। अँधेरा चमगादड़ों से भर जाता है। मर्यादा पुरुषोत्तम राम

की कहानी से सीता को अलग कर लें तो उनके खाते में केवल शम्बूक और बालि का वध रह जाएगा। निश्चित ही और आपको महानता की उस जादूगरी से मुक्त करती है, जिसके कारण अनेक शिकार करते रहे हो। त्याग और समर्पण का लबादा उन्हीं को सौंपती है, जिन्होंने शब्दों की जिम्मेदारी निभाते हुए उस पर बन्धन डाले। ऊपर से गरिमा, महिमा और शील के सितारे टाँके।

आनेवाली पीढ़ी कैसी होगी? निश्चित ही उसे मीठा सात्विक पवित्र जहर पीने का अभ्यास न होगा। क्योंकि हर पीढ़ी अपनी अगली पीढ़ी से वही चाहती है, जो खुद नहीं कर पाती। खासतौर से स्त्रियों की आकांक्षा बेटियों के साहस से आशा जोड़े है कि वह किसी पुरुष के पीछे की स्त्री न बने। भले उसे 'बुरी औरत' की तरह आना पड़े। 'खानाबदोश' रहना पड़े। सच्चाई यह है कि अब किसी पुरुष की प्रेमिका के रूप में महानता के मारे व्यक्ति को झेलना हमारी नियति नहीं, यह तो असहमति का विषय है। जिसने भी कहा कि महान पुरुष के पीछे कोई औरत होती है, गलत कहा। यह सूक्त वाक्य हमें तो खुद रास नहीं आया बूढ़ा रचनाकार क्यों खफा हुआ?

खफा लोगों में जवान विगत यौवन और बूढ़ों की कतार है। वे खफा होने का पट्टा लिखवाए हुए हैं—धर्मग्रन्थों में, स्मृतियों में, पुराणों में, इतिहास में। वे मालिक हैं, बादशाह हैं, राजा हैं। आप जरा लोकगीतों को टटोलिए, स्त्री अपनी स्थिति का खुद बयान कर देगी। वह गायन में जो पद जोड़ती है, पिता को बाबुल कहकर सम्बोधित करती है, पति को राजा कहती है और बेटे को लाल पुकारती है। लोकगीत निश्चित ही किसी पुरुष की पद्य-रचना नहीं, वे स्त्रियों द्वारा ही जीवन की प्रक्रिया में आकार लेते गए हैं। उनमें रोजमर्रा के काम का वर्णन होता है, जिससे औरत सश्रम जुड़ी रहती है। उनमें कुआँ-घाट से लेकर मायके जाने के आग्रह रहते हैं, जिन अनुमतियों पर मालिकों का कब्जा है। वे इस कब्जेदारी से बाकायदा परिचित हैं। और अपने हकों का इल्म भी है, हकों के खो जाने का दुःख भी। मैं आपको इन सब बातों को एक लोकगीत के द्वारा स्पष्ट कर सकती हूँ—

अँगना रे राजा, अँगना रे राजा कुइया खुदाय
ऐसी कुइया, खुदइयो मेरे राजा,
दोनों ढिंग रे, दोनों ढिंग रे जा की पार बँधाय
एक ढिंग गोरीधन पनिया भरति हैं
दूजी ढिंग रे राजा मल मल नहाय
पनिया भरत मेरो अँचरा खुलि गयो

जा पै रे राजा, जा पै रे राजा बहौत गुस्साय

(मेरे राजा तुम आँगन में ही कुइया खुदा लो और ऐसी कुइया खुदाओ, जिसकी जगत दोनों ओर हो। बाहर के कुएँ पर पानी भरते हुए मेरा आँचल खुल गया था, तुम कितने गुस्सा हो गए। आँगन की कुइया पर मैं पानी भरूँगी, तुम मल-मल कर नहाओगे।)

देख लिया आपने, स्त्री को पानी भरने-जुटाने की कितनी चिन्ता है, वह भी अपने राजा के स्नान के लिए, वह भी पूरी लाज-मर्यादा के साथ पानी खींचने के लिए, वह भी राजा को गुस्सा नहीं खुश करने के लिए।

तो पुरुष हमारे राजा हैं, मालिक हैं, स्वामी हैं। आजकल दलित विमर्श में उन जातियों के उत्थान की बात पर जोर दिया जाता है, जो सेवा से सम्बद्ध रही हैं और सेवा ही उनका हक मानी जाती रही है। यहाँ वे जातियाँ स्त्री जीवन के समानान्तर चलती हैं। मगर दलित पुरुष भी स्त्री को बराबरी का दर्जा देने से इनकार करते हैं, उनके पास वही विशेषता है, कि वे स्त्री नहीं हैं।

मैं आपको एक दलित चिन्तक और लेखक माने जाने वाले व्यक्ति के विचारों से अवगत कराती हूँ, ताकि सनद रहे उनका नाम डॉ. धर्मवीर है। 'कथादेश' पत्रिका में उन्होंने स्त्री की ऐसी ले-दे की कि मुझे बनजरिया-स्त्री उत्तर देने के लिए मजबूर होना पड़ा। और कहना पड़ा कि विवाह बन्धन में बाँधकर आप पत्नी से वे उम्मीदें करते हैं, जो एक पालतू जानवर से की जाती हैं। पालतू जानवर भी सारे उस कोटि में नहीं आते, केवल गाय आती है, जिसे पवित्रता का प्रतीक माना जाता है। पवित्रता का वहन भी वहाँ तक, जहाँ तक भूखे मर जाना हो, मगर मालिक द्वारा दी गई सीमाबद्ध छूटों के आगे कदम न रखना हो।

पत्नी के इसी पवित्रतम रूप को लेकर धर्मवीर जी आगे बढ़े थे और उन्होंने अपनी पत्नी को बिगड़ैल गाय के रूप में चित्रित किया था, जो अच्छा खाना, पहनना माँगती है, अपनी इच्छाओं के मुताबिक रहना चाहती है, मगर कमाती कुछ नहीं।

स्त्री की कमाई पर पहरे किसने बिठाए हैं? उसे आर्थिक रूप से मजबूत होने में बाधा कौन बना? सवर्ण तबकों में औरत को घर-भीतर रखकर अपना मान बढ़ाया जाता है, इज्जत बचाई जाती है। शास्त्रों में स्त्री को पति की मिल्कियत में शामिल किया है, जिसे वह सम्पत्ति की तरह इस्तेमाल कर सकता है। निश्चित ही कमाऊ स्त्री अपना मनमाना उपभोग नहीं होने देना चाहेगी। धर्मवीर जैसे लोग समाज में बहुलांश बनाए हुए हैं, जो चाहते हैं उनकी औरत कमाए भी और वे उसका भोग-उपभोग अपनी मर्जी से करें। आज के पवित्रतम विवाह संस्कार ने अपना नया रूप इस तरह बदला है और इस तब्दीली के चलते पुरुष समाज स्त्री

को रंडी, वेश्या, बेशर्म, पुंश्चली कहने में झिझकता नहीं।

मैंने जो कुछ असलियतें खोलीं, उनको लेकर जनसत्ता के स्तम्भकार देवदत्त आगे आ गए। मुझे साहसिक लेखिका मानते हुए गहरा अफसोस जाहिर करने लगे। लिखित टिप्पणी में यह आरोप था कि—हमारे समाज का पवित्रतम संस्कार विवाह है, जिसकी मर्यादा मुझ स्त्री लेखक को रखनी थी, और मैंने अमर्यादित रूप से डॉ. धर्मवीर का विरोध किया है, जो समाज के लिए सकारात्मक नहीं।

उफ़! मैंने समाज यानि स्त्री-पुरुषों के उस समुदाय, जिसका हर स्थिति में मूल्यांकन पुरुष वर्ग करता है और अपनी उस हैसियत से करता है, जो परम्परागत और शास्त्रसम्मत मानी गई है। हाँ, मैं स्वीकार करती हूँ, लेख में उस वर्ग का अपमान मुझसे हुआ होगा, जिसके लिए विवाह ही जीवन की मजबूत धुरी है, मगर स्त्रियों के चरित्र के लिए काली कसौटी है। जिस समाज की बात, जिस समुदाय का चलन डॉ. धर्मवीर और देवदत्त बता रहे हैं, वह ऐसा किला है जिसके अन्दरूनी तहखानों में मर्द-मानसिकता के अनुरूप चाल-चलन की शुचिता के लिए औरतें कैद हैं और किले के बाहर उनके स्वामी मूँछों पर ताव देते हुए पहरा देने की मुद्रा में हैं।

मगर गजब! उनकी कड़ियल पहरेदारी के बावजूद कोई बरजोर औरत भीतर-ही-भीतर सुरंग खोद लेती है और किले की दीवारों की मजबूती को व्यर्थता के हवाले करके बाहर आ सकती है। देवदत्त जैसों का रोदन यहीं से शुरू होता है।

आप जानते होंगे कि आक्रान्त करनेवाली चीजें आकर्षक होती हैं, अक्सर। मुख्य मुद्दे पर आते हुए मैं सीधे कहती हूँ कि 'विवाह' हमारे समाज की ऐसी ही मोहक परम्परा है, जिसमें स्त्री और पुरुष के पुण्यपवित्र गठबन्धन का संस्कार होता है। शेर और बकरी को एक साथ रखा जाना तो देखने वालों के लिए चित्ताकर्षक, कौतूहलपूर्ण दृश्य ही होगा। होगा इसलिए कि शेर 'नायक' के संस्कार पाए हुए पुरुष का पूर्ण वर्चस्व उसी दिन घोषित होता है, जिस दिन वह दान-दहेज के साथ एक स्त्री भी घर में ल़ाता है। साधन-सुविधा, जो वह नहीं जुटा पा रहा था या अपनी कमाई से नहीं जुटाना चाहता था, मुफ्त में लाता है, जैसे लूट में लाया हो। अब विजयचिह्न के रूप में पत्नी हाजिर है, उसे परिवार की दासी के रूप में तब्दील करना उसका वीरोचित धर्म-कर्म रहेगा। सारा समाज जानता है कि स्त्री जमीन की तरह अचल सम्पत्ति भी नहीं, वस्तु की तरह चल सम्पत्ति में आती है, जिसे कभी इधर-उधर किया जा सकता है। वह पुरुष के लिए पुत्र (पुरुष) जनेगी, जो अचल सम्पत्ति का वारिस होगा। यदि वह बेटी (स्त्री की नस्ल) पैदा करती है तो हर हाल में अपनी बेदखली पर मोहर लगाती है। सभी स्त्रियों के लिए यही विधान है, माँ-बेटी के लिए जीवन यही है। अपवाद के रूप में कोई स्त्री बिदक जाए और

बकरी की तरह किसी दूसरे के खेत की ओर चली जाए तो यही उसका पाप है। पाप न कर बैठे औरत, उससे पहले ही धर्म सामने आ जाता है, जो 'व्यभिचार' नाम के कोड़े से औरत के सारे इरादों को ठिकाने लगा देता है। नई मर्यादाएँ रचने की जुर्रत किसने की? विवाह पवित्रता और योनि शुचिता की शर्त पर टिका रहना चाहता है, अतः यह विधान स्त्री को ताउम्र वहन करना है। सामाजिक कानूनों पर कोई सवाल नहीं उठना चाहिए। क्या आपको मालूम नहीं कि स्त्री की गर्दन हिलने से परिवार का ढाँचा डगमगाने लगता है।

परिवार समाज की अत्यन्त महत्त्वपूर्ण इकाई है। वह इसलिए कि मर्द की मुखियागिरी के लिए ऐसा पहला सिंहासन है जिस पर आसीन होते हुए उसकी ताजपोशी को मान्यता मिलती है। और इसका कमजोर होना या गिरना समाज के पहले खम्भे का गिराना है, जो किसी तरह बर्दाश्त नहीं किया जाता। यदि ऐसा होता है तो स्खलन की जिम्मेदार स्त्री ही मानी जाती है।

जार कर्म, व्यभिचार, अमर्यादा जैसे शब्द वैवाहिक परम्परा में स्त्री की ओर ही संधान करते हैं, जिसकी सुविधा समाज को स्त्री की उस देह ने दी है, जिससे गर्भाशय जुड़ा है। आपके अनुसार—यदि पुरुष अपने प्रवास से एक साल बाद लौटता है और उसकी पत्नी तीन माह का शिशु पालने में झुला रही होती है तब क्या यह 'करतब' स्त्री स्वतन्त्रता की अभिव्यक्ति माना जाएगा?

आपके सवाल का जवाब मैं स्त्री होने के नाते देना लाजिमी समझती हूँ—यह कृत्य स्वतन्त्रता की अभिव्यक्ति इसलिए भी माना जाएगा कि उसके साथ मानवीय संवेदनाएँ जुड़ी हैं। इस नाजुक समय में वह पुरुष की तरह चल-अचल सम्पत्ति के फेर में नहीं, अपितु एक अबोध निष्पाप, निश्छल शिशु के जीवन से जुड़ी है, जो नवजन्मा असहाय भी है। अब जिस वैकल्पिक समाज व्यवस्था की ओर आप संकेत कर रहे हैं, वह बकोशिश नहीं लाई जाएगी, क्योंकि माँओं को अपने बच्चे बिना पिताओं के भी पालने आते हैं। जिन्हें आप सवर्ण कुलीन स्त्रियाँ कहते हैं वे भी पुरुष के अभाव में अपने दम पर श्रम करती हैं और परिवार की संचालिका हो जाती हैं। यदि ऐसा न हो सकता तो उन श्रमिकाओं के परिवार न हुआ करते, जिनके पतिदेव नितप्रति दारू में धुत् होकर उन्हें मारपीट और गर्भ के सिवा कुछ दे नहीं सकते।

'यदि पति तीन माह का शिशु घर में लेकर घुसे तो?' आपका सवाल है।

हम पूछते हैं, क्या सचमुच पुरुष ऐसा करता है? ऐसा करता तो न जाने कितने पुरुषों के कितने शिशुओं से घर भर जाते। खुशकिस्मती पर मर्द फूले नहीं समाते कि उन्होंने गर्भाशय विहीन शरीर पाया है। उस मर्दानगी के मारे को तो पता ही नहीं चलता कि उसकी सन्तानें कहाँ-कहाँ बिखरी पड़ी हैं। हमारे गाँव-कस्बों-नगर-महानगरों के परम पुरुष अपने परिवार में जहाँ मूँछे ऐंठकर नाक

उठाकर धर्मपत्नी से पैदा सन्तान के शादी-विवाह करते नजर आते हैं, वहीं उन्हीं के उतावले वीर्य से जायंदा औलाद के रूप में लड़कियाँ वेश्यावृत्ति कर रही होती हैं और लड़के ढल्ले बने माँ-बहनों का सौदा पटाते देखे जा सकते हैं। मर्दाना मनोरंजन अपनी निर्दय निरंकुशता में सानी नहीं रखता कि कितनी बेबस स्त्रियों को माँ बना डालता है और वे माँएँ 'विवाह की पवित्रता' से डरकर अपनी वैवाहिक पात्रता बनाए रखने के लिए कभी गर्भपात करती हैं, कभी नवजातों को कचरे के ढेर पर फेंकती हैं तो कभी अनाथालय के हवाले छोड़ देती हैं।

आप ही बताएँ कि उन स्त्रियों की मनुष्यता और ममता का खात्मा करने का अपराध किसके सिर जाता है? यदि गर्भवती स्त्रियाँ गर्भ के पिता से बच्चे को स्वीकार करने की जिद करती हैं तो हश्र क्या होता है, बताने की जरूरत नहीं। हत्या और आत्महत्या के सिलसिले यों ही तो नहीं। तब आपको समझ लेना चाहिए कि यह सब दानवी संस्कार 'विवाह' की खातिर हो रहा है, जिसकी मर्यादा आप स्त्री से रखने का आग्रह करते हैं।

यदि ऐसा न होता जाता तो शिशुगृह और अनाथालयों में पलती पीढ़ी-दर-पीढ़ी लावारिस होकर सड़कों पर न आ जाती। सच में ही क्या यह आपके चटखारेदार मनोरंजन और स्त्री के शील और मर्यादा का ही नतीजा नहीं है? लज्जा ही उसे निर्लज्ज बनाकर समाज में खड़ा नहीं कर रही। क्या करें आप भी पुरुषवर्ग इन नतीजों का ऐसा अभ्यस्त हो गया है कि मनुष्यता भूल-बिसर गई। रही बात पत्नी के पास तीन महीने का शिशु ले आने की तो अपने समाज में ऐसे हजारों उदाहरण मिल जाएँगे जहाँ अपने पुरुष की दूसरी स्त्री और उसके बच्चों को पत्नी अपने साथ रखकर आजीवन झेलती है। क्या कोई पुरुष दूसरे मर्द और पत्नी के संसर्ग से पैदा हुए बच्चों को साथ रखने का कलेजा रखता है? जिन्दगी उनके साथ गुजार सकता है? जीवन-संगिनी जिसे कहा जाता है उसे पुरुष की धर्मपत्नी का रोल कब तक निभाते जाना होगा? अपने आपको निचले से निचले पायदान पर कब तक गिराते जाना होगा कि आप शुद्धात्मा निष्कंलक पुरुष माने जाते रहें?

पवित्र-अपवित्र, ये दो शब्द स्त्री के शरीर पर कितने भारी पड़ते हैं, काश स्त्री से ही पूछ लिया जाता। इन दो शब्दों के कारण ही तो कोई राम उसे अग्नि में उतार देता है, कोई इन्द्र पत्थर बना देता है, कोई धर्मवीर जारकर्म से जोड़ता है तो कोई देवदत्त विवाह का डंडा दिखाकर उसे मर्यादा तोड़ने की अपराधिनी बना रहा है। इक्कीसवीं सदी के चाँद और सूरज (चन्द्रभान) दिन-रात ऐलान कर रहे हैं कि उन्हें अपने चलते जार स्त्रियों का नरमेध करना ही है। नहीं तो जैसे ही उनकी दुष्प्रकृति की ओर उँगली उठाई, वैसे ही वे वैचारिक दंगल के लिए क्यों उठ खड़े होते?

बेचारे! नहीं जानते कि स्त्रियों में संगठन शक्ति भी होती है। वे अपनी

निजता को सामूहिकता में ढालना जानती हैं। उनके अपने ताप-परिताप, सहनशक्ति से उपजा साहस और साहस से बनते समाधान, अनुकरण का सिलसिला बनाते हैं। इस कड़ी के जरिये छल-छद्म का पर्दाफाश होता है। ऐसा न होता तो जार कही जानेवाली स्त्री के पक्ष में स्त्री समूह क्यों चलते आते?

दरअसल अब तक पुरुषों का ध्यान इस परम्परा को पुख्ता करने में लगा रहा कि, स्त्री स्त्री से ही नहीं, अपने आप से भी घृणा करती है, क्योंकि सन्तों-महन्तों ने कहा है—औरत नरक का द्वार है, नारी महाविकार है—लेकिन औरत ने क्या माना इस बात को? यही कि ऐसी बकवास करने वाले भी तो पुरुष ही हैं। और इस स्थापना को खींचने वाले भी पुरुष हैं। भला इसमें सत्य कितना है? साँप जानता है कि वह तनिक भी जहरीला नहीं, बस उसे कुचलने वालों को जहर चढ़ा देने का हुनर आता है। अपनी रक्षा करना हर किसी का कर्तव्य है। सच मानिए हम अपने अस्तित्व को बचाने की खातिर ही विष की पोटली साथ लिए फिरते हैं। और आप कहते हैं हमें—विष की खान। विवाह संस्था के लिए या उसके द्वारा की गई गुस्ताखी को बर्दाश्त करने की बेशर्मी बची होती तो अब तक की गई सारी जद्दोजहद और झगड़ेबाजी का मतलब क्या है? स्त्री की मर्यादा उसकी अपनी बनाई हुई होती है, मर्यादित जीवन अपने लिए होता है। किसी पुरुष के लिए राजी-बेराजी पवित्र होने के लिए नहीं...इतनी-सी बात ही तो आपको समझनी है, जिससे कि आप स्त्री के अपवित्र हो जाने के अपराधबोध से मरें नहीं। यह सतयुग या त्रेतायुग तो नहीं...फिर भी आप हमें धिक्कार-धिक्कार कर आत्महन्ता स्थितियों में डालना चाहते हैं। क्या सचमुच त्रेता-युग की वापसी में विश्वास रखते हैं? खुद को इस इक्कीसवीं सदी में अग्नि-परीक्षाओं और सती-अनुष्ठानों के लाइसेंसधारियों के रूप में प्रस्तुत करके धन्य हो रहे हैं? स्त्री को जारकर्म के अपराध में सजा देने के लिए व्याकुल कुछ दलित चिन्तक इसलिए बिलबिला रहे हैं, क्योंकि वे कुलीन सड़ाँध में रहनेवाले आत्ममुग्ध शिक्षित आदमी हैं। संस्कारों के गड़े मुर्दों के कंकालों को गले में लटकाना उनकी क्षत्रिय शान-शौकत है। वे मानकर चल रहे हैं कि विवाह-संस्था पूर्णतः पुरुषवादी है और उनमें स्त्री से अलग यही है कि वे पुरुष हैं। पुरुषों ने फतवा दिया है कि अगर स्त्री विवाह नहीं करती तो उसके सम्भावित शारीरिक दोष और चरित्र की सामाजिक शल्यक्रिया होती रहती है। इसके विपरीत पुरुष अविवाहित रहता है तो वह ऋषि-मुनियों में शुमार किया जाता है। इसके ऊपर भी तुर्रा अलग से कि अमुक पुरुष ने स्त्री-वरण जैसी साधारण क्रिया को ठोकर मार दी, वह महापुरुष हुआ।

कोई बताए विवाह की इस धाँधली भरी मर्यादा में स्त्रियाँ अपना जीवन आँखें मूँदकर क्यों झोंकें? अब तो मान लीजिए कि विवाह की पवित्रता जिन्दगी

का सबसे बड़ा धोखा है। पुरुष के लिए तो यह अनिवार्य है ही नहीं, स्त्री भी इससे गुरेज क्यों न करे? अतः व्यभिचार शब्द हमारे लिए बेमानी है।

फिर भी सामान्यतः देखने में आता है कि पुरुष घर का मुखिया बना हुआ है। और स्त्री के लिए कभी भी निष्कासन का फरमान जारी कर देता है। आश्चर्य नहीं कि पुरानी मर्यादा को लादे चलने वाली स्त्रियाँ पति द्वारा की गई मारपीट, गाली-गलौज और अपमान सहती रहती हैं, जिससे शालीनता, विनयशीलता का उल्लंघन न हो और स्वभाव में संकोच भी क्षीण न हो पाए। सहिष्णुता की बनी-बनाई ग्रन्थि उन्हें उद्धत होने से रोकती है...रोकती रहती है।

कहीं ऐसा न हो कि औरत उस पाले में चली जाए, जिसमें लक्ष्मण-रेखाएँ लाँघकर पहुँचा जाता है। उस संकोच को न त्याग दे, जिसे कुँआरेपन से साधा था। ओह! सच्चरिता त्यागमूर्ति अपनी पवित्रमूर्ति पर ठोकर मारती है।

सर्वे हो रहे हैं, आँकड़े आ रहे हैं, घर तोड़ने के इलजाम में वह पकड़ी जा रही है। पुरुष नहीं चाहता घर टूटे।

क्यों चाहे कि घर टूटे? घर का मतलब होता है एक अदद पत्नी, जो दीवारों के बीच रहकर अपने मर्द की साज-सँभाल में व्यस्त रहे। विवाह की शर्त सेवा-भावना के रूप में समझे और खुद का विलय तथाकथित घर में कर दे। इस घर में पुरुष की हर खुशी, हर सुख, हर इच्छा, हर सुविधा घटित होती रहनी चाहिए। सुखी परिवार या परिवार का स्वर्ग ऐसे ही घर का नाम होता है। औरत से नहीं पूछा जाता घर किसे कहते हैं। मगर सच यह है कि इन भ्रान्त धारणाओं का पर्दाफाश हो चुका है। आदिकाल से उसने अपनी सम्पूर्ण मनुष्यता ताख पर रखकर सौन्दर्यपूर्ण प्रेम के लिए पति के सामने खुद को प्रस्तुत किया। परछाईं में स्वयं को ढाला।

लेकिन अब क्या ऐसा घटित हो गया कि उसे अपना निश्चित चरित्र पुरुष का थोथा अभिनन्दन लगने लगा? क्या समझ गई कि पुरुष नाम का जीव स्त्री का आकलन अनुभवों के आधार पर नहीं करता, वह कल्पना से काम लेता है, जो उसके मन मुताबिक होती है। समझता है कि औरत की शालीनता मर्दानी उद्दण्डता को ताकत देती है और कोमलता पुरुषार्थ की कठोरता को महिमामण्डित करती है। उसके व्यसन—दारूबाजी, जुआ खेलना, परस्त्रीगमन के साथ अपनी औरत को घृणा से देखना तथा उसे शारीरिक और मानसिक यातना से गुजारना कोई ज्यादती नहीं, मर्दानगी के लक्षण हैं।—बस यहीं से चेतना-सम्पन्न स्त्री शालीनता और शुद्धता की परवाह करना छोड़ देती है। यहीं से विवाह विरोधी विचार जन्म लेता है। घर की सलामती कोई कहाँ तक मनाए आखिर? सुरक्षा छत्र

के नीचे सबसे ज्यादा असुरक्षित...वह डरते-डरते निडरता का दामन थाम लेती है।

कोई उस स्त्री से पूछे, जिसने बसा-बसाया घर छोड़ा है और आमदनी के जरियों को शून्य पाया है। जहाँ आर्थिक रूप में आत्मनिर्भर स्त्री अपने आप में निश्चिन्त मानी जा सकती है, वहीं बेरोजगार अपने हाथ-पाँवों को आजीविका का आधार मान लेती है, जिनसे अब तक बेगार करती आई थी। ये स्त्रियाँ किसी भी बन्धन से उसी पल मुक्त हो जाती हैं, जब खुद पर भरोसा करने लगती हैं। कारण कि समाज तो नौकरी-पेशा और आजीविका विहीन औरत को समान तिरस्कार से घेरता है। अपराध बोध के हवाले करता है। नहीं मानना चाहता कि पति नाम के परमेश्वर ने ऐसी जानलेवा स्थितियाँ पैदा कर दीं, जिसमें स्त्री के मोह-माया ममता सेवा और सदाशयता को छला गया। हर क्रिया-कलाप को सन्देह की निगाह में रखा गया, जैसे व्यभिचार ही उसकी मति-गति हो। वह पति के साथ अपनी स्वाभाविक वृत्तियों के साथ न जीकर कमजोरी में जीने लगती है। अपने कमजोर पक्ष को त्यागने की बात सोचती है तो पति विरोधिनी, कुलनाशिनी के फतवे से थर्राने लगती है। इसके बाद फिर उसी आचार-संहिता के घेरे में लौट आती है, जिसने परिवार संस्था के नियमों का निर्धारण किया है।

चुप्पी चटखती है। बच्चे डरते हैं। वे दुआ माँगते हैं—काश माँ बोले नहीं। वह गूँगी रही है, गूँगी रहे, क्योंकि पिता को उसके बोलने पर गुस्सा आता है। क्या करें बच्चे भी, बच्चों ने घर में पिताओं का बोलबाला देखा है। वे नहीं मान पाते कि माँ भी उसी कोटि की मनुष्य है, जिस कोटि के मनुष्य पिता हैं।

तो भी...स्वतन्त्र व्यक्तित्व उभरने लगता है चटखन टूटन में बदल जाती है। स्त्री की आवाज में नया स्वर सुनाई देता है। बदलाव नहीं आता तो व्यवस्थाएँ सड़ जाती हैं। अरुचि से किए गए काम रुचिकर कैसे हो सकते हैं? कसावटें हाथ-पाँव नहीं खोलने देतीं, दासता किसको रास आती है? विवाह दो व्यक्तियों का सम्मिलन है, विवाह संस्था को अपने दायरे विस्तृत करने होंगे, क्योंकि हर सन्धि का विग्रह होना लाजिमी है। अलग होने के मामले में स्त्री और पुरुष की गणना कुछ भी कहे, मगर सिद्धान्ततः भी यही सच है कि जो प्रताड़ित होगा, वही तोड़ेगा, वही भागेगा क्योंकि विवाह या घर टूटना जिन्दगी टूटने से ज्यादा त्रासद नहीं। विवाह स्वर्ग में बँधी गाँठ नहीं, मन का बन्धन है। यह दीगर बात है कि स्त्री को अब तक विवाह की पवित्र मगर गलत व्याख्याएँ समझाकर पुरुष की गुलामी कराई जाती रही है। वरन् वह तो जहाँ भी जाती है, घर बना लेती है और जहाँ से आती है, वहाँ घर नहीं रहता।

हम एक-दूसरे की दुश्मन नहीं मित्र हैं, एक-दूसरे के पूरक हैं। लगता है कि हम

आपस में परस्पर कट्टर शत्रु हैं। तभी तो आजकल जोर-शोरों से एक नारा प्रचारित किया गया है—औरत-ही-औरत की दुश्मन है।

नहीं बताया जाता कि वह अपनी ही नस्ल की क्यों दुश्मन है, वह अपनी प्रजाति में जन्मी स्त्री से क्या छीनना चाहती है? क्या स्त्रियों के पास वह धन सम्पत्ति है, जो पुरुष के पास होती है? क्या उसके पास जमीन-जायदाद का कब्जा है, जिसे हड़पने के लिए एक-दूसरे से मुठभेड़ करनी पड़ती हो? क्या उसे सामाजिक संस्कृति में दखल देने का हक है, जिसे बनाए रखने के लिए जद्दोजहद करनी पड़े।

फिर वह एक-दूसरे की कैसे और किसलिए दुश्मन है?

मैं समझती हूँ, बिल्लियों और बन्दर की कहानी यहाँ एक दृष्टान्त है। बिल्लियाँ समझती रहीं बन्दर के हाथ में तुला के रूप में न्यायदण्ड है, वह न्याय करेगा। उनकी रोटी को बराबर कर देगा और वे शान्ति से अपनी भूख मिटा सकेंगी। मगर ऐसा कहाँ हुआ। न्यायदण्ड (तुला) के पलड़ों को ऊँचा-नीचा करके, रोटी के छोटे-बड़े हिस्से तोड़कर बन्दर बिल्लियों को बहकाता रहा और पूरी रोटी खुद हजम कर गया। बस इसी तरह स्त्रियों के जीवन को हजम कर जाने की मुहिम चलती है—महत्त्व घटा-बढ़ाकर, सुरक्षा ज्यादा-कम करके।

स्त्रियाँ क्या यह बात जानती नहीं? निश्चित ही वे ऐसे तत्त्व ज्ञान से पीड़ित नहीं हैं कि छल-फरेब, धोखाधड़ी के स्तर से ऊपर उठ गई हों। हाँ वे अपने ईर्ष्या-द्वेष के पर्दे में अपने अज्ञान को छिपा देने की आदत डाले हुए हैं। नहीं तो वे सौहार्दभाव को जद्दोजहद जैसी साधना के रूप में लागू करती हैं और इस रूप में अच्छाई कभी उनके पक्ष में नहीं आती। लोग उन्हें चालबाज, कुटिनी और चुगलखोर कहते हैं। कहें, इन शब्दों से घबराना कैसा? ये शब्द पुरुषों द्वारा की गई व्याख्या में स्त्री के निर्मल हृदय की ही निशानी हैं।

देखो, हमारे यहाँ हिन्दी के महान लेखक प्रेमचन्द ने स्त्री-पुरुष के बारे में अपने भाव किस तरह व्यक्त किए हैं, वे कहते हैं—'यदि पुरुष स्त्री जैसे कोमल भावों को अपना ले तो वह देवता हो जाएगा और स्त्री पुरुष के गुणों को अपनाएगी तो वह राक्षसी बन जाएगी।'

हमें समझा दिया गया कि ताकत का लक्षण कठोरता है, मगर वह पौरुष, मर्दानगी शुमार है, जो स्त्री के लिए अवगुण माना गया है। वह कोमलांगी, कोमलमना और कोमल हाव-भाव दिखाती हुई ही पुरुषों को सुहाती है और इसी कोमलपन को लेकर आपस में लड़ती-झगड़ती ही नहीं, दिन-रात कोशिश में लगी रहती है कि मेरी त्वचा तेरी त्वचा से मुलायम है। जब विवाह होंगे स्वयंवर रचे जाएँगे, हम स्त्रियों से हमारी इच्छा कोई नहीं पूछेगा, हमारा शरीर देखा-परखा जाएगा। मर्द, जो कठोरता बनाम ताकत रखता होगा स्त्री को ले जाएगा। जो स्त्री

किसी पहलवान, बॉडी बिल्डर, वेट लिफ्टर और अस्त्र-शस्त्र विद्या में पारंगत पुरुष के गले में वरमाला डालेगी, उसकी अन्य सभी स्त्रियाँ दुश्मन हो जाएँगी—यह मान्यता हजारों साल से चली आ रही है और यह क्रूरता एक रिवाज की तरह बरती जा रही है कि पुरुष की मनभावन स्त्री को अन्य स्त्रियाँ (सास, ननद और सौत) यातना दे-देकर मौत के घाट तक ले जा सकती हैं।

उफ्! यह धारणा कितनी यन्त्रणा देती है...डर दिखाती है। इस डरी हुई स्त्री के लिए अब क्या सामान्य अथवा ठीक-ठाक रह गया? बस यहीं से उसके लिए सबकुछ असह्य जैसा होने लगता है। ताकतवर पुरुष अब उसके किस काम का? तब समझ में आता है कि स्वयंवर के लिए पुरुष की योग्यता पुरुषों ने तय की है। स्त्री को तो वरमाला थामकर वीरपुरुष के गले में डालने का अधिकार भर मिला है। अपना सर्वस्व सौंपते हुए उसे अपनी शारीरिक ही नहीं मानसिक ताकत को भी छिपा लेना है। यह संस्कार ऐसा प्रभावकारी रहा कि स्त्री ने खुद को अकेली पाते ही अपनी स्वाभाविक रीति पर अंकुश लगा लिया।

अनुभव की बात है कि 'औरत पुरुष के हुक्म की गुलाम है।' यह एक मिथकीय विश्वास है। गौर किया जाए तो तहों के भीतर पाएँगे कि स्त्री अपनी ताकत जो पुरुषों के अधिकार में चली गई है, के लिए हरदम परेशान रहती है। वह नए सिरे से उस शक्ति को अर्जित करना चाहती है जिसे शास्त्रों, साहित्य और इतिहास ने उससे छीना है।

और पुरुष सोचता है कि औरत अपने बन्धनों को शृंगार समझे, अपने आपको भूल जाए, इससे ज्यादा नशीली खुशी क्या हो सकती है?

कैसा सर्द शासन है। धारविहीन हथियार से गला रेतने जैसा...सुनहरी जाल के काँटेदार फन्दों को बिछाया गया और नाम दिया मर्यादा।

और जान लीजिए कि इस नाइंसाफी भरी पुरुष व्यवस्था के खिलाफ आज के युवा रचनाकारों ने मुहिम छेड़ी है। प्रेमचन्द का युग जैसा भी रहा हो, लेकिन मुझे याद है कि अभी कुछ साल पहले आर. चेतन क्रान्ति का एक लेख आया था, जिसमें न औरत औरत की दुश्मन थी और न वह पुंश्चली वेश्या या कॉलगर्ल जैसे सम्बोधनों से समाज घातिनी सिद्ध की गई। वह सुचिन्तित लेख बताता था कि बदलती हुई स्त्री से कैसे व्यवहार करें, यह पुरुषवर्ग को सीखना होगा। इसके अलावा आज के नवयुवा कवि किसी कोमलांगी कोमलमना का आह्वान नहीं कर रहे। उनकी कविताएँ कह रही हैं—स्त्री तुम ताकतवर हो। तुम डरो नहीं। पवनकरण नाम के कवि कहते हैं—स्त्री मेरे भीतर है, फिर भी मैंने भाई होकर बहन पर पहरे डाले हैं और समाज को जताया है कि मैं उसकी रक्षा करता हूँ। उसके भावतन्त्र पर कुठाराघात किया है और दर्शाता हूँ कि मैं अपनी बहन को चरित्रहीना होने से बचा रहा हूँ। मैंने बहन की प्रेम भावना को नष्ट किया है और परिवार

की शानदार विजय का परचम लहराया है। भाई यहाँ 'इज्जत' शब्द का गुलाम बनते हुए लज्जित नहीं होता। वह शर्मशार होता है, बहन के उस साहस पर, जिससे उसने अपनी प्रीति को सींचकर हरा-भरा बनाया है। वह शर्मिन्दा होता है बहन की उस ताकत पर जिसे बहन ने प्रेम के लिए उपयोग किया है। लैला-मजनूँ की तरह बहन का प्रेम न देख लिया जाए, परिवार की निरंकुशता की पराजय होगी। कवि मानता है 'लैला-मजनूँ' नवयुवाओं के अबोध आकर्षण पर गाली की तरह प्रयोग किया जाता है। प्रेमिका होने की ईमानदार हिम्मत स्त्री की बदकारी है। ताकतवर भाई होता है बहन की इच्छाओं का गला घोंट देने के लिए—ये उद्गार एक पुरुष-कवि के हैं।

क्या वह देवता बनने की तैयारी में है? नहीं, देवता मत बनना कवि, देवताओं से स्त्री का विश्वास कब का उठ चुका है। देवताओं के वेश में ही तो पुरुष उसे छलता रहा है। और अतल में डुबोकर मारा है या पवित्र समाधियों/शिलाओं में तब्दील कर दिया, इशारा दिया कि यही स्वर्ग का रास्ता है। आज की कविता लिखने वाले कवि देवता नहीं हो सकते, क्योंकि इनका हृदय पसीजता है, और देवताओं को पसीना आता नहीं। जो कहते हैं कि स्त्री अपने हकों के लिए व्यर्थ ही झाँय-झाँय कर रही है, अपने गुस्से को मौखिक और लिखित रूप में बाहर ला रही है, अपनी गरिमा खो रही है। गरिमा, जो उसकी कोमलता और मधुर भावनाओं से बनी थी, झुकी आँखों और मुलायम चेहरे से बनी थी, झीने परदे से उस गरिमा में चार चाँद लगे थे—ऐसा कहने वालों से पूछा जा सकता है कि यदि यह गरिमा इतनी ही प्यारी है तो आप लोग इसे क्यों अख्तियार नहीं करते?

इस सवाल का उत्तर नव युवा रचनाकार ही दे रहे हैं, जो मर्दाने अहंकार से युक्त हैं, स्त्री के लिए शास्त्री आज्ञा-सूचियों को पारिवारिक कवच नहीं मानते, क्योंकि वे डरते नहीं हैं। उन्हें पता है कि पुरुष स्त्रियों की स्वाभाविकता कभी ग्रहण नहीं करेगा, वरन् उन्हें वेश्याओं में तब्दील कैसे करेगा? विश्व सुन्दरियों में चयनित होने की स्त्री-योग्यता क्या होगी? वह साबुन-तेल-क्रीम-पाउडर-ब्रा-बिकनी से लेकर टी.वी., फ्रिज और वाशिंग मशीन बेचने की माध्यम किस आधार पर बनेगी? निश्चित ही राजपुरुषों की तरह ताकतवर मर्द के मानिन्द और सफल दलाल की तरह वह किसी ताकतवर राक्षसी पर धावा नहीं बोलता, कोमलांगियों की कलाई पकड़ता है।

मैं पढ़ती हूँ, मैं देखती हूँ कि थोड़े से ही सही, कला-धर्मियों, साहित्य रचयिताओं और नाट्यकर्मियों ने परम्परा के नाम पर चली आ रही रीतियों को नए तरीके से देखने की दृष्टि विकसित की है। 'अनाकर्षक पत्नियों' के प्रति किए गए रूखे व्यवहार पर अपराध-बोध और प्रायश्चित्त रचे हैं। माना है कि स्त्री

को ताकत ग्रहण करने का, उसको प्रयोग करने का पारिवारिक और सामाजिक स्तर पर पूरा अधिकार है। सारे कायदे-करीने लादकर चलने वाली माँ को अपने निजी प्रेम को खारिज कर डालने पर एतराज होना चाहिए।

हे कवियो, लेखको और कलाकारो, तुम अपनी जोशीली, साहसी और ताकतवर उमंगों-तरंगों को स्त्री की उन शिराओं की ओर प्रवाहित कर दो, जिन में सदियों से भय, आशंकाओं और असुरक्षाओं के इंजेक्शन तरह-तरह से दिए जाते रहे हैं।

यदि मैं कहूँ कि शुरू से लेकर अब तक पुरुष ने जो सोचा, अनुभव किया और निष्कर्ष निकाला, उसकी सारी यात्रा का निचोड़ खुद को सर्वोच्च बनाने का रहा। स्त्री को शिकार के रूप में पकड़ा और स्वयं शिकारी होने का अहंकार पालता रहा।

क्या उसे पता था कि अहंकार का रास्ता अकेलेपन की मंजिल पर जाकर खत्म होता है, संन्यास का बियावान बहुत बड़ा है, इस जंगल से अच्छे-अच्छे अहंकारी घबराते हैं, भले इस सुनसान का राजपाट उन्हें मिल जाए। अतः वर्चस्व को बनाए रखने के लिए यह जरूरी हो गया कि खुदाओं के कुछ सहायक हों, शिकारियों के शिकारी कुत्ते हों, जो हाँका लगाएँ और शिकार को चारों ओर से घेरें—मैंने इस तरह के वाक्य कहीं पढ़े थे, जो आज मुझे अपनी ओर से लिखने के लिए प्रेरित कर रहे हैं।

शिकार रूपी स्त्री जिन्दगी में अलगाव नहीं चाहती। यहाँ अलगाव का मतलब है विवाहिता का विवाहविच्छेद। वह जिसके आश्रय में आ गई है, उस चारदीवारी को 'घर' कहती ही नहीं, समझती है, क्योंकि उसे वह घोंसले के रूप में सँवारती है, जहाँ खुद को सुरक्षित महसूस करे। इस सुरक्षा के लिए वह पति द्वारा की गई मारपीट, गाली-गलौज और तरह-तरह के अपमानों को बर्दाश्त करने की अभ्यस्त होना चाहती है। हर समय यही भरोसा पाले रहती है कि उसे सही साथी मिला है और घटित होता दुर्व्यवहार पति के पराक्रम की निशानी है। चिड़िया शिकारी के हाथ में तीर-कमान देखकर ही उसकी ताकत से परिचित होती है और पेड़ों के झुरमुट में छिप जाती है, मगर पेड़ छोड़ती नहीं। शालीनता और विनयशीलता का दामन स्त्री की मनुष्यगत स्वाभाविकता को ढँके रहता है, अतः वह संकोच बरकरार रहता है, जो उसे उद्धत होने से रोक लेता है। सहिष्णुता की यह ग्रन्थि बचपन से विकसित होती है, जो स्त्री के सद्गुणों में गिनी जाती है। यह बात हर स्त्री जानती है, इसमें लेशमात्र सन्देह नहीं...

मगर समाज चौंकता है, परिवार हतप्रभ रह जाता है जब कोई औरत तलाक माँगती है, कुँआरेपन से साधा हुआ शील-संकोच दरकता है कि खण्ड-खण्ड

हो जाता है या सच्चरित्र, सदाचारिणी, धर्मानुयायिनी अपनी पवित्र मूर्ति, त्यागमयी तस्वीर पर ठोकर मारती है...

खबरें कहती हैं, आँकड़े सच का पर्दा खोलते हैं, अनुभव प्रामाणिक मोहर लगाते हैं कि औरत घर तोड़ने में आगे है। पुरुष हरगिज नहीं चाहता कि घर टूटे।

घर का क्या मतलब है पुरुष के लिए? एक अदद पत्नी, जो दीवारों के बीच रहे, अपने मर्द की साज-सँभाल में व्यस्त रहे, विवाह की शर्त है सेवा-भावना, सेवा दुःखियों की नहीं, बलिष्ठ और जवान पुरुष की। घर, जिसमें औरत अपना विलय कर दे, पति की सुख-सुविधा और हर खुशी 'घर' में घटित होती रहनी चाहिए।

सुख-सुविधा और खुशी? यौवन का राग!

गेटे का कथन है, "स्त्रियों के प्रति पुरुष का प्रेम उनकी बुद्धि को देखकर नहीं होता। उनकी सुन्दरता, विश्वास और उनका चरित्र—यही सब उनके प्रति प्रेम का कारण है, न कि उनकी प्रतिभा। उनकी बुद्धि का हम आदर करते हैं और अपनी बुद्धि के कारण वे हमारी दृष्टि में बहुत अधिक सम्मान की पात्र ही हैं, किन्तु उनकी समझदारी पुरुष-हृदय में राग उत्पन्न नहीं करती, प्रेम की आग नहीं भड़काती।"

स्त्री घर को क्या मानती है?

किसी ने उससे नहीं पूछा।

मगर वह बता रही है कि अब तक वह जिन भ्रान्त धारणाओं के हवाले रही, उनका पर्दाफाश हो गया। देशी-विदेशी महापुरुषों के कथनों पर विश्वास करती रहीं—भारतीय स्त्रियों में बहुत कुछ आकर्षण उनके जन समूह से अलग रहने, अन्तःपुर में छिपी रहने के कारण ही है और वे इस बात को जानती हैं। उनमें अमेरिका के स्कूलों की वह भद्दी प्रथा नहीं, जहाँ पर लड़के-लड़कियों के साथ पढ़ने, साथ खेलने से एक-दूसरे के प्रति आकर्षण नष्ट हो जाता है।—अटो रथ फील्ड।

"मेरे विचार से नारी सेवा और त्याग की मूर्ति है, जो अपनी कुर्बानी से अपने को बिल्कुल मिटाकर पति की आत्मा का एक अंश बन जाती है। मुझे खेद है कि हमारी बहनें पश्चिम का आदर्श ले रही हैं, जहाँ नारी ने अपना पद खो दिया है।"—प्रेमचन्द।

महापुरुष की रची नियमावली के कारण स्त्री ने सम्पूर्ण मनुष्यता ताख पर रखकर सौन्दर्यपूर्ण प्रेम के लिए पति के सामने प्रस्तुत होना ही जिन्दगी समझा। खुद को उसकी परछाईं मानकर चलना-फिरना किया। चलन के अनुसार सही मायनों में घर-परिवार का कारोबार चला। फिर ऐसा क्या घटित हुआ कि उसे अपना निश्चित चरित्र लक्षण पुरुष का थोथा अभिनन्दन लगने लगा? वह समझ

गई कि पुरुष नाम का जीव स्त्री का आकलन अनुभवों के आधार पर नहीं, कल्पना से काम लेता हुआ करता है। कल्पना निश्चित ही उस मर्द के मन मुताबिक होती है। समझता है कि औरत की शालीनता उसकी अपनी उद्दण्डता को ताकत देती है। कोमलता मर्दानगी भरी कठोरता को महिमामंडित करती है। यहाँ तक कि उसके व्यसन (दारूबाजी, जुआ, परस्त्रीगमन, भ्रष्टाचार, गुण्डागर्दी, अपनी स्त्री को नीची नजर से देखना, उसे शारीरिक और मानसिक यन्त्रणा से गुजारना) ज्यादती नहीं, पुरुषार्थ के लक्षण हैं।

बस यहीं से, इसी बिन्दु पर चेतना-सम्पन्न स्त्री शालीनता और शुद्धता की परवाह छोड़ देती है। यहीं से विवाह विरोधी विचार जन्म लेता है, क्योंकि वह विवाह संस्था के तहत घर की सलामती की दुआ मनाती-मनाती आजिज आ जाती है। सुरक्षा छत्र ही जब असुरक्षा का परचम लहरा दे तो व्यक्ति डरते-डरते ऐसी स्थिति पर आ पहुँचता है कि निडरता का दामन थाम लेता है।

पूछिए जरा उस स्त्री से, जिसने अपना घर छोड़ा या तोड़ा है और बाहर आकर आमदनी के जरियों को शून्य पाया है। जहाँ आर्थिक रूप से आत्मनिर्भर औरत अपने आप में निश्चिन्त मानी जा सकती है, वहीं बेरोजगार स्त्री अपने हाथ-पाँवों को आजीविका का आधार बनाकर बाहर निकलती है कि इन्हीं हाथ-पाँवों ने वर्षों बेगार की...ये स्त्रियाँ किसी भी बन्धन से उसी पल मुक्त हो जाती हैं, जब खुद पर भरोसा करने लगती हैं, क्योंकि हमारा समाज नौकरीपेशा और आजीविका के साधन विहीन स्त्री को तिरस्कार के स्तर पर समान रूप से घेरता है। अपराधबोध के हवाले डालता रहता है, नहीं मानना चाहता कि 'घर' के प्रभु ने ऐसी प्राणलेवा स्थितियाँ पैदा कर दीं, जिनमें औरत के प्यार, ममता, मोह और सेवा सदाशयता को छला जाता रहा। हर क्रिया-कलाप को सन्देह की नजर से देखा गया। क्या औरत का चरित्र व्यभिचार का पर्याय है? सच तो यह है कि पत्नी अपनी स्वाभाविकता में जिए तो जीना कठिन होता जाएगा। विवाहिता को कमजोर होकर जीना ही जिन्दा रखता है।

इस धारणा को तोड़नेवाली स्त्री पति विरोधिनी, अशालीन और अभद्र नजर आती है क्योंकि आचार संहिता का पालन करने वाली औरतें हर हाल में चुप रहती आई हैं। बच्चों ने अपनी माँ को इसी हालत में देखा है। पीढ़ियाँ बदलीं, स्त्री का रूप तथाकथित शालीन सौम्य और सहनशीलता की मूर्ति का रहा। स्त्री चुप्पी तोड़ती है, बच्चे डरते हैं।

क्यों डरते हैं बच्चे?

पिता को माँ के बोलने पर गुस्सा आता है। और बच्चों ने पिताओं का बोलबाला देखा है। वे दुआ माँगते हैं कि माँ गूँगी हो जाए क्योंकि जानते हैं कि माँ रूपी औरत उस कोटि की मनुष्य नहीं, जिस उच्चकोटि में पिता रूपी पुरुष

आता है।

स्त्री का अगर स्वतन्त्र व्यक्तित्व बनता है तो यह घरेलू टूट-फूट के दृश्य का आकार लेता है। माहौल थर्रा उठता है। माता-पिता से लेकर ससुराल तक के पारिवारिक कलों की नींव हिलने लगती है।

बदलाव आता है, व्यवस्थाएँ नया रूप लेती हैं, वरन् सड़ी हुई व्यवस्था किसको न्याय दे सकती है? अरुचि से किए गए कार्य रुचिकर कैसे हो सकते हैं? तब विचार कीजिए कि कसावट वाले शिकंजे टूटे नहीं, मगर उनमें जंग तो लग गई है, दासता की गुफाओं के द्वार के पत्थर स्त्री ने ही परे ढकेल दिए कि विवाह संस्था अपने दायरों को विस्तार दे। नहीं तो हर सन्धि में विग्रह का विधान भी बना हुआ है। अलग होने के मामले में स्त्री और पुरुषों की गणना के सर्वे कुछ भी कहें, माना तो यही जाना चाहिए कि प्रताड़ित ही ताड़ना को तोड़ता है, बन्धनों में फँसा व्यक्ति आजादी की ओर भागता है।

घर टूटने की घटना जिन्दगी टूटने से ज्यादा त्रासद नहीं। और विवाह किसी स्वर्ग में बँधी गाँठ नहीं, मन का मामला है। स्त्री को इसकी पवित्र मगर गलत व्याख्या समझाकर गुलामी के लिए तैयार किया जाता रहा है। वरन् वह तो जहाँ भी जाती है, घर बना लेती है, जहाँ से चली आती है, घर टूट जाता है...

योनि मात्र

एक बार हमारे साहित्यिक समाज में बड़ा बबेला मचा। देश भर के विद्वान एकजुट हुए। मामला था मानवता का। मानवता कोई मिश्री का डला तो नहीं कि एकमत होकर उस पर अभिमत पेश किया जाए और किसी एक को थमा दिया जाए। मानवता, जिसे हम सब धर्मों की सारे मतों की आधार भूमि मानते हैं, कभी-कभी नहीं, अक्सर एक ही उलझा हुआ जाल सिद्ध होती है। जिस समय का, जिस घटना का हवाला मैं दे रही हूँ, हम स्त्री-पुरुष, लेखनी के माध्यम से कहने-सुनने वाले लोग मानवता से ही जूझ रहे थे।

किस्सा कोताह यह था कि एक शादी-शुदा आदमी जो कि कलकत्ते के एक अपार्टमेंट में लिफ्टमैन था, ने एक चौदह वर्षीया, दसवीं कक्षा में पढ़नेवाली लड़की से बलात्कार किया। बलात्कार लिफ्ट में नहीं लड़की के घर पर ही घटित हुआ, क्योंकि लिफ्टमैन धनंजय चटर्जी घर का विश्वासपात्र था, फ्लैट के मुख्य दरवाजे की चाबी उसको अक्सर दे दी जाती थी कि उस घर की किशोरी बेटी हेतल पारिख जब स्कूल से आए तो चाबी ले ले। विश्वास विश्वासघात में बदल सकता है, ऐसा हम सोचें तो विश्वास ही क्यों करें? हेतल पारिख से बलात्कार किया और जब लड़की प्रतिरोध में इधर-उधर भागने लगी तो धनंजय ने उसकी हत्या कर दी। दर्दनाक बर्बर हत्या...देखकर माँ पागल हो गई और पिता ने खुद को घर में बन्द कर लिया।

धनंजय चटर्जी को मृत्युदण्ड मिला—फाँसी की सजा।

इस निर्णय ने स्त्री जगत में न्याय के प्रति विश्वास और आशा की ज्योति जगा दी। और जब हाई कोर्ट और सुप्रीम कोर्ट ने बलात्कारी हत्यारे की मृत्युदंड के खिलाफ की गई अपील ठुकरा दी तो महिला समाज नए आत्मविश्वास से भर उठा। इसके बाद राष्ट्रपति से दया याचना...

स्त्रियों की साँस अटक गई। सरेआम बालिका की योनिगत चीरफाड़ करने वाला दरिन्दा, हेतल का क्रूर हत्यारा इस समाज में जिन्दगी के लिए कितने साधन सीढ़ियाँ रखता है? और सच मानिए उस बरसात के मौसम में हमारी धमनियों में बहता खून पानी से भी पतला होता जाता था। 'अब क्या होगा' का उत्तेजक

आतंक चारों ओर गड़गड़ाने लगा। हत्यारा बलात्कारी सिर उठाए टेलीविजन के पर्दे पर, अखबारों के मुखपृष्ठों पर उभरता था और हमारी रातें भयावह हो उठती थीं।

भयावह इसलिए नहीं कि बलात्कार हुआ, हत्या हुई, भयावह इसलिए कि ...क्या कहें आप से? पहले यह बता दें कि स्त्री के साथ बलात्कार घर में, लिफ्ट में, सड़क पर, बाग में, बीहड़ में, आए दिन घटित होता रहता है, होता रहा है। जैसे पुरुष का स्त्री के साथ यही सम्बन्ध और संस्कार जुड़ा हो। औरत की हत्या का सिलसिला भी औरत समझती है। गर्भ में, गर्भ के बाहर, विवाह के लिए, छुटकारे के लिए, ज्यादा-से-ज्यादा लाभ के लिए स्त्री के प्राण लिए जाने का चलन भी अनजाना नहीं। निरंकुश स्वच्छन्द पुरुषों की दमित और व्यक्त इच्छाओं की कहानियाँ आए दिन आकार लेती हैं। उन कहानियों की बदनसीब स्त्रियाँ अँधेरे कमरों में, बन्द बेसमेंटों में, सुनसान फार्महाउसों में, सुनसान खेत-जंगलों में, विकृत सम्भोग की हर मुद्रा, हर कोण के नए-नए आविष्कृत तरीकों से गुजारी जाती हैं। नहीं तो शिलाजीती कुश्तों से सनसनाते लिंगों से चीरने फाड़ने, कोड़ों से दागने और तेजाब से जलाने के लिए नायिकाएँ बनाई जाती हैं। रोती-चीखती और सुन्न अवस्था की चिंघाड़ती चुप्पी से कौन-सी औरत वाकिफ नहीं? सुहाग, मातृत्व और घर की मालकिन को कब ये स्थितियाँ झेलनी पड़ें, कोई ठीक-ठीक बता नहीं सकती। नैना साहनी, अंजू इलियासी, शिवानी भटनागर, मधुमिता शुक्ला अपनी क्रूर नियति को क्या जानती थीं कि स्त्री शरीर का स्वाद बखानते हुए उनके नर नायक अपने मनोरंजन को ऐसा कृतघ्न अंजाम देंगे? अंजाम कुछ भी हो, औरत की जिन्दगी यातना, हिंसा और सैक्स के ही हवाले रहती है। उसके गोपनीय अंग, अधोवस्त्र खून और वीर्य के दलदल में नहीं रहते क्या?

क्या अस्पृश्य और क्या अश्लील? किसे अपठनीय माना जाए? उसे, जिस रौरव नरक को औरत रात-दिन भुगतती है, आप सुनना या पढ़ना भी नहीं चाहते। हम जानते हैं मलमूत्र से लेकर रक्त वीर्य की बीभत्सताएँ स्त्री के लिए सुहाग-सुख और वात्सल्य की लीलाएँ कही गई हैं। और हम इस असलियत के दर्शन में विश्वास करते हैं। सृष्टि की रचना के ये आधर केन्द्र हैं। बावजूद इसके यह स्त्रियों का अपना चुनाव नहीं। क्या इसी आधार पर स्त्रियाँ चले आ रहे ढर्रे को चुनौती नहीं दे सकतीं?

हेतल पारिख के मामले में न्याय प्रणाली और रूढ़ परम्पराएँ चुनौती के निशाने पर आ गईं। बालिका विद्यालय एकजुट हो गए। शिक्षा संस्थाओं से जुड़ी स्त्रियों ने जुलूस निकाले।

लेकिन बड़ा दुखद विस्मय था कि मानवाधिकार के नाम पर धनंजय चटर्जी नाम के बलात्कारी हत्यारे के पक्ष में वे विद्वान, यथा महाश्वेता देवी के साथ बंगाल के समाज सेवी, सिनेमा में क्रान्तिकर्ता और जनवादी विचारधारा के साहित्यकारों

के साथ गाँधीवादी दर्शन के अनुयायी लोग चिल्लाने लगे—पाप से घृणा करो पापी से नहीं। धनंजय को प्रायश्चित्त का मौका दो। उसके कारावास में कटे चौदह साल वापस लाओ। राजेन्द्र यादव, राजकिशोर के साथ खड़ी मानवता की फौज।

अपनी तरह से वे सही तर्क और दुरुस्त युक्तियाँ सुझा रहे थे। धनंजय द्वारा घटित बलात्कार और हत्या की मानसिकता के व्यापक परिप्रेक्ष्य में हम स्त्रियों का स्वर दबाया जा रहा था कि हम अपनी प्राचीन नियति को कन्धों पर लादकर चलें कि धनंजय चटर्जियों का जन्म किशोरियों के नवविकसित यौवन का स्वाद चखने के लिए ही होता है। धनंजय की इस नाटकीय दुनिया ने पीड़ादायी आनन्द को मूर्तिमान करने में कोई कसर न छोड़ी और वह पूरे देश में व्यापक चर्चा का विषय बन गया। पुरुष सत्ता का अश्लील और आतंकपूर्ण प्रदर्शन। करुणा जगाने का क्रूर और बर्बर उपक्रम कि टेलीविजन का पर्दा हर मिनट पर उस जघन्य अपराधी के माता-पिता के दयनीय चेहरे दिखाते, पत्नी के सुहाग के लिए अनशन की बाइट देते।

तो हेतल की कहानी अश्लील नहीं, सम्भोग क्रिया का रूपक बनी। उसकी हत्या अपराध नहीं, मानवाधिकार में हत्यारे की पक्षधर हो गई। मेरे ऊपर उस स्त्री विमर्श के पक्षधर ने सवेरे के कलेवे की तरह शाब्दिक हमला करना शुरू कर दिया जैसे धनंजय का पक्ष लिए बिना उसका हाजमा बिगड़ जाएगा।

इन्हीं दिनों राष्ट्रपति का फैसला आ गया, जिसमें उस अपराधी के लिए मौत की सजा मुकर्रर कर दी। स्त्री की आर्त-पुकार के पक्ष में फिर मुहर लगी। मानवाधिकार के पैरोकार नाराज हुए, क्योंकि उन्हें स्त्रियों की तकलीफें सुनने का अभ्यास नहीं। यौनिकता से जुड़े मुद्दे लज्जा के खाते में डाल दिए जाते रहे हैं।

हमने भी कह दिया, अब पहला जमाना नहीं, आप लोग समझ लें तो अच्छा रहे कि अब स्त्री के जीवन पर ऐसे सुप्रीम फैसले लिए जाएँगे, जिनका खात्मा गर्भ से घरों तक, घरों से ससुरालों तक, ससुरालों से सुधार गृहों तक होता रहा है। हमारे समाज का अंधेर अब साफ नजर आ रहा है, जिसमें सजाएँ शिकारी को नहीं, शिकार को दी जाती हैं। यहाँ भी 'चौदह साल की अवधि' वाली दलील है, जिसमें आजीवन कारावास का समय पूरा हो जाता है। मगर पूछा जाए कि यह लम्बा समय लगाया किसने? मुजरिम के सम्बन्धियों ने, उसके वकीलों ने ही न? बार-बार क्षमा-याचना की याचिका दायर करके। न यह सोचा जा रहा कि हेतल के माता-पिता ने अपनी बच्ची की हत्या के बाद वे दिन कैसे बिताए, जो किसी इंसाफ की ओर इशारा नहीं करते थे?

तर्क यह भी कि हम किसी को जीवन नहीं दे सकते तो किसी की जिन्दगी लेने (फाँसी देने) का क्या अधिकार है हमें? क्या धनंजय को हेतल की जान लेने का अधिकार था? वह किसी को जीवन दे सकने वाला देवता था? उफ्

परपीड़ा की पराकाष्ठा का यह कौन-सा सरूर है, जिसमें हमारा प्रबुद्ध समाज डूबा है? पढ़े-लिखे समाज के लोग बच्चियों के उन जख्मों को छेदने निकले हैं, जो मासूमों को उन्मादी पुरुषों द्वारा मिले हैं। मसीहागिरी में नाम लिखाने वाले दिकू, सेठ और महाजनी सभ्यता के खिलाफ तो लिखते हैं, शबर मुण्डा और आदिवासियों की कहानियाँ लिखकर इनाम खिताब जीतते हैं, और दुनिया की रहनुमाई पर राज करते हैं। आखिर इन रहनुमाओं को बच्चियों और स्त्रियों से क्या बैर है? नहीं तो कसाई और हलाल करनेवालों की पक्षदारी में क्यों खड़े हो गए? क्या इसलिए कि गैरसरकारी संस्था चलाया करते हैं? एन.जी.ओ. विदेशी मुद्रा के खजाने हुआ करते हैं और ये मसीहा डॉलर संस्कृति के अगुआ माने जाते हैं। अगुआ लोगों के हाथ में ही मशालें हुआ करती हैं। सवाल कौन करे कि ये मशालें किस को जला डालने के लिए हैं? 'मानवाधिकार' विशेष नाम है, सामान्य जन का इसमें प्रवेश्र नहीं क्योंकि फण्डिंग इसी नाम से होती है। विशेष फण्ड के लिए धनंजय चटर्जियों को बचाने का करिश्मा दिखाना होगा, बलात्कार और हत्या की शिकार हेतल जैसी लड़कियाँ तो रोजमर्रा के किस्सों में खप जाती हैं। ये वे ही हैं जो एक आदिवासी के पिटने पर आन्दोलन के झण्डे उठा लेते हैं, प्रदर्शन करते हैं और अपने संस्था रूपी मन्दिर की आरती और नारे लिखते हैं कि चढ़ावे (फण्ड) में ढेर-सा धन आए। लंगर खोलकर अपनी महिमा बनाए रहें। ये मानवता के मदारी तमाशे और खेलों के लिखित ब्यौरों को प्रगति रिपोर्ट कहते हैं।

अब मैं इस आशा में हूँ कि काश हमारे देश के इन बुद्धिजीवियों से विदेशी लोग कहें कि धन की सहायता बच्चियों के यौनशोषण, बलात्कार और हत्याओं के लिए दी जाएगी। तो फिर देखिए कि ये लोग भाड़े पर यौनशोषण, बलात्कार और हत्याएँ कराने लगेंगे। अभी भी यही ख्याल जिन्दा है कि समाज की नैतिकता स्त्रियों के सिर है। अभी भी वे किस्से जीवित हैं, जिनमें वंशवृद्धि के नाम पर हमारे पूर्वजों ने परिवार की स्त्रियों से बलात्कार किए हैं। और वे स्त्रियाँ जो इन ऋषि देवताओं के उन्माद की शिकार हुईं शिलाओं के रूप में पहचानी जाती हैं। निश्चित ही किसी धनंजय ने उनकी हत्या की होगी और ऋषि-मुनि मानवता की दलील देकर अपराधी को बचा ले गए होंगे। उन्हें भी राज्याश्रय से मदद मिलती थी। डॉलरों में नहीं, स्वर्ण-मुद्राओं, गायों और गाँवों के रूप में।

मैंने एक दैनिक में सन्देश दिया, बलात्कारियों को बचानेवाले सुनें, आज के अखबार में एक साथ पाँच खबरें छपी हैं, जहाँ लड़कियाँ अपने सम्बन्धियों, पड़ोसियों और प्रेमियों के दोस्तों की हवस का शिकार हुईं। आपका कहना सही है, दण्डविधान से बलात्कार और हत्या का क्या ताल्लुक? जेल और कारागार से चोरी-डकैती का क्या सम्बन्ध? सम्भवतः इसीलिए ही आप मानवता की दुहाई देते हुए अमानवीय और नृशंस अनुशंसाएँ करते हैं कि स्त्री का वध करना, उसे भयावह

स्थितियों से मुक्त करना है। स्त्री की नस्ल से आजिज आए लोग बलात्कारियों और स्त्री-हत्यारों को जीवित रखना चाहते हैं।

ताज्जुब नहीं कि धनंजय चटर्जी समाज का हीरो हो गया। मीडिया ने उसको ऐसा स्वर दिया कि वह चारों दिशाओं में गूँजने लगा। एक देशव्यापी आन्दोलन ने समय के पर्दे पर ऐसे नक्श दर्ज किए, जैसे बिरसा मुण्डा के मारे जाने पर भी नहीं किए होंगे, जो अपने देश की स्वतन्त्रता के लिए जेल में मरा। और साबित हो गया आज के नायक की छवि धनंजय चटर्जी है। वह नायक जो संघर्ष करती और पराजित होती चौदह वर्षीया बच्ची से उसकी फूलती साँस और डूबती नब्ज के समय सम्भोग का आनन्द ले रहा था। आनन्द की घड़ी वासना की जीत के रूप में हासिल की।

तमाशा खूब हुआ टी.वी. के द्वारा। योनि क्षत-विक्षतीकरण का उत्सव।

अखबार में उसके लिए क्षमादान के एक पैरोकार राजकिशोर ने लिखा, आज मैत्रेयी पुष्पा बहुत खुश होंगी कि धनंजय को फाँसी हो गई। उनके जैसी स्त्रियाँ...

हाँ, मैं उन आम स्त्रियों में आती हूँ, जो चिन्तक-विचारक होने का दावा नहीं करतीं। उनके हाथ में देशी-विदेशी मुद्राकोष तक जाने का नुस्खा नहीं होता। क्या इसलिए ही समाज की ठेकेदार बनीं, दूरदर्शनी स्त्रियाँ भी मान रही हैं कि हम आम औरतें 'कैपिटल पनिशमेंट' में विश्वास रखती हैं कि आदिम कबीलाई स्थिति बनी रहे क्योंकि हम जाहिल और कबीलाई संस्कार की हैं।

हम जैसे भी हैं, जहाँ के भी हैं, इस बात को पूछना अपना फर्ज समझते हैं कि फाँसी की सजा के विरुद्ध अभियान छेड़ने की बात आज ही क्यों याद आई? क्या इससे पहले किश्ता और भुमइया को आन्ध्र प्रदेश में सूली पर नहीं चढ़ाया गया? नक्सलवादियों को बिना मुकदमा चलाए नहीं मार दिया गया? मकबूल बट को फाँसी हुई, जिसकी सजा भारत अधिकृत कश्मीर आज तक भुगत रहा है, रंगा-बिल्ला और बेअंत सिंह अपने-अपने अपराधों के लिए फाँसी पर चढ़ाए गए। और आज भी 170 लोग फाँसी की लाइन में हैं। क्या आपको पता है कि ये 170 लोग कौन हैं, किस-किस जुर्म में सजायाफ्ता हुए हैं? नहीं पता तो पता करिए और उनके लिए भी मुहिम चलाइए तब आपको सच्चा मानवतावादी माना जाएगा।

यदि कुछ नहीं पता तो हमारे ऊपर दोषारोपण मत कीजिए। अपना 'श्रेष्ठ और तर्कसंगत' मत मत दीजिए कि धनंजय अपनी वासना और क्रूरता के साथ अकेला था (जैसे वह अपनी उत्तेजना का मारा कितना बेचारा था) और उसकी जान लेने वाले एक अरब भारतीय हैं, जिन्होंने उसे अदालतों के जरिए फाँसी दिलाई

और बहादुरी (?) दिखाई।

प्रगतिशील जनचेतना के पक्षधरो, तुम्हारी जय हो। आदिवासी संस्थाओं की संस्थापिकाओ, नामीगिरामी पुरस्कार सम्मानों को प्राप्त करने के लिए तुम्हें शाबाश! क्योंकि तुम आम स्त्रियों की राय खारिज करने का अधिकार पा गईं। अपने विशेष हुक्मनामे जारी कर सकती हो, क्योंकि समाज में तुम्हारी तूती बोलती है। हम पर तोहमत लगाते समय यह भी सोचा होता कि स्वतन्त्रता दिवस (15 अगस्त) के दिन हम इस लोकतान्त्रिक देश के नागरिक स्त्रियों की उपलब्धि केवल यही मानें कि उन्हें पुरुष मानसिकता की पाशविकता से इसी तरह गुजरना होगा, जैसे कि हेतल पारिख को? बच्चियों को रौंदने वाले आततायी आएँगे, जिनके साथ क्षमादान माँगनेवाला समूह होगा कि वे बेधड़क बलात्कार करें, हत्या कर डालें। आजादी की 57वीं वर्षगाँठ पर स्त्रियों की यही नियति तय की जा रही है कि पुरुष अपनी यौनिकता के आवेश में उसे हत्या के घाट उतार सकता है। उसको सजा देनी है तो मृत्युदण्ड न दिया जाए।

रोदन यह भी कि आपके बीच से धनंजय जैसा जवाँमर्द चला गया। उसकी सजा की अवधि की जिम्मेदार कोर्ट रही। मानवाधिकार के नाम पर उसे आप अभिमन्यु की छवि में उतारने लगे, जिसको चक्रव्यूह में राज-सेना ने फाँसा। धनंजय ने हेतल को घेरने की योजना ठण्डे दिमाग से बनाई थी। यह किसी आवेग या आक्रोश में किया गया काम नहीं था। लेकिन आप लोग तो उसके पक्ष से ऐसे बवाल मचा रहे हैं जैसे स्त्री शरीर लेकर पैदा होनेवाली हेतल ही उसकी अपराधिनी हो। आप गलत नहीं, सभ्य समाज का संस्कार कहता है कि स्त्री ही पुरुष को सम्भोग के लिए उकसाने वाली बला है। वही नरपुंगवों को अँधेरे में खींच ले जाती है।

सम्भवतः तभी मुझे इस बीच तमाम शाइस्ता लेखक मिले, जो उस स्त्री-खोर के लिए अफसोस मना रहे थे। मीडिया के पुरुषों ने उसकी फाँसी का मिनट-दर-मिनट का ब्यौरा ऐसे दिखाया जैसे ईसा मसीह को क्रूस पर लटकाया जा रहा हो। वह भी अपनी हैसियत समझ गया। महात्मा की तरह 'मोंगल हो, मोंगल हो' कहकर सजा देने वालों के गुनाह माफ कर रहा था। वह भगत सिंह नहीं था, जिसने धरती माता को पुकारा हो। आपको पता हो कि न हो, भगतसिंह को जब फाँसी हुई थी गाँधी जी ने उफ् तक नहीं किया। जबकि विदेशी वस्त्रों और नमक कानून तोड़ने के लिए वे लगातार अनशन कर रहे थे। भगतसिंह खत्म हो गया, फाँसी की सजा पर बाद में विचार तक नहीं हुआ। फाँकें रह जाती हैं, जो दरारों में फटकर खाइयों का रूप ले लेती हैं। सोचिए कि इस न्यायिक व्यवस्था में कितनी औरतें बलात्कार झेल रही हैं...कितनी बच्चियाँ हत्या और आत्महत्या के हवाले की जा रही हैं? उन पिताओं के लिए सजाओं की किस्म सुझाइए, जो

कन्यादान करने के अधिकारी बनकर बेटी का यौन-शोषण करते हैं। घर में सम्बन्धी और बाहर धनंजय, यही नियति है तो सोच लीजिए कि बलात्कारियों और हत्यारों का मारा जाना भी तय है। उनको ऐसी सजा दी जाए कि जब तक जेल में रहें कालकोठरी में बलात्कृत मृतका की तस्वीर लगा दी जाए, ताकि जब तक जीवित रहें, उसे देख-देखकर पागल हो जाएँ। और फिर मृत्युदण्ड के हवाले किया जाए। नहीं तो हेतलों को, भँवरी बाइयों को, फूलन देवियों को इंसाफ देना किसी के बस का नहीं।

मानवाधिकार के कर्ता-धर्ता स्त्री-विरोधी चेहरा दिखा रहे हैं और कहीं शास्त्रीय संगति जोड़ी जा रही है कि सवर्ण पुरुष दलित महिला से बलात्कार नहीं करते। ऐसे में जब हेतल का प्रसंग आया तो आवाज उठी, यह अतिरंजित किस्सा बनाकर दिखाया गया है—मैं कहती हूँ, अतिरंजित कि रक्तरंजित? विलकीस के साथ जो रौरव काण्ड घटित हुआ, उत्तरपूर्व की सेना ने मनोरमा का बलात्कार किया और कत्ल करके उसका शरीर घाटी में फेंक दिया। सब इत्तफाक, सारा एनकाउण्टर...। परेशान हाल औरतें मस्तानी हैं, यही है न हमारे समाज का उद्घोष?

घोषणा का भीतरी स्वर यही है न कि स्त्री अपनी देह के रूपजाल में पुरुष को बाँधती है और आकर्षण के जादू से अंधा बना देती है। तो क्या यह भी सच है कि जो अपनी उत्तेजना में सम्भोग करते हैं, वे उस मैथुन को विवश होकर करते हैं, आनन्द लेने के लिए नहीं? जैसे नर-नारी का कोई अनुष्ठान पूरा करना हो।

नादान औरतो...

हम उन ऋषियों-मुनियों के ही तो अवतार हैं, जिन्होंने बलात्कार किए और कहा कि—हम तो तुम्हारे सतीत्व की परीक्षा ले रहे थे। हम इस क्रिया-प्रक्रिया में बदलाव लाए हैं और बदलाव के लिए तुम्हीं ने प्रेरित किया है। परिवर्तन के रूप में अब बलात्कार आड़-ओट की दरकार नहीं रखता। खुलेआम, क्लोजअप के रूप में होता है, जैसे किसी शेरनी का शिकार जंगल में दौड़ते हुए किया जाए तो आनन्द की मात्रा कई गुना बढ़ जाती है। यही टेलीविजन और फिल्मों का दर्शन है। यही वैज्ञानिक युग का तथ्यपरक शोध है। हम मानकर चलते हैं कि पौरुष के उन्माद की स्थिति अब न तो किसी स्त्री को वेश्या बनाती है, न रखैल में तब्दील करती है, क्योंकि ये दाग-दगीली हरकतें अब कल के चलन में शामिल हैं, जब औरतें घर की चारदीवारी में रहती थीं। सुरक्षित मानी जाती थीं। आज तो पुरुष बाहर है, स्त्री सड़क पर।

अब स्त्रियाँ ही बताएँ कि औरत सड़क पर जनसुविधा के साधनों की तरह मिले तो घर तक जाने का सब्र कौन करे? शहरों में जानकारियाँ फैल गई हैं और मर्दाने झुण्ड तैयार हुए हैं। कामुक बहादुरी इस समय अगले पन्ने पर है। यदि

कहीं फसावट हुई, मर्दानगी के प्रयोग को जुर्म माना गया तो आज के चिन्तक विचारक और समाजकर्मियों की टोलियाँ चली आएँगी, जिन्हें खुद को हर तरह से जस्टीफाय करना आता है। मीडिया कवरेज देता है भाई। कामुक हत्यारे हीरो का दर्जा पाते हैं। कसम ले लो जो मौत की सजा छू भी जाए। हम जैसे बहादुरों का मौत क्या खाकर सामना करेगी? हम तो खुद ही अपनी शिकारों को मौत तोहफे में देते हैं। यकीन भी है कि इन बलात्कृत और मृत स्त्रियों के शोक में कोई आएगा नहीं।

आएँगी, औरतें...विरोध में निर्वस्त्र आएँ या आत्मदाह करें, हमारे प्रगतिशील हँसेंगे, मानवाधिकार वाले फब्ती कसेंगे—किसका सामना करने आई हैं ये औरतें? यह तो एक धनंजय का बदला लिया जा रहा है, हम लाखों धनंजयों के निर्माता हैं। स्त्री-पुरुष के सम्बन्ध का यह अनुशासन लाजवाब है। इसी अनुशासन के तहत धार्मिक बनाम राजनीतिक दंगों में पुण्य लूटे जाते हैं। विधर्मियों को औरतों से बलात्कार करते हुए कैसा विजयोल्लास होता है, स्त्रियाँ क्या जानें? नादान स्त्रियाँ तो बस यह जानती हैं कि औरतें न विधर्मी की होतीं, न सहधर्मी की, बस वे तो औरतें होती हैं। ठीक है, रहो औरतें ही, सहो हमारा कामुक हमला। तुम तो हमारी हिमायती ही रही हो। आक्रामकता को विनम्रता और सहिष्णुता से झेलती हुई, निरीहतापूर्वक झेल जाती हो। तब हमें लगता है, मर्दानगी की तुष्टि से बड़ा कोई नशा नहीं।

हे परम पुरुषो...

आप समझ रहे हैं कि हमारा विरोध या विद्रोह या इसके बीच झूलते हुए ऊहापोह के हवाले, आपको अपनी माँग का प्रतिफलन लगता है, जिसमें मुख्य सूत्र यही कि पुरुष की मनमानी हमारी नियति है, इसलिए यह हर हालत में हमें स्वीकार है। कितनी ही स्त्रियाँ लगभग हर परिवार में औरतें इसी नियति के हवाले से पुरुष के साथ जोड़ीदार होने का भरम पाले बैठी हैं। बेशक वे स्त्रियाँ रोज ही बलात्कार, यौन शोषण और हिंसा झेल रही हैं।

फिर भी हम कहेंगे कि औरत का वह आत्मपीड़क समर्पण बनावटी है, जिसे वे निष्क्रिय वफादारी की तरह अदा करती हैं। निष्क्रिय वफादार जानवर भी तभी निभा पाता है, जब उसकी जान पर ही बन आए। सैक्स खिलवाड़ नहीं है। स्त्री और पुरुष के बीच काम्य प्रेम की परम्परा को जिन स्त्रीखोरों ने खत्म किया है, अब उनका ही खात्मा होना है। औरत को इस्तेमाल करते हुए क्षत-विक्षत करना और फेंक देना....इस कृत्य को जो लोग अपने मर्दनिपन का करिश्मा समझते हैं, उन समझदारों को स्त्री समझने लगी हैं। अब उसे अपने भाग्य पर दुःख नहीं होता, यातना यन्त्रणा पर गुस्सा आता है। गुस्सा हो तो ताकत महसूस होती है। और सामूहिक रूप से जो ताकत बनती है, उन ताकतों के दस्ते किसी फौज से कम

नहीं। फौज ने शान्त संयत रहने का चलन छोड़ दिया, देखना यह है कि मर्दानगी का हौआ कब तक असर दिखाता है और कब तक सलामत रहता है। बात यह भी है कि संकटकाल में पुरुष को अम्माँ याद आए तो अम्माँ मिल भी जाएगी, यह जरूरी नहीं। थोथी धारणाओं का भी निपटारा करना होगा कि माँ को बेटा प्यारा होता है, उसी के लिए वह व्रत-उपवास करती है। अनुभव की असलियत यह है कि स्त्री की प्रेम भावना में कोई फाँक नहीं। वात्सल्य में बँटवारा नहीं। यह तो पुरुषों के ही पक्षपातपूर्ण रवैये हैं, जो बेटी के हक को काटते-छीनते हैं। स्त्री तो अपनी मर्जी से स्त्री के लिए ही आगे आती है। यही उसकी आजादी की शुरुआत है।

आजादी की शुरुआत यह समझने के लिए बाध्य करती है कि अब न पुराना समय है न पुरानी चीजें की पुरानी अहमियत। वैज्ञानिक तकनीक ने शहरों से लेकर गाँवों तक का चेहरा बदल दिया। तब वह रीति भी कैसे वही रहेगी, जो स्त्री की 'शिकार कथा' का ढंग थी? तमाम नई गतिविधियाँ सामने आने लगीं। वह औरत सामने है, जो लज्जा का बोझा ढोती हुई व्यवस्था के शीर्ष (पुरुष) को अपने कन्धों पर ऊँचे-से-ऊँचा उठाए थी। वह अपने स्वामी की कामवासना और सन्तानोत्पत्ति की अनिवार्यता के लिए अपना होना माने हुए थी। पुरुष के मन में आज भी ऐसी स्त्री प्राप्त करने की ललक है, जिसे वह सेवा वफादारी और पारिवारिक उपयोगिता के लिए रोटी-कपड़ा देकर घर में डाल ले। अपने नाम गोत्र और जाति का बिल्ला पहनाकर सजाए। और कहे, तुम प्रकृति रूपा हो। मानव जाति के प्रजनन के लिए उत्तम माध्यम। 'सुन्दर सम्पत्ति' के रूप में गृहलक्ष्मी।

लेकिन सजाई-सँवारी जाने वाली स्त्री लक्ष्मी का भेद भी जान गई है, लक्ष्मी के हाथ विष्णु भगवान के पाँव दबाते रहने के लिए बने हैं। औरत है कि किसी भगवान को नहीं जान पाई सिवाय पति के। वही 'तेरी स्त्री मेरी स्त्री' कहकर लड़ता-झगड़ता है, युद्ध करता है, खून-खराबा करने से चूकता नहीं...फिर स्त्री उसकी सेवा क्या अपनी खींचतान के लिए करती है? इसी में उसे जूठा कर दिया जाता है तो वह कहीं की नहीं रहती। मालिक को वह अपवित्र लगती है, यह उसके मादा रूप की सांस्कृतिक दृष्टि है। और ऐलान है कि शेरनी का शिकार करने वाला पुरुष अपने पुरुषार्थ में सिरमौर होता है। वे सिरमौर फरमा रहे हैं औरतो, लड़कियो, बच्चियो, बाहर मत निकलो, क्योंकि बूढ़े, अधेड़ और नौजवान पुरुषों ने फिल्मों और टी.वी. प्रोग्रामों से वह उत्तेजना प्राप्त कर ली है, जो निरंकुशता के नुस्खे के रूप में है। हम सेलफोन से सम्भोग का-सा आनन्द लेते हैं। औरतो पर्दा करो, लड़कियो अपने कपड़े सँभालो, बुर्का ओढ़ो। क्या तुम टी.

वी. सीरियलों से मर्यादा नहीं सीख रहीं, जो तुम्हें छिपा बचा सके? फिर हमारी मर्दानगी को दोष न देना। देखो गश्ती पार्क अब जंगलों से ज्यादा उपयोग की जगह हैं। क्योंकि गश्तवाले स्वयं कामुक आनन्द में हमारा साथ देते हैं। सभ्यता और सुरक्षा के बीच जमकर प्रतिद्वन्द्विता चल रही है। देख रही हो न चमचमाती सड़कों पर, व्यवस्थित कार पार्किंग्स में और काटे-तराशे उद्यानों में देशी-विदेशी, सभ्य-असभ्य मानी जाने वाली औरतें आसानी से नंगी कर ली जाती हैं।

स्त्री चौंकती नहीं, थूकती है—आजाद देश की यह आजादी...पहला कदम आगे बढ़ाते ही जकड़ने-पकड़ने की साजिशें...ओह हमारा मानसिक सन्तुलन गड़बड़ा देने की चालें हैं। एक ओर स्त्री सशक्तीकरण के नारे, दूसरे ओर वहशियों को खुली छूट और बलात्कारों के रोमांचक नजारे, नजारों के प्रदर्शन...क्या इसी विरोधाभास का नाम नया समाज है? यदि है तो यह भी देख लिया जाए कि नए समाज का ऐसा मिजाज कैसे बना? पुरुषवर्ग अपनी ईमानदारी में झूठा कैसे पड़ा? वंश परम्परा को बढ़ाने में तो स्त्री ने अपना खून खर्च किया था, दूध के रूप में शिशुओं को पोषण देकर बड़ा किया, फिर दूध में विष की मिलावट कहाँ से हुई? यह बात हम स्त्रियाँ ही खुद से पूछें तो बेहतर रहे कि क्यों औरत अपने औरतपन को कोसती है? स्त्रीपन से क्यों घृणा करती है? यही करते-करते पुरुष रूपी सन्तान की आराध्या बनने का भ्रम पालती है। कन्या भ्रूण तक की हत्या की रजामन्दी देकर बेटे की अनुचरी बनने में कल्याण मानती है। नगरों-महानगरों में यह चलन हर सड़क पर सुबह-सवेरे देखा जा सकता है—बस्तों का बोझ ढोती माताएँ और ब्रेड मक्खन, चीज टोस्ट तथा पिज्जा बर्गर खाते हृष्ट-पुष्ट बेटों की कतारें। आँख के तारे को कोई कष्ट न हो, असुविधा न हो, भले सही-गलत तरीकों से साधन जुटाने पड़ें। विरासत में मेहनत, लगन और दृढ़-संकल्प के साथ हमदर्द होने का जज्बा नहीं दिया जा रहा, सुख-सुविधाओं की आदतें प्रदान की जा रही हैं। बस जिसे परिश्रम का अभ्यस्त होना चाहिए था, वह आलस्य का दास है। जवानी की दहलीज पर कदम रखते ही कार और मोबाइल फोन पुत्र रत्न के लिए आवश्यक आवश्यकता हो जाते हैं। फिर क्यों ताज्जुब करें जब वह अंग-अंग के लिए आराम ही नहीं आनन्द भी चाहे। स्त्री देह के सुख का बलात् आनन्द चाहने वाले पुरुष हम में से ही आधुनिक और पढ़ी-लिखी स्त्रियों न पैदा किए हैं। वे भले सुरक्षाकर्मी, प्रशासक या राजनीतिक पदों को सुशोभित करें, लेकिन प्रत्यक्ष-अप्रत्यक्ष रूप से योनि-हिंसा और हत्याओं की साजिशों के कर्ता-धर्ता निकले। व्यवस्था पर हुकुम चलाने वाले चोरी चुपके कितना कुछ होने देते हैं कि वह विकृति फिर समाज में स्वीकृति का रूप ले लेती है। और स्वीकृति यह बनी कि औरतों, घर में मखमली बिस्तर की तरह रहो, नहीं तो देहरी के बाहर होते ही पायदान की तरह इस्तेमाल की जाओगी।

अब तो करो या मरो का मामला है, तभी तो जितने बलात्कार अब हो रहे हैं, हत्याएँ दृश्य में आ रही हैं, उतने पहले कभी हुए थे? हाँ, इतनी स्त्रियाँ कभी घरों से भी तो नहीं निकली थीं, भले वह अंग्रेजों के विरुद्ध स्वतन्त्रता संग्राम रहा हो। यह अपनों के साथ महासंग्राम...

निश्चित ही इन दिनों युवतियों की दुनिया भौतिक और मानसिक रूप से अपनी नियति को स्वीकार नहीं कर पा रही, ठीक उसी तरह जैसे वियतनाम, अफगानिस्तान और अफ्रीकी देश साम्राज्यवादी ढर्रे से आजिज आ गए थे। अब हम यह कहें कि साम्राज्यवाद के आगे सिर उठाने वाले लोग अपनी बरबादी के लिए खुद जिम्मेदार हैं तो यह बात कहाँ तक सही होगी? कारण तो यही समझ में आता है कि जिन लोगों से शासनकर्ता आँख मिलाकर बात करने की उम्मीद नहीं करते, और वे नाचीज लोग सामने आते दिखाई देते हैं तो उनको अपने साम्राज्य के लिए भय-सा लगने लगता है। जाहिर है खरगोश का शेर के तेवरों में आ जाना शेर की अपनी नस्ल का कमजोर होना है।

युवतियाँ केश कटाकर सुविधाजनक कपड़े पहने हुए घर से निकलती हैं, नाट्य मंच पर प्रस्तुत होती हैं, राजनीति पर बहस करती हैं, पत्रकार होकर विधायिका में दखल देती हैं तो पुरुषवर्ग कभी कौतुक से देखता है, कभी क्रोध से। और फिर लोलुपता के जाल में बिंधकर तड़पने लगता है। सच्ची बात है, हमारे शासकों, स्वामियों और रक्षकों के लिए यह समय भारी है। इस समय वे गुलामियाँ टूट रही हैं, जो उनकी सेवा-सुविधा और शयन-सुख के लिए बनी थीं। औरतें इसी तरह हाथ से निकल गईं तो पुरुषों का क्या होगा? वह किसके लिए होगा? उसकी पहचान कौन से दायरों में विशिष्ट होगी? जब कोई किसी उठान को अस्वीकार भाव से देखता है तो उसको खण्डित करने के लिए नकारात्मक रवैया भी अख्तियार करता है, लेकिन सकारात्मक सोच का प्रदर्शन पुरुष की उदारता के कारण होता है, उसी के पर्दे में मीठी छुरियों पर धार धरी जाती है। लेकिन सख्त जान औरत न विष से मरे न गुड़ से। कुछ हिरन-हिरनियाँ भी तो शिकारी के निशानों को चुनौती देते हुए वन-वनिकाओं में खुले घूमते हैं। तब उन्हें मीठा संगीत सुनाया जाता है, जो उनका पाश बनता है। युवतियों के लिए प्रेमजाल कारगर बन्धक है। हाँ, वे प्यार के पाश में बाँधकर मारी जा सकती हैं, केवल इसलिए कि कोई प्यार से विश्वास न उठा दे। आप उन युवतियों के नाम गिनाते जाइए, जिन्हें अपनी महत्वाकांक्षा के लिए मुजरिम माना गया, मगर गौर करने पर मिलेगा कि उनके जीवन में प्रेम ने ही दखल दिया था। बस ऐसी ही युवतियों को वश में करने के अनेक साधन पुरुष वर्ग के पास हैं, पुरुष सत्ता खुश हो सकती

है। लेकिन हम यह मानकर चलते हैं कि जो मारी गईं, अपनी हिम्मत पर कुरबान हुईं। प्रेम करने की कूबत पुरुष से कई गुना ज्यादा स्त्री में होती है। वे डरती नहीं, इसलिए समझौते भी नहीं करतीं। स्त्री होकर पैदा हुईं, स्त्रीत्व के साथ जीवन जिया, कोई उनको बना या बिगाड़ नहीं सकता। अब आपको लगे कि पुरुष के सामाजिक संवर्द्धन की तौहीन हो रही है, इसलिए स्त्री को मिटा देना है, तो यह वही सामन्ती रवैया है, जो सभ्यता की सुन्दर चादर से ढँका है।

चादर उघाड़ दी...किसने?

आइए आपको नागपुर का किस्सा बताएँ। एक विचित्र खबर है यह। पहले तो टेलीविजन पर एक हादसे के रूप में इसे प्रसारित किया गया। कुछ औरतों ने कत्ल का जघन्य कार्य किया, हत्या को सरअंजाम दिया। एक पुरुष को चाकुओं से गोद-गोदकर मार डाला। हर चैनल ने इस समाचार को कई-कई बार पढ़वाया और देशभर में सनसनी फैल गई—पहला दृश्य तो यही था।

क्या पहले कभी ऐसा हुआ है? अनहोनी ही समझो। इन दिनों अनहोनी कुछ ज्यादा ही होने लगी हैं। सुमन मिश्रा ने अपने पति को मार डाला। तीन साल पहले पतिघातिनियों पर तो इण्डिया टुडे ने एक सर्वेक्षण ही छाप दिया था। पुरुष द्वारा दी गई यातनाओं का ऐसा प्रतिशोध...औरतों ने आखिर क्या ठानी है? क्या उन्हें पुरुष व्यवस्था पर रत्ती भर भी यकीन नहीं रहा या प्रशासन ने इत्मीनान खो दिया, जो रक्षा सुरक्षा के लिए अपनी गारदें तैनात करता है, वह गहरी नींद सोया है क्या? और अदालतें? सुना है स्त्रियाँ अदालतों की कार्यवाही के भरोसे नहीं बैठ सकीं क्योंकि वहाँ आततायियों को सजा मिलने में एक उम्र लगती है और फिर भी जरूरी नहीं कि अपराधी अपने किए का दण्ड भुगते ही। साफ बच निकलने के सौ रास्ते हैं।

अब तक औरतों ने माँ, बहन, बेटी, पत्नी के सम्बन्धों की पट्टियाँ अपनी आँखों पर बाँध रखी थीं। परिवार की किलेबन्दी पर इतना विश्वास था, जैसे दुश्मन से इसी गढ़ में सुरक्षा मिलेगी। लज्जा, शर्म, हया और शालीनता ने विरोध की भावना को इज्जत आबरू की चमकदार चादर के नीचे ढँक लिया था। उसका नतीजा यह रहा कि पुरुष अपनी कामुकता को दबे-छिपे कोनों में तुष्ट करता रहता था। वह स्त्री का घूँघट उठाकर चेहरा नहीं देखता, धोती, घाघरा, शलवार की ओर से नंगा करता कि उसके रिश्ते का आदर भी बचा रहे और कामपिपासा भी शान्त हो जाए। इसी ढंग में उससे न बच्ची बर्दाश्त होती न वृद्धा। स्त्री के इन दोनों रूपों को नजरअन्दाज करता हुआ युवतियों का शिकारी बना रहा।

यह साजिश नई तो नहीं, हजारों साल पुरानी है। समाज की पारम्परिक

छवि को स्त्री ने राजी और बेराजी मंजूर ही किया है। कैसे न करती, एक ओर अगर उसको नंगा कर देने की कामुकता है तो दूसरी ओर स्त्री को देवी, पूज्या मानने का कीर्तन।

क्या अब इन सब बातों को स्त्रियाँ सिरे से खारिज कर रही हैं? पवित्र, सुन्दर या घृणा भरे विशेषण अपना अर्थ खो बैठे? हाँ, कुल्टा, बेहया, निर्लज्ज, वेश्या कहिए, कोई भी लड़की हँस देगी जैसे आपके अज्ञान का मखौल उड़ा रही हो। निश्चित ही उसने स्त्री के पक्ष में स्त्री होने का संकल्प उठाया है। तेजस्वी विदुषी स्त्री के अलावा साधारण औरत तक इतनी तेज-तर्रार है, जिसको शास्त्रीय भाषा में कुटिनी कहा जाता रहा है। जो भी कहा गया, लेकिन ऐसी किसको उम्मीद थी कि उसे एक दिन पुरुष की हत्यारी होने से भी गुरेज न होगा।

धैर्य का घड़ा भर गया। अधैर्य उफनने लगा। या छाती में भभकते ज्वार ने ही धीरज के टाँके तोड़ डाले? आजादी की सत्तावनवीं वर्षगाँठ मनाने तक स्त्री ने अपनी आजादी हासिल करने का यह कैसा रुख अख्तियार किया? दिखा रही है, बता रही है कि उसका चेहरा खूनी है, हाथ रक्तरंजित हैं तो इसकी वह जिम्मेदार नहीं, क्योंकि सदियों से इस समाज का पुरुष उसका खून पीकर मस्त होता रहा है। मस्ती का आलम उस माहौल में घटित होता रहा, जिसमें वह गाय की तरह मर्यादा के खूँटे से बाँधकर रखी गई अपनी देह पर चुप रहकर वासना जनित बहादुरी झेलती रही। शायद वही सहनशीलता इतनी भभक उठी कि कानून हाथ में ले लिया, जो किसी भी नागरिक के लिए उचित नहीं। मगर वह कहती है—मुझे नागरिक होने का कौन-सा हक मिला है? घर से बाहर निकलते ही दबोचे जाने का भय और अपनी स्वतन्त्र इच्छा शक्ति को दबाए जाने की आशंका में जीवित है औरत। इन जालसाज हरकतों की असलियत किससे छिपी है?

मोर्चे पर तैनात औरतें खतरों की परवाह नहीं करतीं। बचपन से डरना सीखा, क्या डरकर वे बच पाईं? अब वे सुरक्षा से नहीं सूझबूझ से बचेंगी। अकेली नहीं, एकजुट होकर लड़ेंगी। देश में स्त्रियों की नई सुरक्षा पंक्ति को लोग देखेंगे। हमारे चिन्तक विचारक सिद्धनुमा मनीषी मानवता के नाम पर आँय-बाँय बयान देते रहे हैं, जैसे उनकी अन्तर्दृष्टि ही कारगर संघर्ष का मूल हो, स्त्रियों के विद्रोह की निशानदेही से गुजरेंगे। और तब समझ में आएगा कि सिद्धान्त गढ़ना निष्क्रियता का दूसरा नाम है। सांस्कृतिक और राजनीतिक हलचलों में स्त्री की आवाज गुम करने के सूत्र हैं आपके पास। पुराना खेल खत्म हो चुका।

ऐसे ही, जैसे अक्कू यादव के वहशी कारनामों का खेल खत्म हो गया। औरतों के हाथों में थमे चाकुओं ने उसकी जान ले ली, इसका यह मतलब नहीं कि वे मनुष्य-हत्या का खेल खेल रही थीं या समाज में भयोत्पादक और आतंकवादी माहौल बनाने की मंशा से निकली थीं। आप लोगों ने पाप की परिभाषा जो भी

दी हो, लेकिन औरत से पूछिए कि पाप क्या होता है? धर्म कुछ रहा हो, स्त्री के काम का नहीं, शास्त्रीय पाप-पुण्य और धर्म-अधर्म में औरत का कतई विश्वास नहीं। इसलिए ही अपना धर्म, अपनी संस्कृति रचने की नई जिम्मेदारी उसके सामने है। एक वाक्य में कहें तो यह कि उसे अपनी जगह तय करनी है।

ये हत्यारी औरतें...पुरुष जाति ने अपने लिए जब भी कुछ नया बनाया है, लड़ाई लड़ी हैं, आन्दोलन छेड़े हैं, दंगे किए हैं, खूनखराबे हुए हैं, जंग छिड़ी है, युद्ध लड़े हैं, यहाँ तो स्त्रियाँ इंसाफ के लिए तरस गईं। लुटपिट कर बरबाद और बहिष्कृत होकर देखा कि आततायी नाक ऊँची किए मूँछ ऐंठते हुए बेधड़क घूम रहे हैं। उनमें ऐसा खास क्या है? यही न कि वे मर्द हैं, पुरुष हैं, नर हैं। तब क्या स्त्री-देह-धारिणी की निजात कभी सम्भव नहीं? इन अनिश्चयों ने अधीर कर डाला क्योंकि असहायता का बोध उसे ज्यादा-से-ज्यादा 'औरत' बनाता जा रहा था। फिर पुरुष गढ़न्त के दावे खोखले हो जाते हैं कि जैविक, मनोवैज्ञानिक और आर्थिक स्थितियाँ स्त्री-जीवन को नियन्त्रित करती हैं। यह सारी कवायद औरत के बुद्धि-विवेक को नजरअन्दाज करने के लिए है। उसकी तस्वीर ऐसी बनी रहे, जैसी गुलाम की होती है।

बिना स्त्री के कोई कहानी पूरी नहीं होती और कहानी के पूरी होने से मेरा तात्पर्य यह नहीं कि इस तथ्य को पुरुष मनमाने ढंग से गढ़े। अब तक ऐसा ही होता रहा है कि जिन सत्यों, मूल्यों और आदर्शों को उभारा गया है, वे स्त्री के अनुभवों से मेल नहीं खाते। इस बेईमानी पर भी औरतों का मत बना कि उनको अपनी लड़ाई लड़नी होगी। लड़ाई में मुझे उन मामूली औरतों के नाम और काम याद आ रहे हैं, जिन्होंने अपनी इच्छाओं-आकांक्षाओं के लिए सजाओं से दो-दो हाथ किए। राधा भाभी ब्राह्मण बहू थी, अपनी रक्षा करने की कूबत में धोबी के घर जा रहीं रामश्री चाची, जिसने बलात्कारी देवर को जहर देकर मारा। बतासो सक्किन ने गाँव के उस मर्द का गला काट दिया जो आए दिन अपनी मर्दानगी की शिकार औरतों को बनाता था। और हरिप्यारी नाइन, जिसने बेटी की शादी के लिए जेठ-देवरों को नहीं, खुद को समधी के द्वार पर जाने के लिए तैयार किया था। प्रेमचन्द की बहू ने ससुर की नाइंसाफी से मुठभेड़ की और अपना (पति का) हिस्सा बँटा लिया। बाद में ससुर सदा इस कोशिश में रहा कि किसी तरह इस बहू को ठिकाने लगाया जाए।

खुदमुख्तार औरत परिवार या समाज में प्रतिष्ठा की हकदार नहीं रहती, इस निश्चित बात को स्त्री जानती है, मगर उसे यह ज्ञान भी अच्छी तरह हो गया है कि पराधीन स्त्रियाँ प्रतिष्ठा भले पा जाएँ आत्मबल से वंचित रहती हैं, न्याय के लिए तरसती हैं, सुरक्षा का भ्रम पालकर सबसे ज्यादा असुरक्षित जीवन जीती हैं। सीता और द्रौपदी के उदाहरण दिए जा सकते हैं। कोई राम सीता को रावण से

नहीं बचा पाया और न पाण्डव (पाँच पति) द्रौपदी को दुःशासन से...यहाँ तक कि कोई पुरुष सीता को राम की नाइंसाफी तक से नहीं बचा पाया और न द्रौपदी को पाँच पाण्डवों से, जिन्होंने उसे जुए में हार दिया और भरी सभा में निर्वस्त्र कराने का कारण बने।

नागपुर शहर में सीताएँ और द्रौपदियाँ अपना इंसाफ खुद करने निकली हैं, दिखा दिया कि उनको ताकत के ठेकेदारों ने ताकत नहीं दी, धोखे दिए हैं। सुरक्षा वे दे भी नहीं सकते क्योंकि पुरुष से पुरुष डरता है। पुरुषों के भरोसे रहना झूठ में जीना है, जबकि जिन्दगी खरी सच्चाई का नाम है।

युवा कवि चेतन क्रान्ति ने 'पुराना पुरुष और स्त्री की नई छवि' नाम का एक लेख लिखा, जिसमें उन्होंने नए जमाने की औरत से पुरुषों को मानसिक और व्यावहारिक सन्तुलन बनाने की सलाह दी। पुरुष वर्चस्व के अकड़े हुए ढाँचे से सहयोगी के रूप में लचकने की आशा की। संवेदनशील युवा जानते हैं कि स्त्री का अपने बारे में कुछ कहना उसकी धृष्टता माना जाता है और अपनी तरह से लिखना तो मानो साहित्यिक बवण्डर है। अन्धड़ आँखों में किरकिरी छोड़ जाता है। कष्ट बहुत है। साक्ष्य सामने है, तसलीमा नसरीन निशाने पर है। यह वही स्त्री है, जिसके लेखकीय साहस पर तालियाँ बजाई जाती रही हैं और मिसाल देकर हमारा प्रबुद्ध वर्ग कराहता रहा है—काश हिन्दी में कोई तसलीमा नसरीन होती।

आज हमें आश्चर्य हो रहा है कि उसी लेखिका की लिखी पुस्तक ने बौद्धिक प्रभुओं के होश उड़ा दिए। होश आया तो अपनी रक्षा में वे सबसे पहले कानून की शरण में भागे। पुलिस के छापामार दस्तों से अरदास की कि तसलीमा को पकड़ो, उसकी किताब को बिकने से रोको। गुहार पुकार पर शासन की गद्दी हिलने लगी जैसे नारद की खबर से विष्णु भगवान की शैया डगमगाने लगती है। स्वामित्व के पुराने बर्बर और जिद्दी नजारे ने आकार लिया। पुरुष स्त्री से देह-सुख की माँग करता है और स्त्री को हर हाल में चुप रहना है। चुप्पी उस नियम के तहत रहती है, जिसमें औरत का वजूद सलामत रहे। मौन रहकर सहते जाना सामाजिक विधान का हिस्सा है और माना जाता है कि स्त्री की प्रबुद्धता, रचनात्मकता और कार्यक्षमता से अधिक काम की चीज है उसकी यौनिकता। 'निद्रा भय मैथुन आहार' में से भय ही औरत को दिया है, बाकी सब मर्दों की प्रॉपर्टी हैं।

इस बात को तसलीमा ने नहीं माना। उसने पुरुष की प्रवृत्ति और प्रकृति को मनमानी का हिस्सा मानते हुए सरेआम चुनौती दी। पारम्परिक तहखाने का पर्दा उघाड़ दिया। जघन्य अपराध किया, क्योंकि उसकी देह का वास्ता जिन लोगों से रहा, वे देवपुरुषों के समान खुद को दिव्य मानते हैं। उनके यहाँ स्त्री पीड़ा

दिखाने के लिए नहीं, छिपाने के लिए है। वे कह रहे हैं कि आत्मकथा में जो कुछ तसलीमा ने लिखा है उससे उन सम्मानितों की मानहानि हो रही है। चेतनक्रान्ति जैसे युवा कवियों को समझ लेना चाहिए कि भद्रता के परदे में स्त्री से यौनाचार की पेशकश करना प्रबुद्धों का जन्मसिद्ध अधिकार है। उनके व्यवहार को यदि स्त्री दुर्व्यवहार मानती है तो समझिए कि अपनी औकात भूल रही है। उसे कतई हक नहीं दिया गया कि यौनिकता को समानता पर रखकर आत्मकथा लिखे। वह तो अपना बौद्धिक सान्निध्य देने की 'गुरुदक्षिणा' थी। ठीक उसी तरह जैसे एकलव्य से अँगूठा माँगकर द्रोणाचार्य ने उसे अक्षम बनाना चाहा था। स्त्री को इस्तेमाल करके दागदार बना देना गुरुओं का पवित्र अधिकार है। यह विधान भी आज तक नहीं बदला जो पुरुष-दायरों में चलता रहा है—मांस खाओ, हड्डी गले में न लटकाओ। यह वाक्य मर्दों का रक्षाकवच है। साथ ही स्त्री के प्रति संवेदना की दुहाई देनेवाले दावा करते हैं कि वे शोषित-वंचितों के मसीहा हैं। तभी तो मानते हैं कि अब तक लिखा गया स्त्री-साहित्य तो वह लठैत था जो तथाकथित कुलटाओं, पुंश्चलियों और बदचलन औरतों का सिर फोड़ता था। सती नारियाँ अपने पिता, पति और पुत्र का ध्यान रखती हुई देह को दान करने का पुण्य चुपचाप लूटती थीं। यह चुप्पियों भरा इतिहास ही पुरुषों को सद्गृहस्थ, साधु, योगी और सन्त बनाए रखने में सहायक हुआ।

आज स्त्री के लिए कहा जा रहा है कि वह अपना सौन्दर्य सजाती-सँवारती पागल की तरह बाजार की तरफ दौड़ रही है। मगर वह कौन-सी स्त्री है, जो सौन्दर्य सराहनाओं से मुँह मोड़ती हुई पुरुष की कामुक लालसाओं से पल्ला छुड़ाना चाहती है? वही, जो पुराने समय से चले आ रहे अनाचार का मर्म जान गई है। या जो अब तक साहस नहीं करती थी, अब दुस्साहस करने लगी है। बहरहाल पुरुषवर्ग को अपना जमा गड़ा तम्बू उखड़ता नजर आ रहा है। इस उलट समय को ही हम नया समय मान रहे हैं, जब स्त्री के कन्धों पर लादे गए संस्कार लुढ़कने लगे क्योंकि बोझ से उसकी गर्दन टूटने लगी और सिर हिल उठा।

गुरुजनों को लग रहा है औरत का लेखकीय मूड बिगड़ रहा है। और यह सच भी है क्योंकि तसलीमा नसरीन ने आदर्श आत्मकथाओं के मानक तोड़ दिए। सम्बन्धित व्यक्तियों के नाम क ख ग के रूप में न लिखकर असली नाम दिए, छिपाने की प्रथा का खात्मा कर डाला। जता दिया कि पुरानी आत्मकथाओं का सच हाथी के दाँतों की तरह होता था, दिखाने के अलग, चबाने के अलग...नहीं तो स्त्री रूपी मादा को देखते ही उनके मन में ब्रह्मा जी क्यों आ विराजते हैं? उनकी आदिम इच्छा ऐसा आकार लेती है कि बेटी के सम्बन्ध और सम्बोधन को दबोचकर मानते हैं। और कहने के लिए कहा जाता है कि पुरुष आत्मकथा लिखते हुए सम्बन्धित स्त्री की गरिमा का ध्यान रखता है क्योंकि वह किसी की

बेटी होती है, किसी की बहन और किसी की पत्नी। उसे बदनाम क्यों किया जाए? मगर हम भी तो समझ रहे हैं कि यहाँ स्त्री की नहीं, उन रिश्तों की गरिमा रखी जाती है, जो पुरुष से जुड़े हैं। स्त्री के हित में सोचा जाता तो बहला-फुसलाकर, अपनी सत्ता-महत्ता दिखाकर देह समर्पित करने के लिए क्यों उकसाया या मजबूर किया जाता? तर्क यह भी कि स्त्री ने ही अपना रूप दिखाकर लुभाया। कथाएँ बहुत हैं, जब किसी ऋषि का तप ज्यादा प्रभावकारी हो जाता तो देवता लोग अप्सरा भेजकर ऋषि की तपस्या भंग कराते। क्या हम पूछ सकते हैं कि आखिर ऋषि-मुनियों की तपस्या कितनी कमजोर होती थी कि स्त्री देखते ही स्खलित हो जाते थे? कैसी बहानेबाजियाँ हैं! परम्परा के नाम पर फलती-फूलती ...असलियत तो पुरुष भी जानता है और स्त्री भी। कहना-न-कहना अपनी-अपनी सामर्थ्य पर निर्भर करता है।

अब इस कथन का क्या किया जाए, जो साहित्य में 'सत्य' रूप में प्रचलित है कि साहित्य व्यक्ति को सम्बन्धों से ऊपर उठाता है, जिसका आधार ईमानदारी और संवेदना है। मगर आज तो यहाँ ईमानदारी के लिए ही सजा मुकर्रर है! शायद कुछ ऐसे सूत्र हैं, जो लिखने के लिए ही बनाए गए हैं, सिर्फ शोभा के लिए। नहीं तो जनवाद के पक्षधर, साम्यवादी विचारधारा के लोग मान-सम्मान और इज्जत-आबरू के लिए धरती-आसमान एक कर रहे हैं। क्या यश की पतंगों पर नाचते आकाशचारियों की सफलताएँ झूठ और छल की डोरियों से बँधी हैं! गरूर से फूले हुए गुब्बारे में एक स्त्री ने कलम चुभो दी, भयानक विस्फोट हुआ। जैसे धर्म ध्वस्त हुआ हो। वे आहत लोग यह नहीं सोच पा रहे कि यह एक अपमानित स्त्री की व्यथा-कथा है। यदि बंगलादेश के लोग नहीं समझते तो बात समझ में आती है, लेकिन भारतीय शास्त्रों की दुहाई देने वाले विद्वानों को भी याद नहीं रहा कि जो तसलीमा ने किया है, वह तो हमारी पौराणिक सतियाँ पहले ही कर चुकी हैं। मेनका ने ऋषि विश्वामित्र को अपनी बेटी शकुन्तला का पिता घोषित किया। जाबाला ने अपने पुत्र से कहा, ऋषियों की सेवा में रही उन्हीं में से एक तुम्हारे जन्म का कारण है। इन्द्र देवता का छल स्त्री ने खोला था। अनसूया की कथा में ब्रह्मा, विष्णु, महेश की नीयत का वह खुलासा है कि उन तीनों को बालकों के रूप में उतारकर सती ने अपने आश्रम में आने दिया। आगे बढ़े तो चित्रलेखा योगी कुमारगिरि का पाखण्ड खोलकर सबके सामने उघाड़ती है और राजदण्ड से डरती नहीं। क्या स्त्रियों की ये मौखिक आत्मकथाएँ झूठी थीं? या ये सतियाँ प्रचार पाने के लिए देवताओं और ऋषि-मुनियों से टकरा रही थीं? जिनके श्राप से मनुष्य के भस्म होने की सम्भावना रहती है।

बंगाल में गूँजतीं बंगलादेश की कट्टर हुंकारें आखिर किसको आतंकित करने के लिए हैं? उन औरतों को ही डराना चाहते हैं, जो आत्मकथा को सत्य

के रास्ते गुजरने देती हैं और साबित करती हैं कि सत्यवादी हरिश्चन्द्र का सत्य यदि अटल रहा था तो वह शैव्या के कारण था। अच्छी आत्मकथा के लिए 'छिपाने' का नियम निर्धारित करना कहाँ का इंसाफ है? स्त्री से बाद में खतरा लगता है तो उस वामी से दूर रहिए, जिसमें सच का विष उगलने वाली नागिन बसती है। यहाँ आपकी मर्दानगी को डसा जा सकता है और धवल प्रतिष्ठा नीली पड़ सकती है। यदि लिखना है तो शिकायत में आप भी लिखिए, जैसे मैत्रेयी देवी ने यूक्लिड मिर्चा की किताब के जवाब में 'न हन्यते' लिखी। रवीन्द्रनाथ टैगोर के साथ अपनी अन्तरंगता का खुला बयान किया। तसलीमा की तरह उन्होंने भी किसी पुरुष से सम्बन्ध खोलने की अनुमति नहीं ली थी। और न किसी सरकार ने उस पुस्तक को प्रतिबन्धित किया। प्रतिबन्ध लगाने से चरित्रों, पात्रों के दाग नहीं धुलते, न कोई कानून किताब को पाठकों तक जाने से रोक पाता। यों समझ लीजिए कि पुरुष सत्ता के बरक्स स्त्री और किताब दोनों ही ज्यादा निडर हैं क्योंकि ज्यादा लोकतान्त्रिक हैं। आप तो करोड़ों रुपए का जुर्माना कराने का डर दिखाने पर उतर आए, जैसे धन ही जीवन का सार हो। सच में आपका स्वाभिमान बुरी तरह चकनाचूर हुआ है, सो स्त्री को अभिव्यक्ति की स्वतन्त्रता देना गवारा नहीं। बताइए कि इन गुलाम संस्कारों के साथ कब तक साहित्यिक जीवन जीते रहेंगे? तसलीमा जैसी स्त्रियाँ आपके दुमुँहे वजूद को इधर से या उधर से चोट देती रहेंगी। अच्छा हो, चेतन क्रान्ति का वह सुचिन्तित लेख पढ़ लें जिसका नाम पुराना पुरुष और स्त्री की नई छवि है।

अब मत पूछिए कि हिन्दी की तसलीमाएँ कहाँ हैं? सच तो यह है कि तसलीमा का नाम सुनते ही हिन्दी पट्टी की लेखिकाओं के रोंगटे खड़े हो जाते हैं। पवित्रता की सुन्दर मूर्तियाँ अपनी छवि पर तसलीमा जैसी लेखिका की छाया भी नहीं पड़ने देंगी। इस समय उन्होंने लज्जा के कारण सिर पर पल्ला ढँक लिया होगा कि सबके सामने उनकी दबी-छिपी मुस्कराहट तक न उजागर हो। हमारे यहाँ प्रबुद्ध स्त्री रचनाकारों की जन्मपत्री में ही लाज-लिहाज के शुभ और पवित्र गुण अंकित कर दिए जाते हैं क्योंकि यदि कभी उनकी ओर उँगली उठेगी तो उनके पुरुषों की नाक-मूँछ का सवाल आ जाएगा। इस नियम ने उनकी साहसिक भावना कील डाली है। वे 'वॉकी टॉकी डॉल' की तरह वही सब कहने और लिखने के लिए बाध्य हैं, जिससे पुरुषवर्ग में अपनी 'सती मूर्ति' स्थापित कर सकें और पुरुष समाज को भरोसा दिला सकें कि अन्दरूनी दुनिया में उन्होंने चाहे जितने समझौते किए हों, समझौते निखालिस शारीरिक भी हों, मगर पाण्डुलिपियों में, लिखावटों में और इबारतों में अपने किए का उज्ज्वल पक्ष ही चमकेगा। न वे खुद पर आँच

आने देंगी न सम्बन्धित साहित्यकार का अँधेरा पक्ष खोलेंगी क्योंकि समझौतों से ही तो उनका साहित्यिक कैरियर बना है, यह नुस्खा तावीज़ के भीतर ही रहना चाहिए कि कोई जान न ले। यही कारण है कि स्त्री रचनाकारों को 'स्त्री-विमर्श' से चिढ़ है। इस महत्त्वपूर्ण मुद्दे को वे लगभग पुरुष विरोधी मानती हैं और जानती हैं कि सदियों से चली आ रही पुरुष व्यवस्था में खुद को चमकदार बनाकर खड़ी करने के लिए पुरुष को दोषी ठहराना कहाँ की अक्लमन्दी है? जिस थाली में खाओ, उसी में छेद करने जैसा हो जाएगा न?

बस इसी भावना की मारी एक महिला समीक्षक ने स्त्री-अध्ययनरत युवा लड़कियों को समझाया—स्त्री और पुरुष के अनुभव अपने आप में कुछ नहीं होते। ऐसा होता तो 'महाभोज', 'हमारा शहर उस बरस' और 'कलिकथा वाया बायपास' जैसे उपन्यास कैसे लिखे जाते?

बहुत खूब! मेरा पूछने का मन किया कि पुरुष दृष्टि से लिखे गए इन उपन्यासों में वह नया क्या है, जो रचना के स्तर पर अभी तक नहीं आया था। रेणु, यशपाल, श्रीलाल शुक्ल, राही मासूम रज़ा ने ये कमाल बरसों पहले दिखा दिए थे। समझ में यह आता है कि इन रचनाओं को स्त्री-रचनाओं के रूप में ताज्जुब और तारीफ की नजर से इसलिए देखा गया कि स्त्रियाँ समझ लें, वे कहीं पुरुषों की डगर पर हैं। उनको स्त्री पक्ष से लिखने के कमिटमेंट से दूर रखा जाएगा। मन्नू भण्डारी, अलका सरावगी और गीतांजलि श्री स्त्री के सच को लिखने से बचकर कितनी ऊँची हो गईं? पुरुषों की वाहवाही हमारा कितना भला करती रही है, यह बात हम सामूहिक रूप से जानते हैं। और इस भलाई में कितनी ढर्रेबाजी मिली हुई है, इस रहस्य को खोलने का उपक्रम करना है।

मगर नहीं, पुराने चलन को नया जामा पहनाकर खड़ा करना, इतिहास को फिर-फिर पढ़वाना, स्त्रियों की पीड़ाओं, यातना से बचने के साहसों और अपने हकों की लड़ाइयों से ध्यान हटाता है। शोषित स्त्री का देह पक्ष परम्परा में दबकर रह जाता है। या जब वह उजागर होता है तो तरह-तरह से लांछित किया जाता है। वरिष्ठ लेखिका प्रभा खेतान के 'छिन्नमस्ता' से लेकर लवलीन और नई लेखिका सोना चौधरी के पायदान पर अश्लीलता का आरोप लगाकर उन रचनाओं को मूल मुद्दे से भटकाने में कसर नहीं लगाई। मनीषा, युवा पत्रकार जब सैक्स वर्करों को अपने लेखन का विषय बनाती है तो जीवन यापन की समस्या से नजरें फेरकर अश्लीलता का हंगामा होने लगता है।

मुझसे पचासियों बार कहा गया है कि रचनाओं में स्त्री-शरीर की बात न की जाए। कैसे मखौल की बात है यह, एक ओर तो हिन्दी में तसलीमाओं का अकाल दिखाई देता है, दूसरी ओर स्त्री शरीर की बात सुनकर साहित्यिक शास्त्रियों के कान गर्म हो जाते हैं। क्या स्त्री को देश निकाले की सजा देना पुरुष व्यवस्था

में आज भी शामिल है? नहीं तो क्या यह समाज जानता नहीं कि औरत की गुलामी सबसे पहले उसकी देह से शुरू होती है। बाद में उसको आदत में लाया जाता है कि मानसिक अनुकूलन हो जाए। वह स्त्री से सती बन जाए।

सतियों के चोले में हमारी रचनाकार हमें सावधान करती हैं कि साउंड प्रूफ वातानुकूलित कक्षों में जवान और बूढ़े विद्वानों की सैक्स विकृतियाँ तुष्ट करनी पड़ें तो करो। मजबूरी वश स्त्री को रजामंद सहभागी का रोल करना पड़ता है। क्योंकि बिना परम पुरुष द्वारा दिए गए अभयदान के साहित्यलोक में हमारा गुजारा नहीं। माना कि कृपाकांक्षिणियाँ मूक पालतू पशु की तरह हलाल नहीं होतीं, वे पुरुष की तरह दारू के पेग भरकर 'सिप' करती हैं, भोग-सम्भोग का बुरा नहीं मानतीं। फिर अपने घर लौट जाती हैं, यही तो मर्यादा का स्वरूप है। सुरक्षित पैंतरा यह कि साँप भी मर जाए लाठी भी न टूटे। इस सिद्धान्त की पैरोकार समीक्षिका से मैंने कुछ नहीं कहा, जब वे लिखित सलाह दे रही थीं—आत्मकथा के नाम पर अपना कच्चा चिट्ठा क्यों खोला जाए? यह साहित्य के बॉक्स ऑफिस पर सफलता पाने की (कु) प्रवृत्ति है।

मैंने माना, इनका दोष नहीं। ये बेचारी परिवर्तन तो निश्चित तौर पर चाहती हैं, मगर प्राचीन पोशाकधारियों से डरती हैं। ये उन बेटियों की माँएँ हैं, जो लड़कियों को टॉप जीन्स तो पहना देती हैं, मगर विवाहोपरान्त पति का जाति-गोत्र नाम के साथ चिपकवाने में कोताही नहीं करतीं। करवाचौथ का व्रत धूमधाम से मनवाती हैं। भारतीय संस्कृति की पैरोकारी इससे ज्यादा अच्छी तरह कैसे होगी। इसी से हिन्दू संस्कारों से लैस पुरुष वर्ग में यह आश्वस्ति मजबूती पकड़े रहती है कि स्त्री अपनी इच्छा से भले किसी दिशा में जाए, सामने अनजाने और खतरनाक रास्ते देखकर खुद-ब-खुद लौट आएगी।

अपने फैसले को लेकर आज भी सभ्य-शिक्षित और प्रबुद्ध स्त्रियाँ दुविधा में हैं। आशंकाएँ, भय और दुविधा आत्मविश्वास को खण्ड-खण्ड तोड़ती हैं। दृढ़ निश्चय उनके भीतर जब भी मजबूती पकड़ता है, एक डायनामाइट फूटता है और वे अपने ही आत्मबल के धमाके से ऐसी थर्रा जाती हैं कि पुरुषों की सुरक्षा में जाकर ही दम लेती हैं। तसलीमा जैसी साहसी और सख्त जान उन्हें उसी समय गन्दी, अश्लील, निर्लज्ज और वेश्या जैसी लगने लगती है। फिर कौन है, जो साहस की जादुई छड़ी घुमाकर उन्हें तसलीमा बना सकता है? वे तो इतना ही समझती हैं कि यह लड़की भी उन्हें बँदरिया की तरह अपने इशारों पर नचाएगी। जो नहीं नाचेगी, वह भुगतेगी क्योंकि शासन सत्ता और साहित्यिक दादागिरी का गठजोड़ स्त्री को गर्दन नहीं उठाने देता...

तसलीम! तसलीमा नसरीन!

लीजिए जादू की छड़ी दिल्ली आ गई। इण्डिया इंटरनेशनल सेंटर के मुख्य सभागार में नाटक और साहित्य के क्षेत्र में लोग बड़ी संख्या में जुड़े। लेखिकाएँ भी कम न थीं। अंग्रेजी की पब्लिशर स्त्रियों से लेकर सामाजिक कार्यकर्ता औरतें भी।

तसलीमा पेशे से डॉक्टर हैं। उन्हें हिन्दी आती है या नहीं, कौन जाने? हिन्दी की अनुवादक साथ थी। लेकिन तसलीमा न हिन्दी में बोलीं न इंगलिश में, वह बांग्ला भाषा में अपना वक्तव्य देने लगीं। कितनों की समझ में आया, यह पता नहीं, मगर यह समझ में आ गया कि वह 'कितनों' की कोई परवाह नहीं करतीं।

परवाह थी तो अभिव्यक्ति की स्वतन्त्रता की, जिसका खात्मा उनकी पुस्तक 'द्विखण्डित' को प्रतिबन्धित करके किया गया। जितने लोग सभागार में थे, उनकी तल्लीनता कम और 'पिन ड्रॉप साइलेंस' ज्यादा बता रही थी कि इस औरत को देखकर वे सब स्तब्ध से रह गए हैं और स्वर में स्वर मिलाने के भाव से देख रहे हैं। समर्थन, उस स्त्री को जैसी कि वे हिन्दी साहित्य में बर्दाश्त नहीं कर सकते भले कहने के लिए कह दें—काश कोई तसलीमा होती। होती तो आपकी सत्ता-व्यवस्था में उसकी जगह क्या होती, यह मुझसे पूछिए। बताने के लिए यही है कि भारतीय पुरुषसत्ता के तहत स्त्री की जकड़नें इतनी ढीली नहीं हैं, जितनी कि तसलीमा के सामने या समर्थन में पेश की गईं।

जरा नजारा देखिए—

'द्विखण्डित' की लेखिका तसलीमा मंच पर थी और हम श्रोताओं में। सो बस उसी तरह थे कि कहनेवाले से ज्यादा सचेत सुननेवाला था, जबकि बोलने वाला तसलीमा जैसा...। मगर दाएँ-बाएँ, आगे-पीछे भी चरखा चल रहा था। आवाजें आ रही थीं। जो सुना, सोच रही हूँ कि तसलीमा की खिदमत में पेश करूँ।

तुम भारत की राजधानी आई हो डियर, प्रिय, जानेमन...स्वागत है। समर्थन में कमी नहीं। सहयोग देने के पक्के वादे किए जा रहे हैं। तुम्हारे कदम से कदम मिलाने वाले यहाँ हाजिर हैं। सुभान अल्लाह।

क्या तुम जानती हो कि कट्टर घोषणाएँ, मुल्लों के फतवे, जिनमें कहा गया—तसलीमा को पकड़ो। उसके मुँह पर कालिख मल दो। उसको जूतों की माला पहनाओ। उसके सिर काटने के पचास हजार रुपए। तुम्हारे किए का दण्ड है लेकिन तुम नहीं जानतीं कि भारतीय दण्ड संहिता में साफ-साफ कहने का चलन कम-से-कम व्यावहारिक तौर पर नहीं। यहाँ लोग गुड़ देकर मार डालते हैं। जहर की जरूरत नहीं पड़ती। वैसे भी हमारा भारतीय दर्शन अमूर्तन में विश्वास रखता है। जब औरतें अपने शरीर को लेकर चेतना का परिचय देती हैं तो वैराग्य

का जाप करने लगता है। इसी रूप में ये दूसरे (देश) की सताई भगाई औरत को सहर्ष गले लगा लेते हैं और तुर्रा यह कि इस महान देश की मर्दानगी तो देखो विदेशी, असहाय स्त्री के पक्ष में है।

तुम नहीं जानतीं तसलीमा, जिस समय तुमने सभागार में प्रवेश किया और मंच की ओर चलीं, पुरुषों की आँखें फटी रह गईं। तुम्हारी स्किवी, बैल्ट और कमर पर चिपकी जींस उन आँखों का लक्ष्य बनी। तुम्हारे ब्रैस्ट उन नजरों का संधान थे, जिनमें मोतियाबिन्द के जाले छाए थे। तुमने अपने भाषण में 'फिश-फिश' शब्द का इतना प्रयोग किया कि इस शब्द के अलावा बाकी सब भुला गया। मेरे आसपास मर्दों के स्वरों में फिशफिशाहट भर गई।

बिना दाँत बिना आँत की फिशफिशाहट–इसकी कितनी उम्र होगी?

–पच्चीस छब्बीस साल।

–अरे यार अब तक जो फोटो आती थी, उसमें तो यह औरत लगती थी।

–तेरह किलो वजन कम किया है।

–तभी छोकरी लग रही है। कमर देखो...कन्धों तक कनकछरी-सी।

–कमनीयता! (पुरुष साहित्यकार थे)

–सुनो, मुझे तो रूपी सिंह-सी लग रही है (वृद्ध को अपनी कमसिन प्रेमिका याद आई)

तभी बुढ़ापे की ओर बढ़ते हुए नामचीन समीक्षक, जिन्हें हम सठियाए हुए कहते हैं, बोले–मुझे तो यह सोलह साल की लग रही है। कैसे इसने इतने मर्दों को...

–सुनील गंगोपाध्याय की क्या गलती?

तसलीमा, जब तुम बांग्ला कविता में अपने उद्वेलित करनेवाले उद्गार व्यक्त कर रही थीं, हमार देश के विद्वान् बुजुर्ग ऐसी रस-रंजित टिप्पणियाँ दे रहे थे कि हम औरतों का तुम्हारे प्रतिनिधित्व में बीभत्स अपमान हो रहा था। और हद तो तब हो गई, जब तुम्हारी अनुवादिका प्रयत्नपूर्वक बांग्ला का हिन्दी में अनुवाद करना चाह रही थी, उसे यह कहकर रोका गया कि आप ठीक से अनुवाद नहीं कर पा रहीं। असल में तात्पर्य था–आपकी जरूरत नहीं। तभी कुछ युवा स्वर प्रत्यक्षतः उभरे और सन्देश दिया–उस सुन्दरी के साथ कहाँ इस बुढ़िया को खड़ा कर दिया! मजा बिगाड़ दिया।

तसलीमा, यह हर देश के पुरुष का सच है कि उसे बारह साल की लड़की अपनी कामेच्छा में सबसे अधिक भाती है और यदि तुम्हारी बराबरी पर कोई नव तरुणाई की ओर बढ़ती कन्या अपने उभरते वक्षों के साथ खड़ी होती तो तुम्हारी ओर भी पुरुषों की नजरों का फोकस डगमगा जाता।

क्या सचमुच में ही तुम्हारी कविता के हिन्दी अनुवाद की जरूरत नहीं थी?

जरूरत थी, बहुत जरूरत थी, लेकिन अनुवाद से ज्यादा जरूरत यह थी कि तुम्हारी कविता सुनने की अपेक्षा तुम्हें निहारना पुरुषों को ज्यादा नयनसुख दे रहा था। हमने देखा कई विद्वान बुजुर्गों के चेहरों की झुर्रियाँ मुस्कान के मारे तनी जा रही थीं कि तुम अब 'द्विखण्डित' में से अपने वे प्रसंग चुनकर सुनाओगी, जिनमें परपुरुष संसर्ग के पात्र बने और तुम जवान औरत के रूप में अप्सरा सी...चलो बांग्ला में ही सही, ऐसे सुख की भाषाएँ अलग नहीं हुआ करतीं।

तुमने देखा, बूढ़े साहित्यकार तुम्हारे पीछे पुस्तक मेले में गए। दर्शन का लाभ-लोभ उन्हें उन बुक स्टालों पर खींचकर ले गया, जिन पर वे भूलकर भी नहीं जाना चाहते थे। वे नारों की तरह तुम्हारे साहस को बाँस में पताका की तरह बाँधते और फिर खोलकर पतंग की तरह उड़ा देते। टकटकी लगाकर पतंग की उड़ान को देखना और लपकना कि अपनी मर्दानगी से किस तरह इसको काटकर लूटा जाए? सहयोग बनाया जाए कि तुम उनमें से किसी को चुनो, संग साथ करो, वे इसी तरह अभिव्यक्त होना चाहते हैं क्योंकि इस रूप-सम्मोहन के क्षणों में न पुस्तकों पर ध्यान जाता है, न पुस्तक मेले का गुमाँ रहता। क्या अब तक तुम्हें ऐसे साहित्यिक चैंपियन मिले हैं? ये इक्कीसवीं सदी का आह्वान करते हुए अठारहवीं सदी के रीतिकाल में विचरते हैं, डूबते हैं, उछाल खाते हैं। गोताखारी के मास्टर खुद को धो-पोंछ लेते हैं। और फिर स्त्री के पक्ष में भाषण दे आते हैं। सब तरह से शुचिता, पवित्रता और मर्यादा की रक्षा करते हैं। सामंजस्य और समझौतों के लिए स्त्री को गंगा की तरह पवित्र घोषित करते हैं और मौका लगते ही बहती गंगा में हाथ धो लेते हैं। क्या करें पुरुष की शारीरिक अक्षमताओं का निदान स्त्री के यौवन द्वारा उद्दीपन में है। भरपूर जीवनानन्द के लिए कायर और क्रूर तरीके अपनाने पड़ते हैं।

तुम जैसी स्त्रियों का यही अपराध संगीन है तसलीमा कि तुमने पुरुष की लोलुपता को उघाड़ा तो उघाड़ा, मुखौटे तोड़े तो तोड़े, उसकी नपुंसकता को रेखांकित कर डाला। कामुक कमजोरियों को उजागर लिख दिया। इस करतूत से वह ढाँचा चरमरा उठा, जिसके आधार पर वह ताकतवर और नियामक बना हुआ है। अब तुम्हें किस समाज में, किस धर्म में, किस समुदाय में मान्यता मिलेगी? तभी तो सजा की तमाम प्रविधियाँ तुम्हारे ऊपर गुजरीं। तसलीमा, तुमको मौत का फतवा अगर कट्टर मुसलमान दे रहे हैं तो यहाँ के शास्त्रवेत्ता पण्डित और हिन्दुत्व के रखवाले नवयौवना रूपकुँवर को विधवा के रूप में सती करके उसके हत्यारों को बाइज्जत बरी करा रहे हैं। वे जिन्दा स्त्री की खाक पर सुहाग चुनरी चढ़ा रहे हैं। बात एक ही है न, कोई औरत बिना पुरुष के अपनी देह का अधिकार लेकर जिन्दा नहीं रह सकती। कोई स्त्री पुरुष के निजी आनन्दवर्द्धन की सैक्सुअल क्रिया का खुलासा नहीं कर सकती, सजा मृत्युदण्ड है।

तुम यहाँ क्या उम्मीद लेकर आई थीं? क्या आशा लेकर रहना चाहती हो? काश, यहाँ की साधारण, मामूली औरतों से मिलतीं कि वे किस हाल में हैं? मगर तुम उस समय भारतीय स्वरों की वाहवाही के जयघोष में डूबी थीं। स्त्रियों के स्वर दब गए। कारण कि पुरुषवर्ग की ओर से तुम यहाँ निश्चिन्त थीं। निर्द्वन्द्व थीं। उनके घेरे में तुम्हारी साहसिक तस्वीर मीनार का परचम हो गई थी। लेकिन गौर तो करतीं कि उस छवि में तुम्हारी देह के माप ही गूँज रहे थे, एक स्त्री देह थीं तुम, सबकुछ के बावजूद। और हम सोच रहे थे कि कब ये महापुरुष तसलीमा जैसी स्त्री के इल्म को तसलीम करेंगे?

दामन में दाग

जाहिर हुआ है कि हम स्त्रियों के बेबाक बयान सुनकर, पढ़कर या जानकर देश का बहुत बड़ा मर्द तबका नाराज हो जाता है। धारणा वही कि हम पुरुषविरोधी अभियान चलाने की मंशा बनाकर कलम के जरिए या भाषणों के माध्यम से अथवा बहनापे की दुहाई देकर स्त्रियों को उकसाते फिरते हैं। इस आरोप को सुनकर सचमुच हमें पुरुष मानसिकता की क्रूरता का पता चलता है, जिसके जरिए चेतना का अलख जगाने वाली स्त्रियों को कुटिनी कहा, मंथरा और कैकेयी नामों के इलजाम दिए। सुरसा राक्षसी ने भी हनुमान को लंका में जाने से किसी ऐसे ही कारणवश रोका होगा, जिससे सीता के अर्थवान जीवन का अनर्थ न हो। निश्चित ही लंका में सीता के लिए अलग अशोक वाटिका थी, पेड़-पौधे, फल-फूल और खग-पखेरू थे। सखियाँ और मददगार शुभचिन्तकाएँ थीं। यह सब पंचवटी वाले निवासस्थान के मुकाबले ज्यादा स्वतन्त्रता की जगह थी, क्योंकि यहाँ कोई लक्ष्मण-रेखा न थी। सीता यहाँ रानी-महारानी के रूप में राम-लक्ष्मण के कपड़े-लत्तों, धनुष-बाणों की चिन्ता करती हुई स्त्री न थी, वन-जंगलों में भटकने वाली स्त्रियों के सरोकारों से जुड़ी नारी थी।

बहरहाल हम इस उन्माद भरी निर्ममता से पहली बार नहीं टकराए हैं, वृन्दा कारत, अरुणा राय, मेधा पाटेकर होकर सत्ता को चुनौती देते रहे हैं इसीलिए सोचते हैं कि क्या हमें उन अतियों को चुपचाप झेलने के लिए मजबूर रहना पड़ेगा, जिनका बेकाबू दायरा हमारे समूचे जीवन का इतिहास रहा है? और आतंक के साए में कभी नजरें झुकाकर तो कभी आँखें फाड़-फाड़कर इधर-उधर देखते सहयोग के लिए तरसते जिन्दगी बिताते रहे हैं। हमारी समतामूलक संस्कृति, लोकतान्त्रिक सरकार और सामाजिक सभ्यता महिला सशक्तीकरण को कभी वर्ष के रूप में मनाती है तो कभी महिला दिवस के रूप में।

ऐसे आयोजनों के बारे में हम क्या सोचें? क्या ये आयोजन एक दिन या एक वर्ष के लिए हमारा मंथरा रूप, कैकेयी आचरण, शूर्पनखा-निवेदन या सुरसा जैसा प्रतिरोध कि अहल्या का निर्दोष रूप मानने को आयोजित किए जाते हैं? नहीं तो आम दिनों में स्त्री को हक के लिए चेताते हुए हमें गालियाँ ही सुननी

पड़ती हैं, जिनकी सौम्य भाषा होती है—साली आवारा औरतें! इन्होंने ही समाज का कबाड़ा किया है। हरामख़ोर चाहती क्या हैं? परिवारों का सत्यानाश ही न? बदमाश औरतें खुली छुट्टा घूम रही हैं, औरतों को बिगाड़ रही हैं।

हम देश के, स्वतन्त्र देश के वोटर पुरुषसत्ता से स्त्री सम्बन्धों के बारे में जो मत बना पाते हैं, वह सत्तावानों के गले नहीं उतरता। बस 'मर्दमार' औरतों के नाम से पुकारी जाने लगती हैं, हम।

हम पुरुष-विरोधी हैं तो अपनी पुरुष सन्तान को गर्भ में रखकर जन्म क्यों देते हैं? जन्म देने की पीड़ा सहकर उसका लालन-पालन क्यों करते हैं? स्त्री-पुरुष का सम्मिलित परिवार क्यों चलाते हैं? पता नहीं कहने वालों का 'पुरुष-विरोधी' शब्द से क्या अभिप्राय है? यदि हम अपने परिवार के खिलाफ हैं तो फिर किसके पक्ष में हैं?

हम अपने जीवन की अँधेरी राहों को टटोलते हैं, और उनमें बाहर से आनेवाली रोशनी के लिए झरोखा खोलते हैं, बस इसी बात पर आप हमारे ऊपर पुरुष-विरोधी होने का आरोप मढ़ देते हैं? हम तो बस यह कहते हैं कि पिछले से पिछले दिनों, बीते हुए कल, जिसे अतीत की संज्ञा दे सकते हैं, में जो स्त्री दहन सती के नाम पर होता रहा, देवी के पथराए जीवन की आड़ लेकर जो संहार होता रहा, डायन-चुड़ैलों के इलजामनुमा विशेषण देकर दहेज न लाने पर अभियोग लगे, उसका मुख्य कारण पुरुष-सत्ता ही रही है, यह एक अटल सत्य है।

अब 'औरत ही औरत की दुश्मन होती है' यह मेरा भारत महान जैसा नारा है, हमें न बरगलाइए। मानते हैं, इन नारों को चलाने में आपने एड़ी-चोटी का पसीना एक कर दिया है। ऐसे ही जैसे 8 मार्च महिला दिवस के नाम पर विश्वभर में तहलका मचा रहा है। हमारी समझ में नहीं आता कि इस एक दिन से हासिल क्या होने वाला है? वृद्ध दिवस, बाल दिवस, हिन्दी दिवस, महिला दिवस, मजदूर दिवस, इन सारे दिवसों ने सम्बद्ध लोगों की कौन-कौन-सी समस्याएँ हल कर दीं, कोई हमें बताए तो? हाँ इतना जरूर प्रदर्शित होता है कि ये लोग निहायत कमजोर, ठुकराए हुए, अज्ञान अबोध और अक्षम लोग है, और आगे भी रहेंगे। सशक्त, ज्ञानवान, विवेकी और क्षमतावान इनका कल्याण करने की भावनाओं से भरे हैं, भरे रहेंगे। क्या इसी गर्व और दम्भ भरे आयोजन से बचने के लिए दलितों ने 'दलित दिवस' का प्रचलन नहीं होने दिया? वे भीमराव अम्बेडकर का दिवस मनाते हैं, उस स्वतन्त्रता प्रदान करने वाले की जय बोलते हैं, मगर किसी दया दिखाने वाले वर्चस्व का लोहा नहीं मानते।

हम कहते हैं, यदि औरतों के प्रति बहलाने-भटकाने का भाव नहीं है तो 'पुरुष दिवस' भी मनाया जाए। हिन्दी को अतिरिक्त दया से देखते हुए दयनीय बना देना नहीं तो और क्या है? अपने देश में अपनी ही भाषा का दिवस क्या?

यह सब स्त्री और भाषा को कमतर रखने की साजिश है। मैं दावे के साथ कह सकती हूँ कि कृपा की जहरीली फुहारों से जब स्त्री या भाषा क्रमशः अपने विवेक और महत्त्व को भूलकर सत्ता की सेवा में लग जाती हैं (जैसे कि लगती रही हैं) तब उनके उभार का समय मुल्तवी होता हुआ दिवसों में खप जाता है। हम स्वतन्त्रता के पहले और स्वतन्त्रता के बाद अपनी जिन्दगी को उसी रूप में देखने के लिए अभिशप्त हैं, जो मालिकों ने तय कर दिया था। तरक्की के नाम पर आज नजरों के आगे बाजार है, जिसमें स्त्री को ला पटकने का तूफान उठा है, जो थमने का नाम नहीं लेता। यदि हम इस रवैये की आलोचना करते हैं और इसके पीछे पुरुष की साजिश मानते हैं, तो हम पुरुषों के दुश्मन करार दिए जाते हैं। इसका सीधा मतलब है कि हमने जुर्म किया है।

कारगर तरीका है यह, भले अपने आप में पूरा न हो। जोरदार आवाज उठाकर कह तो रहा है कि औरत चुपचाप हमारी मार सहे, बलात्कार झेले और पुरुष के किए अन्याय को अपना सौभाग्य समझे। असमानता शब्द पर एतराज करना पाप की निशानी है। ऐसा होगा, तभी पुरुष के आहत गर्व को राहत मिलेगी। नहीं तो यही सुनो—स्त्रियाँ गजब करती हैं, मनुष्य की नस्ल में जन्मी हैं, पुरुष की बराबरी चाहती हैं। नीच जात लोग भी तो आदमी की देह रखते हैं, पुरुषों के बराबर तो नहीं होते। समझ नहीं रहीं औरतें, मर्द पेड़ हैं तो औरत नाजुक बेल, जो अपने बलबूते खड़ी नहीं रह सकती। शास्त्रों की भाषा में भी वह जीव नहीं, माया है, जिसे किसी-न-किसी के गले लिपटना है।

आपकी इस परिभाषा को लेकर जीना मुहाल हो गया है। इस दमन के खिलाफ जिन लाखों स्त्रियों ने दुनिया भर में अपनी आवाज उठाई है, वह न माया है न झूठा सपना। मीरा को याद कीजिए, जो राजतन्त्र से भी नहीं डरी, वही हमारी आदर्श है, लेकिन इसका यह मतलब नहीं कि हम किसी पुरुष से नफरत कर रहे हैं। हम तो अपनी जिन्दगी को दोस्ती की नजर से देख रहे हैं, जिस पर कभी हमने नजर ही नहीं डाली। अब आप ही देखिए कि एक ओर आपका वंश, आपका धर्म, आपकी संस्कृति हमारे कन्धों पर सवार हैं तो दूसरी ओर सामाजिक नियम हैं, जो गर्दन सीधी नहीं होने देते। क्या आप उनके बारे में कुछ भी नहीं जानते? साहित्य की कलाकारियों में कितने ही कवि, लेखक, चित्रकारी में चित्रकार, मूर्तिकला में मूर्तिकार स्त्री के रूप वर्णन, उसकी मुद्राओं में कामांकन को पुरुष के मन-बहलाव के लिए प्रस्तुत करते रहे, मगर कभी भी तनिक लज्जित नहीं हुए। यही नहीं, धड़ल्ले से अपने विद्वत्तापूर्ण विध्वंसक वक्तव्य उस स्त्री जाति पर छोड़ते रहे, जिसने सिर झुकाने का संस्कार अख्तियार कर लिया था।

आप इसलिए खफा हैं कि आज उसने सिर उठाकर देखना शुरू क्यों कर दिया? फिल्म की शबाना आजमी, स्मिता पाटिल, साहित्य में कृष्णा सोबती, मृदुला

गर्ग, गीतांजलि श्री और सामाजिक परिवेश में अरुणा राय, वृन्दा कारत, इला भट्ट जैसी स्त्रियाँ हैं, जिनकी मान्यताएँ किसी भी स्त्री के लिए अनुकरणीय हो सकती हैं और आप अभी हमें रेशमी कपड़ों-गहनों से बहला रहे हैं। नहीं बहलते तो धमका रहे हैं।

यह 'महिला दिवस' भी एक झुनझुना है और झुनझुना से बच्चे बहलाये जाते हैं। चेतना के आलोक में हम खड़े हैं, अँधेरे में आप झुनझुना बजाकर हमें बुला रहे हैं। हमें लगता है यह वह वाद्य है, जिसमें से रिझाने के स्वर फूटते हैं। हिरन संगीत पर रीझकर मारा जाता है, हम जानते हैं। मगर हमारी मानसिक कण्डीशनिंग तो देखिए और अपनी साजिशों को दाद दीजिए कि अभी तक सजावटों के मोह में बँधे हुए हैं। कई बार रस्सा इतना ढीला भी पाते हैं, जैसे हम घर-परिवार के खूँटों से खोल दिए गए हों। आठ मार्च ऐसा ही भ्रामक अनुभव देता है। यह भयानक भितरघात का दिवस है। इस दिन ही हम अपनी ताकत का अहसास करें और फिर तीन-सौ चौंसठ दिन वही कछुए का कठोर खोल जिसमें सिकुड़ जाना ही सुरक्षा की शर्त है। बड़ी चतुराई से डिजाइन किए गए ये दिवस दुंदुभी तो सत्ता की ही बजाते हैं। इस दिन इस तिथि का दूरगामी महत्त्व यही है कि हम मान जाएँ कि पुरुषवर्ग अब उदारता से हकों को उलीच रहा है। सरकार स्त्रियों के बारे में ऐसे सोच रही है, जैसे अब उसके लिए स्त्रियों का ही मुद्दा सर्वोपरि हो। सार यह है कि हम दोनों की दासता में अपनी आस्था दिखाने में हिचक रहे हैं। और झोली फैलाना तौहीन लग रहा है। भले हमारे स्वामी हमें शालीन सभ्य और सौम्य न मानकर अहंकारिणी और अड़ियल मानें।

हम स्वाभिमान की पैरोकार अवश्य हैं क्योंकि उन स्त्रियों के जीवनवृत्त पढ़ चुके हैं, जिन्होंने किसी 8 मार्च का सहारा न लिया था। मीरा के दृष्टान्त के बाद छतरपुर की रानी की मिसाल है, अंग्रेजों से मिली सनद की परवाह न करके क्रान्तिकारियों का साथ दिया। ताराबाई शिन्दे और सीमान्तिनी उपदेश की लेखिका एक अज्ञात हिन्दू औरत स्त्री की आजादी के सवाल कड़े शब्दों में उठा गई हैं। रुकमादेवी उन्नीसवीं सदी की महिला। क्या इन कतिपय उदाहरणों से एक सघन दृष्टि नहीं बनती? कि औरत में यदि सहने की असीम क्षमता होती है तो विरोध की भी अदम्य ताकत होती ही है। इस ताकत के वजूद में आ जाने से निश्चित ही घेराबन्दी थर्रा उठती है और पुरुष-साम्राज्य की दीवारों में दरारें पड़ जाती हैं। बड़ा अशुभ है, सामन्ती दुनिया के लिए। क्या उसी अशुभ से छुटकारा पाने का टोटका आठ मार्च है? यह टोना मालिकों की हुकूमत को बचा लेगा तो बहुत अच्छा। बहरहाल, हम मानते हैं कि हमारे लिए कोई महिला दिवस नहीं, क्योंकि हर दिन स्त्री का दिन है। जो मनुष्य अपने समय से बेखबर, लापरवाह हो जाता है, उसकी जिन्दगी में उसका कोई दिन नहीं रहता...

अब मैं आपको एक शानदार विशेषांक के बारे में बताती हूँ, जिसके हर अध्याय में मर्दों की आन-बान-शान, नाक-मूँछ और मर्दानगी का बोलबाला था। मगर वह 'स्त्री-विमर्श' केन्द्रित बताया जा रहा था। पत्रिका के मुखपृष्ठ पर घोषणा भी पूरे जोशो-खरोश के साथ की गई थी। जाहिर है सम्पादक थे एक पुरुष, जो पेशे से वकील हैं और उन्हें न्याय प्रणाली में औरत के पक्ष को लेकर तमाम छेदों की बात ज्ञात है। बस इसलिए ही प्रधान सम्पादक ने स्त्री-विमर्श पर आधारित पत्रिका का सम्पादन किसी स्त्री को नहीं सौंपा होगा, यह बिना बताए ही लोग मान रहे थे। वकील साहब की कुछ पुस्तकें उनके ज्ञान की निशानदेही करती हैं, बेशक!

विशेषांक को पढ़कर हमें लगा, ज्ञान एक बात है और अनुभव उससे भिन्न बात। इसके अलावा संस्कारों की रसरी (रस्सी) आने-जाने से उनकी हृदय रूपी शिला पर जो निशान पड़ गए थे, वे किसी को दूरबीन लगाकर दिखें न दिखें, पत्रिका के पन्नों पर बिना चश्मा लगाए भी हमें दिख रहे थे, एकदम साफ-साफ।

खाँटी मरदानी बात, जो उन्होंने हरियाणा के करनाल शहर के पाश पुस्तकालय के खचाखच भरे सभागार में मंच से कही और विशेष जोर देकर रेखांकित की, वह यह थी, आप भी सुनिए (पढ़िए)—इस पत्रिका में पचास साल की उम्र से ज्यादा का कोई लेखक शामिल नहीं किया गया है।

स्वागत योग्य बात लगती है यह। पचास साला लेखक इन दिनों हमारे यहाँ युवा लेखकों में आते हैं क्योंकि बूढ़े, जर्जर बूढ़े, प्रौढ़ परिपक्व रचनाकार या विमर्शकार होने का दावा उन गद्दियों पर बैठकर करते जा रहे हैं, जिन्हें साहित्यिक ठिया-ठिकाने के रूप में जाना गया है। इस चलन को हम मिटा तो क्या धुँधला भी नहीं कर सकते क्योंकि राजनीति में भी 'गद्दी से चिपको' 'कुर्सी खाली न करो' की राजनीति चलती है और हिन्दी साहित्य राजनीति के पीछे चलने वाली मशाल (?) है (प्रेमचन्द ने कहा था साहित्य राजनीति के आगे चलने वाली मशाल है)।

मैं जब करनाल के इस साहित्यिक समारोह में गई थी, पत्रिका के विशेषांक को पढ़ चुकी थी और अब सम्पादक जी की घोषणा से लेखकों की उम्र का तालमेल बिठा रही थी। हाँ, जिन्होंने स्त्री के योनि विषय पर आपत्ति जताते हुए एक मारक लेख लिखा था, वे महाशय तो लगभग साठ के नजदीक हैं। रामशरण जोशी, सुधीश पचौरी और अभय कुमार दुबे भी पचास की आयु सीमा के पार कब के चले गए। ये सब इस विशेषांक के लेखक हैं। (महत्त्वपूर्ण) अलबत्ता पचास की आयु को लाँघने वाली कोई स्त्री जरूर इस विशेष पत्रिका में स्थान नहीं पा सकी। उम्र की सीमारेखा का यहाँ ईमानदारी और मुस्तैदी से निर्वाह किया गया है।

ऐसा कैसे हुआ? अज्ञानवश? लापरवाही के कारण? या जान-बूझकर?

पक्के तौर पर हम क्या कहें? सम्पादक की मंशा स्त्री-विमर्श के विशेषांक

की जिम्मेदारी लेते हुए क्या रही? बहरहाल यह स्त्री-अनुभव का ही खाँटी हिस्सा है कि पुरुष को पचास पार क्या तीस वर्ष की अवस्था पार करनेवाली औरत सुहाती नहीं। वह नौ वर्ष की गोरी से लेकर तीस-पैंतीस साल की प्रौढ़ा तक को अपने 'नायिका भाव' की चाहना में शामिल करता है। हिन्दी साहित्य में कवियों और लेखकों ने इसी आयुवर्ग में से हंसिनी, पद्मिनी, शंखिनी जैसी स्त्रियाँ छाँटी हैं। मुग्धा, मध्या और प्रौढ़ा के विभेद इसी आयु सीमा में हुए हैं।

इस विशेषांक की आधुनिकता इस बात में रही कि सम्पादक यहाँ स्त्री को पचास साल का ग्रेसमार्क दे रहा है। मैंने वहाँ पूछा था—क्या रियायती दर पर ही स्त्री इस स्त्री विषयक पत्रिका में जगह पा सकी है, और जो इसका नाम 'स्त्री मुक्ति का सपना' रखा है, उसका सपना है क्या आपके हिसाब से? कुछ लेखिकाएँ और कवयित्रियाँ स्त्री अधिकारों को लेकर बहुत उग्र दिखाई देती हैं। उनकी उग्रता से प्रतीत होता है, वे सभी पुरुषों के खिलाफ हैं। इसका कोई अर्थ नहीं।

—मैं मानता हूँ कि औरत ही पुरुष को मुक्त कर सकती है, पर ऐसा वह उसमें भय पैदा करके नहीं कर सकती। स्त्री आज आक्रामक मुद्रा में है।—नामवर सिंह।

—नया-नया जोश है, अधिक दिन नहीं चलेगा स्त्री-विमर्श—विश्वनाथ त्रिपाठी।

—नारी मुक्ति को लेकर लिखा गया अधिकांश कथा-साहित्य व्यावसायिक क्षेत्र में पुरुष से प्रतिस्पर्धा और उसकी ईर्ष्या, पारम्परिक विवाह का खण्डन, प्रत्याख्यान, यौनिशुचिता की अवधारणा का प्रत्याख्यान, दहेज प्रथा की विकरालता आदि जैसे अलग-अलग मुद्दों पर ही केन्द्रित होकर रह जाता है। भारतीय समाज में समग्र रूप से नारी की स्थिति का नक्शा हमारा साहित्य देते-देते भी चूक जाता है।—श्रीलाल शुक्ल।

—क्या नारीवाद का पहला मुक्तिद्वार देह से ही होकर गुजरता है? उत्पादन की मुख्य प्रक्रिया में शिरकत करने की माँग करने वाली स्त्री कहाँ है लेखिका के नारीवादी साहित्य में? इधर एक गज़ब का चक्कर चला है : हर स्त्री से उम्मीद की जाती है कि वह आत्मकथा जरूर लिखे, खासकर वह प्रसंग, जिसमें उसके दैहिक शोषण की व्यथाकथा अन्तरंग विवरणों के साथ दर्ज हो : इस हद तक कि उसका 'पाठ' ही उसकी देह बन जाए।—अरुण प्रकाश

स्त्री मुक्ति के सपने के लिए स्त्रियों को विद्वान नसीहत दे रहे हैं, क्या इन्होंने स्त्री बनकर उन दुःख-दर्दों को भोगा है, जिनको वह अब तक छिपाए रहती थी, अब कहने लगी है। इनके अनुसार न स्त्री को गुस्सा आना चाहिए, न उसको अपने अनुभवों पर ईमानदारी का दावा करना चाहिए न पुरुषों की कोई शिकायत होनी चाहिए। अपनी देह की निष्क्रियता और पुरुष की हिंसात्मक सक्रियता पर

कलम-कागज माध्यम न बनने चाहिए...

बहुत खूब! फिर आप में और उन ऋषि-मुनियों में क्या फर्क रहा, जिन्होंने अपने शास्त्रों द्वारा हमारी चेतना का वध किया? वे मनु, याज्ञवल्क्य, दुर्वासा आपके रूप में आज भी विद्यमान हैं और हमें अपनी आकांक्षाओं, सपनों और इच्छाओं को घोंटते हुए मुक्ति का सपना दिखाने निकले हैं। स्त्री देह की बात आपको खुल्लम-खुल्ला हो तो अश्लील लगती है, मगर उसी देह की बात पर पर्दे में मुस्कराते हुए रससिक्त हो जाते हैं यही आपके लिए सैक्स की (स्त्री देह की) मर्यादा है। नहीं तो स्त्री देह जिसके आधार पर कभी उसको कुचला-मसला गया है तो कभी लांछित करके बहिष्कृत इलाकों के हवाले कर दिया गया और कभी धर्म के नाम पर धर्मपत्नी बनाकर रात-दिन उसके शरीर को तोड़ा और सम्भोग के काम लिया। मैं पूछती हूँ, जिसे विवाह की पवित्र वेदी पर बिठाकर मन्त्र-श्लोकों के गुंजायमान क्षणों में अग्नि समिधा सामग्री घृत से हवन कराकर पण्डित और समाज को साक्षी बनाकर आप धर्म पत्नी के रूप में लाते हैं, यदि वह अपनी देह का समर्पण आपके लिए न करे, तो भी क्या उसे पत्नी मानेंगे, पत्नी रहने देंगे?

मैं उन स्त्रियों की बात यहाँ नहीं कर रही, जिनको आपने सैक्स/शील की मर्यादा तोड़नेवाली माना है, आपके द्वारा बनाए गए नियमों का उल्लंघन करने के अपराध में पकड़ा है, उच्छृंखलता, स्वच्छन्दता और उग्रता का इलजाम दिया है, उसकी बात छोड़िए। पत्नी के अनुभव ही आने दीजिए। अनुभव वे भी जो उसे आपकी सेवा करते हुए मिले हैं और वे भी जिनमें सैक्स घटित हुआ है। एक विवाहिता की डायरी आपको उसकी 'दैहिक इच्छाएँ और उनका नियामक पुरुष' के रूप में मिले तो इस स्त्री विशेषांक के मुकाबले ज्यादा प्रामाणिक होगा, जिसमें विगत यौवन पुरुष स्त्री जीवन पर अपने हिसाब से फतवे दे रहे हैं और पचास वर्ष की आयु से कम के दायरे में आनेवाली स्त्रियों के साथ खड़े हैं जो निश्चित ही सुमुखि, पयोधरा, क्षीणकटि, सुभगा के रूप में देखी गई होंगी। कमनीय विशेषणों से सजाई गई स्त्री खुद को क्या मानती-समझती है, यह सुनने के लिए फतवा देने वाला तबका तैयार नहीं क्योंकि वह तो औरत की उस तस्वीर का पुजारी है, जिसमें कहा गया है—पुरुष को भोजन खिलाते हुए स्त्री माँ का रूप हो, सलाह-मशविरा लिया जाए तो मन्त्री की तरह हो जाए, सेवा करे तो योग्य सेवक की तरह और जब शैया पर आए तो उसका अन्दाज रम्भा जैसा हो।

पत्नी की परिभाषा आप अगर इस तरह करते हैं तो माना जा सकता है कि आपको कोई कुलीन शालीन मर्यादित रंडी चाहिए और यहीं से स्त्री का विरोध शुरू होता है कि यह कैसा दोगला, पाखण्डी और स्वार्थी पुरुष है, जिसे अपने सिवा किसी के बारे में सोचना नहीं—सृष्टि में प्रकृतिदत्त वस्तुएँ पुरुष की हैं, जिनमें स्त्री भी शुमार है।

स्त्री देह का भरपूर उपभोग करनेवाले स्त्री देह पर बात नहीं करना चाहते। वे अपने हिसाब से उस नारी शरीर पर सक्रिय हो जाने का फैसला देते हैं कि भोग के आनन्द को ज्यादा-से-ज्यादा पा सकें। जब खुद स्खलित हो जाएँ तो स्त्री को निष्क्रिय हो जाना चाहिए। यानि कि आग को पानी, हरियाली को पत्थर पुरुष के इशारों पर होना है। धर्मपत्नी उसे कहते हैं जो इन नियमों को पूरा करती है। इस दायरे से बाहर जाने के लिए छटपटाती है तो पुरुष समाज शुचिता का हवन करने लगता है। शुचिता वह रस्सा है, जो उसे देह से बाँधता है, योनि को अपने लिए (स्त्री के लिए) अस्वीकार करता है और मानसिक रूप से इस अस्वीकृति को 'अनुकूलन' का आकार देता है। अतः आपकी प्यारी लेखिकाएँ जिन्होंने स्त्री देह का सवाल अपनी पिटारी में साँप की तरह देखा, तो मगर पिटारी का ढक्कन बन्द कर दिया कि कहीं वह आप जैसे दुर्धर्ष विद्वानों, वज्रवक्ष और बाहुबली पुरुषों को डस न ले।

आज वह सर्प छुट्टा घूम रहा है, और आप बचे-बचे भाग रहे हैं। स्त्रियों को कोस रहे हैं, जो आपके बताए निर्देशों पर नहीं, अपने फैसलों पर साहित्य लिख रही है और स्त्री की स्वामिकता को दर्ज करती हुई मर्दों के निरंकुश स्वभाव का कच्चा चिट्ठा खोल रही है। कारण यह कि जिस शरीर सौन्दर्य और यौवन को आपके भोग की वस्तु बनकर रहना था, उसे मुक्त कराना लाजिमी है। आप कितना ही शेम-शेम, लज्जा-लज्जा चिल्लाइए, हम पर बेहया-बेशर्म होने की गालियाँ चस्पां कीजिए, उनका असर कौन लेगा? अनुभव की बात तो यह है कि उन तथाकथित अश्लील सच्चाइयों के आने से अमूर्त नायिकाओं, पवित्र सतियों, पतिव्रता स्त्रियों का घटाटोप तिरोहित होने लगा है। धार्मिक ग्रन्थों में जिनको दुष्टा कहा गया, सामाजिक धरातल पर खलनायिका बनाया, साहित्यिक लोगों ने ज्यादा-से-ज्यादा तरस, दया और करुणा की मूर्ति को नायिका माना, यह दुनिया अब पलट रही है। गौर करिए तो पता चलेगा कि जिन बातों को औरत अपनी रचना में लाती है, वे आज के समय में आवश्यक रूप से खुलनी चाहिए, आप हैं कि उन्हें अपने शब्दों के साथ घोलघाल कर ऐसी गन्दगी बनाते हैं कि वाकई उसे अश्लील कहा जा सकता है।

ऊपर से तोहमत यह कि स्त्रियाँ अपने आपको चर्चित करने के लिए, विवादों में आने को लालायित रहती हैं। सस्ती लोकप्रियता पाने के लिए देह का सहारा लेती हैं। मजा मौज के लिए अन्तरंग प्रसंग लिखती हैं कि बाजार में उनके लिखे साहित्य की बिक्री बढ़े। जो कि बढ़ रही है।

सच्ची? यदि हम ऐसा ही लिख रहे हैं और आपको शर्म आ रही है तो फिर आप इस लेखन को अपनी पत्रिकाओं में, सम्पादित पुस्तकों में क्या जायके के तौर पर इसलिए डालते हैं कि साहित्य के नाम पर आपका लिखा कबाड़ा और

ठस्स लेखन धड़ल्ले से बिके। वरन् जो आपको पसन्द नहीं, जिसके खुलने से आपकी नाक कटती है, आपके परिवार की स्त्रियाँ प्रदूषित होती हैं, आप उसे अपने लेखों में पिरोते क्यों हैं? बार-बार वही विवाह, तलाक की बातें, ब्राह्मण और शूद्रों के विभेदों के विश्लेषण, एक पिष्टपेषण का रूप, जिसका लेप उस सतह पर दलित और स्त्री-विमर्श के नाम पर होता रहता है, जिस सतह के नीचे भयानक, खतरनाक मगर पवित्र खाइयाँ बनी हुई हैं, जो किलों, गढ़ों और राजदुर्गों के आसपास हुआ करती थीं।

उन लेखिकाओं के नाम गिनाकर आप खुश हो गए, जिन्होंने पुरुष सत्ता के अधीन होकर लिखा, नहीं तो रचनाओं से उद्धरण क्यों नहीं दिए कि स्त्री देह के सवाल पर वे क्या कहती हैं और यह सवाल औरत के लिए अहम है, मौन रह जाने से साहित्य के परिवर्तन को रोकने की मजबूरी दरपेश आती है। यहाँ तक कि उन पुरुष रचनाकारों ने आज के स्त्री-साहित्य को नई नजर से पढ़ा ही नहीं। स्त्री देह के साहित्यिक चर्चे सुने, चटखारे लिए और वे पंक्तियाँ कंठस्थ कर लीं, जिनको स्त्री की चरित्रगत शुचिता के लिए हौआ के रूप में इस्तेमाल किया जा सकता है। माना जा सकता है कि ये तो पुरुष के दायरे की बातें हैं।

हाँ, हमारी अनधिकार चेष्टा ही हमारे अधिकारों को रास्ता देगी। हमारी बेशर्म आँखें ही उन सपनों का आह्वान करेंगी जो मुक्ति की ओर ले जाने वाले हैं। आप हमें स्त्री-विमर्श न सिखाइये क्योंकि अब तक होते आ रहे हजारों साल के स्त्री-विमर्श से हम आजिज आ गए हैं। योनि शुचिता आपका ही दिया ट्रॉमा है, और ऐसे सदमे देनेवालों से स्त्रियाँ सलाह नहीं माँग रहीं। हँसी की बात तो यह है कि पुरुष वर्चस्व से लड़ने वाली औरतों को आप इसलिए फूटी आँख नहीं देख पाते, क्योंकि वे साहित्यिक वर्चस्वी पुरुषों का सहारा नहीं लेतीं। बड़ी गलतफहमी है, अपने द्वारा सम्पादित पत्रिकाओं में हमारा रास्ता बुहारने की खामख्याली! सिवा इसके कि 'नारीवाद' एक गाली है, पुरुषों की सरपरस्ती करती लेखिकाओं ने और क्या प्रचारित किया है? नारी होकर नारी जीवन को इतनी नफरत से देखना...

पुरुष लेखक! कोई अलंघ्य पहाड़ हैं क्या? जिसे लाँघकर हमें अपना जयध्वज फहराने की तमन्ना हो। हम जानते हैं कि मर्द के लिए मर्द ही तुलना का विषय हो सकता है क्योंकि उसके ठाठ से स्त्री का लोकतन्त्र एकदम जुदा होता है। अतः हम अपनी तुलना मर्दों से करें तो अपने ही साथ या पुरुषों के साथ नाइंसाफी करेंगे। पुरुष की आक्रामकता, कठोरता (क्रूरता) और ताकतवरी के दंभ का क्या जवाब है हमारे पास? यदि कुछ है तो अपनी वह स्वाभाविकता ही है, जिसकी रणनीति मरदानी युद्धनीति से एकदम अलग है। हमारी बुनियादी

समस्याएँ, जिन्हें समाज अब तक नजरअन्दाज करने का अभ्यस्त रहा है, बेझिझक दर्ज होनी चाहिए। यही स्त्री-विमर्श का विषय है, इसी की आज जरूरत है। हमको पुरुषों से नारीवाद की परिभाषा नहीं सुननी है। उनके स्त्री-विमर्श में कपड़े पहनने के कायदे, चुप रहने की तहजीब, सिर झुकाने की शालीनता आज भी शामिल है। वे बलात्कारों को स्त्री के उत्तेजक व्यवहार का कारण मानते हैं, पोशाक को दोष देते हैं, घर से निकलने पर नियन्त्रण लगाने की बात करते हैं और अपनी ओर से सुरक्षा-कवच की पेशकश करते हैं, जबकि हम मर्दों के संरक्षण में मर्दों द्वारा ही घेर लिए जाते हैं। फिर अपने साहित्य में मर्दों की मुखियागिरी की दुहाई देना बेवकूफी नहीं तो और क्या है? पुरुष आखिर स्त्री तो नहीं हो जाएँगे, वे औरत होना भी नहीं चाहेंगे क्योंकि औरत को बहुत कुछ खोकर, छोड़कर, त्यागकर जीना पड़ता है और पुरुष के पास इसके अलावा कोई योग्यता नहीं कि वह स्त्री नहीं, पुरुष है।

अच्छा यही है कि मैं आप लोगों के सामने बात साफ कर दूँ, संवेदना रचनाकार का मुख्य भाव होना चाहिए, मगर इस भाव को आधार देने के लिए अनुभवों का होना जरूरी ही नहीं, अनिवार्य है। अभी तक स्त्री के पक्ष में आधुनिक रचनाकारों, जैसे भगवतीचरण वर्मा, अज्ञेय और जैनेन्द्र ने अनुमान से संवेदना पूर्वक लिखा है। इस लेखन और कृष्णा सोबती तथा मन्नू भंडारी के लेखन में फर्क दिखाई देता है, तो इस अन्तर का कारण अनुभव ही हैं। मगर इस बात पर शाबाशी मिलती है कि औरत पुरुष की तरह लिख लेती है, जब कि यह रचना का सबसे कमजोर पक्ष होता है। वह क्यों लिखे किसी की तरह? अपनी तरह लिखने का जज्बा, नजरिया और शैली साहित्य में नया अध्याय जोड़ते हैं। प्रभा खेतान ने 'छिन्नमस्ता' को अपनी तरह लिखा, जिसमें खून के सम्बन्ध और स्त्री के लिए तय किए गए मानदण्डों पर उँगली उठाई गई। वहाँ झिझक के दायरे से बाहर आकर स्त्री के शरीर विज्ञान को खोला गया। मासिक धर्म पुरुषों को नहीं होता, वे कैसे इसकी पीड़ा और परेशानियों का अनुभव करेंगे?

अनुभवों के अभाव में अनुमान जनित धारणाएँ बनती हैं, इसी कारण कुछ घपलेबाजियाँ हो जाती हैं और पुरुषवर्ग पूरी हमदर्दी के साथ नई बोतल में पुराने संस्कारों की शराब भरने लगता है। खम ठोंक कर स्त्री समाज पर रौब गाँठ लेता है कि साहित्य लिखना तो पुरुष की विरासत में रहा है, औरत साहित्य क्या जाने? तभी वह योनि शुचिता की बात भूलकर यौनिकता में स्वाभाविकता का राग अलापने लगी है, जब कि यौन प्रसंग भी मर्दाने समाज में तरह-तरह की व्याख्या पाते हैं। कामसूत्र इसका प्रमाण है, जिसने तय किया है स्त्री को घोड़ी की तरह कैसे, किस आसन में आनन्दातिरेक के लिए इस्तेमाल किया जाए। वात्स्यायन को अधिकार मिला था यह, किसी स्त्री को नहीं। यदि स्त्री को मिलता तो वह बताती

कि किस दुर्बलता और शीघ्रपतन का नाम पुरुष है, जिसके लिए औरत को तरह-तरह से रगड़ा गया। शुचिता की झिल्ली को तोड़ने के लिए...

तुम किस दुनिया के पुरुष हो पवनकरण कि इस पाखण्डपूर्ण नमूदारी को स्त्री की आवाज में तोड़ते हो–

हमेशा के लिए उसकी होने से पहले
सदा के लिए किसी और की भी थी मैं
हमदोनों की यह पहली मुलाकात जरूर है
लेकिन ऐसी मुलाकात मेरे लिए पहली नहीं
कोरी नहीं हूँ मैं न एकदम अनछुई...

क्या तुम युवा कवयित्री सविता सिंह के साथ हो गए हो, जो निडर निर्भीक होकर कहती है और उस इतिहास को बताना चाहती है, जिस पर पर्दा डालने के लिए हमसे कहा जा रहा है।

विश्व की स्त्रियो/बारबार मैं तुम्हारी कथा कहूँगी
देखूँगी तुम्हारे प्राचीन चेहरे/उनसे ही जान लूँगी तुम्हारा हाल
अब भी दुख में वही स्थिर ललाट है
मोमबत्ती-सी जलती हैं, अब भी वैसे ही आँखें
जिन्होंने देखे न जाने कितने षड्यन्त्र/झूठ और अनाचार
विकसित होती दुनिया की तमाम सभ्यताओं में

अब समझिए कि स्त्री-विमर्श क्या है? स्त्री-विमर्श अधूरा है या पूरा? औरत क्या चाहती है? कौन-सी मुक्ति, किससे मुक्ति और किसलिए मुक्ति का सपना देखती है? पुरुष वर्चस्व के जुल्म पुरुषों को दिखें, इससे बड़ा रोशनी का करिश्मा क्या होगा? आप हमें हमारे शरीर पर टूटती यन्त्रणाओं की बात करने दें, इससे बड़ी मोहलत क्या होगी? स्त्री देह को मानसिक चेतना के लिए चौखट लाँघने दें, समाज और साहित्य की ओर से इससे बड़ी आजादी क्या होगी?

आजादी! गतिशीलता स्वतन्त्रता का पर्याय ही होती है। पर्दे ने, बुर्के ने शोभा, सौन्दर्य और स्त्रीधन के नाम पर धातुई गहनों ने औरत की गति पर, चाल पर बंधन डाले हैं, जिनसे वह यथासम्भव निजात पाना चाहती है और वहाँ तक यात्रा करती हुई अकेली अपनी इच्छा से अपने मंतव्य के लिए पहुँच जाना चाहती है, जहाँ उसके लिए मंजिल नहीं।

एक बार की बात है, कुछ स्त्रियों ने आपस में मिलकर अपने अनुभव बाँटने चाहे कि अलग-अलग उनके अनुभव गतिशीलता को लेकर कैसे हैं? नगरों और महानगरों में बस के सिवा उनके लिए बाहर निकलने या काम पर जाने का साधन क्या हो सकता है? ज्यादातर ऐसी स्त्रियाँ थीं, जिनकी आर्थिक स्थिति दुपहिया वाहन के ही काबिल थी। वे साइकिल, स्कूटर चलाती थीं। स्कूटी, मोपेड उनके श्रम और समय की बचत के साधन थे। साथ ही तेजी से जमाने के साथ चलने का अपना आनन्द भी था। गतिशीलता स्त्री के लिए आजादी के अर्थ में ली जाती है तो इसके आनन्द के साथ खतरे भी खड़े हो जाते हैं।

और नादान स्त्रियाँ सोच भी नहीं सकती थीं कि किसी को उनका तेज गति के साथ सड़क पर आना जाना ,नागवार गुजरेगा। सहयात्री पुरुषों को गुरेज हुआ, वे गुस्सा ही नहीं हुए गालियाँ बकने लगे, चली आती हैं साली स्कूटर चलाती हुई। आता है चलाना? हमारा रास्ता भी रोकती हैं मादर चो...

उफ्! क्या कसूर हो गया? क्या गलती की औरत ने? उनका कहना था—हम हमेशा ही गति और गतिरोध का ध्यान रखते हुए तेजी पकड़ते हैं। हम राहगीरों का ख्याल करते हुए रास्ता तय करते हैं। अब आप ही गौर करें कि महिला को स्कूटर, मोटरसाइकिल, यहाँ तक कि कार चलाते हुए देखकर पुरुषों की त्यौरियाँ नहीं चढ़ जातीं? यही नहीं बराबर से आता पुरुष अपने वाहन को दाएँ-बाएँ करता हुआ टकराने या भिड़ने की हद तक रास्ता काटता हुआ आगे निकल जाता है। जैसे यही हो उसकी आत्मतुष्टि, संतोष और स्त्री की चाल से छुटकारे तथा आगे बढ़ने का उपाय। यही हो आत्मविश्वास के लिए नुस्खा। मन में उमंग चढ़ी तो महिला के वाहन के पीछे हॉर्न देता, सीटी बजाता हुआ लड़की या स्त्री का ध्यान भंग करके विजय का अहसास पाता है। और आगे आकर रास्ता रोककर खड़ा हो जाता है आँख मारता हुआ।

क्या हम पूछें, क्यों जी क्यों आपका रवैया ऐसा क्यों है? बैल जैसा शरीर पाकर आप सड़क पर चूहे जैसी उछलकूद क्यों कर रहे हैं? क्या आप स्त्री को सड़क पर उतरते देखकर चूहे की तरह ही डर गए हैं? या आपको उसके मोहक शरीर से अपना काबू उखड़ता दिखाई दे रहा है, जो घर में रहकर आपके हवाले था। पैदल चलते हुए सिकुड़ सहम जाने की जगह अब वह लगभग उड़ान के हवाले है। अब न जाने कहाँ जाकर दम लेगी?

'कहाँ दम लेगी' की आशंका का मारा पिता सबसे पहले तेज सवारी के विरोध में स्वर उठाता है। जैसा कि वाहन चालक लड़कियों ने कहा—पापा साइकिल, मोटरसाइकिल या स्कूटर के लिए टालमटोल करते रहे, जब कि भाइयों ने कब का स्कूटर दौड़ाना शुरू कर दिया था। —पापा लोग भी क्या करें, उनके संस्कार में शुरू से स्त्री का नाम लज्जा है। वह सिर झुकाकर अपने पुरुष के पीछे

या अब पीछे की सीट से उसकी कमर में हाथ डालकर बैठना ही स्वीकृति में पाती है। पति पत्नी के तेजगति का वाहन चलाने पर टालमटोल करता है, मगर फिर भी बस नहीं चलता तो विरोध करता है, असुरक्षा का डर दिखाता है। इसी तरह स्त्री की देह (जिसे समाज के पुरुष केवल यौन भावना से जोड़कर देखते हैं और मैं उस देह को कर्मेन्द्रियों और ज्ञानेन्द्रियों का आधार मानती हूँ) को वर्जना के हवाले किया जाता है। हमें भयभीत करके हमारे आँख-कान और ज़ुबांन को कीलने के बाद समझाया गया कि बिना अपने पुरुष की सहमति के देखना-सुनना-बोलना अपराध है।

सच मानिए, बेचारे पुरुषों ने सोचा भी नहीं था कि ऐसा कलियुग आएगा कि गाय जैसी सीधी लड़कियाँ लाजवन्ती न रहकर आवारा हवा से बातें करेंगी। आँखों में शर्म रखते हुए पढ़ाई-लिखाई करने की अनुमति दी थीं, ये बेअदबी सीख गईं। जहाँ पिता असुरक्षा की आशंकाओं में घिरा खीझता रहता है, वहीं पति 'जाओ मरो' की भावना से अपने बाहरी काम पत्नी पर लाद देता है। —तुम्हारी आकांक्षा मरती नहीं तो हम भी तुम्हें जीने नहीं देंगे अनारकली—के तेवरों में। अपने दुस्साहस की सजा भोगती है वह घर में और सड़क पर। उपेक्षा, अपमान और गालियों की बौछारों में होकर चलती जाती है आगे...

कहा जाता है कि समाज में स्त्री और दलित हाशिये के लोग हैं। बताइये कि रास्ते में अब किस दलित के साथ ऐसा व्यवहार होता है? चूँकि वह जाति के कारण पद दलित किया जाता रहा है, इसलिए वहाँ-वहाँ बच जाता है, जहाँ जाति आड़े नहीं आती। उसके माथे पर जाति लिखी या खुदी नहीं होती, मगर स्त्री का शरीर अपने होने की हर जगह मुनादी खुद ही कर देता है। बस, उसको प्रताड़ित, तिरस्कृत और अपमानित करने के मौके सड़क पर दलित पुरुष को भी मिल जाते हैं। मुझे उन वाहन चालक स्त्रियों को देखकर अपनी वह किशोरावस्था याद आई, जब मैं साइकिल से दस किलोमीटर की यात्रा करती हुई अपने स्कूल पहुँचती थी। राह के सुनसान में साइकिल सवार, ट्रक ड्राइवर, मोटर साइकिल पर चढ़े पुरुष मिल जाते बड़ी उम्मीद से घेरने लगते जैसे शिकारी को हिरनी मिल गई हो। बचना कैसे-कैसे होता, आप अन्दाजा लगा सकते हैं। होता या नहीं होता यह अन्दाजा लगाने की भी बात नहीं...बस बचने का साधन मिला मैं उन लड़कों के समूह में आऊँ, जो साथ चलते हुए ऐसे मजाक करते हैं, जिन्हें मैं अनसुना करने का नाटक करूँ।

वाहन चालक स्त्रियो, मैं खूब समझती हूँ कि तुम आत्महन्ता स्थितियों में घर से बाहर निकलती हो। तुम्हारे सिर पर हैलमैट भले रहें, बँधा तो कफन ही रहता है। दुघर्टना क़े साथ तुमको रौंदने के चक्कर में पुरुष हैं। इसलिए कि तुम्हारी गतिशीलता उनके पौरुष को चुनौती देनेवाला तुम्हारा पागलपन है। जिस

तरह एक घुड़सवार अपनी मर्दानगी दिखाते हुए किसी स्त्री को उड़ा ले जाता रहा है, यह उसका ही मशीनी संस्करण है, अपने स्कूटर या मोटरसाइकिल पर किसी सुन्दरी को बिठा ले जाना। साक्षात वरुण देवता की तरह अपनी मनचाही जगह पर रुकना कि स्त्री की गति पर उसका अंकुश रहे। उसके सौन्दर्यबोध का यह नैतिक तरीका है। यही है आधुनिक आदर्श का मुखौटा। रहा वाहन चालिकाओं को कोसने का मामला तो बात यह है कि जब जब औरत मर्दानी परम्परा को चुनौती देगी, गाली खाएगी। पुरुष के चरणस्पर्श करके ही ढेरों वरदान प्राप्त करती रही है और पुरुष ने सौभाग्यवती भवः, पुत्रवती भवः कहकर पुरुष की आयु बढ़ाने का उपक्रम करता रहेगा। कहेगा कि जब पिता, पति और पुत्र के रूप में तुम्हारा सब कुछ घर में है तो बाहर की खाक क्यों छानती हो नादान स्त्री? चलो, काम पर भी जाओ तो बसें हैं, बसों में लेडीज सीटें हैं। तयशुदा रूटों से आओगी जाओगी, पुरुष अभिभावकों को तसल्ली रहेगी कि तुम शुद्ध पवित्र सुरक्षित घर लौटोगी। नहीं तो तुम्हारे दुर्घटना ग्रस्त हो जाने या मर जाने का इतना गम नहीं, जितना इज्जत लुटाकर आने का सदमा लगता है परिवार को। पत्नी, प्रेमिका, बहन, बेटी तो पैदा होती ही रहती हैं, औरत की लुटी इज्जत वापस नहीं आती के विचार से पीड़ित पुरुष हर समय चौकन्ना रहता है और उसकी निष्क्रियता में ही अपनी आबरू की उठान पाता है। स्त्री की रफ्तार को मान्यता न शास्त्रों में, न शरियत में, धार्मिक मामला नाजुक होता है, इसलिए गतिरोध जरूरी है कि कोई नैतिक दुर्घटना न हो। आमीन।

यह तेरी मेरी आग!

मैंने ऊपर दलितों का जिक्र किया था, जिन्हें स्त्रियों के समकक्ष रखकर विमर्श का विषय बनाया जाता है और कहा जाता है कि प्राचीन काल से लेकर बीसवीं शताब्दी के पचास साल तक सवर्णों और पुरुषों ने दलितों को शस्त्र से मारा तो स्त्रियों को शास्त्र से। दलितों की चमड़ी अस्पृश्य थी तो स्त्री की देह भोग के लिए। और शास्त्रीय व्यवस्था के रूप में दलित (पुरुष) अस्पृश्य की तरह उन कामों को करने के लिए आरक्षित किए गए, जिनको उच्चवर्ण के लोग गन्दा अपवित्र और बीभत्स मानते थे, यानि कि मैला उठाना, मरे जानवरों को ठिकाने लगाना, किसानों और वैश्यों के द्वार दरवाजों, नालियों गटर को नित्यप्रति साफ करना।

स्त्री के जिम्मे यों तो काम वही थे, जो दलितों को दिए गए, मगर ये काम घर भीतर के थे—चक्की चलाकर आटा पीसना, घर-आँगन बुहार-लीपकर रसोई तैयार करना। सबके नहाने धोने के लिए पानी भरना और घर के सदस्यों के कपड़े

धोकर तैयार रखना, जानवरों को चारा-सानी देना, उनका गोबर उठाकर घूरे पर डालना या उससे खाना पकाने के लिए उपले तैयार करना। रात के समय बूढ़ी स्त्रियों के पाँव दबाना।

दलित और स्त्री अपने-अपने दायरों में सेवादार बने, लेकिन स्त्री के ऊपर एक अतिरिक्त और सबसे जरूरी काम रहा—रात के समय पुरुष के लिए अपने शरीर को समर्पित करना, जिसे मर्द अपनी इच्छा से जैसे चाहे इस्तेमाल करे। नोच खसोट, मसलना, काटना और अपने लिंग से उसकी योनि को उच्छेद करते समय इतनी ताकत अजमाना कि मर्द को खुद अपनी मर्दानगी का गर्वपूर्ण अहसास हो। इस अहसास को बरकरार रखने में स्त्री को भले दाँत भींचकर, आँखें मींचकर सहयोग देना पड़े, मगर देना लाजिमी माना गया। 'शयन समय में रम्भा सी' का दायित्व यदि वह नहीं निभाती है तो घर से निकाली जा सकती है। उसे अपना जीवन उस जीव की तरह चाहिए, जिसे रोटी, कपड़ा और सिर पर छत मिलती है, तो वही करना पड़ेगा, जो पुरुष चाहता है।

दलित और स्त्री की स्थिति वहाँ भी एक-सी है, जहाँ दोनों को क्रमशः अपनी सेवा, सेवा और सैक्स के बदले अनाज, रोटियाँ, जूठन, फटे-पुराने कपड़े/कुछ नये कपड़े मिलते हैं। और इसी व्यवस्था में उनकी जिन्दगी चलती है, जो जितनी स्वामिभक्ति से, वफादारी से और नमकहलाली से अपने कामों को निभायेगा, वह उतना ही स्थायी सेवादार बनेगा।

यह व्यवस्था, ऐसी कार्यप्रणाली, समाज का यह रूप उन बुद्धिमानों, कूटनीतिज्ञों, नीतिनिर्देशकों, मनीषियों और जाति के उच्चवर्ण ब्राह्मणों ने बनाया, जो समाज को सुचारु रूप से चलाना चाहते थे और दावा कर रहे थे कि उन्होंने वर्णव्यवस्था में ब्राह्मण को पठन, पाठन, हवन-यज्ञ और धार्मिक संस्कारों को सम्पन्न करने की जिम्मेदारी दी है, तो क्षत्रियों को बाहुबल का धनी मानकर रक्षा-सुरक्षा का भार सौंपा है। वैश्य आर्थिक व्यवस्था सँभालेंगे।

जो दास थे, दलित थे, जो दासी थी स्त्री थी, दोनों में से किसी ने इस बाँट बटउवल पर एतराज नहीं किया कि जहाँ वैश्य और क्षत्रियों को धरती और धनधान्य का मालिक बनाया है और खुद ब्राह्मण ने इन सबका कर्ताधर्ता माना है, सेवा करने वालों को क्यों सिर्फ रोटी-कपड़े पर रखा गया? इन उच्चवर्णी लोगों को घर बनाकर रहने की सुविधा दी गई है, दलित को क्यों गाँव से बाहर भगा दिया गया, जहाँ न छत का आसरा न हिंसक जीव जन्तुओं से बचने की आड़। और स्त्री को सदा पिता और पति के घर मालिक की कृपा से रहने की मोहलत, खाने के लिए दूसरों की इजाजत पर आश्रित।

अपने श्रम सेवा सैक्स पर सिर झुकाकर रह जाने वाले ही शूद्र और भोग्या बने, यह बात अबकी नहीं सदियों पहले समाज में मान्यता पा गई थी। इसके

प्रमाण 'मनुस्मृति' को हिन्दू धर्म की आदर्श पुस्तक माना गया। इसमें तनिक भी संदेह नहीं कि साहित्य और समाज में जब कभी दलित और स्त्री को लेकर हलचल हुई तो वह 'मनुस्मृति' के आसपास ही चक्कर काटती रही। साहित्यकारों और समाज सुधारकों ने अपनी-अपनी तरह से इस पवित्र और मानक ग्रन्थ की मान्यताओं पर क्रमशः टिप्पणी की या मानकों को बदलना चाहा।

साहित्यकारों का रवैया यदि हम देखें तो लगेगा कि वह शिष्ट ही रहा। प्रेमचन्द जैसे लेखक, जिनको लेखन में आदर्श माना जाता है, मनुस्मृति की मान्यताओं पर खेद व्यक्त करते रहे, दलितों की दुर्दशा को हमदर्दी के साथ दिखाने में उनका कोई सानी नहीं। सद्‌गति, गोदान, ठाकुर का कुआँ, सवासेर गेहूँ जैसी रचनाएँ उन शोषितों-वंचितों का सजीव चित्र खींचती हैं, जिन पर यातनाएँ टूटती थीं। और इन रचनाओं को पढ़ने वाला समाज पिघल कर द्रवित होने लगता था। यह भी रहा होगा कि कुछ पढ़-लिख जानेवाले दलित प्रेमचन्द जैसे लेखक को अपना मसीहा मानने लगे होंगे। यही कारण है कि प्रेमचन्द पूरे समाज के लेखक हो गए। 'कफ़न' में उन्होंने घीसू और माधव जैसे दलितों का जितना मार्मिक वर्णन किया है, उनका उतना ही निष्ठुर होते जाना भी दिखाया है। हम अनुमान कर सकते हैं कि इतना निष्ठुर आदमी ही वे काम कर पाता है, जो गन्दे, बीभत्स, घिन देनेवाले होते हैं। क्षत्रिय शिकार तो करता रहा, मरे जानवर की खाल खींचना उसके बस का न था। वैश्य घर महल तो बनवा सकता था, गू-मूत समेटकर टोकरा भर लेना और उसे सिर पर रख कर बाहर ले जाना, इस काम की कल्पना न कर सकता था। जूठन खाने से उसे कै आती।

दलित अमानुषिक काम करके मजबूत हुआ। अमानुषिकता ने ही उसे मनुष्य बनने के लिए बल दिया। यही कारण था कि स्वतन्त्रता संग्राम जब आजादी की शक्ल में आया, इन तथाकथित अमानुष, चांडाल और अस्पृश्यों ने सबसे पहले अपना अधिकार माँगने की पेशकश की। यह अधिकार उसने आरक्षण के रूप में पाया।

आरक्षित लोग प्रेमचन्द का साहित्य पसन्द नहीं कर रहे। सवर्ण लोग प्रेमचन्द के दलितों के प्रति सहृदय होने की दलील दे रहे हैं; समझा रहे हैं; महान लेखक का योगदान बता रहे हैं, लेकिन वे नहीं समझना चाहते कि जिसने उनको चमार-भंगी कहा, उनकी हाड़तोड़ मेहनत के बावजूद अकर्मण्य, आलसी, निकम्मा, निठल्ला बताया, उसे वे मसीहा कैसे मानें? कफ़न बेचकर खा जाने वाले घीसू माधव के रूप में उन्हें प्रस्तुत करके प्रेमचन्द उनके लिए कौन-सी हमदर्दी बरत रहे थे? सवाल दलितों का है, जिसका उत्तर शास्त्रीय परिभाषा और शिष्ट भाषा में घुमा-फिराकर कुछ भी दिया जाए, लेकिन यह तो साफ दिखाई पड़ता है कि प्रेमचन्द जैसे महान लेखक ने किसी सवर्ण को कफन बेचकर खाते हुए चित्रित

नहीं किया, जबकि समाज में ऐसे बहुत से मिल सकते थे, जो अपनी खेती बेचने के बाद बेटी बेचते हैं, बेटी बेचने के बाद उसकी लाश का सौदा तब ही नहीं, आज भी करते हैं। कचहरियाँ गवाह हैं, दहेज दहन के मुआवजे इन दिनों कमाई के स्रोत बने हुए हैं।

अपनी सामाजिक हालत को ढोने वाले दलित, साहित्यिक ब्यौरों पर प्रेमचन्द से खफा हो गए। यह गुस्सा तब और गाढ़ा हुआ, जब वे कहानियाँ बच्चों के कोर्स में लगीं, जिन पर उन्हें सख्त एतराज था। वे नहीं चाहते कि आनेवाली पीढ़ियाँ अपना इतना गन्दा बीभत्स और अन्यायपूर्ण इतिहास पढ़ें या अपने पुरखों, जिन्होंने समाज की गन्दगी ढोई, नरक साफ किया, मुर्दे फूँके, को इतना कायर मानें, जिन्होंने सिर झुकाकर सबकुछ स्वीकार किया।

दलितों ने रंगभूमि (उपन्यास) फूँक दिया।

फूँक दिया उस इबारत को जो उन्हें अपने जरिए भावी पीढ़ी के सामने सिर झुकाने पर मजबूर कर रही थी। फूँक दिया उस जाति को, जो उनको नीच कर्मों से बाँधकर नीच बनाती रही थी।

भले यहाँ विरोधाभास है कि जिस जाति के आधार पर वे आरक्षण लेकर आए हैं और पद-पदवी पा गए हैं, उस जातिसूचक शब्द पर उन्हें गुस्सा है। सनद सर्टिफिकेट में वे ही जातिसूचक शब्द दर्ज हैं। क्या वे अपनी सनदें फाड़ेंगे? आरक्षण त्यागेंगे?

लेकिन हमारी समाज व्यवस्था में घुलीमिली राजनीतिक और प्रशासनिक व्यवस्था भी तो कम नहीं। दलितों को उनके भूमिविहीन होने पर, घरहीन होने पर, आजीविका विहीन होने पर नहीं, चमार-भंगी होने पर आरक्षण दिया। पूछा जा सकता है कि जब निर्धनों को सहायता दी जाती है तो उनकी आर्थिक स्थिति लिखी जाती है, न कि जाति पर जोर दिया जाता हो। समाज व्यवस्था का करिश्मा तो यह भी है कि दलितों की जातियों के नाम गालियों की तरह इस्तेमाल और प्रचारित किए गए। क्यों? क्या उनके काम जो आपने उन पर लादे थे, उनके अपराध थे? क्या उनकी सेवा, जो आप उनसे बलपूर्वक ले रहे थे, उनके अतिरिक्त लाभ के जरिए थे? आपकी कार्य प्रणाली, समाज संचालन गजब का है कि जिससे अपने मुर्दे जलवाये, उसको पिशाच कहा, चांडाल कहा, जल्लाद कहा। उसको समाज के पायदान पर डाला कि आप अपने पाँवों की गन्दगी भी उसी से रगड़ते चलें, या उसके हाथ आपकी गन्दगी को साफ करते हुए लिथड़ते रहें।

तर्क यह भी हो सकता है कि रैदास जैसे संत ने खुद को चमार कहा। और हमारा बौद्धिक वर्ग, मनीषी लोग चकित रह गए कि चमार भी ज्ञान की बातें करता है। वे चकित होने के बाद सावधान और चौकन्ने भी हुए होंगे, तभी तो रैदास को ज्ञानवान होने पर भी पण्डित नहीं माना गया। उनका मत रामानुजाचार्य

की तरह नहीं चला। उनके सवर्ण शिष्य नहीं बने। केवल मीरा थी, जिसने उनका गुरुत्व स्वीकार किया। सवर्ण व्यवस्था तो आज तक इसी बात पर खुश हो रही है कि रैदास ने खुद को चमार कहा–देखो दलितो, कहा न? तब क्या हम यह मानें कि रैदास की रचनाएँ (पद) इसलिए कोर्स में लगाई गईं कि वे चमार थे, एक आरक्षण यह भी...

मैं यहाँ अपने सवर्ण साहित्यकार, चिन्तकों और शिष्ट परामर्शदाताओं से मुखातिब हूँ और बता रही हूँ कि विद्यार्थियों के लिए तय किया गया कोर्स, उसमें लगाई गई किताबें दिल्ली जैसे महानगर में ही नहीं चल रहीं, गाँव-कस्बों के स्कूल-कॉलिजों में भी पढ़ाई जाएँगी, जहाँ आदमी को जाति के रूप में, जाति-सूचक शब्द के रूप में आज भी देखा जाता है। कोई भी अभिभावक नहीं चाहेगा कि उसका बच्चा हीनता बोध में शिक्षा पाए।

आप पूछ सकते हैं, तब क्या उन किताबों को जला देना चाहिए?

नहीं। रंगभूमि को जला देना किसी उपन्यास या पुस्तक को जला देना नहीं माना जाए। दलितों के गुस्से को अपने उस अन्याय के बरक्स तोला जाए, जो सदियों से उनपर जुल्म ढा रहा है और अब भी अपमानित करने से बाज नहीं आ रहा। रंगभूमि को फूँक डाला कि उन जातिसूचक शब्दों की होली जला दी, जो उन्हें साजिशपूर्ण तरीके से दिए गए थे और बलपूर्वक वहन कराए गए। साहित्य में शब्द को ब्रह्म कहा गया है, क्या आप भंगी, मेहतर, चमार, चूहड़े, चांडाल जैसे शब्दों को भी ब्रह्म मानते हैं? पूछा जाए काशी, मथुरा के पवित्र पंडितों से, चारों पीठ के शंकराचार्यों से और साहित्यिक मनीषियों से, क्या वे अपने लिए इन शब्दों को प्रयोग में लाएँगे? लाएँगे तो ये शब्द उन्हें निश्चित ही गालियाँ लगेंगे।

तर्क यह भी दिया जा रहा है कि साहित्य में या दूसरी किताबों में ये शब्द दलितों को बुरे लगते हैं तो वे न पढ़ें। यह तो एक तरह से यही कहना हुआ कि दलित बच्चे पढ़ाई न करें। पढ़ना हो तो यही पढ़ें। शिक्षा पाना नागरिकों का अधिकार है, कोर्स की किताबें कैसे न पढ़ें? ये तो बच्चों को पढ़नी ही होंगी और यह भी होगा कि ये किताबें बच्चों पर वही असर कायम रखेंगी, जो सवर्ण और दलितों के सम्बन्ध की खाई के रूप में बनता है।

क्या इसका कोई विकल्प नहीं? ऐसी पुस्तकों को संशोधित भी तो किया जा सकता है। इनकी जगह दूसरी किताबें भी तो लगाई जा सकती हैं। वयस्क होकर व्यक्ति बहुत कुछ समझने लगता है, वह तत्कालीन स्थितियाँ, राज और समाज व्यवस्था के वातावरण को जानने-समझने की कोशिश करता है। अन्यायों, अपमानों, उपेक्षाओं के कारणों, जरूरतों और मान्यताओं के समाजशास्त्र को विवेचन के दायरे में रखकर सोचता है, लेकिन कम उम्र बच्चे, नवयुवा उम्र के किशोर स्वतन्त्रता प्राप्त देश में अपने नागरिक अधिकारों को अपमान से

क्षत-विक्षत देखना नहीं चाहेंगे, देखना पड़ेगा तो भीषण रूप से आहत होंगे। आहत करने के कारण सवर्ण विद्यार्थियों को दलितों के आरक्षण में भी मिल जाते हैं। संस्थाओं, तकनीकी संस्थानों, विद्यालयों में वे समूह आसानी से देखे जा सकते हैं, जो दलित और सवर्ण के रूप में पहचाने जाएँ। इस चीज का खुलासा सवर्ण विद्यार्थियों की निगाहों में समाया तिरस्कार और दलित विद्यार्थियों की आँखों में छाया अपराध बोध सा भाव करता है। इस भाव से मुक्ति तभी मिल सकती है, जब आरक्षण जाति के नाम पर नहीं, उन मुद्दों पर दिया जाएगा, जिनके कारण किसी बच्चे की शिक्षा बाधित होती है, किसी व्यक्ति की क्षमता को नजरअन्दाज करते रहने की मान्यता रोक लगाती है या जिनका नागरिक की तरह भूमि जल से अपना अधिकार छिनता रहा है। संविधान भी पत्थर की लकीर तो नहीं, उसको संशोधित, संवर्द्धित होना चाहिए, क्योंकि पत्थर की लकीरें भी समय के चलते धुँधली पड़ जाती हैं और अपने होने का गलत संकेत देती हैं।

सवाल यह है कि दलितों की तरह स्त्रियाँ ऐसा साहस कर सकती हैं? वे मनुस्मृति को आग लगा सकती हैं? या उन ग्रन्थों को फूँक सकती हैं, जिन्होंने स्त्री को जिबह होते रहने के लिए कभी पवित्रता के खूँटे से बाँधा तो कभी पतिव्रत के।

कानून तो स्त्री के लिए भी वही रहा है, जो आज के साहित्यिक/सामाजिक तत्ववेत्ता दलितों के लिए जारी कर रहे हैं—यदि किसी दलित को रंगभूमि जैसे उपन्यास से जातिसूचक शब्दों के कारण आपत्ति है, तो वे ऐसी किताबें न पढ़ें।

लगभग समानता देखिए—नारी जीवन का उत्कर्ष पति के द्वारा परम पति को प्राप्त कर लेने में है। पति की मूर्ति ही उसके हृदय में रहनी चाहिए। वही उसका सच्चा स्वामी है, जो गुरुजनों की रुचि से उसको मिला है। वह विष्णु रूप है। इसलिए पति देव इस लोक में हों न हों, नारी अपने पतिव्रत धर्म पर अटल रहे। इसके बाद उसे वेद जैसे धर्मग्रन्थ पढ़ने की जरूरत नहीं। —स्त्री के लिए वेदों से बचने का यह सरल उपाय है या उसको वेदों के उन पाठों से दूर रखा जा रहा है, जिनको वह अपनी चेतना के अनुरूप पढ़ेगी? क्या वे वेदों-स्मृतियों को स्त्री से बचा सके, जिन्होंने अध्यात्मवाद की कसौटी पर नारी धर्म को कसकर पतिव्रत धर्म निकाला? और घोषित किया कि विवाह बन्धन पवित्रता के ऐसे 'सूत्र' से लैस है कि स्त्री भागने की सोचे तो नरक की ओर ही जाएगी। नरक, यानि पुरुषों के जगह-जगह बनाए दण्डद्वीप।

विडम्बना यही रही कि दास भाग सकता है, पत्नी नहीं जा सकती। आधुनिक समय में सेवक को मालिक से अलग होने के लिए कोर्ट कचहरियों की उन पेचीदा और भगा-भगाकर बदहवास करने वाली आर्थिक रूप से खर्चीली कार्यवाहियों से नहीं गुजरना पड़ता, जिनसे औरत रोज सामना करती है। धर्म

ग्रन्थों में की गयी घोषणाएँ समाज में आज भी खूँखार तरीकों से लागू हैं। पुरुष वर्चस्व की हुंकार लगातार गूँजती है—मैं तुझे तेरे माता-पिता के घर से लाया हूँ, तू मेरी आज्ञा मान। हे भगवान, इस स्त्री को ज्ञानशून्य कर दो कि मेरे वश में रहे—ज्ञान वंचित करके स्त्री को पशु की तरह बाँधे रहना उस पुरुष का पुंसत्व है, जिसे गुरुजनों की रुचि से उसका पति बनाया गया है और इसी पति के जरिये उसे परमपति की खोज है।

परमपति? एक अदृश्य शक्ति। जो कहती है—ये ऋषिफल हैं, ग्रहण करो और पुत्र पैदा करो। ऋषि पर पुरुषों में नहीं आते। परमपति के स्थान पर होते हैं। तुमने पर पुरुष का मुँह देखा, अग्निपरीक्षा दो, तपकर खुद को सिद्ध करो। तुम्हारे गर्भ ठहर गया, दफा हो जाओ क्योंकि यह गर्भ मेरा नहीं, मेरे द्वारा नियुक्त ऋषि का नहीं, उस पर पुरुष का है, जो तुम्हें ले गया और तुम मेरे बिना वहाँ जीवित रहीं। धर्मग्रन्थों में वेश्या माता का विधान तो है, वेश्या पत्नी को रखना पाप है, इसलिए तुम मेरे यहाँ के संरक्षण से खारिज की जाती हो। रोटी-कपड़ा बन्द, घर की छत मुहैया नहीं कराई जाएगी। रामायण की कथा में स्त्री के लिए यही संदेश है। जिस तरह सवर्ण तबका प्रेमचन्द की रचनाओं में बिना किसी या किसी के अपमान को महसूस किए बिना सराहता पूजता रहा, उसी तरह पुरुष रूपी परिवारी और सामाजिक वर्चस्व रामायण को भारतीय समाज की व्यवस्था संहिता मानता है। हर बात में 'मानस' में यह लिखा है, मानस में वह लिखा है का आलाप होता रहता है। इसके अलावा स्त्री सुबोधिनी, विधवा कर्तव्य जैसी पुस्तकें स्त्रियों के बंधक जीवन, बंजर जीवन की हिमायत करती हैं।

क्या स्त्रियों को इन पुस्तकों को जला नहीं देना चाहिए?

जलाने से मगर क्या होगा? वे तो समाज के संस्कारों में जीवित रहेंगी, स्त्रियों में मानसिक अनुकूलन के द्वारा रच-बस गई हैं। इस तरह रच-बस गई हैं कि प्रबुद्ध से प्रबुद्ध स्त्री को न बिहारी के दोहों पर आपत्ति होती है जो कोर्स में पढ़ाए जाते हैं। न महाकवि माने जाने वाले कालिदास के कुमारसम्भवम् पर स्त्रियों द्वारा सवाल उठाए जाते हैं। रीतिकालीन साहित्य पर किसी औरत ने उँगली नहीं उठाई, वे क्या खाकर जलाने फूँकने का रोष दिखाएँगी। आज का दलित पुराने शूद्रों में खपकर जिन्दा रहता हुआ अपनी भावी पीढ़ी के आत्मबल को नहीं तोड़ना चाहता, लेकिन स्त्रियाँ रूढ़िवादी परम्पराओं को छोड़ने में पाप और अपराधबोध से ग्रस्त हो जाती हैं, जैसे पुरुष की प्रार्थना पर ईश्वर ने उन्हें ज्ञानशून्य ही कर दिया हो, जैसे पति की अभ्यर्थना करती हुई वे परमपति (मोक्ष) के रास्ते पर चल पड़ी हों...बानगी देखिए कि खुद को प्रबुद्ध रचनाकार मानने और माने जाने की चाह में एक उम्र पाई हुई स्त्री दैनिक अखबार के साप्ताहिक पत्र में क्या लिखती है—'हाल में प्रकाशित इस उपन्यास के पक्ष में कई बातें जाती हैं। सबसे पहली

तो यही कि इसकी कथावस्तु स्त्री-विमर्श के काँइयाँ कोष्ठक से एकदम अलग है। मादक द्रव्यों को लेने वाले लती लड़कों पर लिखा गया यह उपन्यास सबसे पहले तो इसी भ्रम को तोड़ता है कि देखो देखो, मैं तो स्त्री हूँ, मेरा रूप देखो, मेरे घाव देखो, मुझे अतिरिक्त नम्बर दो, मैं अपनी फजीहत सुना रही हूँ।"

ओ इमराना, ओ भंवरीबाई, ओ उत्तर-पूर्व की औरतो, नागपुर की महिलाओ, सुनो हमारे साहित्यिक समाज में स्त्री-पीड़ा का वर्णन, अन्याय के दृश्य, बलात्कारों के बलबले और घरेलू हिंसा के आलम कितनी ठण्डी और लज्जित नजर से देखे जाते हैं। यह कोई और नहीं कर रहा, कोई पुरुष नहीं लिख रहा, लेखिका का मुकुट, जिसने चालीस साल से पहन रखा है और दावा करती है कि वह अनेक शहरों में अनेक बार बड़े ठाठ-बाट से रही, उसका बचपन नखरीला था क्योंकि बाप के घर में सुख-सुविधाएँ थीं, उसका साहित्यिक बोध विरासत का है, बिना मिलावट के। उसके आसपास से 'जवाहरलाल नेहरू गुजरे, इंदिरा गाँधी रहीं' का शानदार इतिहास है। वही सम्भ्रांत शानदार महिला कहती है—स्त्रियो घर बाहर होती फजीहत को उजागर मत करो, उस जैसी प्रबुद्ध स्त्री को तुम्हारे असभ्य लगने वाले बयानों पर शर्म आती है। शालीनता का गुरुमन्त्र लो, सारे जहर चुपचाप पी जाओ, हम पुरुषों की वे समस्याएँ लिखने आए हैं, जो बेचारों से शौक और आनन्द के जरिये चिपक जाती हैं। 'स्त्री-विमर्श' मत कर डालना, उसमें बदनाम, लफंगी और बेहया औरतों का वास है। स्त्री त्याग की मूर्ति रही है, जिस तरह मैं रही हूँ। एक पुरुष ने मुझे चुना क्योंकि मेरा रूप उससे क्या मुझसे ही बर्दाश्त नहीं होता था और मैं कुण्ठा की मारी रोती रहती थी। मैं उस पुरुष की एहसानमन्द हूँ, मेरी सखियाँ भी उसे सुनील दत्त कहती हैं। सच्ची, मैं गर्व से भर जाती हूँ, बावजूद इसके कि जानती हूँ, मैं बड़े बाप की बेटी न होती, साहित्यकारों की वारिस न होती तो शायद ऐसा कुछ न होता। फिर भी 'उसकी' इनायत मानती हूँ और जिन्दगी में मिली यंत्रणाओं को ढँकती मूँदती हुई सुखी दाम्पत्य की मिसाल पेश करती हूँ। मुझे सामाजिक सरोकारों की गहरी चिन्ता रहती है, मैं खुद से ऊपर उठ चुकी हूँ, मैं स्त्री के निचले दर्जे को कैसे देखूँ, बताओ तो? औरतो, अगर अपने से ऊँचा उठना है, पुरुषों की पंक्तियों में शामिल होना है तो पुरुषों की तरह व्यवहार करो, उनकी तरह ही लिखो। खबरदार जो अपने बारे में जुबान मुँह से निकाली। अगर भूल से निकल ही जाए कोई बात तो मेरे नाम का सहस्र जाप करो, मेरा नाम याद है न? उफ् भूल गईं, ऐं?

स्त्री, जो खुद को खुदा के दर्जे की रचनाकार मान रही है, लोग भी पहले उसके काम पर सकारात्मक भाव से सिर हिलाते थे, अब चुप रह जाते हैं। चुप रह जाने

का कारण हमारी समझ में तो हमारे लिए या किसी अन्य के लिए यही होता है कि हमें समय पछाड़ रहा है। यों तो समय तरल-सा, हम परिश्रमपूर्वक तैर कर उसे पार कर सकते हैं, मगर जहाँ ठहरते हैं, वह भी जमता जाता है और हमें भले चिकने पत्थरों के रूप में दिखे, पहाड़ हो जाता है।

ओह! मृणाल पाण्डेय, आपने अपनी समकालीन लेखिका का विलाप नहीं सुना? प्रलाप पर भी कान नहीं दिए। क्या आगे बढ़ने की निशानी यह ही है कि पीछे खींचने वालों के लिए पीछे न देखा जाए? आश्चर्य नहीं कि आप अपने सम्पादकीयों में दो-चार बार के अन्तराल पर स्त्री-विमर्श को इबारत जरूर देती हैं। उन तथाकथित काँइयाँ कोष्ठकों में बाकायदा शिरकत करती हैं, जिन पर स्त्रियाँ ही थूकने से बाज नहीं आ रहीं। कैसा संयोग है मृणाल जी, आपने आज ही अपने सम्पादकीय का शीर्षक दिया है—'कानून : इमराना, मुख्तारन और भंवरीबाई के आईने में'—और आज ही एक दैनिक के समीक्षा स्तम्भ में स्त्री-विमर्श को जी भरकर गालियाँ दी गई हैं और गालियों में स्त्री देह को ही निशाना बनाया है स्त्री ने। फिर भी आपके सुचिंतित और बड़े लेख ने हमें आत्मबल दिया है और हम अगली तैयारियों में जुट गए हैं। क्योंकि जान रहे हैं कि यह प्राचीन परम्परा का स्यापा कि हाय कैसा पवित्र जमाना था, शालीनता भरी औरतें थीं, लाज-शर्म निभाते हुए अपने खिड़की दरवाजे तक न खोलती थीं, जुबान भी बन्द रखती थीं और किसी भइया पर फिदा हो जाती थीं, जब न तब मौका पाकर उस 'भइया' के पाँव दबाने का पुण्य प्रणय लूट लेती थीं, सारी करामात किसने देखी? इज्जत आबरू का मुकुट बाँधे पिता मुस्कराते थे कि बेटी अपनी धर्म-संस्कृति, संस्कार-परम्परा में प्रवीण होती जा रही है। अपने लिए बोलेगी नहीं, पिता का फैसला जनक जी की तरह लागू होगा। ऐसी ही ललनायें आज की रचनाकार हैं तो उस शशिकला राय का क्या होगा, जो अभी अविवाहित है और स्त्री के जीवन के हर कोण से वाकिफ है, प्रेम पर भी अपने फैसले देती है, विवाह भी अपनी शर्त पर। क्या इसीलिए प्रसिद्ध लेखिका सुधा अरोरा का सान्निध्य रास आता है? सुनीता ठाकुर एक साधारण और ग्रामीण लड़की ने जागोरी स्वायत्त संस्था को इसलिए ही ज्वाइन किया कि वह कहने-सुनने के मामले में अकुण्ठ भाव अपनाए।

स्त्री-विमर्श की बात पर भड़कने वाली लेखिकाओं या स्त्रियों को क्या यह बात भी मालूम नहीं कि औरतें जब मिलती हैं तो आपस में घुल जाना उनके स्वभाव का हिस्सा होता है और घुल जाने के लिए कपट की कठोरता नहीं, भावना की तरलता लाजिमी है। इसलिए ही संकोच को घर की इज्जत को कवच न मानकर, शिष्टता को मर्यादा का मानक न समझकर स्त्री ने समाज के शान्त और सुचारु संचालन में हलचल तो मचाई है और अपने लिए आत्महंता स्थितियाँ पैदा की हैं। आज की चेतना सम्पन्न स्त्री ने आजादी का परचम फहराया है या सिर

से बँधा कफ़न? उसको किसने ग्रेस मार्क्स दिये? किसने उसका रूप देखा?

मृणाल पाण्डे लिखती हैं—जो स्त्रियाँ हाशिये से उठकर व्यावहारिक विवेक से अपना जीवन तय करने की संतुलित माँग करने लगी हैं, इसका सेहरा नये संवैधानिक प्रावधानों या सरकारी स्त्री-सशक्तीकरण अभियानों के सिर नहीं, उन्हीं स्त्रियों के सिर बँधना चाहिए। वे हैं, इसलिए ये तमाम संशोधक और विधेयक बन चले हैं। वे बदलाव लाई हैं, इसलिए कानून भी झख मारकर बदल रहा है। इस टिप्पणी पर बूढ़े तन-मन वाली भारी-हल्की लेखिकाएँ क्या कहेंगी, जिज्ञासा हमें भी है। जो कहेंगी, वह वही होगा, जो बदलाव की आकांक्षाओं और सपनों को हमारे दिल में उठती लौ-लगन से अलग कर दे। ऐसा सम्भव हो पाएगा या नहीं, मगर अपनी कोशिशों में वे मरते दम तक उसी तरह नहीं हारना चाहतीं, जिस तरह बूढ़ी स्त्री को जब पुरुषों द्वारा मर्दानगी का डण्डा पकड़ा दिया जाता है तो वह युवा पीढ़ी की स्त्रियों को एक मुद्दे पर भी पछाड़ने से नहीं चूकती।

और यह जो ग्रामीण इलाकों में स्त्री का बेझिझक होना, छोटे तबकों की मुस्लिम स्त्रियों का शरियत को ललकारना, मेहनतकशों में औरत की स्थिति का खुलासा होना घटित हो रहा है, इसे आज भी संभ्रांत घरों की तथाकथित लेखिकाएँ, कवयित्रियाँ, समीक्षिकाएँ नीचों का नाच ही मान रही हैं और खुद के सिंहासनों को अहंकार से देखती हैं, तभी न इस 'नीचकर्म' से शीलवती, पतिव्रता स्त्रियों को बचाने के लिए 'स्त्री-विमर्श' को गाली देती हैं। वाहवाही इसी में है कि स्त्री होने से बचा जाए।

यहाँ यह बात दलितों के विषय में इस तरह कही जा सकती है कि वे दलित होने से नहीं बचना चाहते, उन शब्दों के कोड़ों से अपनी भावी पीढ़ी को बचा लेना चाहते हैं, जो विशेष तौर पर उनको मनुष्य जीवन से नीचे गिराने के लिए गढ़ी गई थीं, वे नाम, जो उनको या तो बेनाम करते हैं या उनके नाम को बदनुमा बनाते हैं।

स्त्री के मामले में किसी जाति-वर्ण के व्यवहार की बात नहीं आती, उसके लिए उसके शरीर को ही निकृष्ट नरक की खान या मौज-मजा देने का स्थूल जरिया मानकर वे शब्द दिये गए हैं, जो उसको स्त्री की औकात बताते रहें। धर्म ग्रन्थ हो या नारी अंक (गीताप्रेस) वे सब उन पुरुषों पर स्त्री के लिए फैसलों को छोड़ते हैं, जिन्हें पंडित, सज्जन, विद्वान मानते हैं। यदि इन लोगों की बात से स्त्री असहमत है, क्योंकि बनाए गए नियम अमानुषिक हैं, तब उस असहमति का नाम होता है अपराध। घोषित अपराधिनी भला क्या खाकर कुरीतियों, दुर्नीतियों के खिलाफ बोलेगी? ऐसा लोग मानकर ही नहीं चलते, स्त्री के व्यवहार में भी पाते हैं।

कोई दिन होगा कि स्त्री का पाँच महाशक्तियों—लक्ष्मी, सरस्वती, काली,

तारा, दुर्गा से व्यामोह भंग होगा? ये सब कहने की बातें हैं, व्यवहारगत तथ्य नहीं। कमल में खड़ी लक्ष्मी चार हाथ वाली स्त्री! हमने तो महज छः उँगली वाली स्त्री को पति द्वारा परित्याग करते देखा है। शेर पर बैठी काली के हाथों की संख्या आठ, यह किसी स्त्री का रूप नहीं हो सकता स्त्रियों को धोखा देने के लिए गढ़ी मूर्ति जरूर है। हाथ में मुण्ड, गले में मुण्डमाला, पाँवों के नीचे पुरुष का मृत शरीर, ऐसी स्त्री को कोई पुरुष बर्दाश्त कर सकेगा, मुझे यकीन नहीं। दुर्गा खड्‌गपाणि, मुण्डमालिनी...इसकी स्तुति पुरुष इसलिए ही कर सकता है कि यह उसकी स्त्री को अपनी ताकत का वरदान न दे।

इन काल्पनिक अहसासों, देवी के विचारों और स्त्रीशक्ति के खोखले पुतलों को क्या हमारी सदेह सप्राण स्त्री ध्वस्त नहीं कर सकती? बेशक कर सकती है, जिससे सिद्ध होगा कि पुरुषसत्ता के बनाये पाखण्डों का भण्डाफोड़ हो गया, अब नयी व्यावहारिक, मनुष्यगत संस्कृति का निर्माण होगा। उस संस्कृति को नष्ट कर दिया जाए, जिसमें नारी के मृत पति के पीछे श्मशान की ओर शृंगार करके प्रसन्नता से जाना लिखा है क्योंकि उसे सती के रूप में या तो अपने पति को यमदूतों से वापस लाना है, या पति के साथ जिन्दा जलकर स्वर्ग पाना है। तभी 'पिता रक्षति कौमारे, भर्ता रक्षति यौवने/रक्षन्ति स्थविरे पुत्रा, न स्त्री स्वातंत्र्यमर्हति' से जान छूटेगी क्योंकि इस श्लोक का अर्थ होना चाहिए—कुमारी की जब पिता रक्षा करता है तो इसलिए कि खरे माल की तरह उसे पति को दे सके और पति रक्षा करता है तो इसलिए कि उसकी संपत्ति जैसी स्त्री पर कोई कब्जा न कर ले। पुत्र तो रक्षा नहीं करते, माता का वजन ढोते हुए उसके मरने की प्रतीक्षा करते हैं, वह भी इज्जत आबरू बचाने वाली माता का। वरन् वृन्दावन की विधवाएँ भी किसी की माता होंगी ही।

मुझे यहाँ वह गीत याद आता है, जो है तो फिल्मी मगर हमारी पवित्र-ऋचाओं श्लोकों, स्मृतियों पर भारी है।

> जलो दो इसे, फूँक डालो ये दुनिया
> यह बस्ती है मुर्दापरस्तों की बस्ती
> यहाँ जिन्दगी से है मौत सस्ती
> मेरे सामने से हटा लो ये दुनिया...

हम मृत्युपूजक परम्परा के अनुयायी, कोर्स की किताबों में स्त्री की सहनशीलता की ऐसी दास्तानें पढ़ते हैं, जिनके बदलाव से ही किसी नये पाठ की सम्भावना बन सकती है। समाज करवट ले रहा है, यह कहना गुनाह नहीं तो समाजशास्त्र के नये होने का समय आ गया है, सोचना अपराध क्यों कर हुआ? हम कब तक अपनी पीढ़ियों को दिखाते रहेंगे कि उनकी दादी-नानियों ने किन

जख्मों के नीले जहर को पिया था, जिनके अंश हमें भी ग्रहण करने हैं। हम ब्रह्मा, विष्णु, महेश जैसे देवताओं, मनु, इन्द्र और व्यास जैसे सुरों के बलात्कारों में दैवी ताकत न मानकर बेईमानी और कामुकता के खूँखार सिलसिलों से जोड़ेंगे क्योंकि ये आदि और आधुनिक कथायें स्त्री को अस्तित्व और अस्मिता से खत्म करने या बदनुमा बनाने के दृष्टान्त हैं। स्त्री-हत्या का पवित्र संस्कार सती के रूप में धर्म के नाम पर अधर्म फैलाता रहा है और अब दहेज के नाम पर उसे अपराधिनी सिद्ध करता हुआ फाँसी चढ़ाता है। हम अपने शरीर, जिसे आप देह कहते हैं, की दुर्दशा देख चुके हैं कि इसका हश्र मंगलसूत्र के धागे मोती तय करेंगे और पत्नी नाम देंगे, इसका दूसरा रूप लाली, पाउडर, गजरा, कजरा सजायेगा और वेश्या की तस्वीर दिखायेगा। इस नियति से गुरेज करना भी हमारे हक में नहीं, कभी हँसोगे, कभी शब्दों के और चमड़े की रस्सियों के कोड़े मारोगे। और कभी धक्के मार-मारकर उन कोनों में खदेड़ दोगे, जो थूकों के दलदल हैं।

रचनात्मकता की लिखित स्थितियों में जब जज्बे सामने होते हैं तो निश्चित ही स्त्री का हौसला बढ़ता है। शील पर धर्म पर आमने-सामने का मुकाबला करने का मन बनता है कि बताएँ कि अपनी जघन्य आचार संहिताओं, क्रूर दार्शनिकताओं और बीहड़ आध्यात्मिकताओं को गौर करके देखिये कि स्त्रियों को घोड़ी, सर्पिणी, भेड़िये के हृदयवाली या माया-छलना और ठगिनी क्यों कहा है, जबकि सारे लक्षण पुरुषों में कामुकता की तुष्टि के लिए आक्रामकता के भाव से संचालित पाए जाते हैं। अब उन गालियों को संचयित किया जाए, जो स्त्री-अंगों और पुरुष की यौनिकता की उत्तेजना के नतीजे से बनी हैं। क्या इनको भी छपवाया जाए और कोर्स में लगाया जाए कि स्त्री की आनेवाली पीढ़ियाँ अपने स्वामियों की मर्दानगी भरी ताकत और अपनी औकात समझ लें। मानकर चलें कि उन मादा रूपों को हर हालत में घिनौने अपमान से गुजरना है। क्योंकि उनकी दादी-नानी गुजरती रही हैं और बेबस यौनि-क्रिया को अपनी तकदीर के रूप में मानती रही हैं। उन्होंने अपने मर्दों से पूछने की कभी जुर्रत नहीं की कि जिनको तुम माँ, बहन, पत्नी, बेटी के सम्बन्ध और सम्बोधन देते हो, देवी रूपा मानते हो, उन्हीं के गुप्तांगों के नाम ले लेकर अपनी मर्दानगी के साथ सार्वजनिक रूप से बलात्कार का ऐलान क्यों करते रहते हो? नहीं पूछा उन्होंने, नहीं पूछने का चलन शालीनता की, लज्जा-हया की निशानी है!

सो मेरे स्वामी, लड़की चाहे कन्यादान में लाई जाए, लूट में मिले, प्रेम में चली आये, पुरुष का मुख्य सरोकार तो उसकी देह से ही रहता है। इसलिए ही यह बात भी क्यों भूली जाए कि वैदिक काल से लेकर आज तक स्त्री के लिए चली आ रही लिखित मौखिक परिभाषाएँ और परम्पराएँ, जिस पुरुष-गर्व का आख्यान रचती हैं, उसे संशोधित कर लिया जाए। और इस बदलाव के लिए स्त्री

के हृदय की वह आग ही चाहिए, जिसकी लपटें उसके शान्त चेहरे पर देखी जा सकती हैं। उन चेहरों को अपने दिल में उतारते हुए मुझे दुष्यन्त कुमार की ग़ज़ल याद आती है–

मेरे सीने में नहीं, तेरे सीने में सही
हो कहीं भी आग, लेकिन आग जलनी चाहिए
सिर्फ हंगामा खड़ा करना मेरा मकसद नहीं
मेरी कोशिश है कि यह सूरत बदलनी चाहिए

जनतन्त्र

मैं जनमत के प्रकरण को तब से ही देखना चाहती हूँ, जब स्त्री और पुरुषों के लिए लिखित संविधान बना। इस संविधान की मान्यता और चलन बिना किसी हीलोहुज्जत के, बिना किसी तर्कोताल्लुक के और बिना शर्मोहया के ऊपरी तथा निचले वर्गों में, वर्णों में लागू हुए, लागू रहे। या सुविधानुसार उनका उल्लंघन हुआ और जनमत को इस पर कोई आपत्ति नहीं हुई। हम मनुस्मृति से कुछ उदाहरण लेकर देख सकते हैं—

भर्तारं लंघयेद्या तु स्त्री ज्ञातिगुणदर्पिता
तां श्वभिः खादयेद्राजा संस्थाने बहु संस्थिते॥37॥

अर्थात् जो स्त्री अपने बाप-दादे के धन और रूप-गुणों के ऊपर घमण्ड करे, पति का निरादर करे तो राजा उसे बहुत लोगों के सामने कुत्तों से नुचवा डाले। परस्त्रीगामी पुरुष को राजा तपाये हुए लोहे की शैया पर सुलाकर ऊपर से लकड़ी रखवा दे, जिससे पापकर्ता जलकर खाक हो जाए।

देखना यह है कि तब से आज तक हजारों साल बीत जाने पर भी चलन में कौन-सी बात उपस्थित है? औरत को आज राजा दण्ड नहीं देता उसके लिए पारिवारिक राज्य का शासनकर्ता पति ही राजा होता है, जो उसे मनमानी सजा दे सकता है और समाज़ के लोग इस सजा को उचित मानते हैं कि—पुरुष अपनी स्त्री को धमकाकर नहीं रखेगा तो वह बिगड़ जाएगी। गृहस्थी तबाह हो जाएगी। वहीं परस्त्रीगामी पुरुषों को वह सजा मिलते नहीं देखी कि तपाये हुए लोहे की शैया पर सुलाया जा रहा हो। उसके लिए जनमत में बहुमत से यह रिवाज तैयार हुआ है कि परस्त्री की शैया पर सोओ और बात को पी जाओ। खुले तो इनकार कर दो। स्त्री न माने तो उसकी हत्या कर दी जाए।

इस तरह थोड़ा कम बढ़ करके औरत की लगाम पुरुष के हाथ में दे दी है। जिस पुरुष से उसका वैध सम्बन्ध जोड़ा जाता है, उसे विशेष अधिकार प्राप्त होते हैं, मसलन वह उसे पीट सकता है, निकाल सकता है, बेइज्जत कर सकता है, क्योंकि वह उसका आर्थिक रूप से पालन करता है।

तो आर्थिक पराधीनता ही उसकी अधीनता का कारण बनी। आज भी आर्थिक स्वाधीनता के बल पर ही स्त्री-मुक्ति की आशा की जाती है।

लेकिन यह देखने की कोशिश नहीं की गई कि आर्थिक स्वाधीनता आखिर किन विशेष दिनों में आती है, किन कामों से मिलती है, किस रूप में प्राप्त होती है? इतिहास बताता है कि बीते समय में ऐसे ब्राह्मण विद्वान थे, जिन्हें राजा से ज्यादा महत्त्व मिलता था, वे राजा को सलाह देते थे, नीति की बातें बताते थे। पूछा जा सकता है कि ऐसी असाधारण प्रतिभा की धनी क्या कोई स्त्री न थी? किसी वशिष्ठ के रूप में किसी चाणक्य के बदले कोई स्त्री क्यों नहीं दृश्य में आई? आखिर वशिष्ठ और चाणक्य नीतियों को कहाँ से लाए? क्या वे इस धरती के पार किसी ऐसे लोक में गये थे, जहाँ नीतियाँ प्राप्त की जाती हैं? नहीं, ऐसा हरगिज नहीं हुआ, विधि, नीति के स्रोत मनुष्य के अनुभव ही रहे हैं, नाजुक अनुभवों से तर्क, विधि और नीति का निर्माण हुआ है।

बात यही समझ में आती है कि स्त्री को जो काम सौंपे गए, चाहे वे घर लीपें, झाड़ू बुहारी करें, आटा पीसें, अनाज बीनें, उसे सुरक्षित रखें, जानवर पालें, दूध दुहें, यहाँ तक कि खेती निरायें, सींचें और बुवाई करायें, सबके सब बेकीमत काम आँके जाएँगे। घर का मुखिया इन कामों के लिए किसी दूसरे स्त्री पुरुष को नियुक्त करता है, उसको श्रम का मूल्य देगा, घर की स्त्री के लिए इस तरह का कोई प्रावधान नहीं। और इस बात पर आदिकाल से समाज में मौन चला आ रहा है।

कहानी, उपन्यास प्रस्तुत करते हुए मुझसे यही कहा जाता है कि आपके कथा पात्रों में आर्थिक आत्मनिर्भरता का अभाव मिलता है, भले वे सामाजिक और सांस्कृतिक रूप से विकास की प्रकाश स्तम्भ लगें। लगना एक बात है और होना दूसरी बात, दूसरी बात का आधार आर्थिक मजबूती के सिवा दूसरा कुछ नहीं। गुजरे समय में भले वह टॉलस्टॉय की अन्ना हो, प्रेमचन्द की धनिया हो, मैथिलीशरण गुप्त की सीता-राधा-उर्मिला हों, दिनकर की उर्वशी हो यहाँ तक कि जैनेन्द्र की मृणाल हो, ये स्त्रियाँ अपनी गुणवत्ता में रूप और मन की धनी थीं, श्रम की भी हो सकती हैं, मगर इनके पास ठोस आर्थिक आधार नहीं था। आपकी रचनाओं में भी स्त्री का यही रूप है तो नया क्या है? स्वतन्त्रता के बाद का साहित्य आर्थिक सुदृढ़ता से ही आधुनिक माना जाएगा।

मैं मानती हूँ, वाजिब बात है आपकी लेकिन मैं समझ नहीं पा रही कि क्या दफ्तरों में नौकरी, विद्यालयों में शिक्षिका, अस्पतालों में डॉक्टर नर्स या आज के जमाने में जितने भी आय के साधन दिखाई देने लगे हैं, इनके अलावा मजदूरों की स्त्रियों के लिए दिहाड़ी के रूप में जो पैसे का रास्ता खुला है, उसी की उम्मीद किसान-बेटियों, किसान-पत्नियों के अलावा मालिनों, कुंजड़िनों, धोबिनों जैसी

स्त्रियों से की जा रही है?

समझ लेने या विचार बनाने की बात आप जानें, लेकिन अनुभव की बात यह है कि हर महीने नोटों के रूप में वेतन लेने वाली शिक्षित नौकरीपेशा या अशिक्षित मजदूरिन भी पुरुष वर्चस्व की मातहत होती है। सामाजिक व्यवस्था का व्यवहार वह नहीं है, जो कथा-साहित्य में कोई कर सकता है या कर देता है कि कमाने वाली स्त्री पति और पुत्र की जिन्दगी पर मुखिया की तरह राज करती है। वास्तविकता में वह जो भी कमाती है, उससे पुरुष को ही खुश करती है। साहित्य में प्रेरणा सिद्ध और अत्यन्त गम्भीर जुमले रचना को चमकदार बना देते हैं, असली जिन्दगी में कोई स्त्री इन वाक्यों को पढ़ तो सकती है, गुस्से में आकर बोल भी सकती है, मगर फिर पछताने लगती है, जैसे अहसास हुआ हो—इस घर के बिना गुजारा कहाँ? कभी-कभी ऐसी कमाऊ व्यावसायिकता में सिद्ध औरत का जिक्र आता है, जिसने विदेशों तक अपनी धाक जमाई है, तब एक नजर उसके घर का माहौल देखना चाहिए कि वहाँ उसकी क्या हैसियत है?

इसलिए मुझे लगता है कि गृहस्थ करती औरत निठल्ली नहीं और न फसल की सुरक्षा में लगी किसान पत्नी का श्रम बेकीमत। हाँ, उसे अपनी मेहनत का ही नहीं, पति के घर अपने हक को भी इंसाफ दिलाना होगा। मैंने हमेशा ऐसी ही स्त्री होने या रचने की आकांक्षा की है, जिसे गाँव-घर में बसर करते हुए दफ्तरी नौकरी जैसे आर्थिक जरिये की दरकार न हो। यह भी जरूरी नहीं कि वह किसी स्त्री-मुक्ति के महान आन्दोलन में भाग ले। वह मामूली औरत किसी उपाख्यान में रहे न रहे, अपने जीवन की कथा लिखे न लिखे, साहस का वह क़दम जरूर उठाए, जिससे उसका नया रास्ता बने। मैंने यही सोचा कि ऐसे रास्तों की शुरुआत श्रमसाध्या किसानिन ही कर सकती है, जो उस आँगन पर अपने लिए निजी होने का दावा करती है, जिसमें उसके रहने, चलने-फिरने के निर्विघ्न दायरे होते हैं और जेठ-ससुर जैसे बड़े माने जाने वाले लोग यदि आते हैं तो पहले खाँसकर अपने आने की सूचना देते हैं। वही बताती है कि इस घर में अमुक जगह अन्न के लिए है, अमुक दालों के लिए। कि कितना माल बिकेगा, कितने की जरूरत घर के खाद्यान्न के रूप में होगी। कि जो नकद पैसा आएगा उसको किस तरह उपयोग में लिया जाएगा। लेनदेन का रूप क्या होगा?

इसके अलावा उसे ही तय करना है बच्चे कितने हों, क्या हों? अपनी मदद के लिए कोई मजदूर रखा जाए या सम्बन्धी बुला लिया जाए? उसे घर की आर्थिक स्थिति सुधारते जाने के लिए क्या-क्या करना होगा। खाद-बीज की दुकानों पर पहले पुरुषों की आवाजाही का चलन था, यह चलन अब स्त्री ने ही अपना कदम आगे बढ़ाकर बदला है। ये तथ्य कथा-कहानियों में दर्ज हों तो बात बने। इसी बात पर एक कृषि विद्यालय में मेरा ध्यान इस बात पर गया कि जिस

विद्यालय के स्थापना दिवस को भव्य समारोह के रूप में मनाया जा रहा है और बताया जा रहा है कि दूर-दराज इलाकों के लड़के-लड़कियों के लिए यह शिक्षा संस्था ज्ञान का ऐसा केन्द्र है, जहाँ वे आसानी से आ सकते हैं। यहाँ कला, विज्ञान, विधि, वाणिज्य और कृषि के संकाय हैं। यहाँ हजारों विद्यार्थी अपनी रुचि के अनुसार शिक्षा प्राप्त कर सकते हैं—यह हैं कुँवरि अमृता देवी महाविद्यालय।

हाँ, तब मेरा ध्यान गया! और मैंने पूछा—इस विद्यालय के कृषि संकाय में कितनी छात्राओं के लिए जगह है और कितनी प्रवेश लेती हैं?

मुझे ही नहीं साथ गए मेरे साथियों को भी ताज्जुब हुआ कि कृषि के अध्ययन के लिए कोई छात्रा आगे नहीं आई। यदि किसी ने इच्छा जताई तो अभिभावकों ने कह दिया, खेती-क्यारी की शिक्षा से तुम्हारा क्या लेना-देना?—अभिभावकों का ऐसा कहना, इसे मैं क्या मानूँ? झूठ? नहीं क्योंकि वे अच्छी तरह जानते हैं कि पढ़ी-लिखी लड़की को वे किसान से नहीं ब्याहना चाहेंगे। उसके लिए शहरी नौकरीपेशा वर खोजेंगे। यह भी कैसी अटपटी और मूर्खतापूर्ण जिद है। किसान को क्यों पढ़ी-लिखी पत्नी से वंचित किया जाता है? जबकि आजकल जो सकारात्मक सोच के युवक हैं, पढ़े-लिखे किसान हैं। यदि पत्नी भी कृषि की शिक्षा लेकर जाएगी तो दोनों मिलकर हरित क्रान्ति का मतलब समझेंगे। तकनीकी ज्ञान के जरिये खेती को उर्वर बनाने के तरीके अपनाएँगे। पुरुष की मानसिकता बराबरी की भागीदारी को स्वीकार करेगी। ऐसी स्त्री आर्थिक रूप से पराधीन रहने वाली नहीं क्योंकि किसान उन तथाकथित सभ्यशिक्षित नौकरपेशा या कस्बाई मानसिकता वाले पुरुषों के मुकाबले ज्यादा लिबरल होता है। कारण कि उसका पेशा शारीरिक श्रम से जुड़ा होता है, जिसमें ज्यादा-से-ज्यादा व्यक्तियों की ज़रूरत पड़ती है।

अब मैं उन स्त्रियों की बात करना चाहती हूँ, जिन्होंने अपने पुरुषों के वे वक्तव्य कभी नहीं सुने, जो वे चुनिन्दा साहित्यकारों या समाज-सुधारकों या दलित चिन्तकों की तरह सभागारों में देते हैं। उन्हें नहीं पता कि उन पढ़े-लिखे लोगों की आवाज ऐसी बुलन्द है कि थके निराश लोगों को ही नहीं, सामान्य शान्त हृदय व्यक्तियों को भी उत्तेजित कर देती है। द्विजों की तो बोलती ही बन्द हो जाती है। ये वे ही द्विजवंशज हैं; जिनके पूर्वजों ने संस्कृत के श्लोकों के हवाले से ऐलान किया था—शूद्र खरीदा हुआ हो या न हो, उससे नौकर का काम लें। ब्रह्मा ने उसे ब्राह्मण की सेवा के लिए ही बनाया है। युद्ध में विजय प्राप्त होने पर लाया गया, भोजन के लालच में स्वयं आया हुआ, जो बाप-दादों की विरासत में सेवा करता आया हो, जो दण्ड और ऋण चुकाने के लिए दास हुआ हो, ये सातों दास योनि हैं। पत्नी, पुत्र और सेवक, ये तीनों निर्धन कहे गए हैं, इनका उपार्जन किया हुआ धन उसी का होगा, जिसके ये पुत्र, कलत्र और सेवक होंगे।

मगर घर का स्वामी पुत्र को सम्पत्ति में उत्तराधिकार देता है, रह जाते हैं स्त्री और दास! यानि कि स्त्री और दास आजन्म आजीवन के लिए निर्धन हैं, सम्भवतः इसलिए ही ये दोनों तरह के मनुष्य शास्त्रों के निशाने पर तो हैं; इतिहास से नदारद हैं, क्योंकि इतिहास उन योद्धाओं, क्षत्रियों और राजपुरुषों की कथा कहता है, जो मही (धरती) को संरक्षण देते हैं, सुरक्षित रखते हुए उसको उपभोग में लाते हैं। भला भोग-उपभोग में आनेवाले (स्त्री और दास) लोगों से इतिहास का क्या वास्ता? वहाँ जनता (प्रजा) भी काटे-मारे जाने, उजाड़े जाने और लूटे जाने के लिए होती है। स्त्री और दास को शास्त्र अपवित्रता की नजर से देखता है तो इतिहास इन दोनों को बहिष्कृत रखता है।

अपने बहिष्कार से क्षुब्ध दलित स्वतन्त्रता के बाद अपने प्रति हुए अन्यायों का जवाब माँगते हैं, मगर उनकी स्त्रियाँ? उस आधे दलित समाज की बात नहीं की जाती कि वह किस स्थिति में है? आरक्षण पाए हुए नौकरीपेशा, जो खुद को चेतना सम्पन्न भी मानने लगे हैं, क्या कभी सोचते हैं कि स्वतन्त्रता की आधी से ज्यादा शताब्दी बीत गयी, दलित स्त्रियों की दशा क्या है? यह बात तो किसी से छिपी नहीं है कि दलित जातियों में इक्का दुक्का जाति को छोड़कर सब की सब भूमिहीन होती हैं और उनकी खेती उनके शरीर ही होते हैं। शारीरिक श्रम में जहाँ पहले स्त्री पुरुष दोनों बराबर से शरीक होते थे, आरक्षण के बाद वहाँ अब एक नया गलियारा खुला है, जिससे गुजरकर दलित युवक स्कूल-कॉलिजों से होते हुए सरकारी या गैरसरकारी नौकरियों, विद्यालयों और विश्वविद्यालयों में पठन-पाठन हेतु चले जाते हैं और नवयुवतियाँ उनके बदले का बोझ अपने कन्धों पर ले लेती हैं। स्त्री के लिए शिक्षा का यह रवैया ऐसा ही है जैसा कि उसका जीवन मनुस्मृति में लिखा है।

उन्नति, तरक्की के लिए चेतना-सम्पन्न पुरुषों की मर्यादा रखती हुई औरतें अपने मालिकों को इज्जतदार पुरुषों का दर्जा हासिल कराने में कहीं भी चूक नहीं करतीं, फिर भी कूढ़मगज कहलाती हैं। दलित वर्ग में स्त्रियों का बहुलांश अशिक्षा अकूत श्रम और निर्धनता में जीवन गुजारता है, इसलिए मुट्ठी भर पढ़े-लिखे लोग उन्हें एक घड़ी चैन से बैठने की मोहलत नहीं देना चाहते। उन्हें वे बैठकर खानेवाली मालूम देती हैं। या फिर घर के दरवाजे की बन्द किवाड़ों के बीच रखते हैं कि सवर्ण पुरुषों की इज्जतदारी से होड़ ले सकें। या अनपढ़ और फैशन से पिछड़ी हुई अपनी स्त्री को वहीं पड़ी रहने देते हैं, जिस नरक को छोड़कर खुद चले आए। नगर महानगरों में आकर किसी ऐसी को मनपसन्द स्त्री के रूप में चुनते हैं, जो उनकी धरती पर चाँद की तरह उतरे, सवर्ण का सा चिराग जलाए।

बेशक कहा जा सकता है कि उत्तर भारत की दलित उठान की लहर पुरुषों की हिमायत में है। अपनी औरतों की ओर भूले-भटके ध्यान जाता है तो बस

इतना कि उनकी सुरक्षा बढ़ा दी जाए। सभा-गोष्ठियाँ भी उनकी ऐसी हुंकार से गूँज थर्रा उठती हैं, जैसे कि कोई मर्द अपनी सम्पत्ति लुट जाने पर छोड़ता है। वे दलित स्त्रियों को लूटे जाने, बलात्कृत होने पर तो ज्वालामुखी से फटते हैं, उनके अशिक्षित और चेतना विहीन रखे जाने पर गुरेज तक नहीं करते। वे रास्तों में पहरेदारी का इन्तजाम कर सकते हैं, अपने टोले से ज्यादा-से-ज्यादा लड़कियों को स्कूल भेजने की मुहिम नहीं चलाते। हिन्दूधर्म से घृणा करते हैं, जायज लगते हैं, मनुस्मृति को जला डालना चाहते हैं, गुस्सा वाजिब है, लेकिन अपनी स्त्रियों के लिए पतिव्रत-धर्म लागू करते हैं और तब उनका सारा आन्दोलन हास्यास्पद हो जाता है। हद तो तब होती है, जब वे अपनी औरतों की इच्छा तक नहीं जानना चाहते। नये जमाने के दलित हैं ये, उसी परिपाटी के अनुयायी, जिसकी धज्जियाँ उड़ाई थीं। वह सुरक्षा कवच देना चाहते हैं, जो दासों को स्वामियों से मिला था कि उनको कोई दूसरा न ले जाए।

औरतों को लूटना मर्दों की दुनिया में आज भी गुनाह नहीं माना जाता, माना भी जाए तो उसकी संगीन सजा नहीं होती। गुजरात में, बिहार में, उत्तर-पूर्व राज्यों में, लोकतन्त्र पर सवार राजाओं, बाहुबल का वरदान पाए हुए सांसदों और प्रशासन की छाँव तले सैनिकों का स्त्री-लूटमार का पराक्रम अपने गाढ़े रूप में फैला हुआ है।

यहाँ आकर औरत एक नस्ल, एक यौनि है। यह नस्ल, यह यौनि, यह देह न सवर्ण है न दलित है, न पवित्र है न अपवित्र है, बस मादा है, जो नर की काम पिपासा बुझा सकती है और इस जगह हर पुरुष की दिलचस्पी का रूप एक-सा होता है। जो पुरुष इस पर रोष प्रकट करते हैं, स्त्री की रक्षा का स्वांग भरते हैं, उनका करतब केवल इतना ही दर्शाता है कि–मेरे शिकार को तूने कैसे हथिया लिया? आपसी चुनौतियाँ, धौंस धमकियाँ और मुठभेड़ें चलती हैं। स्त्री का इससे क्या बनता है? दलितों की ओर से उठी हुंकार ललकार उनकी यही ग्रन्थि है। हाँ यह अलग बात हो सकती है कि अपनी असमर्थता के कारण दलितों ने जूठी औरत को जूठन की तरह ही स्वीकार किया है, गर्भ और गर्भ से जन्मे बच्चों को झेला है। झेला है, मगर किस तरह? इसकी अन्दरूनी कथा शरण कुमार लिंबाले 'अक्करमाशी' में कहते हैं। किशोर शान्ताबाई 'छोरा कुल्हाटी का' में सुनाते हैं। ये केवल अपनी माताओं के बेटे...फिर भी स्त्री की वही दुर्दशा, जो सवर्ण अपनी स्त्रियों की किया करते हैं। कठघरों में डाल देने का करिश्मा दिखाकर ताल ठोंकते हैं–हम ने अपनी जिन्दगी को बदला है। हम अब उस नरक में नहीं हैं। हमारी अपनी संस्कृति है, सभ्यता है। भाषा है, शैली है।

दलित स्त्री अपने पुरुषों को अपना उद्धारक समझे, यह तात्कालिक करिश्मे की चकाचौंध है, बिल्कुल ऐसे ही जैसे सन् 1947 की आजादी को सवर्ण

स्त्रियों ने अपनी आजादी भी समझ लिया था। और वह गलतफहमी महँगी पड़ी। आजादी के दायरे हाथ नहीं आए, सुरक्षा के घेरों में घिरी रह गईं। ऐसा न हुआ होता तो आज पचास-पचपन साल बाद भी औरतें आजादी माँग रही होतीं और पुरुषों द्वारा अपमानित-लांछित हो रही होतीं? जन्म के आधार पर मिला आरक्षण दलित स्त्रियों को आर्थिक आधार दे सकता है (जो कि श्रम के जरिये कमा लेती थीं, आज भी कमा रही हैं किसी-न-किसी तरह) लेकिन शिक्षा जैसी गुणवत्ता देने वाली विद्या से दूर छिटका-हटाकर उनको कौन-सी आजादी मिलेगी? उत्तर भारत में दलित दर्शन के मास्टरों ने औरत को अभी वैवाहिक नैतिकता का महान आदर्श ही समझाया है और कड़े रूप से चारित्रिक शुचिता की ओर उसका ध्यान खींचा है। आश्चर्य नहीं कि करवाचौथ जैसे पतिव्रत के प्रतीक व्रत दलित समाज में सवर्ण समाज से ज्यादा लोकप्रिय और वरदायक सिद्ध हुए हैं। पूजा अर्चना का बोलबाला, कर्मकाण्डों की ब्राह्मणी सभ्यता ने जैसे उनकी सारी पीड़ायें हर ली हों। विवाह, तलाक और संतानोत्पत्ति की शुचिता पर वे मनु और याज्ञवल्क्य के ही अनुयायी हैं। वे वशिष्ठ की कट्टर परम्परा का अभ्यास करते हुए वाल्मीकि को भूलने लगे हैं। शम्बूक वध पर नाराज हैं, मगर अपनी द्विजता स्थापित करनी है। उदारता से स्त्री को वे राहत दे दें तो उनकी इज्जत कब बनेगी, का सवाल साँप का सा फन उठाता है। वे गर्व से कहना चाहते हैं कि उनकी औरतें पतिव्रताएँ हैं और उनके घरों में भी अँधेरे की ओर जाती हुई निष्क्रियता का अजगर पालने वाली सुरंग खुद गई हैं। यह सब औरत के लिए संकट नहीं, सुरक्षा के नाम हैं।

ये नियमावलियाँ, आदेश सूचियाँ क्यों बनाई गयीं? क्या इन सूचियों के हवाले से स्त्री की स्वाधीनता का लक्ष्य पुरुष के पीछे नहीं छिप जाता? इस साजिश का पर्दाफाश हो गया है, इन्तजार है मौके का...मौका, जो दलित लेखकों की तरह दलित महिलाओं के हाथ आएगा अब, जब वह स्कूल कॉलिज में पढ़ती हुई बड़ी होंगी, शादी बचपन में ही न कर दी जाएगी, स्वतन्त्र व्यक्तित्व के साथ कागज कलम का साथ होगा, या नाट्यमंच पर पाँव होंगे, रचनाओं का रंग बदल जाएगा।

इस पुस्तक की लेखन यात्रा में मैं आखिर में उस सोपान तक पहुँची, जहाँ स्वतन्त्र देश में लोकतन्त्र का मुकाम है और इस मुकाम को मुकम्मल करने वालों के नाम हमारे लिए आदरणीय हैं। उन स्वर्गीय और जीवित लोगों का उपकार मानकर भारत की जनता उनको नमन करती है। जनता, यानि कि देश की स्त्रियाँ और पुरुष। स्त्रियों पर मैं यहाँ विशेष जोर देना चाहती हूँ, क्योंकि अब औरतों की चेतना तकरीबन उतनी ही प्रखर हो गई है, जितनी कि भारतीय प्रबुद्ध, विवेकशील और स्वतन्त्रता की चाहत वाले पुरुषों की तब थी, जब अँग्रेजी हुकूमत किसी तरह

अपना साम्राज्य इस देश से हटाना नहीं चाहती थी।

कुछ स्त्रियों की उपस्थिति लगभग उन्हीं स्वतन्त्रता सेनानियों जैसी है, जिन्हें मुक्ति के रास्ते में अपने नेस्तनाबूत होने की चिन्ता न थी और नहीं था गुलाम जिन्दगी का मोह। यदि यह निखालिस सच न हो कि इस देश के मर्द चतुर षड्यन्त्रकारी और गुलाम पालने की लत डाले हुए हैं (क्योंकि खुद गुलाम रहे हैं) तो भी यह तथ्य दरकिनार नहीं किया जा सकता कि सन् 1947 में मिली आजादी में औरतों को हिस्सा नहीं मिला। अन्याय यह तो है ही कि जिसे देश की नागरिक घोषित किया गया, (वह इसलिए कि पश्चिमी देशों में स्त्री को वोट का अधिकार मिल चुका था) उसे केवल वोट देने की स्थिति में फ्रीज कर दिया गया, मग़र घोर अन्याय यह भी है कि जब-जब औरतों की चारदीवारी में से निकलने की जरूरत पेश आती है, तब-तब पुरुषों से संघर्ष करना पड़ता है। कहने के लिए वे हर बात में यह लगाना नहीं भूलते—अरे, हमारे देश की स्त्रियाँ, वीरांगना हैं। स्वतन्त्रता संग्राम में जत्थों में बाहर निकल पड़ी थीं। जरूरत के समय वे हथियार उठा सकती हैं। युद्धभूमि में जाकर लड़ सकती हैं, ऐसी वीरबालाओं के नाम इतिहास में लक्ष्मीबाई, रजिया सुल्तान, दुर्गाबाई के रूप में दर्ज हैं। इंदिरा गाँधी को ही देख लीजिए, बंगलोदश को आजादी दी। किरन बेदी कितनी बहादुर महिला हैं।

बहादुरी की ऐसी मिसालें देकर स्त्रियों को आगे नहीं बढ़ाया जाता, उनको हीनताबोध कराया जाता है कि तुममें वह काबिलियत नहीं है। वरन् पूछने का मन करता है कि लक्ष्मीबाई की जंग अपने लिए नहीं, दत्तक पुत्र दामोदर राव के लिए थी। स्वतन्त्रता संग्राम में झुण्ड बाँधकर निकली औरतें आजादी मिलने के बाद आखिर कहाँ गईं? उनके नाम आजादी के इतिहास में उस तरह क्यों नहीं चमकते, जिस तरह पुरुषों के? उनका वर्णन यदि कहीं होता है तो अमुक की पत्नी, अमुक की बेटी, अमुक की प्रेमिका, अमुक की माँ के रूप में, जिन्होंने अपने घर के पुरुष सदस्यों को खोया, माँग और गोद सूनी होने का दुख भोगा, या अपने पुरुषों को छिपाने-बचाने में मदद की अथवा सीता के नक्शेकदम पर पति के साथ जेल गईं। कोई नहीं याद करना चाहता कि इंदिरा गाँधी के साथ ऐसा कुछ नहीं था। पिता के साथ उन्होंने राजनीति का अनुभव जरूर लिया, मगर फिर खुद एक स्वतन्त्र सत्ता रची। हम यह भी जानते हैं कि उनको घर में धकेलने के लिए कोई पुरुष न था, वे पतिसत्ता के अंकुश में बिल्कुल नहीं थीं। किरन बेदी प्रशासन से जुड़ी हैं, जिसे 'नौकरी' कहते हैं, जिसके बदले वेतन मिलता है। वह सब निखालिस स्वतन्त्र नागरिकता का प्रतिफलन नहीं, शैक्षिक योग्यता और प्रतिभा का मापदण्ड है।

मैं जिस सवाल की ओर बढ़ रही हूँ, वह अभी धुँधलके में है। मैं इसे

धुँधलके में छोड़ना नहीं चाहती, इसके पीछे-पीछे जाकर अँधेरों में खो जाने का डर भी मुझे नहीं है। हाँ, यह सम्भव है कि इस सवाल को निकालकर सबके सामने खड़ा कर दूँ तो मुझ पर अज्ञता के इलजाम आएँगे। अपनी अज्ञता के साथ ही मैं तथाकथित मनहूस विषय 'स्त्री-विमर्श' में स्त्री के भविष्य पर बात छेड़ूँगी।

सबसे पहले कहूँगी—मैं सन् 1947 में मिली आजादी को स्त्रियों की आजादी नहीं मानती। मैं आज भी औरतों को अपनी मुक्ति के लिए लड़ने का आह्वान करती हूँ, जबकि आप सब जानते हैं कि देश को स्वतन्त्र हुए सत्तावन साल हो गए और लोकतांत्रिक प्रणाली को लागू हुए भी लगभग उतने ही दिन। तब पुरुषों की प्रगति उन्नति के समकक्ष स्त्री आगे क्यों नहीं बढ़ पाई? महानगरों में काम करती, जैसे अस्पतालों, विद्यालयों, कारखानों, उद्योगों, न्यायालयों में उनकी उपस्थिति देखी जा सकती है। पुरुषों के मुकाबले अनुपात में कम ही सही, मगर हैं तो। राज्यस्तरों के नगरों में यह भागीदारी घटकर आधी रह जाती है। और फिर जहाँ देश की आबादी का बड़ा हिस्सा रहता है, वहाँ फैले सुदूर क्षेत्र में यह भागीदारी नगण्य-सी हो उठती है। यह देखकर आप कुछ सोचें-न-सोचें, सोचने के लिए विवश हों तो नजरअन्दाज कर दें, मगर हम कैसे अनदेखा करें, वह हमारी ही तो जिन्दगी है! मर्दों के मुकाबले तुच्छ जिन्दगी। संत्रस्त जीवन, अबाधित रूप से बेकीमत श्रम में खपा हुआ, अज्ञान में धँसा हुआ कि यह भी इल्म नहीं—हमारा देश स्वतन्त्र है। हम आजाद देश के नागरिक हैं। स्त्रियों ने यदि आजादी के आन्दोलन में अपने शरीर तपाये थे, बन्धक बनाये थे, समय खर्च किया था, सजायें भुगती थीं, तो भी वे क्यों भूल गयीं कि किसी से पूछ लें—हम स्वतन्त्र देश के नागरिक हैं?—क्या उनके दिमागों की नसें सुन्न पड़ गई हैं, कि सक्रियता का होश नहीं रहता कि सवाल करें—स्वतन्त्र देश में लोकतन्त्र के चलते हमारी भागीदारी कहाँ है?

अब तक नहीं पूछती थीं स्त्रियाँ, नहीं पूछना चाहती थीं क्योंकि उन्होंने इतना ही जाना था कि यदि वे आजादी के आन्दोलन में तपी थीं तो वह पति के साथ सती थीं। यदि जेल हुई, तो वे अपने-अपने पतियों की बंधक थीं, उनका समय आखिर किसके लिए खर्च होता? पति परमेश्वर से बड़ा कौन है?

अब चेतना अपने रूप में खुली है, क्यों खुली है? इसका कारण मुझे जो नजर आता है, वह यह है कि वे कठिनतम कार्य करके, जिसका सर्वोत्तम नतीजा (देश की स्वतन्त्रता) आया, स्वतन्त्रता के बारे में बात तक न कर सकीं, जबकि पुरुष लोग इस विषय पर पचास वर्ष से लम्बे-लम्बे भाषण देते चले आ रहे हैं और बताते आ रहे हैं कि उन्होंने उनके वर्ग ने कैसे-कैसे करतब दिखाए, कितनी बहादुरियाँ अपने नाम लिखाईं। क्या बोले स्त्री? उनमें से कोई भगतसिंह नहीं हुई, मंगल पाण्डे नहीं बनी, गाँधी, जवाहर, सुभाष चन्द्र बोस, सभी तो पुरुष थे।

सेनानी, सेनानायक, नेता, आन्दोलनकर्ता, समाजसुधारक—इनमें कहीं भी प्रमुखता के साथ स्त्री का नाम नहीं। निश्चित ही वह योद्धा बनकर लड़ी नहीं, केवल लुटी, केवल पिटी और सेवा में लीन रही। उसने नहीं देखा कि वह नायकों की सेवा में है या खलनायकों की, वह योद्धा के हवाले है या कायर के, वह जीते हुए ने जीती है, या पराजित के खेमे में आ गई? ये सारे सवाल उसके जेहन में नहीं थे, यही मान लिया जाए क्योंकि समय की मोहलत नहीं थी कि वह सब कुछ सोचे। उसे काम और काम के बीच किस प्रत्यावर्तन की जरूरत है, समय ने उसको अवकाश नहीं दिया। नहीं दिया क्योंकि उसके गर्भ, प्रसव और शिशु का लालन पालन प्रकृतिदत्त व्यस्तता, पुरुषदत्त पीड़ा के रूप में चैन नहीं लगने देते थे, तब उसे भाषण तैयार करने की फुर्सत कब होती? अपना चेहरा जनता के सामने लाने का मौका कब होता? प्रजनन की मार खाने वाली स्त्री को समाज 'अरे अरे' की नजर से देखकर मुँह फेर लेता है। उपेक्षा से देखता है, जैसे अब वह बच्चे के सिवा किसी के काम की नहीं। आजादी के आन्दोलन में भाग लेनेवाली स्त्रियों की इस पीड़ा पर किसी ने ध्यान दिया? किसी ने कुछ लिखा? किसी ने इस वेदना का इतिहास बनाया?

मुझे लगता है दर्द के इस मौन से ही स्वर फूटे। स्त्रियों की पीढ़ी ने आवाज सुनी। यह आवाज भिन्न किस्म की थी। इस भिन्नता को क्या नाम दिया जाए? इस विषय पर बात होनी चाहिए क्योंकि यह भिन्न स्वर स्त्री की पूर्ण नागरिकता से जुड़ता है। मैं बार-बार सोचती हूँ कि स्त्री की नागरिक-चेतना का मनोविज्ञान क्या यहीं से निर्मित होता है? औरत को राजनीति के गलियारों में प्रवेश नहीं करने दिया जाता, इसी आधार पर उसे किसी राजनीतिक मुद्दे पर बतौर नागरिक भी बोलने का अधिकार नहीं।

खुशकिस्मती से किसी औरत ने फिर भी कहा—मुझे नागरिक होने का हक प्राप्त है तो नागरिक की तरह राजनीति में भागीदारी करने का भी अधिकार है। मैं जानती हूँ कि अपने विचार अभिव्यक्त करना किसी भी नागरिक का जन्म सिद्ध अधिकार होता है। मुझे किसी पुरुष के बराबर ही जगह चाहिए।

यह स्त्री कौन थी? निश्चित ही वह जो पीड़ा, वेदना, उपेक्षा के मौन से जन्मी थी, जिसने स्वतन्त्रता संग्राम का घमासान गर्भ में झेला था। इसकी जवान चेतना की पहली आवाज ने लोकतन्त्र पर प्रश्नचिह्न लगा दिया। यह किसी को दिखाई नहीं दिया कि उसके हाथ में चकला बेलन हैं या झण्डा? इसके ऊपर घर गृहस्थी सवार है या आन्दोलन? इसकी आँखें चौंधियायी हुई हैं या खुली हुई? यह माचिस जला रही है या मशाल? इसके वाक्यों में सवाल हैं या अधिकार की माँग?

इसकी माँगें क्यों सही नहीं लगतीं? बार-बार उन्हें क्यों धो-पोंछ दिया जाता है? संसद क्या समस्याओं का समाधान नहीं, धो-पोंछकर पोतने-लीपने को बैठी है?

धो-पोंछने और पोतने-लीपने का मर्म स्त्री से ज्यादा कौन जान सकता है? लेकिन संसद को लगा, औरत खेल खेल रही है। उसे रूठने, जिद करने, पुरुष से कुछ माँग लेने की लत लगी हुई है, बहलाया जा सकता है। जब वह घर आँगन में दखल करने लगती थी तो चुन्दरी मुन्दरी पहनाकर आँगन में खड़ी कर दी जाती थी और वह इन उपहारों को पाकर गद्‌गद कण्ठ से गा उठती थी–पहरि ओढ़ि अँगना भई ठाड़ी, मो सम कौन गुजरिया...मैं राजा की रनियाँ। निश्चित है कि वह अपने वाक्यों का क्रम भंग न करेगी। क्यों करेगी, हर समय राजा के आसपास (एक कमरे में) रहना, सोना, जगना, उठना, मालिक की नफरत और गुस्से को सह जाना, मौन रहकर खुशामद को अपना दुभाषिया बनाना उसके समर्पण के लक्षण नहीं हैं तो क्या हैं? इस हालात में कोई स्त्री आखिर कैसे अपने हक के बारे में सोच सकती है?

स्त्री के लिए ऐसा अनाकर्षक पुरुष...यदि वह मीरा को चाहती है, उसके प्रेम में उस गीत को गाती है, जिसमें व्यक्त होता है–ऐसी लागी लगन, मीरा हो गई मगन, वह तो गली गली वीना बजाती फिरी–तो वह यह भी समझती है कि अपनी आजादी की भावना को कैसे व्यक्त करना है और इसी को ताकत बनाकर मीरा की तरह वह वहाँ तक पहुँचेगी, जहाँ मीरा के सिवा अभी तक कोई स्त्री नहीं गई। टेढ़ी-मेढ़ी बहुत सँकरी और कँटीली झाड़ियों से ढँकी पगडण्डी जो विलुप्त होने का भ्रम देती है, उन्हीं गहरी छायाओं के बीच जरूरी रौशनी के चंदोबे होंगे, आँखों की मोमबत्तियाँ उन्हें देख लेंगी और अनुमान रहेगा कि पाँव कहाँ पड़ रहे हैं।

मैंने गौर किया औरत ने अपने हक का हलफनामा दाखिल कर दिया है। हमको विधानसभा, संसद में ही नहीं छोटी से छोटी जगह सीटें चाहिए। ऐं! जब से भारत में अपना संविधान लागू हुआ ऐसी स्त्री का होना कहीं नहीं था। क्या उसने 'शृंखला की कड़ियाँ' पढ़ लीं? और आजादी को राजनीतिक रूप दिया।

मैं देख रही थी कि यह फैसला स्त्री ने स्त्रियों के बीच ही लिया होगा क्योंकि वहाँ पुरुषों की धौंसवाली दृष्टि, आक्रान्त करने वाली मुद्रा और बदरंग नीयत आसपास न होगी। उसने पहले खुद को उस भय से मुक्त किया होगा, जिसमें उसकी स्वाभाविक भंगिमा कैद रही है। उस दहशत से मुँह मोड़ लिया होगा, जिसके साये में होठों पर जन्म लेते शब्द शिशु-मृत्यु को प्राप्त होते हैं, उस संस्कार से पल्ला छुड़ा लिया होगा, जिसमें रेंगते कीड़े अपने जहर से जेहन को नीला कर देते हैं। उन्हें स्त्री कैसे छोड़ती है, अपनी उखड़ती साँस और धड़कती छाती पर काबू पाते हुए, क्योंकि छिपाने-दबाने की बुरी मगर खुद को बचाने की आदत की भयंकरता को त्यागना आसान बात नहीं। मालिकों की नजरें उठीं, उसकी नजर झुक गई। मैं भी उन्हीं में शामिल थी, सामाजिक कार्य में जुटी औरतों की बातें सुन रही थी, अरुणा राय, वृन्दा कारत क्या कह रही हैं? हमारे लिए रास्ता

तभी बनेगा, जब हम घर के बाहर की गली में निकलें। जो पाँव अब तक मुश्किल से अकेले उठने के लिए तैयार होते थे, उन्हें लम्बी यात्राओं के काबिल बनाएँ। दीवारों की छाया में छिपी स्त्रियो, तुम्हारी मुक्ति केवल घर की चारदीवारी से छूटने से नहीं, सामाजिक संस्थाओं में, सांस्कृतिक कार्यक्रमों में और राजनीतिक गलियारों में प्रवेश पाने से होगी। हमारा ज्ञान, साहस, हमारी कला-प्रतिभा अब तक किन्हीं दूसरे उद्देश्यों के लिए रही, अविकसित रह गई। हमने नहीं देखा, संविधान कैसे बना, किस-किसने बनाया और किस-किस के हित में बना। हमने नहीं गौर किया कि नया संविधान लागू करते समय कितनी स्त्रियाँ उपस्थित थीं? उन्होंने क्या प्रस्ताव दिए, किसने उनके समर्थन में हाथ उठाया? उस अत्यन्त नाजुक और परिष्कृत नए संविधान के संतुलन में जो नुकसान हुआ, हमारी उपस्थिति के बगैर हुआ। हम वही कर बैठे, जो नहीं करना था। मालिक रहे पुरुषों पर विश्वास किया। यह विश्वास था या अन्धविश्वास कि स्वामी हमारा हित सोचेंगे। हमने उन समलिंगियों की बैठकों पर जरा भी शक नहीं किया, क्योंकि वे हमारे लिए स्वतन्त्रता के जनक, साधक और वाहक का रूप थे। हम बिला शक नयी आजादी को नई नजर से देखने लगे, नहीं देखा कि इसमें स्त्री के लिए वही पुराना चलन समाहित किया जा रहा है, जिसमें उसके नागरिक हकों का व्यावहारिक रूप क्षीण है। क्यों न हो, कोई नहीं कहता कि भारत को आजाद कराया, उसमें किसी स्त्री की भूमिका महत्त्वपूर्ण थी, कि जो अहिंसा या हिंसा की मुहिम चला रहे थे, उनमें स्त्रियों की भूमिका प्रमुख थी। याकि जो स्वतन्त्रता सेनानी थे, उनकी अगुआ कोई औरत थी। फिर कोई औरत संविधान बनते समय भीमराव अम्बेडकर की तरह कैसे उठती और संविधान लेखकों के हाथों की कलमों को मोड़ देती—लिखो, उनका आरक्षण लिखो, जिनको पता भी नहीं कि स्वतन्त्रता क्या होती है? स्वतन्त्रता संग्राम क्यों हुआ? आजादी का आन्दोलन किसके लिए छेड़ा गया? लिखो, शिक्षा नौकरी, पद-पदवी पर उनके नाम लिखो, वल्दियत लिखो, वर्ण लिखो, जिनके नाम लेते हुए तुम्हारा स्वर अक्खड़ हो जाता है, जिनकी वल्दियत पर सब को शक रहता है। जिनके वर्ण गालियों के सिवा कुछ नहीं माने गए। आपकी दुनिया में उनकी मेहनत-मशक्कत, सेवा और समर्पण की भावना के लिए कोई पैमाना नहीं, उनके काले-गोरे शरीरों के चमड़ी और मांस आपके क्रोध को संतुष्ट करने में सहायक होते हैं कि यातना-प्रताड़ना को चुपचाप ग्रहण करते रहें। वे बोल नहीं पाए, अपमान और दर्द को उगल नहीं पाए, होठ भींचकर सारी तकलीफें पीते रहे और काले नीले पड़ते रहे।

यदि आप आज भी उनको संविधान में अनिवार्यता के साथ अधिकार नहीं देंगे तो मैं उसी विष में कलम डुबोकर इस संविधान को खारिज कर दूँगा, जिस विष को मैं उन्हीं की बिरादरी का सदस्य पिए बैठा हूँ।

इस तरह के बयान पर गाँधी महात्मा की तारी (साधना) खुली। वे आँखें खोलकर देखने लगे, यह क्या अनर्थ होने जा रहा है! आजादी क्या हम इसलिए लाए थे कि शूद्र कब्जा कर लें। इन शूद्रों को 'हरिजन' नाम दे दिया, तो भी संतुष्ट नहीं हुए?

अनशन! महात्मा जी ने अनशन कर दिया। वे संविधान में आरक्षण नहीं देंगे, समाज व्यवस्था बिगड़ जाएगी। भूखों मरता महात्मा, अनुयायी, सत्याग्रही, और स्वतन्त्रता सेनानियों में उथल-पुथल मच गई—गाँधी जी भूखे रहकर मर जाएँगे। बूढ़े आदमी।

मगर अम्बेडकर सदियों के अपमान से बना-रचा मनुष्य, अपने उसी खून की रंगत का अधिकार माँग रहा था, जिसका रंग गाँधी जी के रंग से मिलता है। विषपायी इन्सान ने अपनी जिद से, निडरता से, आतंकहीन होकर, अनशन को पाखंड मानकर आरक्षण का मुद्दा न छोड़ा। वे अपनी धुन के पक्के जिस हक के लिए लड़े, सवर्णों से वह अधिकार लगभग छीनकर लिया।

क्या इसमें भीमराव का पुरुषत्व कारक बना? या उनकी हिम्मत, जुर्रत और दृढ़ संकल्प ही काम कर गया? क्या किसी स्त्री ने इस बाबत कभी कुछ सोचा? कभी आरक्षण की कल्पना की? मुक्ति की चाहत उसके लिए क्यों झिझक, डर और अनकहा सपना बनी रही? इतने दिनों तक, लगभग तीस-पैंतीस वर्ष तक चुप रहना...अपनी चुप्पी को वह क्या नाम देगी?

अब चुप्पी टूटी, तब, जब वह समय निकल गया, जब गर्म लोहे पर घन चलता है और लोहे को अपनी तरह मोड़ लेता है। आज तो देश की आजादी का जज्बा ही ठण्डा पड़ चुका है। स्वतन्त्रता के मायने बदल गए। नई पीढ़ी ने वह संघर्ष भुला दिया, जिसने इस देश की धरती को आजाद कराया था। पुरुष पीढ़ी के लिए स्त्रियाँ, वही स्त्रियाँ हैं, जो उनके बापदादों के लिए हुआ करती थीं। मिसाल के तौर पर कह सकती हूँ, जब कोई विरला पुरुष स्त्रियों के हक में उठता है, सहयोग की पेशकश करता है, उसकी समस्याओं को 'विमर्श' का मुद्दा बनाता है, जब कोई कवि 'स्त्री, मेरे भीतर' लिखता है, जब कोई लेखक स्त्री को उड़ने के लिए आकाश देता है, चाँद की चाहत दर्ज करता है, वह पुरुष, पुरुष समाज की आँखों की किरकिरी हो जाता है। उसकी ईमानदारी पर ही नहीं, रचनात्मकता पर शक होने लगता है। वह स्त्रियों के लांछित जगत में फेंक दिया जाता है।

और स्त्री है कि आरक्षण के लिए अड़ी हुई।

उसका आग्रह राजनीति में जगह माँगता है। इसके लिए जुलूस निकालती है, धरने देती है, प्रस्ताव पास करती है, ज्ञापन भेजती है।

क्या होता है? कुछ नहीं। स्त्रियाँ माँगने की आदत से लाचार हैं। पिता से अरज करती हैं, पति से माँगती हैं। पुत्र से आशा लगाए रहती हैं। आरक्षण

माँगकर खुदमुख्तार होना चाहती हैं। नहीं मिलेगा कुछ भी।

क्या औरत ने अम्बेडकर की तरह फुफकार कर कहा?—आप नहीं-नहीं क्या कर रहे हैं, संविधान आपकी बपौती नहीं, वह लोकतन्त्र का लिखित दस्तावेज है और लोकतन्त्र लोगों का, लोगों के द्वारा, लोगों के लिए होता है। हम बेशक उन लोगों में आते हैं जिन्हें नागरिक माना जाता है। जो कहा—नक्कारखाने की तूती साबित हुआ। कारण कि स्त्री जाति का जो इतिहास जौहरों, निष्कासनों और हत्याओं से निर्मित किया गया है, उसकी समीक्षा करते हुए इस सच्चाई से कौन इनकार करेगा कि स्त्री-इतिहासों के अभ्यस्त लोग स्त्री की नागरिक चेतना को उसका पागलपन न समझें तो क्या समझें? उसकी भी हत्या न कर डालें तो क्या करें? उसको डायन-चुड़ैल करार देकर न भगा दें तो क्या करें? बस्ती बाहर न कर दें तो क्या करें? उनके पास जागरूक महिला या किसी प्रतिभाशाली स्त्री के मनोविज्ञान को समझने का माद्दा नहीं। जब औरत ने बार-बार अपना हक माँगा, आरक्षण का नाम लिया, संसद में खलबली मच गई। विरोधियों ने आपस में नजरें मिलाईं, जैसे उनकी पुरुषवृत्तियाँ इतनी आहत और आशंकित हो रही हैं कि लगता है मानसिक स्वास्थ्य और संतुलन गड़बड़ा रहा है। असंतुलित दिमाग के पुरुषों के पास स्त्रियों का रहना...

कोई कहता, दे दो आरक्षण, ये हमारा करेंगी क्या? कोई कहता, हम पिछड़े हुए वर्ग की औरतों की चिन्ता कर रहे हैं, सवर्ण महिलाएँ कब्जा कर लेंगी। आरक्षण का क्या रूप होगा, हम सोच-विचार कर तय करेंगे। और इसी तरह मामला खटाई में पड़ जाता। मामला खटाई में पड़ा रहा। स्त्रियाँ विधान सभाओं और संसद के प्रवेश-द्वार पर रोक दी गईं। और पंचायती राज लागू हुआ।

ग्रामीण स्तर पर आरक्षण जरूरी है, क्योंकि ग्रामीण सामन्ती समाज औरतों को शिक्षा से ही वंचित नहीं रखता, दहेज के नाम पर ताड़ना-प्रताड़ना के साथ हिंसा का भयानक रूप हत्या-आत्महत्या के दृश्य दिखाता है। उस जमीन पर स्त्री को पंचायत के अधिकार मिलने चाहिए कि वह अन्य औरतों को नाइंसाफी से बचा ले। पुरुष द्वारा किए जुल्मों पर अंकुश लगे। गाँव के विकास को स्त्री समझे, वह गाँव का प्रबन्धन ऐसे ही सुचारु रूप से करे, जैसे घर का करती है। उसको सरकारी खजाने से धन मिलेगा, जिसे वह अपने सोच-विचार के हिसाब से गाँव के हित में खर्च करेगी। वह मीटिंगों में जाएगी, बी.डी.ओ. और पंचायत सेक्रेटरियों से विचार-विमर्श करेगी। वह प्राइमरी स्कूल के रख-रखाव के साथ अध्यापकों पर नजर रखेगी।

बीसवीं शताब्दी के अन्तिम वर्षों में, कोई औरत ग्राम पंचायत की मुखिया बने, ब्लॉक डेवलपमेंट कमेटी की मेम्बर बने या पंचायत की जिलाध्यक्ष हो जाए, भारतीय पुरुष के लिए औरत की यह प्रमुखता उसके व्यक्तित्व के इजाफे के रूप

में आई जिसने मरदानी दुनिया को स्नायविक तनाव और दुविधा में डाल दिया कि ऐसी औरत का वे क्या करेंगे? उसे किस तरह नियंत्रित करेंगे? पद-पदवी प्राप्त स्त्री की हत्या भी कैसे करें, प्रधान पद का तोहफा घर के लिए लाभदायक और पुरुष के लिए विरोधी पक्ष को मात देने का साधन है। अतः ऐसा माहौल बनाया गया कि पंचायती राज के तहत प्रधान या अन्य पदों पर आयी स्त्री अपना फैसला लेते समय आतंकित रहे। वह ऐसी स्थिति में आ जाए कि खुद को रोगिन लगे। घबराकर पति के चरणों में गिरे। प्रधान पतियों का यह नुस्खा असर दिखाने लगा कि पंचायतों में स्त्री की जगह हथियाकर पुरुष बैठ गए और पंचायती राज का आरक्षण महज एक जरिया सिद्ध हुआ।

शहरी हलकों में खबर फैल गई कि आरक्षण का कोटा तैंतीस प्रतिशत पर आकर मंजूर हुआ है। हालाँकि इस पर भी पुरुष वर्ग में मतैक्य नहीं था, फिर भी स्वीकार किया गया है, मौखिक। क्या किया जाए, शास्त्रों में भी त्रिया हठ को माना गया है, बालहठ की तरह, चलो करो पूरा। मगर इन नादानों में स्वच्छन्दता न बढ़ जाए। वैसे स्त्री को जीतने की संहिताएँ हैं, उसको बाँधने और वश में करने की कला सिद्धियाँ भी हैं। फिर स्त्रियाँ दलितों की तरह ऐसी सेवक नहीं कि बाहरी हों, कभी भी छोड़कर चली जाएँ। वे घर से और बच्चों से बँधी हैं, जाएँगी कहाँ?

जनतन्त्र का चेहरा खुला, स्त्री हड़बड़ा गई।

अरे, हमें वोट देने का हक है तो वोट लेने का नहीं? ऐसा ही है तो नया क्या हुआ? देना तो हमारी सदियों से चली आ रही नियति है। औरत को याद दिलाया गया, शिक्षा विद्या का संसार जनतन्त्र के आलोक में ही खुला है।

औरत बोली—उसी ज्ञान की रौशनी में ही तो हमने देखा कि हम निचले से निचले पायदान पर हैं। नागरिक शास्त्र ने समझा दिया कि सांस्कृतिक, सामाजिक और राजनीतिक दायरों में हिस्सेदारी के साथ भागीदारी का नाम होता है जनतन्त्र। चुनने और चुने जाने की प्रक्रिया को कहते हैं चुनाव। स्त्री का ऐसा कहना किसी ने नहीं सुना।

स्त्रियाँ चिल्लाईं, मिलकर फिर शोरगुल किया—पंचायती राज का आरक्षण महज एक धोखा, एक बहाना, बचाव का साधन है। देख नहीं रहे, आप जानते भी थे कि आरक्षण उन अशिक्षित स्त्रियों को दे दिया जाए, जो दो हर्फ पढ़ने के लिए भी अपने पुरुषों पर आश्रित रहें।

अरे तुम्हारे बारे में ही सोच रहे हैं।

यह बहलाने और टालते जाने की जादूगरी क्या स्त्री नहीं जानती? गहने, कपड़े और पूजनीया का मान औरत को फुसलाने के जरियों से वह गुजरी है। वह खुद बच्चों को बहलाती है, कभी मीठे मिठाई से तो कभी चाँद खिलौना से। वह मालिक के अहंकार को सहलाती है, अपनी खैरियत चाहती हुई। मगर अबकी बार

वह लड़ने-भिड़ने पर आमादा है, आपस में नहीं, पुरुषों से। छलावा नहीं चला तो संसद और विधान सभाओं में जूतमपैजार करने वाले सदस्य भी शालीनता की सलाह लेकर स्त्रियों के पास आए। वे अब परस्पर एकमत होकर आए थे। बोले—आप लोग भद्रजनों से आदरपूर्वक पेश आएँ। वैधानिक और शासकीय कार्यों में बाधा न डालें। और ताना पंचायत से काम नहीं चलेगा। राजनीति का शौक ही है तो यह तय किया गया है कि आरक्षण न सही, राजनीतिक पार्टियाँ अपने स्तर पर उसी अनुपात में महिलाओं को टिकट देंगी, जिस संख्या में आरक्षण की माँग थी।

सामूहिक घोषणा सच हो जाए तो सोने में सुहागा।

मगर औरतें भी अब पहली औरतों की तरह न थीं कि अपनी जद्दोजहद को पानी में डाल दें। हँसकर ही कहा, मगर कहा तो सही—यह तो ऐसे ही हुआ, जैसे अँग्रेज कहते कि हम हिन्दुस्तान को आजाद कर देंगे, बस लार्ड वायसराय की गद्दियाँ नहीं छोड़ेंगे। ऐसा ही हुआ होता तो भारतीय संविधान का रूप क्या होता? यही तो बात है, अँग्रेज अस्थायी थे, पुरुष स्त्री का स्थायी स्वामी है। स्वामियों का बोलबाला इन दिनों देखने के काबिल है। कहाँ तो कितनी ही स्त्रियों को टिकट देने की बात थी, कहाँ कहा जा रहा है कि औरतें टिकट लेने की जिद न करें, पार्टी की जीत संकट में पड़ जाएगी। जो फार्मूला घोषित किया गया था, अब वह नहीं चलेगा क्योंकि महिला उम्मीदवार को चुनाव में उतारने से वजनदार नेताओं का टिकट कटता है। सरकार बनाने की कीमत पर ऐसा जोखिम कौन-सी पार्टी उठाएगी?

बस ऐसे ही और भी तर्क हैं, जो स्त्री की संवैधानिक स्थिति को कमजोर कर रहे हैं। जिस औरत की झोली में टिकट गिर भी रहा है, उस औरत की माँग में किसी नेता मन्त्री या पूर्व सांसद पुरुष के नाम का सिन्दूर होता है या बहन बेटी के नाते का सूत्र जुड़ा होता है। प्रमाण के लिए सूचियाँ उठाकर देखी जा सकती हैं। फिर पंचायती राज में पतिराज चल रहा है तो क्या एतराज या आश्चर्य?

हमें पुरुषसत्ता को ईश्वरीय सत्ता की तरह सर्वव्यापी मान लेना चाहिए। जान लेना चाहिए कि अब स्त्री के वजूद पर चुनावी पराजय के खतरे चिपका दिए गए हैं। दुख की बात यह है कि ऐसी बेहूदी चिप्पियाँ, उन स्त्रियों के द्वारा भी चिपकाई गई हैं, जो सत्ता से चिपकी रहना चाहती हैं। वे आलाकमान मर्दों की ठकुरसुहाती करके अपनी सीट पक्की कर रही हैं। मन में आता है कि पूछें—क्या तुम कभी नहीं हारोगी? हारोगी तो तुम ही टिकट की हकदार क्यों हो? क्या इसलिए कि तुम इन राजनीतिक बाहुबलियों के बज्रवक्षों पर जब न तब सिर टिकाकर इन्हें इनके पौरुष पर दाद देती हो।

दिल्ली जैसे महानगर और देश की राजधानी में स्त्री प्रत्याशियों की कमी वाली बात गले नहीं उतरती। यह पूर्व नियोजित साजिश-भरा कार्यक्रम है। संसद में आरक्षण विधेयक पास नहीं होता, यह भी पूर्वनियोजित षड्यन्त्र है। यह सब इसलिए कि विधान सभाओं और संसद के स्तर पर वे स्त्रियाँ आएँगी, जो अपनी प्रबुद्धता और चेतना द्वारा प्रेरित चोरबाजारी, भ्रष्टाचार, हत्याओं, बलात्कारों और दहेज दहनों का पर्दाफाश करेंगी। ठण्डे बस्तों में पड़े जलते हुए सवालों का तब क्या होगा? राजनीतिक पुरुष डर रहे हैं। स्त्री की योग्यता और क्षमता पर निरंतर संदेह उठा रहे हैं कि उस स्त्री को विधायिका का अधिकार नहीं मिलना चाहिए, जो अपने अधिकारों के प्रति सजग है। यह खतरा पंचायती राज में आनेवाली औरतों से नहीं है कि पुरुषों के हाथ-पाँव ठण्डे कर दें।

तो फिर! देखिए हमारे जनतन्त्र का चेहरा, जिसमें एक ओर स्त्री सशक्तीकरण वर्ष घोषित किया जाता है तो दूसरी ओर आरक्षण विधेयक को गतिरोध मानकर रास्ते से हटाया जाता है। स्त्रियों के बराबरी से चुने जाने के अधिकार का हनन करना आखिर किस महिला दिवस और किस सशक्तीकरण वर्ष का हासिल है?

हासिल!

पंचायती राज लागू होने के बाद से ही सरकारी और गैरसरकारी स्तर पर तमाम संस्थाओं का सूत्रपात हुआ है, जिनमें वे आँकड़े इकट्ठे किए जाते हैं, जो दर्शाते हैं कि पिछले दस सालों में पंचायती औरत ने अपने विकास के चलते साहस, ज्ञान, उत्साह और न्यायप्रियता को किस तरह और कितना अपनाया है, जिसको पुरुषवर्ग अब तक दबाता या नजरअन्दाज करता रहा है।

सर्वे में आए आँकड़े अच्छी उम्मीद बँधाते हैं। निस्संदेह स्त्रियाँ आत्मविश्वास अर्जित करती हुई आगे आ रही हैं। जो उपलब्धियाँ गिनाई जाती हैं, वे ही उनकी आकांक्षाओं के रूप हैं। सपनों का संसार है। लेकिन राजनीतिक माहौल में सामाजिक शिकंजों में ढील आई हो, ऐसा नहीं लगता। लगता यही है कि शासन करने के अभ्यस्त पुरुष कुछ अधिक चौकन्ने हो गए हैं और स्त्री के सपनों को अपने चलते विरोध ही नहीं, बगावत मान रहे हैं। आशंकित हैं कि उनकी केन्द्रीयता में सेंध लगाकर यह खतरनाक उभार जो पैदा हुआ है, वह शास्त्रीय आस्थाओं, श्रेष्ठ परम्पराओं के आदर्श को ढँक लेगा। अतः राजनीति के बड़े और विकराल लोग हर हालत में अपने वहाँ होने को अनिवार्य समझते हैं, जहाँ औरत को अपने हक में खड़े होने का मौका मिला है।

मैंने सुना नहीं देखा है, पुरुष का वह दबदबा, भयंकर क्रोध, जो महिला

प्रधान, सरपंच या बीडीसी मेम्बर की आँखों में बोलता है और चेहरे को बेहद दयनीय बना देता है। यही नहीं कि पति हो, बेटा हो या कि कोई सम्बन्धी हो, सरकार की ओर से नियुक्त पुरुष कर्मचारी तक स्त्री के निजी निर्णय को 'अयोग्य का दुस्साहस' मानकर अपने-अपने फैसले लाद देते हैं। इन फैसलों की मिसालें हैं—स्त्री के पक्ष में धन फेंककर उसे चुनाव लड़ने से बिठा देना, मिलीभगत करके उसके चुनावी पर्चे फाड़कर फेंक देना, व्यक्तिगत स्तर पर उसे धमकाना और पीटना, बलात्कार करना जैसे कुकृत्य शामिल रहते हैं। कुँआरी लड़की को अपने फैसले की सजा उसे बदनाम करके दी जाती है कि कोई उससे शादी न करे। जाहिर है कि प्रधानकाल की अवधि पाँच साल होती है और घर के दायरों में रहकर स्त्री को जीवन बिताना पड़ता है, वह कौन-सा विकल्प चुने? विवाह न होने से पिता और भाई लोग लड़की को अपने घर का वजन समझते हैं। क्या पुरुष के लिए ऐसी लाचारियाँ हैं?

दलित पुरुष के आरक्षित पद की तुलना में दलित स्त्री के लिए प्रधान पद या कोई और सीट काँटों भरा ताज है। उसे अपने पति (मर्द) सवर्ण तबका और सरकारी लोगों की ठोकर पर रहना पड़ता है। आए दिन अपमान, धौंस और गालियाँ सुनने का आतंक तथा बलात्कार के खतरे स्वाभाविक रूप में नहीं रहने देते।

क्या यह रवैया राजनीतिक माना जाएगा? स्त्री के जीवन के विकास का संवैधानिक रूप यही बनता है क्या? यह हमारे सामन्ती मूल्यों की शानदार देन मानी जा सकती है, जिसे औरत अपनी ऐतिहासिक पृष्ठभूमि में न्यायसंगत पाती है। तो इसमें दो राय नहीं कि अभी भी पंचायती राज में स्त्रियों का अपना दखल नहीं। यह उनके संघर्ष का आधार हो सकता है। इस आधारभूमि पर चार कदम आगे बढ़ें और दो कदम पीछे हटना पड़े, तो भी प्रगति-उन्नति की उम्मीद बँधती है। आत्मालोचन करती हुई अपनी यात्रा को कदमताल न मानकर उपलब्धि में शुमार कर सकती हैं। दबाव के चलते भी अपनी चेतना से लोकतान्त्रिक हो सकती हैं, क्योंकि एकाधिकार ज्यादातर औरतों की आस्था में नहीं होता, उसे पुरुष पैदा करता है। ताकत आजमाकर खून-खराबा करना भी स्त्री का अभीष्ट नहीं होता क्योंकि यह उसके मनोविज्ञान में नहीं। यदि वह किसी पार्टीबन्दी में देखी जाती है तो उसके चलन को इस तरह पढ़ा जा सकता है कि उसे पुरुष के पक्ष में खुद को स्थगित करने की आदत पड़ी होती है। और यही उसकी जिन्दगी का नकारात्मक पक्ष है, जो अस्तित्व की असुरक्षा से पैदा हुआ है।

बहरहाल वह अपनी परम्पराओं के अँधेरे-उजाले से गुजरती हुई अति उत्साह के साथ नहीं देखी जानी चाहिए। उसके इस नये जीवन को सामाजिक रिवाजों की अनिवार्यता में रखकर परखना होगा कि क्यों बिना पुरुष की स्त्रियाँ

अपनी योग्यता, क्षमता और कार्यकुशलता को सहज रूप से कार्यान्वित कर पाती हैं, अपेक्षाकृत पुरुषों से बँधी हुई औरतों के। कामयाबी आँकड़ों में नहीं, अनुभवों में होती है। महिला सरपंच खुद को पुरुष व्यवस्था के अनुरूप ढालकर वफादारी का चलन निभाती देखी जा सकती है। वह उसी आदर्श से जुड़ जाती है, जो मर्दों के आसपास होता है। और वह रास्ता छोड़ देना पड़ता है, जो परिवार के पुरुषों से दूर ले जाकर पंचायती राज का लक्ष्य सिद्ध करता है।

कौन कहे कि आरक्षण के कारण स्त्री का नैतिक बल और आत्मसम्मान उसकी अस्मिता का दुश्मन हो जाता है, और यहीं उसकी अन्तरात्मा की हत्या होती है क्योंकि अन्तर्चेतना जाग जाती है। स्त्री की नस्ल की हमदर्द स्त्री नाते-रिश्तेदार और सम्बन्धियों के मुकाबले दीन-दुखियों, शोषित-वंचितों से जुड़ जाती है। ऐसा देखने में आता है कि वह प्रत्यक्ष रूप से मदद नहीं कर पाती तो चोरी छिपे सहायता करने का खतरा उठा लेती है। अभावग्रस्त व्यक्ति केवल धन के अभाव में ही दीन नहीं माना जाता, उसके लिए खुद कुछ कर पाने की बंदिशें वंचना पैदा कर देती हैं। अतः हमें उसे भी वंचित की भावभूमि में रखकर परखना होगा और प्रगति का स्तर नापना होगा न कि आँकड़े देखकर तय करना है कि नतीजे क्या और कितने निकले? नजीरें देकर उत्साह बढ़ाने से नतीजे भी निकल आएँ, जरूरी नहीं। अस्वाभाविक ऊँचाइयों के पिरामिड उस गहराई को खारिज करते हैं, जिसमें उतरकर स्त्री ने असलियतें पेश की हैं कि पंचायती राज में महिलाओं की भूमिका साधन, औजार और हथियार के रूप में है, जिसकी मूठ पुरुष के हाथ में रहती है। जब वह अपनी जद्दोजहद में खुद को उतारती है तो सुखिया बाई की तरह प्राण गँवाने पड़ते हैं, लीलावती की तरह मार दिया जाता है।

जनप्रतिनिधियों का किस्सा अभी तो दबाव, धमकी, धौंस, चुनौती, सुपारी की राह गुजर रहा है, मगर जहाँ-तहाँ उम्मीद के चिराग भी फड़फड़ाते दिखते हैं, लगता है यह कुछ-न-कुछ कर गुजरने का समय है क्योंकि स्त्रियाँ उस राह पर चल पड़ी हैं, जिसे पंचायती राज नहीं, पंचायत का रास्ता कहते हैं।

सुखियाबाई की सरपंची सुनिए।

मर गई सुखियाबाई। आग से जली। मध्य प्रदेश से यहाँ दिल्ली लाई गई। सफदरजंग अस्पताल में आकर मर गई। ऐन संसद की नाक के नीचे महिला सरपंच की मौत हुई।

स्त्री के रूप में जन्म लेनेवाली मादा भ्रूण के रूप में खुद को बचाए रही। दहेज दहन भी उसे मौत के घाट नहीं उतार सका, सम्भवतः इसलिए कि वह आदिवासी समुदाय से थी, जहाँ मध्यवर्ग का स्त्री-घाती चलन रिवाज में नहीं है।

लेकिन निचले माने गए तबकों का आधुनिक समाजशास्त्रीय विकास, सुधार और उद्धार उन्हें मध्यवर्ग में परिवर्तित करने के रूप में हो रहा है, इन दिनों जिसका दमदार स्तम्भ पंचायती राज है। यदि पंचायत में स्त्री को आरक्षण न मिलता तो यह बात तय थी, कि वह बरसों-बरसों तक तो क्या, एक सदी तक भी पंचायत के रूप में ग्रामीण राजनीति को नहीं छू पाती। प्रधानी, सरपंची और पंचायत की सदस्यता ने बड़ा दरवाजा खोल दिया है कि स्त्रियाँ आएँ, टोली और समूह में आएँ, उनके हक पर अब पुरुष सत्ता फैसला नहीं दे सकती, वे ही इस सत्ता के विरोध में या पक्ष में मत दें।

लेकिन गजब देखिए कि सुखियाबाई को पंचायत में मिली सरपंची ने ही फूँक दिया। अधिकारों की लड़ाई लड़ने के लिए सदियों से अधिकार वंचित रही स्त्री को खड़ा किया था, स्त्री-शक्ति बीच में ही ढेर हो गई। अब तक की समस्या इन स्त्रियों के सामने यह रही है कि पिता, भाई, पति और पुत्र घर की स्त्री को पीछे धकेलकर खुद आगे आ गए हैं या उसको आगे करके खुद पीछे से फैसले सुना रहे हैं। ताज्जुब भी क्या, यदि किसी को स्त्री पर सबसे कम भरोसा होता है, उसके विवेक पर सबसे कम विश्वास होता है, तो वे होते हैं सम्बन्धी पुरुष। इनके लिए अयोग्य, अबोध, भोली, बेवकूफ होती है औरत। लेकिन सर्वे के जरिये फिर भी दिखाया जाता है, जो उत्साहवर्द्धक है कि कल का सवेरा ग्राम स्वराज के जरिये होगा क्योंकि स्त्रियाँ बाहर आ रही हैं, श्रमिक औरतें गैरबराबरी से निजात पा रही हैं। काश मामला इतना सीधा होता। यहाँ तो समाज की पेंच खाती गलियों में स्त्री का गुजरना उन खूँखार गोपन रास्तों से जाता है, जहाँ खैरियत नहीं।

सम्बन्धी लोग मान लीजिए राह दे रहे हैं तो पंचायत सदस्य और अधिकारी लोग रास्ते में खड़े मिलते हैं।

सुखियाबाई को आगे पीछे से घेर लिया। बदनीयत और लालची लोगों ने उससे सवाल किए। जब उसे नया-नया ज्ञान हुआ कि ईमानदारी से निभाई जाने वाली पंचायती न्याय की परम्परा के चलन में अधिकारियों का कमीशन, रकम की मंजूरी में उनका हिस्सा और पंचायत सदस्यों का बंदरबाँट शामिल रहता है। सुखियाबाई थर्रा गई। गाँव के लोग उसे ईमानदार औरत, सबका ध्यान रखने वाली 'अच्छी सरपंच' कहते हैं। बेशक कुछ अपवादों को छोड़ दें तो हम पाएँगे कि औरतें घूस लेने और देने में माहिर नहीं होतीं। यदि अपवादों को भी लें तो जरूर उनके बीच कोई पुरुष दलाल काम करता है। वह, जो इतनी ताकत का मालिक बन जाता है कि रिश्वत और जमाखोरी के दलदल में धँसने से औरत इनकार करे तो उसे अपदस्थ करता है या मौत की सजा देने का इन्तजाम कर लेता है। पुरुष बिरादरी में वह खुद को पैसे से जोड़कर ही देखता है और जब पैसा दूर-दूर तक दिखाई नहीं देता तो संन्यासी, साधु, जोगी होने का ढोंग करता है। वाइन वैल्थ

और वुमैन का पहाड़ा उसी की 'प्रतिभा' से बना है।

ईमानदारी पुरुषों को रास आती तो क्यों मरती सुखियाबाई?

मर्दों को अक्सर पद पर आसीन महिला को देखकर कहते हुए पाया जाता है—मर्द होता तो आसानी से पट जाता, इस औरत का क्या करें? जाहिर है, जब मनमाने फैसलों के तलबगीरों की दाल नहीं गलती तो औरत अधिकारी को गाली देते हैं। जिस तरह स्त्री के नामांकन करने की औपचारिकता से लेकर चुनाव की प्रक्रिया तक रोड़े अटकाए जाते हैं, उसी तरह सरपंच सुखियाबाई से पंचायत का ऑडिट करने के लिए पाँच हजार रुपए माँगे थे।

सुखिया ने मना कर दिया।

'मना करना' उसे अन्य धमकियों की ओर खींच ले गया। पक्कापन चल नहीं सका। छोटी जाति की सुखिया 'डरना' संस्कारों के जरिये गाँठ में बाँध लाई थी। बड़े लोग। ऊँचे लोग। एलकार लोग। क्या बिसात है उसकी? आखिर में हथियार डाल दिए। भैंस बेच दी और अधिकारी की माँग की पूर्ति की। लेकिन माँग थी कि द्रौपदी का चीर, खत्म न होती थी। सरकारी पैसे में बिना घोटाला किए सुखिया धन कहाँ से लाती? नहीं थे रुपये। नहीं दिए रुपये।

पंचायत के सदस्य और पंचायत अधिकारियों की मिलीभगत उसे पीस डालने लगी। सरपंच थी तो क्या? थी तो औरत ही। औरत भी छोटी जाति की। इधर पंचायत की जिम्मेदारी, उधर अधिकारियों की देनदारी। कोल्हू के दो पाट उसके ऊपर नीचे और बीच में सुखिया नाम की स्त्री, अपने दुख के साथ...

असहाय हो गई। किसी ने साथ नहीं दिया।

चारों ओर देखती हुई निपट अकेली। बेईमानों में गिड़गिड़ाती ईमानदारी।

ऐसी जिन्दगी! ऐसी जिन्दगी को कहाँ ले जाए वह? कैसे छुटकारा पाए?

ऐसी जिन्दगी को आग लगा दी सुखियाबाई ने! कि ईमानदारी ही जलकर खाक हो गई। न्याय धुएँ में उड़ गया नहीं तो उसके बयानों को तोड़मरोड़ कर न रखा जाता। और मृतक सुखियाबाई के हत्यारों का जेल से अस्पताल में तबादला न कर दिया जाता फिर अस्पताल से छः दिन के अन्दर ही उन अपराधियों की छुट्टी। जमानत पर छूटने का बड़ा अच्छा और आसान जरिया है।

यही है पंचायती राज का चेहरा, जो पुरुष सत्ता ने ग्राम स्तर पर बनाया है। यह है महिला सरपंच होने का नतीजा, जिसे हम स्त्री सशक्तीकरण से जोड़कर देख रहे हैं। पंचायती राज का ढोल इस जोर-शोर से पीटा जा रहा है कि सुखिया बाई और लीलावती जैसी औरतों की आह-कराह, पुकार-फरियाद सुनाई तक नहीं देती।

क्या बन्दरबाँट का पहाड़ा सीखना होगा स्त्रियों को? क्या तभी वे नामी मुख्यमन्त्रियों की तरह प्रधानी और सरपंची चला पाएँगी? क्या औरतों को उस

जहरीली धारा में उतरना होगा, जिसमें ईमानदारी और इंसाफ की बात अपने आप डूबकर खत्म हो जाती है? उन्नति की आकांक्षा को पुरुष सत्ता चलने नहीं देगी, इस संसार में हर चीज पुरुषों की बपौती है। बाप का नाम जिन्दा रखते हैं क्योंकि बाप आक्रामक होते हैं। हमला करने वाले स्त्री के लोकतन्त्र को कैसे बचने देंगे? उनके सांस्कृतिक विचारों का सूत्र हमलों से जुड़ा है...

सांस्कृतिक विचारों की 'दया' कथा।

अनाथ बच्चो, मत रोओ। अभी हम तुमसे यही कह सकते हैं कि अपने आँसू खुद पोंछ लो, क्योंकि तुम्हारी रुलाई तुम्हें ही पिघलाकर आँसुओं में तब्दील कर देगी। उन आँसुओं की ओर कोई नहीं देखेगा। रोते हुओं को कौन देखता है?

जब तुम यह समझने लायक हो जाओगे कि हर बार दुःशासन आता है, मगर चीर हरण की मुद्रा देकर किसी स्त्री का नंगा होना जरूरी नहीं होता, कभी वह चीर बढ़ाने की छवि लेकर आता है। स्त्रियों को अपने पास बुलाता है और बताता है कि तुम अधढँकी हो, नंगी हो। नंगी किसी फैशन के तहत नहीं, अभाव और गरीबी ने तुम्हारे शरीर के कपड़े उतार लिए हैं। कपड़े उतारनेवाले अभाव और गरीबी भी नहीं, अभाव गरीबी को पैदा करने की कोशिश में लगे वे विपक्ष के राजनीतिक लोग हैं, जिन्हें तुम न्यायकारी कहती हो। तुम्हारी साड़ियाँ उन्हीं दुःशासनों ने उतारी, फाड़ी हैं।

महाभारत काल बीते सदियाँ-शताब्दियाँ गुजर गईं, साड़ी का मिथक ज्यों-की-त्यों सलामत है। नहीं तो शक्तिशाली दल देश पर शासन करता हुआ स्त्रियों को साड़ी दिखाकर आकर्षित क्यों करता? वह इस बात को स्त्रियों को बताना चाहता था कि साड़ी का महत्त्व क्या है? इसके अभाव में द्रौपदी रानी तक नंगी हो गई थी। गरीब औरतें, मजदूर या मारी सताई स्त्रियाँ यह जान चुकी हैं कि रोटी-कपड़े के लिए तबाह होने वाली बात छिपाने की नहीं, बताने की है। और रोटी, कपड़ा पर उनकी मेहनत का हक है।

बच्चो, राजा लोग तुम्हारी माँओं के हक को हक नहीं, हिस्सा नहीं, लालच में बदलने की कोशिश करते हैं। वे जानते हैं कि हक स्थायी स्तम्भ हैं, लालच फिलवक्त का करिश्मा। करिश्मे से ज्यादा असरदार कोई हक दिखाई नहीं देता। बस, सत्ता के मालिक लोगों ने कहा—आओ, स्त्रियो आओ। हम तुम्हें बिना श्रम किए, खड़े-खड़े साड़ियाँ देंगे, यह हमारा अहसान नहीं, ईश्वरीय गुणों वाली आदत है, जिसके जरिये वरदान दिए जाते हैं। दयालुता का अधिकार भी हर किसी के पास नहीं होता क्योंकि दयालुता को दिखाने की चीज बनाकर देखे जाने का चलन चल रहा है।

बच्चो, रोओ मत। यह शिकार महोत्सव था। शिकार, जैसे मछलियों को अपने जाल में मछुआरा फाँसता है, हिरणों को शिकारी लुभाता है और चिड़ियों को चिड़ीमार दाना डालता है। दान लीला का यह उत्सव किसी दया की मारी संस्था ने किया था--दया धर्म का मूल है—के अनुसार धर्म का आचरण करना था क्योंकि धर्म से पुण्य होता है, पुण्य से वरदान प्राप्त होते हैं। वरदान की बारिश मालिक लोगों के स्वास्थ्य और आयु की बढ़ोतरी के लिए चाहिए। वह प्रजा ही क्या, स्वामिभक्ति ही क्या, जो अपने राजा की लम्बी उम्र के लिए दुआ न करे। दुआ करने वाले उसी वफादार चलन के अनुयायी हैं, जिसमें विदेशी रिवाज शामिल है, जार को जीवित रखने के लिए प्रार्थनाएँ करो, किंग के लिए आपसी अभिवादन में ईश्वर से विनती जोड़ो। इस रिवाज को स्त्री से ज्यादा कौन जान समझ सकता है, वह तो हर रोज कोई-न-कोई व्रत-उपवास अपने मालिक (पति) और वंशज (पुत्र) के लिए करती है, क्योंकि ये दोनों उसकी जिन्दगी की नाव के खेवनहार माने गए हैं।

भारतीय लोकतन्त्र के राजा इन दिनों अपने जन्मदिन लगभग हर प्रदेश में राष्ट्रीय दिवस की तरह मना रहे हैं। अघोषित ही सही, मगर चेले-चपाटों, पार्टी के कार्यकर्ताओं को निर्देश हैं कि जन्मदिन के बहाने जो दानपुण्य किया जाएगा, उसका पुण्य फल तुरन्त मिलेगा, अतः खर्चे में कोताही न की जाए। फिर क्या था, मामूली धोती से लेकर साड़ी तक भव्य सजे हुए पंडाल में गट्ठरों के रूप में लाई गईं। नेताजी के पैदा होने वाले पवित्र दिन के उपलक्ष्य में करोड़ों का माल बाँटा जाना था। जैसे इस धरती पर अन्न-पानी देने वाले, उगाने वाले भी वही हों।

कोई माने या न माने, इन दिनों भीड़ जुटाने के लिए वे साधन इस्तेमाल किए जाते हैं, जिससे आम आदमी चकाचौंध हो जाए। जीप, कार, ट्रक, सूमो, ओमनी वैन की सवारी मिलेगी, पैदल आने का झंझट नहीं। पंडाल भर जाना चाहिए, लोगों की जरूरत है। आज औरतों को न्यौता था।

औरतें या वोट?

आधी दुनिया का नाम वोट बैंक है, आज की राजनीतिक और सांस्कृतिक भाषा में। औरत का नाम मतदाता है, उसके नागरिक अधिकार के साथ। जो भी है, लेकिन स्त्री की औकात अभी इससे ज्यादा नहीं कि उसे फुसलाया जाए। मर्द बिरादरी स्त्री-पुरुष सम्बन्ध को इसी रवैये में पहचानती है कि औरत को साड़ी-जेवर देकर मनाया जा सकता है, मनचाहे रूप में इस्तेमाल किया जा सकता है। आज का बाजार, बाजार के विज्ञापन औरत के 'पोशाक और आभूषण प्रेम' को मनमाने ढंग से भुना रहे हैं। पढ़ी-लिखी मॉड लड़कियों को गुलाम बनाकर पाल रहे हैं।

शासनकर्ताओं ने अपने कृपालुओं को यह नहीं बताया कि स्त्रियाँ आपस में कुछ लेती-देती हैं तो बहनापा माना जाता है, मगर औरत को पुरुष कुछ देता

है तो उसके पीछे औरत से कुछ-न-कुछ वसूल करने की नीयत रहती है। यह तो बाहरी मर्दों की साड़ी योजना है, घर का पुरुष तक अपनी औरत की अतिरिक्त सेवा और मनमाने सैक्स पर ही अपनी कमाई खर्च करता है–यह बात वे स्त्रियाँ जानती तो जरूर होंगी, जो चन्द्रशेखर पार्क (लखनऊ) में साड़ियों का तोहफा लेने पहुँची थीं। बेशक जानती होंगी, मगर भारतीय लोकतन्त्र से उन्हें ऐसी आशा न होगी कि मतदाता के नाम पर भी उन्हें औरत ही माना जाएगा। कि संविधान चुनाव घोषित करके बार-बार भटकाएगा। वैसे भी यह आयोजन दाता के स्वार्थ की नहीं, उसकी दयालुता भरी सहायता का ढोल बजा रहा था। ऐलान 'फील गुड' करा रहा था। फिर अपने पुराने मैले-कुचैले जर्जर कपड़ों को देखकर भी तो चली गईं स्त्रियाँ कि मजबूत चमचमाती हुई साड़ियों में वे शान से लौटेंगी। दाताओं की उस नीति को नहीं भाँप सकीं जो ऐसी ही थी कि पहले भूखों मारो, फिर रोटी का टुकड़ा दिखाओ। यदि वे सचमुच ही लोगों की भलाई करने राजनीति में उतरे थे तो यह जानते होंगे कि रोटी, कपड़ा और मकान, इन्सान की मूल आवश्यकता होती है, जिसे आपकी शानशौकत, सुविधा-साधनों की आपूर्ति से पहले पूरा हो जाना चाहिए। लेकिन ऐसा हो जाए तो वे अपने पद-पदवी को कैसे बरकरार रखेंगे–यही सवाल दादा लोगों से ठीक प्रकार नहीं सुलझ पाता। ईमानदारी और सच्चाई तथा सादगी पर उन्होंने कभी विचार ही नहीं किया हो, ऐसा नहीं है, मगर ये तीनों बातें उनके ऐयाश जीवन को रास नहीं आतीं। इसलिए उन्होंने स्त्रियों की दुखती रग पकड़ ली या कमजोर नस पर उँगली रख दी।

वे निश्चित ही अत्याधुनिक लोग थे। अपने शुभ जन्मदिन पर वोटों की गिफ्ट का पक्का भरोसा करके 'रिटर्न गिफ्ट' में साड़ियाँ बाँट रहे थे।

लेकिन अफसोस!

किसे पता था कि उन स्त्रियों को, जो चन्द्रशेखर पार्क में आई थीं, साड़ी मिलने के धोखे में कफ़न थमा दिए जाएँगे? यह भी पता नहीं था कि जो कट्टर और क्रूर आचार संहिता का नियम से पालन न करने वाली स्त्री को संगीन सजाएँ देते हैं, वे स्वयं चुनाव-प्रक्रिया की आचार संहिता का धड़ल्ले से उल्लंघन कर रहे हैं। स्त्रियों को बरगलाने वाले राजनीति के कुशल खिलाड़ी प्रजातान्त्रिक व्यवस्था के नाम पर व्यक्तिगत भोग के ही तलबगीर हैं। उनके सुख किस तरह सधेंगे, इसका साधन बना हवा में साड़ी लहराकर औरतों को लुभाना। भगदड़ मच गई। तोहफे मौत के जरिये बने। मौत पर मौत का अम्बार लग गया। लोकतन्त्र का यह 'विशिष्ट रूप' अपने आप में उन पिस्सुओं का उदाहरण है, जो जनता का खून चूसकर मोटे होते हैं और नए-नए शिकार खोजते रहते हैं। ये लोग उन संस्थाओं की फण्डिग के लिए खून जुटाते हैं, जो अमानवीय कृत्यों के नक्शे बनाती हैं और उदात्तता से जोड़ती हैं। अपनी उदात्तता को जनता की आँखों में

क्षीण होते देखकर वे क्षुब्ध होने लगे। मीडिया पर कहर ढाने की सोचने लगे—औरतों की मौत पर इतनी मुखरता से खबरें! हमारे शास्त्रों में स्त्री हत्या को सती प्रथा से जोड़ा गया है और भारत की सामन्तशाही का इतिहास सब जानते हैं—जीत और आयुवर्द्धन के लिए तो बलि देने का चलन है, राजा लोग अपने घोड़े छोड़ते थे, जो रास्ते में किसी को भी कुचलकर निकल जाते थे। साथ ही जिस साड़ी का सरोकार महाभारत बताता है, वह भी राजनीति का हिस्सा है। स्त्री की साड़ी उतारने और ओढ़ाने तक। यह शास्त्रीय परम्परा लोकतन्त्र में शामिल न होगी, तब तक लोकतन्त्र का चेहरा भारतीय कैसे दिखेगा? पुरुष के जन्मोत्सव और धर्मोत्सव की महिमा सब जानते हैं।

और महिमा के मारे हुए साड़ी काण्ड के हृदय विदारक दृश्य को देखकर हम स्त्रियाँ क्या सोच रही हैं, किसी ने पूछा नहीं...। यही कि अब हमारी जिन्दगी का किस्सा कैसे बदलेगा? बोलो वृन्दा कारत, सुभाषिनी अली और अरुणा राय। बोलो मधु किश्वर और लवलीन...लाख रुपए देकर क्या किसी इन्सान (यदि स्त्री इन्सानों में शामिल है तो) की मौत/हत्या की भरपाई हो सकती है? नहीं न? यह तो मौत के जिम्मेदार आदमी पर दान का पर्दा डालकर उसे बचा लेने का विकल्प है।

सुनते हैं कि चुनाव के समय चुनाव आयोग चौकन्ना है। अपनी भूमिका में वहाँ ज्यादा-से-ज्यादा कोशिश इंसाफ करने की है। गैरसरकारी संस्थाएँ भी आगे आ रही हैं, गुहार, पुकार और धरने देकर समाज को जगाना उनका फर्ज है। हम ताज्जुब से देखते हैं, क्या सचमुच में ये सब कुछ ऐसे हथियार लेकर आए हैं, जिनके अंकुश से बर्बर त्रासदियों पर रोक लगे? कोशिशें नाकाम होते देखी हैं, मगर वे कोशिशें तो थीं ही। ऐसे भयावह काण्डों के बाद या समानता के अधिकारों के हनन के पश्चात यह साँप निकल जाने के बाद लकीर पीटने वाली बात रह जाती है। नहीं तो उन औरतों से पूछ लिया जाए जो साड़ी लेने मैदान में पहुँची थीं और किसी संयोगवश बचकर वापस आ गईं। वे नहीं जानती थीं कि इतना बड़ा आयोजन प्रशासन की जानकारी में नहीं है। उन्हें यह भी पता नहीं था कि एन.जी.ओ के रूप में अपने आप को संचालित करने वाली संस्थाएँ ऐसे भ्रष्ट चुनावी समारोहों की ओर से आँखें मूँदें रहती हैं, जहाँ मामूली औरतें और गरीब लोग स्वेच्छा से आते नहीं, राजनीति की पैंतरेबाजी के लिए लाए जाते हैं। जागरण का शंख फूँकने वाले आखिर चुप क्यों रह गए? अनभिज्ञ रहने का भी कोई कारण नहीं था क्योंकि बाजारवाद की आँधी में 'स्त्री के वस्त्र' तमाम चेतना सम्पन्न लोगों की बहस का मुद्दा बने हुए हैं। उनसे साड़ी की साजिश कैसे छूट गई? असलियत दबी-छिपी नहीं है कि लेन-देन के खेल में साड़ी भी अपना शील नहीं

बचा पा रही।

तब हम क्या यही मान लें कि जनपक्षधरता का रोल मॉडल माने जाने वाले संगठन केवल चुनिन्दा सवालों पर टिके हैं? अपने ही नाम का ढोल पीटते हुए बधिरता के शिकार हो गए हैं? नहीं तो इस नाजुक मौसम का मिजाज भाँपते हुए आँख, कान खोल कर रखते और जुबान से काम लेते। तब फिर देखते कि उन गरीब औरतों की सहायता केवल उन्हें सतर्क और सचेत करने से हो सकती थी जिन्हें किसी फंडिंग और अनुदान की दरकार नहीं थी। लेकिन यह क्या अपराध नहीं है कि अपनी जागरूक नाक के नीचे मृत्यु का तांडव घटित हो जाए? अब रोदन मचाया जा रहा है। रोदन हो या जाँच के आदेश हों, कमीशन कमेटियाँ बनें, सम्बन्धित संस्था और व्यक्तियों पर आरोप सिद्ध हों, यह सारा तामझाम औपचारिकताएँ पूरी करने के अलावा कुछ नहीं। नहीं तो ऐसी त्रासदियों की समाप्ति नहीं तो उनमें कमी अवश्य आई होती। धार्मिक स्थलों पर वरदानों, इच्छापूर्तियों, पाप मोचनों के लालच भरे पड़े हैं, आए दिन भगदड़ भरे हादसे होते हैं, क्या यह पण्डे-पुजारियों और धर्म के ठेकेदारों की साजिश भरी नैतिकताएँ नहीं?

ये हादसे नहीं हैं, जानी समझीं चालें हैं, दाँव हैं।

स्त्रियों के मामलों की जिम्मेदारी उनको सुपुर्द करना चाहिए, जिनके नाम महिला-विकास से जुड़े हुए हैं। वे ही आज भी सवालों के घेरे में हैं। जो छः महीने और साल के अन्त में बदलावों की सकारात्मक रिपोर्ट लिखकर-लिखवाकर पेश करती हैं, उन्होंने अभी तक इस बेसिक बात की जानकारी महिलाओं को नहीं दी कि इस देश की राजनीति कुशलता से ही नहीं कुटिलता का खेल भी अक्सर खेलती है। बताना चाहिए था कि जहाँ कुशलता बड़े और समर्थ लोगों को लाभ पहुँचाती है, वहीं कुटिलता अपना शिकार अभावग्रस्त लोगों को बनाती है, वे ही मारे जाते हैं। हमें जानना चाहिए कि एक कम्बल, एक डबलरोटी, कुछ पैकेट दूध से गरीबी और बदहाली दूर नहीं होती, यह चलन अभावग्रस्तों को समूचा निगल जाता है और उनके बच्चों को गरीब रहने के साथ अनाथ होने का आशीर्वाद दे जाता है। ऐसे ही, जैसे जुगनुओं की चमक आँखें चौंधिया देती है, मगर अँधेरा ज्यों-की-त्यों बना रहता है।

गरीबों के लिए दुख करने वाले सुनें—

हमारे यहाँ दानपुण्य की महत्ता इंसानी जिन्दगी के मुकाबले कई गुना बड़ी मानी गई है। यहाँ अन्यायी, पापी, निरंकुश जीवन के हिमायती भी अपने हृदय के एक कोने में दया का सरोवर बनाए रखते हैं। दान की पुण्य-पवित्र संस्कृति और भिखारी लोगों में वृत्ति में भले ही गाय और कुत्ते को ग्रास टुकड़ा दो, स्त्रियों के आगे कपड़े फेंको और ब्राह्मणों के पाँव छूकर दक्षिणा अर्पित करो, वितरण के ये सारे तरीके एक ही मकसद से जुड़े हैं, कि रिश्ता दाता और दीन का ही है।

कि दाता सामने वाले पक्ष की समूची वफादारी लेने का दावा करता है। और हम इस निष्कर्ष पर पहुँचते हैं कि जो लोग स्त्रियों के श्रम को बेकीमत करके हजम कर जाते हैं, उनकी सौगातें संशय का विषय नहीं हैं तो और क्या हैं? ये बातें हमारी चेतना सम्पन्न महिलाओं के संगठन नहीं जानते क्या? यदि जानते हैं तो अपनी जानकारी से अवगत कराना उनका फर्ज है, कर्तव्य है, ड्यूटी है। जो प्रतिरोध आज हो रहा है, वह तो 'चिड़ियाँ चुग गईं खेत' के बाद का हाहाकार है। राजनीतिक मंचों पर नेता बयान दे रहे हैं, उन बयानों को कल बदल रहे हैं, आज इसका गीत गा रहे हैं, कल उसका स्वांग भर रहे हैं, राजनेत्रियाँ कठपुतली की तरह नाचकर अपनी कलाएँ दिखा रही हैं। यही नहीं आज के राजनीतिक नजारों में नेताओं की जगह अभिनेता फिट किए जा रहे हैं, जैसे अब नेता होना नहीं, नेता का अभिनय करना ही बाकी रह गया हो। हाँ, अभिनेता नेता के मुकाबले मौका देखकर नकली रोदन को असली दिखाकर रो सकता है। हँस सकता है। हम सोचते रहें कि अभिनेता और इन्सान के आँसुओं में क्या फर्क होता है? मौकापरस्ती और संवेदना का अन्तर क्या है?

क्या चेतना शिविरों में विवेकशील स्त्रियों की संवेदनाओं की परख करने के साधन हैं? मामूली आम स्त्रियों को खबरदार करने के उपाय हैं? क्या उन्हें सूचित किया जाएगा कि जो अपनी खूबसूरती के दम पर वोटरों को लुभाने निकली हैं, वे तुम्हारी हमदर्द नहीं, दयनीय अप्सराएँ हैं, जिनके लिए यह धरती ठोस और कठोर है, इस जमीन पर चलते हुए वे लड़खड़ा रही हैं। मामूली औरतें भी अँधेरों में क्यों रहती हैं, जबकि वे श्रम से जुड़ी हैं और जमीन की हकीकत जानती हैं। जगह-जगह चुनावी प्रदर्शन हो रहे हैं और साबित हो रहा है कि नेता की जगह जनता के बीच नहीं, सिर्फ कुर्सी पर है। जनतंत्र का मुकाम कहाँ होगा, बताने की जरूरत नहीं। जब स्वतन्त्र देश का चेहरा ऐसा है, तो गुलामी का नाम बदनाम क्यों है?

गुलामी शब्द नाम के लिए गुलाम है, वरन् स्वाधीनता के पक्षधरों में अमेरिका और ब्रिटेन क्यों आते? अमरीकी हमलों, जिनमें ब्रिटेन भी शामिल है, को देखकर पूरी दुनिया स्तब्ध है। हम लोग देख रहे हैं, बरसों से इराक और अफगानिस्तान में, और वहाँ भी, जहाँ अमरीका सनक जाता है तहाँ हमले शुरू कर दिए जाते हैं कि भागो यहाँ से, दूसरे की धरती और सम्पदा तो उसकी होती है, जो ताकतवर हो।

हम स्त्रियाँ देख रही हैं कि हमलावरों के बरक्स खड़े स्त्रियाँ और बच्चे, जिनके हाथों में बन्दूकें सधी हैं और चेहरों पर खौफ की जगह गुस्सा तमतमा रहा है, की उपस्थिति में बमों से निकले धुएँ के पार देखने की ताकत आ गई है।

शिकार होते जीव हों या लोग, जब चारों ओर से घिर जाते हैं तो 'करो या मरो' की स्थिति में आ जाते हैं, भले हमलावर उन्हें अनावश्यक रूप से क्रूर और प्रतिहिंसक का नाम दें।

बेचारे अमरीकी सैनिक! इराक की परी चेहरा स्त्रियों के लालच में जांबाजी दिखा रहे थे या अपने हुक्मरानों को खुश करते हुए सोच रहे थे कि लड़ते हुए सिपाहियों की रातें यहाँ की औरतें सजाएँगी क्योंकि वे उनके चंगुल में होंगी। वे औरतों को लूट लाएँगे। लेकिन यह नहीं पता था कि उनकी बहादुरी जो औरतों पर टूटनेवाली थी, मुगालता ही सिद्ध होगी। अफगानिस्तान के अनुभव से भिन्न दिल जलाने वाला समां ही नहीं, खौफनाक नजारे का सामना मिलेगा। यहाँ वे तालिबान नहीं, जो अपनी ही जनता के हौसले पस्त कर दें। यहाँ दीवानगी और देशप्रेम का ऐसा आलम है कि अँधेरे में भी अपने रास्ते पहचान लें। औरतों को अक्सर ही दुर्गम रास्तों का पता होता है क्योंकि इन रास्तों से गुजरना उनके जीवनगत अभ्यास में आता है। वे बुश के सैनिकों को राह भटका सकती हैं। उन्हें मालूम है कि उनके पुरुष मारे गए हैं या निशाने पर हैं और वे बलात्कार की सामग्री में तब्दील होने वाली हैं। युद्ध के समय की ये तस्वीरें देखकर उनका गुस्सा भड़क उठता है। वे अमरीकी और ब्रिटिश सेना के खिलाफ खुलकर खड़ी हो जाती हैं। जिहाद बोले जाने की गुहार लगाती हैं। क्या इन्हीं की पुकार पर सड़कों पर होते प्रदर्शन को प्रभावकारी मानकर मिस्र और अल्जीरिया से सैकड़ों बलिदानी युवा आगे बढ़े नहीं चले आए? और इनके दाएँ-बाएँ पत्रकार जेन अर्राफ जैसी स्त्रियाँ खड़ी हो गई हैं। मौत के साथ आँखमिचौली करती हुई वे बम और धमाकों के बीच हैं, आँखों के आगे आसमान तक जाते आग के गोलों से मौत बरसती देख रही हैं। वे जान गई हैं कि यह युद्ध अब तक लड़े गए युद्धों के मुकाबले कठिन ही नहीं, ज्यादा जटिल है।

औरतों और बच्चों की टोलियाँ छापामार हमलों पर उतरने को हैं। निश्चित ही उन्हें उनकी असहायता में छिपी वतनपरस्ती ने सिपाही बना दिया है और आने वाली गुलामी की आहट ने सबको एकजुट कर दिया है। यह किसी भी देश के लिए गर्व की बात है कि उस देश की स्त्रियाँ शारीरिक खूबसूरती की पुतली नहीं, अपने शरीरों में फिर दिल-दिमाग से दुरुस्त और बहादुर हैं। बुश कुछ भी कहें, किसी को कितना ही रोकें, यह तो जान ही गए होंगे कि सताए गए लोग आपस में मिल जाते हैं, एकजुट हो जाते है और भाईचारे की ऐसी मिसाल बन जाते हैं कि बुश जैसे तथाकथित महासम्राट की नींद हराम कर दें। खूनी जनसंहार अमरीकी राष्ट्रपति को कुछ दिनों के लिए तो तुष्ट कर सकता है, मगर ज्यादा दिन यह पीड़ा के आनन्द का खेल चलने वाला नहीं, यही ठानकर वे स्त्रियाँ जंग से जुड़ गईं, जो कभी खून खराबा नहीं चाहती थीं। अन्तर्राष्ट्रीय स्तर पर महिलाओं

का घोषणापत्र 'से नो वार' को रद्द कर देना पड़ा, क्योंकि इराकी औरतें इसको निभाकर कहाँ रहतीं? इस शपथ पत्र का उन अफगानी औरतों के लिए भी कोई अर्थ नहीं, जो दरबदर कर दी गईं।

पुरुषवर्ग शान्ति की बोली को समझता नहीं, किससे कहें 'नो वार'? जिस कुटुम्ब के सदस्यों को औरत समूचे रूप में लोकतान्त्रिक भावना से पालती हैं, उनको पुरुष ही हलाल कर डालते हैं; जैसे वे आदमी नहीं, मुर्गियाँ हों। दुनिया में कहाँ है लोकतन्त्र? यह शब्द क्या राष्ट्रों ने और राष्ट्रपतियों ने झूठी उदारता और खोखली सदाशयता का पर्याय होने के लिए गढ़ा है?

जन एकता की अगुआ स्त्री, जिसे जीवन भर असहायों की मदद में गुप्त रूप से खड़ा रहना पड़ता है और निश्चित ही यह ढंग उसका अपना खास ढंग है। वरन् सद्दाम हुसैन तो युद्ध के मैदान से दूर कहीं सुरक्षित स्थान में छिपे बैठे हैं। हुक्मरानों को आम नागरिकों की जिन्दगी से क्या वास्ता और उसकी वास्तविकताओं का क्या पता कि अपने देश के चप्पे-चप्पे से वाकिफ नागरिक सिपाहियों के लिए बुश का सैन्य संचालन घटिया और हल्का सिद्ध होगा। तभी तो अमरीकी सैनिकों ने कह दिया—हम भूखे-प्यासे यहाँ ज्यादा दिन नहीं ठहर सकते। मौत पास आती जाती है। मौत माने इराकी नागरिक। बमबारी और प्रक्षेपास्त्रों की विफलता इराकी जिन्दगी की निशानदेही करती है। रेतीली आँधियों से उठा प्राकृतिक अवरोध मानो इराकी हवा का अपना प्रतिरोध है। कीट-पतंगों का अमरीकी सेना पर आक्रमण अपने धरती के निवासियों को बचाने का साधन है। डांस करने वाली हूरें छापामार सिपाहियों में तब्दील होकर युद्ध को लम्बा करती जा रही हैं। अमरीकी सैन्यबल आगे की नरकयात्रा से घबराने लगा।

हुक्मरान युद्ध छेड़ते हैं, सेनाएँ लड़ती हैं, नागरिक उजड़ते हैं, स्त्रियाँ लुटती हैं इस सबके बावजूद जीतता वही है जो साहसी है, बहादुर है, भले वे औरतें हों, जिन्हें कोमल और कमजोर माना जाता है। उन औरतों का हौसला देखकर ही आक्रमणकारी थकता है, ऊबता है और लौटने के मंसूबे बनाता है। बन्दूक उठा लेने वाली स्त्रियों को देखकर कौन सोच सकता है कि ये खुद को लुट-पिट जाने के लिए प्रस्तुत करेंगी? यह चुनौती स्वीकार करने का समय है, मरनेवालों के लिए भी हाथ जोड़कर और आँखें मींचकर प्रार्थना करने का वक्त नहीं...

मगर हम प्रार्थनापूर्वक सिर झुकाए खड़े हैं, गले में उन्हीं अँग्रेजों की भाषा का ढोल लटकाए हुए, जिन्होंने हमारे ऊपर दो सौ वर्ष राज किया और बुश तथा ब्लेयर की तर्ज पर जुल्म ढाये। हम हिस्दुस्तान के बाशिन्दे अपने उस संघर्ष पर गर्व करते हैं, जो स्वतन्त्रता संग्राम के रूप में भारत की जनता ने लड़ा, झेला और जीता था।

विदेशियों से सत्ता छीनी थी। हुकूमत छीनना एक बात होती है, हुकूमत मानना दूसरी बात।

क्या हम अभी भी अँग्रेजों की हुकूमत को मान्यता नहीं दिए हुए हैं? मान्यता ही नहीं, वह महत्त्व दिए हुए हैं; जिसके चलते नहीं लगता कि अँग्रेजों की गुलामी से हम मुक्त हो गए हैं। हम अब भी उसी जंजीर से बँधे हैं, जो साहबों ने इंडियन डॉग्स को बाँधने के लिए फन्दों के रूप में डाली थी।

वह जंजीर है उनकी तहजीब, उनकी भाषा।

स्वतन्त्रता के बाद भारतीय संविधान लागू हुआ, पंचवर्षीय योजनाएँ बनीं। शिक्षा, विकास और उत्पादन को ध्यान में रखकर ऐसे कार्यक्रम तय किए गए, जो स्त्री वर्ग और अज्ञान के अँधेरों में पड़े लोगों के लिए थे, जिनको स्वतन्त्र देश की नागरिकता हासिल हुई है। गाँधी जी को स्त्रियों की चिन्ता थी। उन्होंने स्त्री शिक्षा को महत्त्व दिया, उसके जीवन गत विकास पर जोर दिया। सम्भवतः इसी विचार से सहमत लोगों ने औरत के लिए योजनाओं में जगह दी। वे विचारक चिन्तक और कार्य स्तर पर स्त्री की बात को लानेवाले बधाई के पात्र हैं। स्त्रियाँ भी अपने साहस और सूझबूझ का परिचय देती हुई आगे आ रही हैं।

वे स्त्रियाँ, जिन्हें अँग्रेजी पढ़ने-लिखने की सुविधा मिली, इन योजनाओं पर काबिज भी हुईं। स्त्री सशक्तीकरण की नई धारा उनकी मुट्ठी से निकली। सतह के नीचे खाई हो या दलदल, मगर सतह पर तो हरियाली दिखाई देती ही है। हम कागज पर खाका खींच सकते हैं, जिसमें बदलाव और विकास की फसलें लहलहाती हों। हम उन परिवारों का सर्वे कर सकते हैं, जिनमें स्त्रियों के स्मार्ट चेहरे ही नहीं, तेवर-अन्दाज और रहन-सहन पहली स्त्री के मुकाबले 'एम्पावरमेण्ट' की झलक दिखाता हो। कारें चलातीं, व्यवसाय करतीं, कम्प्यूटर की ज्ञाता, इंटरनेट के जरिए अभिव्यक्ति देतीं, हवाई जहाज उड़ातीं, पुलिस के छोटे पदों से लेकर बड़े पदों पर काम करतीं, कहने का मतलब है कि औरत के हक में दृश्य खुशगवार है। अब यह दीगर बात है कि परिवारों के दायरे में ये क्या हैं, कौन हैं, कैसी हैं, के ब्यौरे अलग दिखें।

बहरहाल ताकतवर होती स्त्री ने विभिन्न पदों पर बैठकर क्या कभी यह सोचा है कि उसकी ही नस्ल में पैदा हुई औरत इस देश के ग्रामीण क्षेत्रों में बसी हुई हैं। मुख्यतः शिक्षा का संवाद, हकों का विचार और नागरिकता का ज्ञान उसके लिए होना है।

लेकिन अभी तक तो उन अनपढ़, अशिक्षित और अपने अधिकारों से अनभिज्ञ औरतों के लिए जो योजनाएँ बनती हैं, जो फैसले लिए जाते हैं, वे हिन्दी में नहीं, अँग्रेजी में प्रस्तावित, पारित और प्रस्तुत होते हैं। पंचायती राज (जिसमें ग्रामीण औरत को तैंतीस प्रतिशत आरक्षण मिला है) पर बहस और विकास तक

का सफर 'फ्लुऐंट इंगलिश' का मोहताज है। यह बात दबी-छिपी नहीं, किसी की भी जानकारी के लिए खुली है कि हिन्दी या अन्य भारतीय भाषाएँ उन कर्ताधर्ताओं के वार्तालाप या व्यवहार में नहीं होतीं।

मुझे इस बात से इनकार नहीं कि प्रबुद्ध लोग ही अशिक्षितों और हकों से वंचित स्त्रियों के बारे में सोचते हैं तो उनकी भाषा भी तत्सम होगी, अँग्रेजी हो सकती है। लेकिन इस माध्यम को लेकर ग्रामीण स्त्री के शिष्ट, सभ्य, शुभचिन्तक लोग उसके आसपास से भी गुजर सकते हैं? यदि कहूँ कि वह तो इस सभ्य वर्ग की ऐसी ही शिकार होती हैं, जो उन लोगों से डरकर झिझककर हमेशा एक निश्चित दूरी पर रहती हैं। कारण यही कि इन आलाकमानों की भाषा नहीं समझतीं, कायदे कानूनों में सहज कैसे हो पाएँ?

मैं आपको वह किस्सा सुनाती हूँ, जब पंचायती राज के तहत चुनी हुईं ग्रामप्रधानों को दिल्ली बुलाया गया। प्रौढ़ शिक्षा की प्रतिनिधि के तौर पर भी स्त्रियाँ राजधानी आईं। आईं क्या, आने से पहले उनके आगमन का भीषण प्रचार किया गया। अँग्रेजी के अखबारों के पन्नों पर विलेजीकरण का ऐसा नक्शा खींचा गया कि लगा, विकास बीहड़ क्षेत्रों में पारे की तरह फैल रहा है। महीनों पहले की कवायद के रूप में वातानुकूलित ऑडीटोरियम, रहने-खाने की व्यवस्था, आने-जाने का प्रबन्ध युद्धस्तर पर किया गया। तमाम समाजकर्मी, कलाधर्मी और छोटे बजट के फिल्म निर्माता आए।

दृश्य में कैमरों की भीड़ हुई। गाँव की कुल जमा तीस-पैंतीस स्त्रियाँ उजबक-सी देखतीं, कोई कुछ पूछता तो शरमाकर आँखें चुरातीं। अरे, बोलो बोलो, से सम वर्ड्स। टैल योर स्टोरी।

वे समझ गईं, उन्हें बोलना है, वे बोलने के लिए आई हैं, गाड़ी में चढ़ी थीं तो बताया गया था। बी. डी. ओ. साहब ने समझाया था। वे बोलीं—रटे-रटाये चन्द जुमले। वे बोलीं—पढ़ी-पढ़ाई बातें।

मैं भी इस भव्य समारोह में किसे बताती, कैसे बताती कि—अपने दुख नहीं बताएँगी औरतें। शानदार चमचमाते नजारे में दुख शोभा नहीं देते, जानती हैं। यों तो आँखों में कई दर्द उमड़कर आए हैं, मगर भाषा नहीं साध पा रहीं ये स्त्रियाँ। पास में खड़े लकदक लोग, अँग्रेजी बोलते हुए...सो दुख-दर्द के साथ अपनी बोली भी पी गईं स्त्रियाँ। संवाद बनाने का मन बनाकर भी चुप्पी को ओढ़े खड़ी हैं औरतें...मैं क्या करती, ये मेरे जैसे गाँवों की स्त्रियाँ, मगर मुझसे संवाद बनाने का वक्त नहीं, वे अँग्रेजी भाषा के दायरे में घिरी खड़ी थीं, सहमती-डरती-झिझकती हुई कि कोई भी कहता, इन डरपोक औरतों को क्या सोचकर सौंपा है पंचायती राज?

मैं कैसे कहती कि—तुम यहाँ पंचायती राज और प्रौढ़ शिक्षा के प्रतिनिधि

के रूप में नुमाइश का सामान हो। ऐसे ही जैसे मेले में चीजें सजा दी जाती हैं, तुमको सजाया गया है यहाँ, क्योंकि पत्रकारों को रिपोर्टिंग करनी है। कार्यकर्ताओं को आँकड़े बनाने हैं। नई साड़ी-चप्पल पहनकर आई हो न!

प्रधान, सरपंच और बीडीसी मैम्बर अकबकाई-सी देखती थीं, चेहरों को आतंक ने घेर लिया। आतंक, यानि कि प्रश्न, सवाल, क्वेश्चन। कोई गलत बात ही मुँह से निकल जाए तो? गलत, यानि जो उसके खिलाफ न पड़े, जिसने किराया देकर बुलाया है, खाना खिलाया है, रहने का इन्तजाम किया है...यही सोचकर बहुत कुछ वह भी भूल गईं; जो बीडीओ साहब ने बताया था, पंचायत सेक्रेटरी ने बार-बार रटाया था। एकदम चुप्पी मार गईं स्त्रियाँ।

यह हाल उनका है, जिनको घर की चारदीवारी से निकलकर राजनीतिक माहौल में आत्मविश्वास अर्जित करना था। पढ़-लिखकर या जो कुछ पढ़ा-लिखा है, उसके दम पर लोगों से संवाद बनाना था। संवाद नहीं, सच्चाई कैसे बाहर आए? यदि अपनी टूटी-फूटी भाषा में औरतें कुछ बता भी पाईं तो कैसे जानेंगी कि यहाँ आकर उनका बयान दर्ज हुआ? दर्ज भी हुआ तो कैसे पढ़ेंगी कि क्या दर्ज हुआ? अँग्रेजी की इबारत उनके लिए काला अक्षर भैंस बराबर है। आप अँग्रेजीदां यह अधिकार पा गए कि उनकी आपबीती को किसी तरह तोड़ें-मरोड़ें। आपकी तोड़-मरोड़ का ही नतीजा तो नहीं है कि खूँखार असलियतों, जानलेवा हालातों और बीहड़ व्यवहार के विवरणों पर जब अँग्रेजी की 'लटर पटर' लहराती है, तो सुनने वाले को सम्भ्रांत, आधुनिक और अत्याधुनिक तहजीब में गाँव की 'ग्रीननेस' दिखाई देने लगती है, जैसे वहाँ मैली-कुचैली, उपेक्षित, प्रताड़ित औरतें नहीं, भव्यता-योग्यता से लैस मैमें रहती हों। तब यह सब क्या हुआ? अज्ञान के लिए अज्ञान बढ़ा। अस्मिता की पहचान के बदले मूर्खता की हैसियत में बदलने लगती है।

ऐसे तमाशों में गाँव के स्तर पर चल रही सामंतशाही, तैनात अधिकारियों की मक्कारी और न्यायपालिका की अनदेखी क्यों सामने नहीं आती? जिस स्त्री-जगत के लिए विकास तय किया गया है, उसको विकास की कीमत कैसे अदा करनी पड़ती है, सरल भाषा में इस बात को समझाना आपको क्यों तौहीन लगता है? इसलिए कि गँवई औरतों के अँग्रेजीदां खैरख्वाह उन औरतों की 'प्रगति रिपोर्ट' रिपोर्ट नहीं, अपने 'वुमैन एम्पावरमेण्ट' का उत्सवीकरण कर रहे होते हैं। आगामी फंडिंग का जुगाड़ किस तरह होगा, वे जानते हैं और बढ़चढ़कर अपनी ही योग्यता और कार्यकुशलता का प्रदर्शन करते हैं।

मेरे सामने ऐसे दृश्यों की शृंखला है जब बैठकों-कार्यशालाओं और आपसी विचार-विमर्शों के दौरान वे लोग बेवकूफ की तरह पहचाने गए जो देशी भाषा में प्रवीण और पारंगत थे, बोलने के अभ्यास में एकदम दुरुस्त। कारण यही था 'रूरल

डेवलपमेण्ट' का वायस कोड होता है इंगलिश लेंग्वेज। है न मखौल की बात, कि अशिक्षा की सतह पर, शोषण के पायदान पर पड़ी औरतों को उठाने के लिए अँग्रेजी में आह्वान किया जाए! आखिर यह किसके उद्‌बोधन के लिए होगा? उनके या अपने? संदेह होता है कि ये अभियान अपने ही धन्धे चलाने के साधन तो नहीं हैं? ग्रामीण औरतें इन धन्धों का जरिया तो नहीं बन गईं? बदलाव के नाम पर नई तरह की अशिक्षा तो नहीं फैलाई जा रही? विकास के बहाने हीनता बोध को उनके खून में तो नहीं उतारा जा रहा? रामकुमार कृषक, जाने माने लेखक, उन्होंने कार्यशाला में खड़े होकर अपना विरोध दर्ज किया था। 'अँग्रेजी नहीं' का स्वर तेज किया था और अपनी बात समझाते हुए यही कहा था—जिनके लिए आप विकास लाना चाहते हैं, कृपया उनकी ही भाषा व्यवहार में लाने की कोशिश करें।

हम सब मानते हैं कि भाषा संवाद और आपसी पहचान का माध्यम होती है, उसके साथ खिलवाड़ करना अन्याय है, अपराध है। अपराधियों ने, अन्यायियों ने कितनी ही योजनाओं को विफल कर डाला। प्रौढ़ शिक्षा ने अपना मकसद चालीस-पचास वर्ष में भी पूरा नहीं किया। अशिक्षितों की संख्या घटने या खत्म होने के बजाय बढ़ी। औरतें नासमझ की तरह अपनी दावेदारी से वंचित हैं।

अँग्रेजी का करिश्मा यही है कि अनपढ़ अज्ञानियों का इजाफा उन स्वार्थी लोगों के मुनाफे का साधन बनता है, जो हर हालत में विकास की बात को मूल मुद्‌दे तक पहुँचने से रोके रहते हैं और प्रगति की आँकड़ेबाजी अपने हिसाब से करते रहते हैं कि कागजी विकास होता रहे। यह कैसा बदलाव, किसका विकास?

असल में इस देश का तथाकथित सभ्य और विकसित तबका उन्नति का रूप अँग्रेजों, अमरीकनों और ऐसे ही देश के वासियों को मानता है, जो किसी देश को गुलाम बनाने की मानसिकता पाले हुए है। यह देश अपने सभ्य लोगों की गुलाम आदतों का अभ्यस्त है, अतः हर स्तर पर अँग्रेजों/अँग्रेजी को महत्त्व देता है। यह देश अपने शिक्षित और सभ्य लोगों के चलते पुराने हुक्मरानों के विरुद्ध कोई जंग नहीं छेड़ सकता, क्योंकि मानसिक दासता से जकड़ा बौद्धिक वर्ग अपनी जुबान अँग्रेजों के यहाँ गिरवी रख चुका है। और विनत नज़रों से प्रार्थना के स्वर में हर बात 'रिक्वेस्ट रिक्वेस्ट' के शब्दों में निकलती है।

हद तो यहाँ होती है कि वह अपने देश के ग्रामीणों, अनपढ़ों और अज्ञानियों को सजगता शिक्षा और विवेक देने के बदले अँग्रेजी बोलकर लिखकर भूलभुलैयों में भटका देता है! और यह 'वार' औरत पर अपनी पूरी ताकत के साथ टूट रहा है।

क्या इस धोखाधड़ी और यातनापूर्ण समय के विरुद्ध स्त्री को साहस के साथ सामने नहीं आना चाहिए? स्त्रियाँ ही फैसला दें।

स्त्री मेरे पाठ में

आपकी धनिया

आपको सच बताऊँ हमारे समाज में अपने वजूद की मालकिन औरत नहीं होती, उसको वैधता देनेवाला कोई एक घर होता है। यह अलग बात है कि घर जो बने होते हैं, वे औरत के चरित्र से ही बिगड़ भी जाते हैं। वह कैसे चरित्र के कारण? स्त्री की सेवा और समर्पण विहीन भावना के कारण।

मैं धनिया, उस होरी की ब्याहता हूँ, जो घर का मालिक है। मैं धनिया, उस गोबर की माँ हूँ, जो घर का वारिस है। मेरी बेटियाँ सोना और रूपा पराये घर की अमानत हैं। इसी कायदे पर चलता हुआ हमारा घर-गृहस्थ ठीक-ठाक है। इसमें शक नहीं कि मैं पतिव्रता औरत की मिसाल हूँ। मेरा तन-मन होरी के लिए समर्पित है, धन होता तो मैं पाई-पाई उसकी लालसा पूरी करने के लिए खर्च करती। धन नहीं है, मुझे यही चिन्ता खाए जाती है कि होरी इसी कारण से दुखी है। गरीबी उसे पछाड़ रही है। मैं अब क्या करूँ?

''कुछ जलपान कर लो, ऐसी जल्दी भी क्या है आखिर?''

''तू जो बात समझती नहीं, उसमें टाँग क्यों अड़ाती है? देख धनिया, जब दूसरों के पाँवों तले अपनी गर्दन दबी हो तो उन पाँवों को सहलाने में ही कुशल है।'' मेरे होरी ने कहा था, और मेरे लेखक ने लिखा–''धनिया इतनी व्यवहार-कुशल न थी इसलिए हार न मानती थी। दो-चार घुड़कियाँ सुनने पर ही उसको यथार्थ का ज्ञान होता था।''

मुझे कोई ज्ञान नहीं होता था मेरे मालिक, मैं तो एकचित्त एकधुन होकर यही सोचती कि मेरे पति का बाल बाँका न हो। उसकी हर लालसा पूरण हो। गऊ की साध, उसके कारण ही मेरी भी साध बनी, मैं धन्य हुई। मेरे अपने मन की बात तो जब कभी बाहर आई, एक पाप-बोध सा लगा। मिसाल दूँ–भोला चौधरी ने एक बार भूसा माँगा था तो मैंने तीखी नजर करके कहा था–''यही एक उद्यम रह गया है क्या? हमने किसी भोला-भोली का कर्ज नहीं खाया। नहीं देना भूसा किसी को।'' मगर होरी की मार्फत जब यह सुना कि भोला मेरा बखान करता है। कहता है, धनिया सलीकेदार औरत है, लक्ष्मी है। उसका मुँह सवेरे देख लेता हूँ तो उस दिन मेरे हाथ जरूर कुछ न कुछ लगता है।–बस, इतना सुनते

ही मेरा मन बदल गया। सच्ची, कोई धनिया की बात करे, उसके गुण बखाने, ऐसा कहाँ होता है? मेरा मालिक तो मुझे नसीहत दे देकर ही मूर्ख साबित करता रहता है और सभी तो उसी घर झोंपड़ी के मालिक को पहचानते हैं जिसमें मैं रहती हूँ।

मेरे लेखक ने स्त्री-मन की कैसी पड़ताल लगाई, खुले खजाने लिख दिया—धनिया कहने लगी, आदमी (भोला चौधरी) द्वार पर बैठा है, उसके लिए खाट डाल दो। कुछ रस पानी पिला दो। तमाखू ले आओ।—हाँ, मुझे ऐसी उमंग लगी थी कि एक खाँचे की जगह तीन खाँचे भूसा की सिफारिश करने लगी। हमारे दिल में भी तो यही बात रहती है कि कोई हमें भी पहचाने। मगर कौन चीन्हता है? पुनिया, मेरी देवरानी, इसी बात पर तो भोला चौधरी से लड़ पड़ी थी कि वह उससे बिन पूछे खेत में से बाँस काट रहा था। वह नादान भूल गई कि घर और खेत का मालिक तो उसका पति हीरा है, पुनिया किस खेत की मूली है? हमारे लेखक ने भी क्या दलील दी, सुनिए आप भी, वे लिखते हैं—पुनिया अपनी ढलती देह को बनाव-शृंगार से दमकाना चाहती थी, मगर साधन न थे। इस अभाव में, मजबूरी में वह शुष्क और कठोर हो गई—अब हम प्रेमचन्द जैसे विद्वान से क्या कहें कि बनाव-शृंगार न कर पाने पर औरत कठोर नहीं होती, कठोर होती है हक के मारे जाने पर। खेतों से हमारा वास्ता क्या मशक्कत भर का है, उसकी फसल में हमारा हिस्सा नहीं होता क्या? पुनिया बाँसों की कम कीमत के कारण खफा थी। वह इस खरीद-बेच के व्यवहार में अपना फैसला देना चाहती थी। बस इसी बात पर हीरा उसे पीटने लगा। जोरू पर ताकत आजमाने लगा। यही नहीं, औरत की औकात भी बताने लगा—हरामजादी, तूने हमारी नाक कटा दी। जब भइया ने बाँस तय कर दिए थे तो तू बीच में कूदनेवाली कौन थी? खोदकर गाड़ दूँगा।—हीरा मर्दों के फैसले को औरत द्वारा खारिज करने पर आग-बबूला हुआ था, भइया के मान की क्षति के कारण नहीं।

मैं धनिया, ऐसे कितने ही सचों को नहीं कह सकी क्योंकि मैं जानती थी कि हम बच्चे जनने और अपने मर्दों की सेवा करने के अलावा किसी काम के लिए स्वतन्त्र नहीं। तभी तो मैंने अपने मर्द की मर्यादा में कहा था—पुनिया बहुरिया पराये मर्द से लड़ेगी तो डाँटी ही जाएगी। क्यों कह रहे हो कि हीरा बहू से मार-धाड़ न करना?—कहते हुए मैंने अपने हाथ पर वह दाग देखा था, जो होरी ने मेरी पिटाई करके मुझे दिया था। अब मैं ऐसे ही दूसरे घाव के लिए तैयार नहीं थी और यही मेरी व्यवहारकुशलता का नमूना है कि आगे होरी को याद दिलाया—इस बहू ने तुमको घूँघट की ओट से दाढ़ीजार कहा था।—मेरा लेखक फिर भी कहता है कि मैं रणनीति में कच्ची थी, मेरी उग्रता जनमत को मेरे विरुद्ध कर देती थी।

अब छोड़िए लोकतन्त्र की बातें। हम औरतों को जनमत से लेना भी क्या? हमारे जनमत का अर्थ है पति-मत। हमारी सरकार का रूप है पति का शासन। जमाना बीत गया, बहुत-सी बातें बदल गईं, मगर हम पर लागू कायदों में तब्दीली नहीं आई। अतः मैंने उग्रता या शान्तिवृत्ति में से जिसे भी अख्तियार किया, होरी के हित को सोचकर ही किया। मैं अपने देवर हीरा से लड़ी, वह भी होरी के लिए और उसे बचपन से पाला-पोसा, वह भी बस इसलिए कि भाई का पालन-पोषण होरी का धर्म है। यह न होगा तो वह दुनिया को क्या मुँह दिखाएगा? जो फर्ज आदमी का है, वही जोरू का होगा। ऐसे संस्कारों को माननेवाले ही आज समाज के कर्ता-धर्ता हैं। सद्गृहस्थों के घरों को पंडे-पुजारियों की नीति-रीति चलाती हैं। धर्म से विचलित होने की मेरी क्या मजाल? धर्म के लिए तो लोग मारे-काटे जा रहे हैं। औरतें तबाह हो रही हैं।

मैं बच गई, तभी तो लोग कहते हैं धनिया बड़ी दिलेर है। हाँ, जो औरत घर और घूँघट के भीतर से अपनी आवाज अपने पति के लिए बुलन्द कर दे, वह हिम्मत दिलेर और हौसलेवाली मानी जाती है। अगर मैं ही कह देती कि स्वार्थी जमींदारों और साहूकारों के मुकाबले हमारे मर्द किसी दर्जे कम नहीं क्योंकि ये हमें बैल की तरह काम में जोतते हैं, मना करने पर पीटते हैं, दो रोटी और फटे कपड़ों की एवज हमारी जिन्दगी रेहन रख लेते हैं, तो आप मुझे कौन-सा खिताब नवाजते? मैं पति-विरोधिनी के दायरे में आ जाती और आपकी करुणा के लिए तरसती। अगर मैं कहती कि मैं होरी के दब्बूपन, स्वार्थ और जड़ता से आजिज आ गई हूँ, तो मैं कुल्टा हो जाने का इलजाम पाती।

मैंने माना कि प्रेमचन्द कहीं-कहीं पतिव्रत धर्म पर चोट करते हैं, मगर वहीं, जहाँ उम्र के हिसाब से बेमेल विवाह हुआ हो। नहीं तो वे औरतों को दी गई सामाजिक भूमिका में पारिवारिक कार्यक्षेत्र से पूरी तरह सहमत हैं। नहीं तो मैं उनकी रची धनिया अपने साथ पुनिया जैसी औरतों को मिलाकर एक दल बना लेती और गँवई धरती पर उसी जमाने आन्दोलन खड़ा करती, जिसका मुद्दा होता—पुरुषों की बेरहम शासनदारी का उन्मूलन। लेकिन ऐसा नहीं हो सका क्योंकि हमको हमारे लेखक ने उस हक के काबिल नहीं समझा, जिसे सुखदा (कर्मभूमि) के हवाले कर दिया। सुखदा की क्या योग्यता थी, जो हम पर भारी थी? बस यही न कि वह धनी माता-पिता की सन्तान थी और व्यापारी घर की बहू? सच में हम पिछड़े हुए तबके की ग्रामीण स्त्रियाँ भूखी-नंगी रखने के लिए सिरजी गई हैं, ताकि हमारी दुर्दशा ही हमें अज्ञान साबित कर दे और बड़े घरों की बहू-बेटियों को नेतागिरी करने की कमान थमा दी जाए। प्रेमचन्द जी इस मामले में भी महान और प्रासंगिक हैं कि उनकी धारणा आज सत्तर साल बाद भी समाज पर लागू है। जब-जब ग्रामीण इलाकों में विरोध की आँधी उठती है, तमाम

समरकान्त आगे आ जाते हैं और अपनी राजनीतिक हैसियत से ऐसा जोड़-तोड़ बिठाते हैं कि शान्ति छा जाए।

मैं धनिया, होरी के लिए ही होरी से लड़ती रही हूँ। अपने लिए कभी नहीं लड़ी क्योंकि मेरी स्थिति घर में होरी जैसी नहीं है। वह पति है, मैं पत्नी हूँ, वह मालिक है, मैं खादिमा हूँ, वह स्वामी है, मैं सेविका...मैं वफादार, इसलिए दुखी रहती हूँ कि मेरा देवता दुखी है। नहीं तो दारोगा को रिश्वत देने का संगीन अपराध करनेवाले होरी से मैं पिटती? मैं पिटी क्योंकि मुझे रायसाहब की बेटी मीनाक्षी की तरह तलाक नहीं सोहता, पिटाई शोभा देती है। प्रेमचन्द ने औरतों को खाँचों में बाँटा है, मीनाक्षी अपने दुराचारी पति को हंटरों से पीटती है। मैं अपने खाँचे में कैद अपने त्याग बलिदान के लिए सराही जानेवाली होरी की जोरू, जो मुँह से बहुत कुछ कहती है, करती कुछ नहीं...मैं मेहता की मनचाही स्त्री सी पति के संसार को सुन्दर बनाने की धुन में रही। होरी मुझे मार भी डालता तो मैं सोचती, इसी बहाने स्वर्ग जाऊँगी। उसके लिए किसी भी तरह का प्रतिहिंसा-भाव मेरे लिए पाप है। घर वर छोड़ना, पति से घृणा दिखाना हमारे समाज में दुराचार माना जाता है। अपने लिए लड़ने की बात शहर की औरतों के लिए आरक्षित हैं। मगर यह नकली आरक्षण प्रेमचन्द के जमाने से आज तक चला आ रहा है। आज भी समाज-सुधारकों का मुखौटा लगाए तमाम मेहता मालतियों को 'यूज एंड थ्रो' के सिद्धान्त पर रगड़ रहे हैं। खान-पान, घूमने-फिरने और आवारा रात काटने के लिए अलग स्त्री, घर-परिवार के लिए गोविन्दी। लेखक मालती जैसी साहसी और स्वतन्त्रचेता औरत को तितली नहीं, मधुमक्खी माने, उससे बहुत बाद के आलोचक डॉ. रामविलास शर्मा मालती जैसी स्त्री को कतई नहीं बख्शते। आजाद देश का लोकतन्त्र स्त्री की आजाद चेतना को स्वीकार नहीं करना चाहता। देख लीजिए, इस मुद्दे पर आपकी आलोचना कितनी लद्धड़ है। यदि यही प्रगतिशीलता का चेहरा है तो सामन्ती रवैया और क्या होता है?

मैं धनिया, यहाँ आपको 'कफन' की याद दिलाना चाहती हूँ। कहानी में स्त्री का रोल मॉडल बुधिया है, इसी से समझ लीजिए कि बुधिया की दशा पर आलोचक क्यों मौन हैं? घीसू माधव आलसी, मुफ्तखोर और साथ में दारू की ऐयाशी भी। समीक्षक प्रवर उन्हें महाजनी सभ्यता के विद्रूप का प्रतीक मानते हैं। वे उस अन्यायपूर्ण व्यवस्था का मखौल उड़ा रहे हैं, जिसे जमींदारी और साहूकारी ने जन्म दिया है। लेकिन घीसू माधव के घर में पड़ी हुई बुधिया की लाश महाजनी सभ्यता की लाश है या मर्दों की काहिली और ऐयाशी की अनढकी सड़ती हुई सूरत है? प्रसव के बाद फटे-चिरे अंगों से फूटती रुधिर धार जमीन पर फैलकर धब्बों के रूप में सूख गई है। यह दशा किसके कारण हुई? उस निठल्ले पति के कारण, जिसने अपनी कामाग्नि को सन्तुष्ट करने के लिए औरत को गर्भ दिया और अब

'बेचारी बेचारी' कहकर उसकी मेहनत-मशक्कत और परिवार के प्रति समर्पण के शब्दों के अलावा उनके पास उसके लिए कुछ नहीं। समीक्षा का अन्यायपूर्ण रवैया तो देखिए, घीसू माधव को सहानुभूति का हकदार बनाया। क्या वे कफन के व्यापारी उसी महाजनी सभ्यता के बर्बर सदस्य नहीं, जिससे वे चिढ़े हुए हैं। ये भी तो बुधिया का सारा खून पीकर उसकी लाश गिद्धों के लिए छोड़ रहे हैं। प्यारे आलोचको, क्या आपको पक्का पता है कि प्रेमचन्द ने घीसू माधव की संवेदना में ही 'कफन' कहानी लिखी थी, बुधिया से उनका कोई साबका नहीं था? या आपने ही उसे कोने में सरका दिया? बुधिया घीसू माधव के लिए मर गई और मैं होरी के लिए जिन्दगी गलाती रही, हमारे बलिदानों की कहानी यह रूप लेगी, हमें भी पता नहीं था। आज सत्तर-बहत्तर साल बाद अपनी सामर्थ्य और भी ज्यादा खुलकर सामने आई कि हम जो दिलेर हैं, हौसलेमन्द माने जा रहे हैं, अपने-अपने पतियों के वह अंश हैं, जो मर्द को मिटने नहीं देता, अपने गुण देकर उसे महात्मा बना देता है। हमें पुरुष के गुण ग्रहण नहीं करने चाहिए, हमारे लेखक ने सलाह दी थी कि ताकत, आक्रामकता और न खत्म होने का जज्बा हमें राक्षसियों में तब्दील कर देगा।

मैं अपने पति की हृदयेश्वरी, जिसका अपना कोई व्यक्तित्व नहीं, अपनी कोई जगह नहीं, कोई निजी दुनिया नहीं तो जोखिम उठाने का दमखम भी किस अर्थ का? काश हमारे लेखक ने गँवई और शहरी औरतों को पुरुषों के चरणों की जगह न देकर वह जर जमीन दी होती, जिस पर कोई गाय या कारखाना खड़ा हो सकता तो हम बधिया औरतें केवल भोगे जाने का माल न होतीं। और भोगनेवालों की शतायु होने की कामना की विडम्बना हमारे सामने न होती। माना कि मैं व्यक्तित्वहीन स्त्री की तरह पति की चारपाई के किनारे बैठकर रोई नहीं, पर समाज के किस काम आई? सच तो यह है कि हम रोएँ-गाएँ या विवेकपूर्ण सलाह दें, बात तो वही स्वीकार की जाएगी, जो मालिकों के स्वर में स्वर मिलाए। वहाँ निश्चित रूप से हमारी चेतना दब जाएगी। यह भी तो आज का ही सच है कि हजारों-लाखों मालतियाँ अपनी जीवन-शैली के कारण कॉलगर्ल्स कहलाती हैं। यह तो लेखक भी कह रहा है कि 'पुरुष को स्त्री की बुद्धिमती छवि लुभाती है, मगर भीतर ही भीतर उसका व्यक्तित्व डराता है।' तेज-तर्रार औरत को वह किस तरह वश में करेगा? जबकि शिकारी की तरह वह हर औरत को तरह-तरह से वश में करना चाहता है। तभी तो आज के वैवाहिक विज्ञापन कामकाजी लड़की की माँग करते हुए, उसके घरेलू होने की डिमांड करते हैं कि औरत की चेतना और उसके व्यवहार में वांछित फासला बना रहे।

मैं धनिया, गोदान की नायिका का दर्जा पा गई। मगर इतना समझ लीजिए कि होरी की पत्नी के अलावा कुछ हूँ तो गोबर की माँ हूँ। इन दोनों के

चेहरे देखकर ही मेरा संसार बस जाता है। इनकी चिन्ता ही मेरी जिन्दगी का सबसे बड़ा काम है। यह चिन्ता ही मुझे प्रेम की कसौटी पर खरा सिद्ध करती है। असल में मेरी कामयाबी उन नियमावलियों से गुजरी है, जिसमें औरत को सती का दर्जा हासिल हो जाता है। उस नियम-कानून से मैं भटकी नहीं, मिसाल पेश करती हूँ—गोबर और झुनिया के आपसी प्रेम को देखकर मेरे भीतर नफरत धधकने लगी थी और शब्दों के रूप में जो चिनगारियाँ छिटकीं, आपने भी पढ़ी होंगी—"भोला की वह राँड़ लड़की, बहत्तर घाट का पानी पिये हुए है, गोबर बेचारा इन बातों को क्या जाने? समझ रहा है कि वह इस पर जान देती है। घर आए तो मैं मुँह झुलस दूँ राँड़ का।"

झुनिया का गर्भ गोबर का है, मैं समझ रही थी, मगर कह रही थी—"चुड़ैल ने मेरे लड़के को चौपट कर दिया। मेरे घर में ऐसी छत्तीसियों के लिए जगह नहीं है।"

होरी ने कहा—"तूने उसे घर आने ही क्यों दिया? वह मेरे घर आई ही क्यों? नहीं उठेगी तो घसीटकर बाहर निकाल दूँगा।"

कुछ न हो सका, जगहँसाई हुई। होरी जाति बाहर हुआ। मुझमें कौन-सी भावना जागी कि कुल्टा झुनिया को अपने घर ले आई? क्या सच में ही मैं अपनी नस्ल की औरत का दर्द महसूस कर रही थी? हाँ कर रही थी, मगर जो सोच रही थी, उजागर कर रही थी, वह यही कि—जो झुनिया के गर्भ में है, वह गोबर का अंश है, मेरे हृदय का टुकड़ा। मैंने बेटे के पक्ष में खड़ी होकर कहा था, ब्याहता न सही महाराज, मेरे बेटे ने उसकी बाँह तो पकड़ी है। वही काम बड़े करते हैं, कोई कुछ नहीं बोलता, वही काम छोटे करते हैं, उन्हें कलंक लग जाता है।—माना कि मेरे ये बोल मेरी ताकत की निशानी बन गए, मगर सच तो यह था कि ये बोल मेरे मुँह से गोबर बोल रहा था। गोबर जानता था, माँ मान जाएगी। माँएँ जल्दी मान जाया करती हैं, वे जिस तरह पिता और पति की मरजाद पर कुरबान हो जाती हैं, उसी तरह पुत्र मोह में पिघल जाती हैं। संस्कारों की रस्सियों के पड़े निशान दिलेरी से औरत का पक्ष लेते हुए मर्द की ही पक्षदारी कर रहे थे। यही बात थी कि जब रूपा बेटी के ब्याह का मौका आया तो होरी सोच रहा था, धनिया न मानेगी, गधी है, पुरानी लाज ढोये जाएगी।

मैंने कहा, "कन्या और वर जोड़ के हों तभी ब्याह का आनन्द है।"

"आनन्द नहीं, ब्याह तपस्या है।" होरी बोला।

"चलो तपस्या है, पर घर में सास-ससुर, देवरानी-जेठानी न हों तो ससुराल का सुख ही क्या?"

"यह वैवाहिक जीवन का सुख नहीं, दंड है। अकेली बहू, उस पर हुकूमत करनेवाला सारा परिवार। बहू किस-किस को खुश करे?" यह होरी कह रहा था,

जिसने मुझसे अपने भाइयों को पलवाया। क्यों कह रहा था, वह तो माजरा ही अलग है। बीते बरसों से गाय की लालसा गर्दन से जोंक की तरह चिपटी है। कर्ज और गरीबी के अन्धड़ में होरी डगमगा रहा है। एक अधेड़ आदमी आया है, नाम है रामसेवक। जीवट की बातें कर रहा है। क्यों कर रहा है और क्यों होरी के प्राण अब शान्त होते हुए पनप रहे हैं? मुझे कुछ पता नहीं था कि भीतर ही भीतर दातादीन का मन्त्र जाग रहा है। मैं क्या जानती थी कि मेरी रूपा की अबोध कच्ची उम्र होरी के हमउम्र जैसे आदमी से बाँध दी जाएगी? हाय, बाप की आयु का पति...मेरा कलेजा तार-तार हो गया, मेरी चीख निकलने को हुई कि—ओ कुजात होरी, शेखचिल्ली के मंसूबे मत बाँध। अपना हाथ कन्यादान के लिए बढ़ा दिया अन्यायी, रामसेवक क्या तेरा बेड़ा पार लगा देगा?

ओह! बेटी बेचवा पति और ब्याह का महूरत...मैं आत्महत्या करूँ कि कोई मुझे मौत के घाट उतार दे। ऐसी हालत में किस माँ का जीने का मन करेगा? पर मैं चुप थी। पति का बेबस हाल देखकर नहीं कह सकी कि जिस जमीन को तुमने रूपा को बेचकर बचाया है, उसमें क्या रूपा का हिस्सा नहीं था? अरे दुर्भाग्य, हम बेटी का हिस्सा तो क्या देते, उसकी देह का मोल भर लिया। गाय गाय रटते हो, क्या रूपा से ज्यादा गाय मूल्यवान है? देखो अपना न्याय, गोबर ने मरजाद बेच खाई, हमने उसे फिर भी गले लगा लिया। हम न्याय के हकदार कैसे हुए? हम अपने लिए किस मुँह से इंसाफ माँगते हैं? मैं आपकी धनिया यह सब कह ही कहाँ पाई, फिर भी आपने मुझे दिलेर माना सो क्यों?

होरी का आखिरी समय आ गया। हमारा पच्चीस-तीस बरस का संग-साथ बिछोह में डूबने लगा, कलेजा फटता है। होरी अपने कहे-सुने की माफी माँग रहा था, मैं मौत की सूरत पहचान रही थी। अन्तिम समय में उसे मेरी नहीं, सोना की नहीं, रूपा की नहीं, गाय की लालसा लगी थी। गाय का दूध दुहकर गोबर के बेटे मंगल को पिलाने की लालसा...उसके लिए गाय ही कामधेनु, गाय ही देवी और गाय ही उसको भवसागर पार करानेवाली वैतरणी। हम उसके कौन थे, कोई बताए?

मैं अपने माने पत्नी, पत्नी के रूप में यंत्रवत अपने आखिरी फर्ज के लिए खड़ी हो गई। मेरे पास जमा पूँजी के नाम पर बीस आने थे, जो सुतली कातकर मैंने कमाए थे। काजक्रिया में उन्हीं बीस आनों को पुरोहित के हाथ पर धर दिया और मान लिया कि अपनी मेहनत के रूप में पति के लिए गऊदान कर दी। पति सदा के लिए विदा ले रहा था, विलाप करती हुई मैं सोच रही थी, आखिर यह गो-दान किसका था?

बाड़ें लाँघती स्त्रियाँ

अपनी इच्छाओं का गला घोंटकर जो औरतें जीना सीख जाती हैं, उन्हीं को दुनिया शालीन और इज्जतदार मानती है। यह विचार है, 'संगतिन यात्रा' में शिखा का और उसी की पुस्तक में गरिमा कहती है—'पारिवारिक इज्जत की परिभाषाओं में पूरी जवानी घर की चौहद्दियों में घुटकर बिता दी। स्वीकार कर लिया कि घर के बाहर निकलने से बदनामी होगी, लेकिन पूरा गाँव जानता था कि वह घर के भीतर कितनी बेरहमी से पीटी जाती है, इस बदनामी की चिन्ता क्यों नहीं?'

ऐसे न जाने कितने विचारवाक्य भरे पड़े हैं इस किताब में, जिसे ऐसी सात ग्रामीण औरतों ने लिखा है, जिनके पास लेखन कला नहीं, केवल अनुभव थे। उनकी जीवन-कथा करुणा और व्यथा की स्याही से लिखी गई है, जहाँ उन्हें दुख ही खींच लाया। कैसा अजूबा हुआ कि अपने दर्द से कराहती हुई आई थीं, गाँव-गाँव जाकर स्त्रियों से मिलीं तो अपने दुख में उनके दुख अनायास ही मिलते चले गए। आपसी दर्द ऐसा बढ़ा कि अतीत, स्मृतियों और वर्तमान में घटित खौफनाक दिनचर्या के मिलाप से जो छटपटाहट पैदा हुई, उससे निजात पाना लाजिमी हो गया। बात आकर फिर इसी बिन्दु पर टूटी, जब वे अपनी संगतिनों के सामने कह पाईं—'क्यों डरे हम वह सब कहने से, जिसे करने में हमारे मालिक तनिक भी नहीं झिझकते, क्योंकि जानते हैं कि हम कभी कुछ नहीं कह सके।'

कभी कुछ न कहने वाली आज सखियों के बीच अपनी-अपनी डायरी लिख रही हैं, या कि जिन्दगी का लेख? कुछ भी। कैसे लिखें, क्या-क्या लिखें, न लिखें की न चिन्ता, न असमंजस। आँसू पिए थे बरसों पहले। सूखी आँखों डर ओढ़े रही कि जुबान बन्द रहे। पति के सामने ही तो कसम खाई थी चाँदनी ने जीते-जी अपना कौल नहीं तोड़ेगी। मगर कलम हाथ में आते ही यह अनहोनी घटी कि सोलह साल से मुँह पर पड़ा ताला टूट गया। ताला टूटा और मन के द्वार से निकली सत्रह साल की बिटिया, जिसे पहले शौहर ने छीन लिया था और दूसरा मालिक जिसका नाम नहीं सुनना चाहता था। हौसला आज कहाँ से आया? आसपास अपने ही जैसी संगतिनें बैठी हैं गरिमा और पल्लवी, जो उन यौन दुर्घटनाओं को दर्ज कर रही हैं, जिन्हें स्त्रियाँ अपने पुरुषों की इज्जत बचाने के

लिए जिन्दगी भर जबरन घूँटे रहती हैं।

आपसी संवाद का यह नजारा 'संगतिन यात्रा' नाम की किताब है। संगतिन का अर्थ होता है पक्की सहेली। मैं यह मानती हूँ कि स्त्री, स्त्री को बचाती है। जो लोग 'औरत ही औरत की दुश्मन' का नारा देते हैं, वे पुरुष सत्ता की रची हुई नई साजिश का सिद्धान्त पेश कर रहे हैं। सोचिए, पत्नी हो या बहू, उसका रूप ऐसी दासी का होता है, जिसे पुरुष व्यवस्था इज्जत आबरू के नाम पर परदे में रखती आई है (भले ही पर्दा आँखों का हो)। यदि स्त्री उस व्यवस्था के नियमों का उल्लंघन करती हो तो मालिक ही उसे मारपीट कर दुनिया के सामने नंगा कर देता है, कहीं भी मर जाने के लिए। सास, ननद और जेठानी जो स्त्री की तथाकथित दुश्मन के नाम पर प्रचारित की गई हैं, वे भी तो अपने इज्जतदार पुरुषों की मर्यादा कन्धों पर ढोती हुई उनकी कृपा पात्र बनी रहना चाहती हैं, क्योंकि अपने बूते इज्जत पैदा करने का अभ्यास नहीं। अभ्यास भी कैसे होता, मायके और ससुराल क्रमशः दोनों पक्ष स्त्री को विभिन्न सम्बन्ध देकर गले लगाते हैं, घर-बार सौंपते हैं, मगर दोनों घरों के बावजूद कोई ऐसा मुकम्मल ठिकाना नहीं बन पाता, जिसे वह अपना कह सकें।

आगे क्या बचा? अपनी ही जैसी स्त्रियाँ, जिनके साथ सुख-दुख बाँटा जाए। संगतिनें कहती हैं—सुखवा के मन रहल/दुखवा में बीतल दिनवा। ऐसी ही परेशानियाँ तो माँ-भाभियों, सासों और जेठानियों के आसपास मँडराते देखी हैं। बेटी के चलन से खफा पिता माँ को सजा देता है। बरसों से ससुराल की चक्की में पिसती रही सास यदि बहू के दुख से एकाकार होगी तो पति और बेटे का शुभ कैसे चाहेगी? सास का अर्थ हमारा समाज सत्ता पाई औरत से लेता है। भले ही बेटे को बहुत प्यार करने वाली माँ तन-मन टूटने पर बेटी को पुकारे। उसकी पुकार खाली लौटती है, यह बात वह भी जानती है कि बेटी दूसरे घर की सत्ता के कब्जे में है।

कोखधारिणी स्त्री, जिसे माता का महत्त्व देकर पूजनीय बनाया जाता है, अपनी कोख के कारण ही दुख पाती है, क्योंकि उसी के कारण कलंकित होना पड़ता है। माँ हो या सास, पवित्रता और अग्निपरीक्षाओं से गुजरती हुई एक उम्र पार करती है, जूझने का कितना माद्दा रह जाता है? पति और बेटे की दी हुई चौकीदारी ही हिस्से आती है। जबकि हमारे समाज ने पितृसत्ता को जमाए रखने के लिए स्त्री को स्त्री की दुश्मन घोषित करके पूरे विश्व की स्त्रियों को उलझन में डाल दिया है।

मगर यह भी पता होना चाहिए कि सारे उतार-चढ़ावों से गुजरते हुए स्त्रियाँ समाज के पारंपरिक ढाँचे का कच्चा-पक्कापन ही नहीं, बासीपन परख रही हैं। तभी तो कहती हैं, आपके रस्मोरिवाज हमारे दुखों को गहरा करते हैं। गुड़िया

पीटने का त्यौहार बर्बर है, खौफनाक और स्त्री विरोधी। यह उत्सव मर्दानगी को पोसता है तो करवा चौथ औरत को अठारहवीं सदी की ओर मोड़ रहा है। नहीं तो औरतों से ऐसे सवाल न किए जाते, जो उनके चरित्र को लांछित करें। यह पवित्र डर कि हर जगह पर पुरुष है, हमारे बौद्धिक तन्त्र को कुन्द करने के लिए रख छोड़ा है। संगतिनें कहती हैं—बदलते नजारे, उनसे जुड़ी उम्मीदें और जिम्मेदारियाँ उसी जवानी के करिश्मे हैं, जिसमें स्त्री अपने जीवन की कड़ी से कड़ी सजा काट रही होती है, क्योंकि उसकी भावनाएँ शरीर और शारीरिक सम्बन्ध तक सीमित कर दी जाती हैं। फिर सपनों को साकार करने का अर्थ है, बदनामी और कलंक, यह बात स्त्रियाँ अच्छी तरह जानती हैं। समझती हैं कि बाड़ें लाँघना उल्टा चलन नहीं। तभी तो 'संगतिन यात्रा' में अलग-अलग रास्तों से आई औरतें एक रास्ते हो गईं। अब यह पुरुष व्यवस्था को रास नहीं आए तो कहा ही जाएगा कि औरत ही औरत की दुश्मन है।

औरत और फुटबाल

जैसे ही लड़की
कुछ नया करना चाहती है
अकेली पड़ जाती है
वरना तो लोग साथ देते ही हैं
एक देवी का एक सती का एक रण्डी का।

उपरोक्त पंक्तियाँ नवयुवा लेखिका सोना चौधरी के सद्यः उपन्यास 'पायदान' से उद्धृत हैं। इनमें पुरुष सत्ता की उस ताकतवरी को रेखांकित किया गया है, जो अस्तित्व के लिए जूझती या व्यक्तित्व निर्माण की आकांक्षा करती स्त्री को देखकर कन्नी काट जाती है और विरोध में पैंतरे खेलती हुई दाँव भाँजने लगती है। उपन्यास में पन्ने दर पन्ने पितृसत्तात्मक दबाव, दमन और घेरावों के ब्यौरे हैं, स्त्री के आगे बढ़ने की कहानी यहीं से खुलती है और बार-बार सिद्ध होता है कि देवी की पूजा, सती का सम्मान तथा रण्डी का उपभोग ही समाज की मान्य प्रथाएँ हैं।

क्रमशः कशिश, आँचल और आस्था के बहाने एक ही औरत के विकास और विनाश की गाथा एक सौ तिरपन पृष्ठों में फैली हुई है, जिसमें से वह पुरुष के बनाए चौखटों को तोड़ती हुई बाहर आना चाहती है, बेशक अभी तक यह मैदान खाली था। साहित्य में फुटबाल के मैदान में किक लगाई भी तो एक लड़की ने। आज तो खैर स्त्री ने खुद कमान सँभाली है और जमकर उन क्षेत्रों को साधा है, जो उसके लिए निषिद्ध थे, स्त्री-विमर्श के चलते अब यह तय है कि वह पुरुष की साहित्यिक मान्यताओं के अनुसार आचरण करने के लिए पहले की तरह बाध्य नहीं, बल्कि उन मान्यताओं से कहानी-उपन्यास और कविता को आजाद कराती हुई उन कोनों-अँतरों को उद्घाटित करती है, जो अनछुए-अनकहे हैं, अभी तक वे अनदेखे ही नहीं रहे पुरुषों की दुनिया के लिए कल्पनातीत।

सोना चौधरी का पहला सद्यः प्रकाशित उपन्यास स्त्रियों के लिए उस निषिद्ध मैदान की कहानी कहता है, जिसमें औरत ने हठात् प्रवेश लिया है। एक किसान के घर की बेटी कशिश अपने कच्चे अबोध बचपन में भारी मेहनत मशक्कत से लाद दी जाती है, यह अभ्यास सच में तो उसके औरत होने का अभ्यास ही है। जमींदारी की उघड़ी सीवन-सी जर्जर हवेली का मोल इतना ही है कि वह साहूकार के यहाँ गिरवी रहे और माँ-बाप की हैसियत घरेलू मज़दूरों से ज्यादा न हो। क्योंकि दोनों ही एक-एक आँख से वंचित हैं। अपंगता के अपराध का दण्ड वे दोनों ही नहीं भोगते, तीनों बच्चे भी सहते हैं। जाहिर है पिता की दशा, माँ की दुर्दशा के रूप में दिखाई देती है। माँ-बेटी, गोबर-पानी और घर के साथ खेत-खलिहान का काम उठाती हैं। गनीमत इतनी है कि कशिश को स्कूल जाने दिया जाता है। मगर उसकी दुनिया घर की चारदीवारी से बाहर नहीं। तंगहाली में भी भाई को कहीं भी आने-जाने की छूट तो है ही। उसके लड़कपन के आधार पर आज़ादी की चाहत तो पशु-पक्षियों को भी होती है, कशिश सोचती है—काश मैं लड़का होती—यहीं से अपने जीवन से उसे घृणा होने लगती है। स्वतन्त्रता का न होना ही उसके भीतर घर के दायरे तोड़ने का भाव जगा देता है, जिसमें भाई के प्रति ईर्ष्या और जलन प्रमुख प्रेरणा बनकर आती है। वह लड़कों की तरह खेलती है। बदले में डाँट और मार खाती है। तेरह-चौदह साल की अवस्था में 'यह जीवन स्वीकार करने के योग्य नहीं' का फैसला लेने वाली किशोर होती लड़की, लड़कों के साथ मैदान में खेलने निकल पड़ती है। शिक्षिका की प्रताड़ना, घरवालों की बंदिशें मैदान छोड़ने में कारगर सिद्ध नहीं होतीं बल्कि प्रतिरोध में संकल्प उठता है, 'फुटबाल का मैदान मेरे लिए सारी संभावनाओं का केन्द्र बन गया। मैं राष्ट्रीय स्तर तक जा सकती थी। विदेशों में खेलने का अवसर पा सकती थी। पढ़ाई के लिए वजीफे से लेकर नई नौकरी तक मिल सकती थी। घर की चक्की से छूट सकती थी। विवाह से बच सकती थी।'

'पायदान' की नायिका विवाह से क्यों बचना चाहती है? विवाह तो ग्रामीण लड़की का ऐसा सपना होता है, मानों रानी बनने की कल्पना हो। जीवन का महत्त्व और सारी आशाएँ उसी में छिपी होती हैं, क्योंकि सामाजिक शर्तों के चलते लड़की माँ-बाप के लिए परायी अमानत होती है, जिसे रख तो सकते हैं, गढ़ और सँवारते नहीं हैं। कशिश को शादी से नफरत क्या इसलिए हुई कि उसने माँ के जीवन को देखा था, जिसमें हाड़तोड़ मशक्कत और ताऊ-चाचाओं द्वारा रीढ़-तोड़ पिटाई का शामिल खाता बदस्तूर चलता था?

'यह समय मेरे नष्ट होने का नहीं, निर्माण का है। मनुष्य बनने का है।' वह मनुष्य बनने की प्रक्रिया में ही घर छोड़ देती है। अपना नाम त्याग देती है। विरोध विद्रोह के स्तर पर आकर बोलता है, 'चाहे दुनिया ने मुझे लड़की के रूप में देखा है, मैं बागी की तरह जीकर दुनिया को दिखाऊँगी' सच तो यह है कि वह पुरुषसत्ता की कैद से छूटकर बाहर आना चाहती है। चाहे वह धौंस जमाता भाई हो या अकेली पाकर दबोचने वाला चाचा हो। आत्मवृत्तांत में वह बचपन के इस घर की याद करती है, 'रात को चाचा और उसका दोस्त हमारे (सहेली और कशिश) साथ सहजभाव से सबकुछ करते रहते, हम घिग्घी बाँधे आँखें मूँदे होते।' इस स्त्री-कथा की नायिका कशिश यह देखकर हैरान रह जाती है कि जो बच्ची की देह को रौंदते हैं, वे ही संरक्षक बनकर कहते हैं कि उसे दूसरों से बचाएँगे। तसलीमा नसरीन की आत्मकथा 'मेरे बचपन के दिन' में बच्ची को औरत की तरह भोग के लिए प्रशिक्षित करने के ढंग से सोना चौधरी के 'पायदान' का ढंग भिन्न नहीं, क्योंकि स्त्री की देह की नियति एक-दूसरे से अलग नहीं तो फिर चेतना क्यों कर अलग होगी?

धीरे-धीरे 'पायदान' की नायिका की मासूमियत के पर्दे एक-एक करके उठते हैं अर्थात् उसका बौद्धिक विकास और तर्कशीलता की क्षमता बढ़ती है, जिसके लिए पुरुष समाज ने उसे सदा अक्षम माना है। देखा जा सकता है कि आज के तेज़ी से बदलते समय में उस मर्द-मुहावरे और आडम्बरी भाषा को उसने ताक पर रख दिया है, जिनके अनुकरण में दो दशक पहले लेखिकाओं की रचनाएँ चक्कर काटा करती थीं, बेझिझक, निःसंकोच और निर्भर होकर जो स्त्री-बयान आ रहे हैं, उन्हें सुनकर थाने और न्यायालय तक असमंजस में हैं। अतः कभी धमकाकर परे कर देना चाहते हैं, कभी अनसुना करके दबा देना उनका मकसद होता है। ये हथकण्डे ऐसे में कब तक चलेंगे। जब आँचल जैसी लड़कियाँ सामने आ जाएँगी। वह तो पहले से ही कृत संकल्प है, जिसके चलते उसने माँ की हिदायत को पितापक्ष की हिमायत माना, भाई की आज्ञा ठुकरा दी, जो एक उत्तराधिकारी की हेकड़ी के सिवा कुछ न थी और सम्बन्धियों की लानत-मलामत सामाजिक रूढ़ि के सिवा क्या हो सकती है? फुटबाल को किक लगाने वाली

लड़की की अपनी बनाई दुनिया, अपने किए हुए फैसले।

'पायदान' की कथा के मूल में पुरुष मानसिकता का अजगर स्त्री को कसे हुए लिपटा पड़ा है और आँचल नाम की लड़की को कोई ऐसा कोना नहीं दिखाई देता जो इस अजगर की गिरफ्त से मुक्त हो। गोल की ओर बढ़ती हुई लड़की को चारों ओर से सैक्स की डिमाण्ड घेरती हैं, चाहे वह आजीविका का मुद्दा हो या तरक्की का मसला, टीम में चयन की बात हो या टूर के लिए प्रबन्ध का मामला। लिंगभेद की नागपाश में स्त्री-शोषण के किस्से जगह-जगह हाथ बढ़ाते हैं, सिर उठाते हैं, भिन्न-भिन्न धरातलों पर मर्दाने चेहरों का घिनौना कोलाज बनता जाता है। यह बात अलग है कि उस पुरुष-सत्ता की बाड़ों को लाँघने का दुस्साहस जुटाती हुई स्त्री लहूलुहान लौटे। लौटकर निशा, नयना, बबली जैसी सहकर्मिणियों को बचाने की असफल कोशिशें करे और अपनी योग्यता, क्षमता और साहसिकता पर प्रश्नचिह्न लगवाए। बराबरी के खेल में पुरुष की भूमि घेरना गुस्ताखी नहीं गुनाह समझा जाता है, क्योंकि स्त्री तो मनोरंजन का साधन है। तभी तो खेल के दौरान मर्दाना आवाजें सुनाई पड़ती हैं 'हमने टिकट खेल देखने के लिए नहीं, तेरी टाँगें देखने के लिए खरीदा है' स्त्री जीवन का यह सवाल ही आँचल का पीछा नहीं छोड़ता बल्कि कदम-कदम पर उसको तोड़ता रहता है। अपने वर्ग के लिए कि 'स्त्री की जगह घर में ही है' की हिदायत छाती पर हथौड़े की तरह धाँय-धाँय बजती है और शरीर में ज़हर की तरह फैल जाती है। चारदीवारी में रहकर मर्दाने कुकर्मों के रूप में विष पीती रही, पर पाक-साफ़ मानी जाती रही। अपने जीवन-मूल्य रचती हुई आँचल के पाँव रखने के लिए पूरी पृथ्वी पर एकाध फीट भी जगह ऐसी नहीं, जहाँ नोचते-खसोटते गिद्ध जैसे संरक्षक न हों। मैदान में सभी संभावनाओं पर झपट्टा मारते कोच, अध्यक्ष और मैनेजर न हों। शरीर को भींच लेने वाले इन ऊर्जा शोषकों से जूझकर अपनी ताकत का प्रयोग कोई लड़की कब तक करे? खेल के मैदान के बाहर मेजर और डाक्टर उसी घिनौने खेल के शातिर खिलाड़ी हैं, क्या ढर्रे के बाहर जीवन जीने वाली स्त्रियों के प्रति तिरस्कार की यह भावना, बहिष्कार का यह कार्यक्रम उनको दी गई सख्त सजा है? आँचल को कहीं कोई राह नहीं सूझती, पहुँचती है तो बस इसी निष्कर्ष पर 'औरत उस छोटे से मांस के टुकड़े को बचाती है और आदमी न सिर्फ उस पर लार टपकाते हैं, बल्कि अपने मर्द और नामर्द होने का सबूत वहीं उसी कुछ इंच की जगह को चीर-फाड़कर देते हैं। उसी को इज्जत का नाम क्यों दिया गया है?' पर पहुँचती है। और उसकी शक्ति संपन्नता का परिणाम सामने आता है इस रूप में 'खोल, साली की पैंट खोल'। उपन्यास पुरुष समाज के वर्चस्व और उसके अन्तर्विरोधों का खुलासा करता हुआ बीभत्स सच्चाई को सामने लाता है। और इस सच को प्रमाणित करता है कि 'गन्दे लोग थे, चले गए' कहकर बलात्कार का आतंक जीवन से चला नहीं जाता। वह स्त्री

की रीढ़ तोड़ जाता है। ऐसी ही पुरुष-सत्ता से पराजित अपमानित स्त्रियाँ विमेन्स-हॉस्टल के कमरों में पटी पड़ी हैं, विधवा, तलाकशुदा, परित्यक्ता, जिनके चेहरों पर नफरत पुती है। आँखों में बुझे अंगारों की राख भरी है।

पायदान, (जिससे केवल गन्दगी पोंछी जा सके, खुद को शुद्ध-साफ समझा जा सके) बनते हुए स्त्री-जीवन के आख्यान को सोना चौधरी ने स्मृतियों, अनुभवों और घटनाओं की ईमानदारी के सहारे निर्मित किया है और तार्किक परिणति के साथ-साथ सच्चाई से औरत के शारीरिक विखण्डन का बयान लिखा है कि अकेलेपन की यातना से ग्रस्त स्त्री को भयानक दौरे, मानसिक अस्वस्थता और शारीरिक लड़खड़ाहट से रोज गुज़रना पड़ता था। तनाव ऐसा कि सिर्फ शादी या ऐसा ही कोई विकल्प जिसका उपचार बने, नहीं तो नींद की गोलियाँ, अचेत करने वाले इंजैक्शन यानी कि 'मौत से बचने के लिए जिन्दगी भुला देने के उपक्रम' अपने जिले से अच्छे नम्बरों में पास होकर शैक्षिक योग्यता प्राप्त करनेवाली और राष्ट्रीय स्तर पर फुटबाल खेलने वाली आँचल तन-मन की जानलेवा मिरगी जैसी बीमारियों से ग्रस्त होती जाती है। यह अपना वजूद खोजनेवाली उस युवती की संघर्ष गाथा है जिस पर स्त्री होने की सामाजिक नियति बराबर हमला कर रही है और देहयुक्त स्त्री देहमुक्त हो नहीं सकती। फिर क्या ताज्जुब कि आँचल को कोई मन का मीत नहीं मिला। राकेश साथ है, जो इतना भर कहता है 'तुम मुझसे चाहो तो शादी कर लो' के जवाब में आँचल का उत्तर 'अगर चाहूँगी तो बता दूँगी' आत्मीयता का परिसीमन इससे ज्यादा क्या होगा? तो फिर सामने वही दुनिया है—कपड़े उतारो, प्रोडक्ट बनो, बाज़ार तुम्हारा स्वागत करता है। मैदान में आओ, शरीर की नुमाइश करो। सुरक्षित और सुविधापूर्ण जीवन की शर्त पुरुष-सत्ता से समझौता, उसकी ताकत के आगे आत्मसमर्पण। आँचल ऐसी जिन्दगी को आस्थापूर्वक अपना लेने की बात सोच चुकी है—वह उस लड़की का जीवन जी सकती है, जिसे फिल्म निर्माता पहाड़ों पर ले जाए और रंगरेलियाँ मनाए और ब्लू फिल्म बनाए। सुविधा और सुख दे। वह किसी मॉडेल का रोल निभा सकती है, जिसे कैमरे के सामने अपने कपड़े उतारकर खड़े होना है और बाजार में प्रोडक्ट की तरह बिकना है। वह उस कम्पनी में भी जा सकती है, जिसका एडवांस पच्चीस हजार रुपया आ चुका है और जहाँ बॉस का अस्थायी बैडरूम सजा-सजाया तैयार है। कहने का मतलब यह है कि स्त्री को हर जगह अपनी देह को दाँव पर लगाना है। फिर सामान्य मानी जाने वाली और सामाजिक छद्म के स्तर पर जी-जाने वाली जिन्दगी में कोई बाधा उपस्थित नहीं होगी, ऐसा ख्याल है आँचल का। सिर झुका देने से ही सिर उठा पाएँगी, कन्धे डाल देने से रीढ़ सीधी रहेगी। सम्मान और सकून बँधुआ होने की स्वीकृति का दूसरा नाम है।

नहीं, यह स्वीकार नहीं, क्योंकि यह सच नहीं कि उसने नागपुर की दूसरी

यात्रा की थी और समझौते किए थे। उसकी आस्था डगमगाती है और वह लड़खड़ाते कदमों लौटती है। लौटने का रास्ता गाँव के उसी घर की ओर जाता है, जहाँ से वह एक दिन इसलिए भागी थी कि वह जिन्दगी उसे स्वीकार नहीं थी। तो क्या उन गँवई रूढ़ियों में, छोटे शहर की टुच्ची परम्पराओं में और सामन्ती समाज की क्रूर आज्ञाओं में फुटबाल की तरह किक मारते जाने का जज्बा खत्म हो गया? हर पहाड़ से टकराने की ताकत शेष हो गई?

क्या पता कि अब इस मर्दवादी सत्ता को ध्वस्त करने का दमखम दोबारा पैदा हो? पर यह तो तय ही हो गया कि धूल भरे रास्तों, खेतों में से निकलती पगडण्डियों और कंकरीली सड़क पर क्रमशः अपने पगचिह्न बनाती लहुलूहान एड़ी-पंजों से चलती आती एक लड़की के लिए उच्च शिक्षा प्राप्त करके सौदागर संस्कृति से मुक्त होना अभी बाकी है। और इसमें भी शक नहीं कि जिसमें मैदानों में उतरने और उन क्षेत्रों को पार करने की अकूत क्षमता थी, फुटबाल के क्षेत्र में राष्ट्रीय स्तर तक पहुँचने की लगन और मेहनत से लबरेज़ साहस था, वह लोलुप कामुक और मौकापरस्त क्रूर पुरुषों की मेहरबानी झेल नहीं पाई। जिसको अन्तर्राष्ट्रीय स्तर तक जाना था, जिसको सम्मानपूर्ण आजीविका का हकदार होना था और जिसको देश का गौरव होना था, वह सारी संभावनाओं को खत्म करके लौट जाने को विवश होती है। ये हारी हुई प्रतिभाएँ किसी अज्ञात कोने में सिर न छिपाएँ तो क्या करें? स्त्री का मर्दों के क्षेत्र में दस्तक देना अपने हाथ कटा लेने और पाँव बाँध देने की सजा का भागी है, आगे आकर बचा लेने वाला भी कोई कहाँ है? सोना चौधरी ने इस दुर्भाग्यपूर्ण सचाई को खोलते हुए अपनी कहानी को बेबाक तरीके से कहा है। माना कि यह उन सजीव दृश्यों में रची हुई कथा नहीं कि छवियाँ उभरें, चित्र बनें और मुकम्मल माहौल की रचना हो। ब्यौरे हैं, जो जब न तब छिटकते हैं। खबरें हैं, जो ख़बरों की तरह ही विलीन हो जाती हैं। संवेदना के स्तर पर आवेश का धुआँ घुमड़ने लगता है और फुटबाल का वास्तविक संसार तिरोहित हो जाता है। अंततः पुरुष वर्चस्व के बीचोंबीच अपने स्पेस की तलाश को बचाए रहने की साधना और संतुलन को बचाए रखा जाता।

सही है कि 'पायदान' तहमीना दुर्रानी के 'कुफ्र' की तरह कलात्मक रचना नहीं है। तसलीमा की तरह भाषा का कौशल भी नहीं है। कलावादियों को तो शायद उपन्यास भी न लगे और बचकाना विवरण कहकर वे इसे एक तरफ कर दें। मगर जिस चीज़ को शायद ही कोई अनदेखा कर सके वह है ज़िन्दगी जीने के संघर्ष की आँच।

सवाल उठता है कि पितृसत्ता से उत्पीड़ित कशिश। आँचल के स्वतन्त्र व्यक्तित्व के चारों तरफ खलपात्रों का घेरा है। वहाँ न कोई विश्वसनीय दोस्त दिखाई पड़ता है न सुलझा हुआ गाइड। और तो और हर तरह से जागरूक कशिश। आँचल

को न कोई संगठन नजर आता है न अपनी जैसी लड़कियों को एकजुट कर पाती है। 'पायदान' का स्त्री-विमर्श इस भयानक माहौल की कहानी है, जिसमें स्त्री अपनी भागीदारी और उपस्थिति को रेखांकित करके ही मानती है, हार जीत उसका उद्देश्य नहीं। तब फिर रुकावटें और गतिरोधकों से टकराना उन्हें पार करना असंभव हो जाए तो भी प्रयत्न बच रहते हैं। यहाँ लेखिका ने यह प्रमाणित कर दिया है कि स्त्री के लिए घूँघट, बिछिया, सिन्दूर और परिवार की दुनिया के संस्कार उसका जीवन नहीं, यह सब कारावास के वे तिलिस्म हैं जिसे तोड़ना अपनी जिन्दगी को ही खण्ड-खण्ड करना है। जैसे कबीर ने कहा है, जो घर जारै आपना, चलै हमारे साथ। वहीं से नए व्यक्तित्व की भूमिका, नए क्षितिज की तलाश और नई स्त्री के निर्माण के रास्ते गुज़रेंगे। साहित्य में उन रास्तों पर पड़े पायदानों का स्वागत होगा मगर उस कशिश का क्या होगा जो आँचल बनकर लड़ी और आस्था बनकर टूट गई? कुछ नहीं होता सपनों के टूट जाने से भयानक...

'पायदान' एक डिस्टर्बिंग उपन्यासिका है।

अनुपस्थित भाषा के पात्र

सुधीजन साहित्यकार मेरी श्रद्धा के पात्र रहे हैं क्योंकि रचनाओं के जरिए मैंने उनके कौशल देखे हैं। कुशलता जहाँ किसी को प्रभावित करती है, मुझे चमत्कृत करती रही है। व्यक्त भावों का कलेवर देखा तो शैली में वह ताकत महसूस हुई, जिसे कला की क्षमता माना जाता है। इस कला क्षमता से हम खिंचे कितने, नहीं कह सकते, क्योंकि स्तब्ध से रह गए थे। गहरी अन्तर्दृष्टि और शास्त्रसम्मत लेखकीय मुद्रा आम आदमी के लिए दुर्लभ और अलौकिक संसार की-सी बातें हैं। इस आध्यात्मिक और कलात्मक संसार से मेरा परिचय नहीं के बराबर था। मैं जिस तबके से आई हूँ, उसके लिए शिष्ट भाषा में 'मूढ़-मूर्ख' जैसे शब्दों का व्यवहार यहाँ किया जाता है। जाहिर है, देश के भीतरी कोनों और परिधियों पर छितराये समाज का अनपढ़ होना लाजिमी है सो वह अशिक्षित रह जाता है। विचारहीन भी माना जाता है, क्योंकि नगर-महानगरों में जब-जब वे ग्रामीण और वनचारी लोग आए हैं तो पाँवों की बेतुकी आवाजें हुई हैं और चिकनी सड़कें घायल होने लगी हैं। उनके तौर-तरीकों से शहरी आवागमन में व्यवधान पड़ता है क्योंकि

उन्हें भद्र समाज के नियम नहीं आते क्योंकि नियम भी तो सहूलियतों से बँधे होते हैं।

सचमुच ही भद्र समाज नगर-महानगरों को बनाता है। और इसी कारण महानगर किसी देश के चेहरे की तरह जाने जाते हैं। मगर कड़वी सच्चाई यह है कि किसी देश का चेहरा महानगर है तो उसका शरीर गाँव-कस्बों से बनता है। यह दीगर बात है कि चेहरा वाचाल की तरह बोलता है, जबकि शरीर के अन्य अंग सक्रिय रहकर श्रम और शक्ति के वाहक होते हैं। तब मान लीजिए कि धूसर दिखने वाला 'भारतीय शरीर' अपने गँवई स्त्री-पुरुषों के रूप में वह शिरा समूह है, जिससे रक्त संचार होता है और मस्तिष्क तक पहुँचता है। फिर भी चेहरे के मुकाबले शरीर गौण रहता है। अतः धूल-पसीने से नहाया तबका व्यवहार के स्तर पर आपको रास नहीं आता। क्या इसीलिए हमारा महानगर में आना अपराध है? बार-बार जताया और बताया जाता है कि भुच्च गँवारों की कहानियों से गोबर की बू आती है। गाँव-गोबर वाले रचनाकार महानगर में रुकते-ठहरते क्यों हैं? वे हमारी बहसों में भाग लेने लायक नहीं हैं क्योंकि बौद्धिक स्तर पर जीरो हैं।

आपके कानून हमें पता लग गए, मगर बताइए कि हमारा लिखा छपे कहाँ? प्रकाशन की सारी संस्थाएँ आपके आसपास हैं तो क्या हम हमेशा अँधेरों के हवाले रहेंगे? इस बात का उत्तर न देकर आपने हमें समझाया कि आप भी इन दिनों हमारे गंधैले और मैले माहौल का जायजा लेना चाहते हैं। ग्रामीण वातावरण में ऊब खत्म होगी और जायका बदलेगा। जहे नसीब! मगर हमें अनजाने ही हँसी आ गई कि आप भी उन लोगों से सूत भर कम नहीं हैं, जो गँवई संस्कृति को ड्राइंगरूमों और पाँच सितारा होटलों में कैद करके रखना चाहते हैं। मगर खुशी यह भी है कि आजाद देश के विकास में शायद हमारी बारी आ गई है।

मगर आप तो शिकायत करने लगे कि भुच्च लोग, खास तौर पर स्त्रियाँ आपकी बात ही नहीं सुनना चाहतीं। अशिक्षित, नासमझ, मतलब कि बेवकूफ औरतें कहती हैं कि विद्वत्‌जनों की बातें सुनने के लिए उनके पास समय नहीं। आपने अपना बेशकीमती वक्त गँवाया, अफसोस! मगर मैं एक बात बता दूँ अगर आप बुरा न मानें तो, कि उनका इरादा आपको नजरअन्दाज करने का हरगिज न था। आपकी भाषा-बोली ऐसी थी कि उनकी समझ में नहीं आई होगी। 'उपनिवेश' के रूप में स्त्री नहीं जानती कि उपनिवेश किस चिड़िया का नाम है। दिल्ली के राजेन्द्र भवन में जब कुछ औरतें अपनी गठरी-मुटरी और बच्चों को लादकर आपकी बातें सुनने लाई गईं तो शिक्षित, सजी-सँवरी, विचारों से लैस आधुनिकाओं के भाषण कान देकर सुनने लगीं। उपभोक्तावाद, बाजारवाद, नवधनाढ्य और वैश्वीकरण के साथ जब सांस्कृतिक राष्ट्रवाद भी जोड़ा गया तो वे सब उजबक-सी देखने लगीं। उनकी गोद के बच्चे रोने लगे और वे बहरी की

तरह सुनने लगीं। उनमें से ही मैं हूँ, जो आपके भारी-भरकम शब्द और वजनदार उच्चारण से जब न तब आतंकित होती रहती हूँ। ये शब्द मरते हुए बच्चों, बर्बरता के शिकार मनुष्यों और शिकार जैसी भागती-छिपती स्त्रियों के बारे में क्या कुछ कहते हैं, समझ में नहीं आता। जाहिर है, जिस बोली से परिचित हूँ, वह जुबान से कम, हाव-भावों में ज्यादा दिखती है।

यह अनुपस्थित भाषा आपके समाज की नहीं। इसलिए भी हम ग्रामीणों का लिखा साहित्य आपके मतलब का नहीं। हुआ यही न कि अनुपस्थित भाषा में बोलते हुए जो अपरिचित लोग आपके शिष्ट साहित्य के आसपास घिर आए, आपको घोर अशिष्टता लगी। ऐसे घुसपैठियों ने कलात्मक रचनाओं के रेशमी गलीचों को गन्दा कर डाला। उनकी भी मजबूरी कि उनके पास शुद्ध-पवित्र जैसा कुछ नहीं। यहाँ तक कि आपसी सम्बन्धों के मामले में सावधानी भी नहीं। खुले प्रेम सम्बन्ध और आमने-सामने की लड़ाइयाँ। साहित्य में ऐसा मोटापन और स्थूलता कहाँ पचाई जाए? सूक्ष्म और अमूर्तन के महीन तन्तुओं को ये धूसर लोग क्या समझें? सच, आपने आँखें फेर लीं तो बुरा क्या किया? वह तो उन्हीं के कारण मुश्किल पैदा हो गई कि लोक और शास्त्र की मुठभेड़ हुई। किताबी प्रेम की ऊँचाइयों को धता बताता हुआ इनका बेतहजीब साहित्य अपने ठेठ भेस में प्रकट हुआ। कहाँ धरा जाए यह? किसी कोने नहीं। आपके ठिकाने इन लोगों के लिए नहीं। स्त्री होने के नाते मुझे खुद एहसास है कि हम आपके गूढ़ ज्ञान को समझ नहीं पाते। प्रेम के मामले भी रहस्यमय रहे हैं कि छूते ही छूमंतर हो जाएँ। असल में हमने तो ऐसा महसूस किया है कि हाड़-मांस की स्त्री जब प्रेम के रास्ते से गुजरती है तो उसकी ज्ञानेन्द्रियाँ और कर्मेन्द्रियाँ उसी तरह हरकत में आ जाती हैं, जैसे कि पुरुष की। दोनों में रूप-रस-स्पर्श और गन्ध का समान भाव रहता है। अब आपके रचना-संसार में यह सब ढँका-छिपा रहे और पुरुष पक्ष से ही सब कुछ उजागर हो तो हम क्या करें? प्रेम में सक्रिय मेहनतकश सख्त हाथों वाली स्त्री से यदि छिः-छिः दुर-दुर होती है तो इसका कारण आपकी नफासत-भरी आदतें ही हैं। फिर यह स्त्री क्योंकर आपकी कला से छेड़छाड़ न करे? यह अपना हक माँगती है। इसे जगह न देना असभ्य बर्बरता नहीं तो क्या है? सब कुछ 'ठीक-ठाक' नहीं है।

मुझे यह स्वीकार करने में संकोच नहीं है कि अनगढ़ भाषा के प्रयोग से हाशिए पर फेंके गए लोग आपसी संवादों और कलाहीन खरे सम्बन्धों का खुलासा करते हुए साहित्य में आ गए हैं तो सौन्दर्य से सजा आँगन कुछ फूहड़-फूहड़ सा लगने लगा है। आपने कहा—अश्लील। क्या मेरा आदर्श ऐसा साहित्य था? कुत्साओं और निर्लज्जताओं के दायरे में पटक दिए गए घूरे के लोग। उनकी अपरिचित इच्छाएँ, उनकी अनचीन्ही यातनाएँ और उनके अश्विसनीय साहसी

कार्य-कलाप आपके शिष्ट साहित्य का विषय कभी नहीं हो सकते थे, इस सबकी मुनादी आपकी आलोचनाएँ कर रही हैं। धिक्कार क्या इसलिए दिया जा रहा है कि गँवई नायिकाएँ खलनायिकाओं के आचरण करती दिखाई देती हैं। यथार्थ के पार जाकर किसी विचार से न उलझतीं न उलझातीं, दो टूक बात करती हैं। क्या वे अस्तित्ववादी दुनिया की समस्याओं से अलग छिटकी हुई हैं? क्या किया जाए? यह स्त्री ऐसी नहीं है कि प्रेम की इच्छा करती-करती पीड़ाओं तक ही रह जाए। हमने माना है कि पीड़ाओं तक रह जाने वाला रवैया जिन्दगी को सिकोड़ देता है। आपकी कला-साधना में इस अनजानी-सी औरत का बसर नहीं है तो कोई क्या कर सकता है?

कुल बात यह कि अज्ञातों की अज्ञात व्यथाएँ कहने वाले हम अविश्वसनीय होते गए और होते-होते यह आरोप भी मढ़ दिया गया कि गँवई जंगली और कबीलाई समाज का चित्रण करने वाले हम बलात्कार को महिमामंडित कर रहे हैं। सबसे पहले बताया जाए कि 'महिमा' क्या होती है? समाज में महिमा ऊँचे वर्गों और पुरुषों की शान और आन बान होती होगी। मगर हम तो उन जानलेवा स्थितियों में फँसी स्त्री की बात कर रहे हैं, जहाँ आपका 'रेप' स्त्री की बेबस देह-भाषा है। जन्मजात अपराधिनी स्त्री या जन्मजात अपराधियों की स्त्री बिना इस देह-भाषा के जिन्दगी बसर नहीं कर सकती। उसके लिए आम रास्ते बन्द हैं या उन पर 'टोल-टैक्स' है, जो देह के बलबूते चुकाना होता है। लायसेंसशुदा शराब के ठेकेदार, पुलिस और गाँवों के पौरुषपूर्ण पुरुषों की शर्तें कँटीली बाड़ों की तरह उठती आती हैं, फिर बचती हैं गहरी खाइयाँ, काँटेदार झाड़ियाँ, ऊँची पहाड़ियाँ और नदियाँ-नाले। बताइए, वह किधर से जाए? भूख से बिलबिलाते बच्चों, सिकुड़कर मरते शिशुओं के साथ अपनी आँतों के काँटेदार चीत्कार रास्तों पर यों ही नहीं चीखते, उस चिंघाड़ में होती हैं थाने में बन्द जन्मजात अपराधी पुरुषों की कतारें, जिन्हें डाकुओं, चोरों और कातिलों के नाम पर मारा जाना तय है या जेल काटते रहना। जेल और जंगल से लेकर मौत-हत्या तक का सफर करती हुई बदहवास औरत नहीं जानतीं कि बलात्कार किस बला का नाम है? आप लम्बी और ठण्डी साँस लेकर रह जाइए और इस औरत को साहित्य से बहिष्कृत कीजिए, क्योंकि इसे समर्थ पुरुषों के लिए हाजिर होना ही होना है। दारू ढालनी है, अपने हाथों पिलानी है, जिन्दगी का यही तकाजा है। दिनचर्या पिटने-पछड़ने से शुरू होकर नंगी होने तक जाती है। आप इन जानलेवा स्थितियों की ओर से मुँह फेरे रहते हैं, यही आपकी शुद्धता है। इन कथास्थितियों का नियन्ता कौन है, नहीं पता? औरत की देह और उसका श्रम आनन्द का खजाना है, नहीं मालूम?

तब फिर मालूम हो कि खेत-खदानों से गुजरने वाली यह औरत दूसरे रूप

में वही है, जो दिल्ली के खूनी दरवाजे पर घेरी गई थी। उदाहरण के रूप में तमाम मृतकाएँ हैं जिनके नाम के आगे पत्रकार, रंगकर्मी, कवयित्री और राजनीतिक लगा हुआ है। स्त्री के इतिहास में ये सती और शिकार के नाम से जानी जाती हैं। सच में शिकारों का मनोबल अविश्वसनीय लगता है। तभी तो कुलीन कथा-बहसों में शोकाकुल स्वर गूँजते हैं कि साहित्य से पाठक का नाता टूट रहा है। जैनेन्द्र के 'त्यागपत्र' जैसा कुछ नहीं आ रहा। अज्ञेय की 'शेखर एक जीवनी' जैसा कोई नहीं लिख रहा। ज्ञान की दुनिया में यह भदेस धमाचौकड़ी कहाँ से आ गई? अनपढ़ लोगों के जीवन का अनगढ़ साहित्य सचमुच कुलीन संस्कृति का नाश कर डालेगा। इसे कौन पढ़ेगा?

वे ही पढ़ेंगे, जिनके लिए यह लिखा गया है। जिनके अनुभवों से यह निकला है। उनकी संख्या कम तो नहीं, देश की जनसंख्या का पचहत्तर प्रतिशत है। इजाजत हो तो मिसाल के तौर पर दो पाठकों की इच्छाओं का बयान करूँ? और पहले यह भी बता दूँ कि एक साहित्यिक सम्मेलन में गोष्ठी का विषय था–पाठकों का अकाल। लेखक दुखी थे, साहित्य खारिज होने का समय आता दिख रहा था। दूरदर्शन ने रास्ता छेंक लिया है। किताबों की कीमतें आसमान छूने लगी हैं। अतः टेकनीक और प्रकाशकों का सत्यानाश हो। ऐसा सब सुनकर मेरी भी हिम्मत पस्त हो गई। ताज्जुब भी हुआ कि फिर ये साहित्यकार लिख क्यों रहे हैं? क्या स्वांतः सुखाय? तुलसीदास आखिर में आकर आदर्श हो गए? मैं हताश भी खूब हो गई थी, क्योंकि साहित्य में आए ज्यादा दिन नहीं हुए थे और सिर मुंडाते ही पाठक रूपी ओले सिर फोड़ने लगे। मगर आदमी अंत तक आशा का दामन नहीं छोड़ता, सो अनायास ही मुँह से निकल गया पाठक, मुझे तो अपने पाठकों की कमी नहीं लगती। इतना कहना था कि लटके मुँह वाले साहित्यकारों ने जोर का ठहाका लगाया। मैंने अपने दाएँ-बाएँ देखा, लोग मुझे ऐसे देख रहे थे, जैसे शेखचिल्ली का रूप हूँ। बौद्धिक लोगों के बीच मेरी यह जुर्रत! मगर मैं क्या करती। पाठक और खरीदार के रूप में मुझे मिठू कक्का याद आ रहे थे, जो अपनी फटी साफिया के छोर में दो सौ रुपए बाँधकर लाए थे और वह किताब माँग रहे थे जिसमें गाँव की लम्बी संघर्ष कथा दर्ज है। मैंने कहा था–कक्का, तुम पढ़े तो हो नहीं, किताब का क्या करोगे? वे बोले–मोंड़ा (बेटा) से पढ़वाएँगे और दुपरिया भर सुनेंगे, रामयनजू और आल्हा भी तो सुनते हैं हम। मिठू कक्का किताब ले गए और वह बहू ही कहाँ मानी थी, जिसने घूँघट ओढ़े हुए मेरा कन्धा छुआ था। कहा था हमारी बात यह है कि हमारे लानें अपनी किताब भेजियो आप। वह रूमाल की गाँठ से रुपये खोल रही थी और मैं कह रही थी–'किताब महँगी है, इतनी कि बिछिया-पायल आ जाएँ, बिन्दी-चूड़ी भी।' मगर वह सिर हिला रही थी मना में–'आहों बिन्दी-चुरियाँ कौन चइये, किताब चाउनें है। हमने बी ए करी

प्राइवेट। आपने लिखी है न, हम जैसी बहुओं की कहानी।' अनीता बता रही थीं।

मैं मानती हूँ कि इन ढँकी-तुपी स्त्रियों और अस्पृश्य, अछूत, दलित और असभ्य माने जाने वाले किसानों के ऐसे फैसलों पर आप विश्वास नहीं करेंगे, क्योंकि अब तक ये पुकारें अँधेरी सुरंगों के हवाले थीं। ये अपनी तरह अपना जीवन जीने के हकदार नहीं थे। आप लोग तय करते थे कि इनको अँधेरों में तड़पते हुए दिखाकर अँधेरों में ही मार डालना है। दूसरे लोगों के दिए गए फैसलों का दोहराव आजादी के बाद के दशकों में बराबर होता रहा है, नहीं तो किसी रचना में स्त्री को राजनीति में हिस्सेदारी के काबिल क्यों नहीं समझा गया? किसी जन्मजात अपराधी या उसकी स्त्री को केन्द्र में क्यों नहीं लाया गया? इसीलिए ही नहीं कि वे आपके जीवन की विश्वसनीय और परिचित तस्वीर में कहीं नहीं थे। इसीलिए शायद साहित्य जगत में इन अनुपस्थित पात्रों के विकल्पहीन संघर्ष और संकल्प को तवज्जो नहीं दी जाती। इन बातों को मैं पहले नहीं समझती थी, अब आलोचना का यह मर्म भी मेरी समझ में आ गया है कि कथा किसी समाज की हो, किन्हीं लोगों की हो, किसी काल की हो या किन्हीं भी भिन्न स्थितियों की, उसे आलोचना के उन्हीं खाँचों में फिट होना होगा, जो किसी खास समय में खास सिद्धान्तों से बनाए गए थे। तब मैंने मान लिया कि मेरे अनुभव उन आँकड़ों से मेल नहीं खाते, जिन आँकड़ों को नगरों-महानगरों की बन्द दुनिया के लोग और शोधकर्ता समाजशास्त्र के नाम पर तथाकथित 'रूरल एरिया' से लाते हैं। खम ठोंककर बताते हैं कि स्थिति में योजनाओं का चमत्कार घटित हो रहा है। मैं महसूस करती हूँ कि सरपट दौड़ने वाले वाहनों के सवारों के लिए धूल और धूप भरे रास्तों पर ठहरना जरा तकलीफदेह है तो ठेठ गँवई औरतों के लिए इन सफेदपोशों के सामने असलियत खोलना मुश्किल है क्योंकि स्त्री जाति के लिए अपनी तकलीफ बताना मना है। उन्हें शुरू से सिखाया जाता है—ससुराल में दुख मिले, सुख लिखना। पीड़ा हो, राजी-खुशी देना।

इसी सिद्धान्त पर चलती हुई औरतें पति और बेटे तक को तकलीफें नहीं बतातीं, भले भीतर ही भीतर आत्मनिर्णय लें और अस्तित्व के लिए संघर्ष करें। यह विरोधाभास, विश्वसनीय तस्वीर और ऐसा सामाजिक विमर्श है, जिसके लिए आलोचना को नए औजार बनाने होंगे और विकास लाने वाले पुरोधाओं को समझना होगा कि आँकड़े विश्वसनीय धोखे के सिवा कुछ नहीं, क्योंकि वे अनुभवों से नहीं, अनुमानों से बनाए जाते हैं। अनुमान, जो नगरों-महानगरों की मध्यवर्गीय मानसिकता की उपज होते हैं। सरकारी और गैर-सरकारी फाइलों की खानापूर्ति करते हैं। आँकड़ों के आधार पर ही प्रगति का ग्राफ तैयार होता है, जो व्यावहारिक स्तर पर नहीं यदि चल पाता तो आजादी के चौवन साल बाद भी स्त्री, दलित स्त्री और जन्मजात अपराधियों की जिन्दगी बराबरी के स्तर पर आ गई होती।

अन्धकार और रोशनी (आलो आंधारि)

विचारधारा नहीं, चिन्तन की गहनता नहीं और कोई दार्शनिक दावा नहीं, मेरे ख्याल में 'आलो आंधारि' जैसी किताब सीधे जिन्दगी से आती है। इसको पढ़ते हुए कोई साहित्यिक पंडित न जाने कितनी शिल्पगत कमियाँ निकालकर इसे साहित्य से ख़ारिज कर सकता है। बस यहीं से तो अपारंपरिक सृजन की शुरुआत होती है। अब तक साहित्य में वे लेखिकाएँ रही हैं, जिन्होंने भावात्मक स्तर के शोषण, अभिजात्य तरीकों की यातनाएँ और पवित्रताओं के नाना ढंग के ढोंग सहते हुए पुरुष व्यवस्था की स्वार्थ शिक्षा का सुअवसर पाया है। वे अपने संस्कारों से मजबूर पुरुष साहित्यकारों के स्वर में स्वर मिलाती रही हैं। मगर आज वह ढाँचा खण्डित होने लगा है। पिता, पति और पुरुष शासकों को चुनौती देता हुआ।

दलित-विमर्श, स्त्री-विमर्श और हाशिये के हाशिये पर धकेले गए वर्गों के विमर्श ने तथाकथित साहित्य को असमंजस में डाल दिया है, क्योंकि सवर्ण और पुरुषों की सेवा के लिए तय किए गए तबक़ों में कलम काग़ज़ उठाने का रिवाज़ नहीं रहा। लेखन की कसौटी मानी गई विद्वत्ता। अब जिन्हें अशिक्षित रखा गया है, उनमें वह पवित्र तत्त्व कहाँ? लेकिन कम पढ़े और असभ्य माने जाने वालों की धृष्टता का कोई क्या करे कि अपना सच लिखने के लिए उन्होंने अपने अनुभवों से रचना कर ली। अपनी भाषा अलग बना ली।

'आलो आंधारि' ऐसी ही धृष्टता का नतीजा है। यों तो शहरी उच्च वर्ग के कदमों तले कीड़े-मकोड़ों की तरह रेंगती हुई सेवादारिनों की कहानी जब-तब सुनी ही जाती है, जिसके कारण वे अपने घर-गाँव और शहरों से भगाकर काम की तलाश में महानगरों तक आती हैं। ज्यादातर पति से परेशान, विवाह संस्कार एक ऐसा आवश्यक सामाजिक अभिशाप है, जिसकी व्याप्ति अवर्ण-सवर्ण, अमीर-गरीब के घर एक-सी है। इस सत्ता के कोल्हू में स्त्री का जीवन गन्ने की तरह पेरा जाता है और फिर कुलशीला हो या श्रमिका, पति की सत्ता से लड़ते हुए इसलिए हार जाती है, क्योंकि उस सत्ता का सिंहासन ईश्वरीय अधिकारों से बनता है।

एक लड़की बेबी हालदार, जिसके पिता फौज में नौकरी करते हैं। पोस्टिंग

कश्मीर में है। लड़की के अबोध बचपन में थोड़ी-बहुत मनोरम झलकियाँ यहीं दिखाई देती हैं। कुछ दिन बाद पिता, पत्नी और बच्चों की ओर से उदासीन हो जाता है। आर्थिक विपन्नता परिवार को घेर लेती है। घर के मुखिया का मनमौजी की तरह आना-जाना परिवारों की परम्परा में अक्सर आता रहता है, जिसकी जवाबदेही किसी के प्रति नहीं बनती। पाँच बच्चों के साथ माँ का सामना जिस भूख और तंगहाली से होता है, उसको वह सहन नहीं कर पाती। छोटे बच्चे को साथ लेकर घर छोड़ देती है। धैर्य का चुक जाना भी तो स्त्री का खत्म हो जाना माना जाता है। माँ का साया हटते ही बच्चों का अनाथ जीवन शुरू हो जाता है। अनाथों का नाथ पिता लौटता है उस दूसरी औरत के साथ, जो बाप-बेटी की बातचीत पर भी सौ तोहमत लगाती है। पिता की मनमानी, पुरुष के अधिकार की बात है। दूसरी स्त्री उसी के दम पर बोलती है। लड़के अपना रास्ता अपने आप चुनते हैं। पेशे से वे मजदूरी करें या भीख माँगें। उन्हें अधिकार है कि वे शादी-विवाह भी जब चाहें तब करें, मगर लड़कियों के साथ ऐसा नहीं होता, क्योंकि वे कहीं भी रहें, पिता की इज़्ज़त से बँधी होती हैं। जवान लड़की की शुचिता पिता के घर कब तक सँभालकर रखी जा सकती है? अतः बड़ी बहन की शादी पन्द्रह साल में और बेबी हालदार की शादी बारह साल की उम्र में कर दी जाती है। सवाल उठता है कि कहाँ है उम्र एक्ट और कहाँ है बाल विवाह के विरोध में सख़्त कानून? बेबी हालदार तेरह साल की अवस्था में छब्बीस साल के पति से गर्भवती होती है और फिर प्रसूति दर प्रसूति, गर्भपात से गुज़रने की पीड़ा माँ बनने के तथाकथित गौरव की महानता की असलियत नंगे रूप में सामने आती है, जिसे 'बेबी' ने कलम को तड़पती हुई वेदना के रंग में डुबोकर लिखा है कि पीड़ा से मन ऐंठ जाता है। स्त्री का निम्नवर्गीय जीवन जिसमें कम उम्र में माँ बनने का विधान लोकतान्त्रिक देश में बाकायदा चलता रहा है। स्त्री सशक्तीकरण की परिकल्पना और नारी चेतना का चेहरा महज कहने भर के शब्द लगते हैं। गरीबी स्त्री पर पुरुष के मुकाबले अधिक मार करती है।

त्रासदी के इस चेहरे को 'आलो आंधारि' की लेखिका ने उघाड़ा ही नहीं, बाकायदा उसके बदनुमा नक़्श दर्ज किए हैं, ताकि सनद रहे कि निचले स्तर पर जीने वाली औरत की जिन्दगी का 'सौन्दर्यशास्त्र' यही है। वह कैसे भी पति की यौन-पिपासा को संतुष्ट करती हुई, पर पुरुष के अबाधित आनन्द की ख़ातिर गर्भ निरोधकों के प्रयोग पर रोक लगा देती है। प्रतिवर्ष बच्चे पैदा करती हुई तन-मन को धज्जी-धज्जी फाड़ती-काटती रहती है। देखती है कि पति को तब गुरेज नहीं होता जब वह बच्चों को कन्धों पर लादकर दर-दर काम की तलाश में भटकती है कि कोई मेहनत-मशक़्क़त के लिए उसके शरीर को बन्धक रख ले क्योंकि दुधमुँहा शिशु और पाँवों चलना सीखते बच्चों के शरीर भूख के कारण सिकुड़ गए

हैं। मगर भद्रजनों की अमीरी के प्रति आशंकाएँ ऐसे सवाल उठा देती हैं, जिनके जवाब औरत के पास नहीं—तुम्हारा स्वामी कहाँ है? जिस पुरुष के अत्याचारों से बचकर भागी है। उसी की पुकार हर कोने से उठती है। श्रमशीलाओं को भी विवाह व्यवस्था बख़्शती नहीं क्योंकि यह समाज का अनिवार्य संस्कार है, भले एक के बाद दूसरा, दूसरे के बाद तीसरे आदमी के घर बैठो, मगर विवाहिता होना होगा, क्योंकि पति के बगल में खड़ी औरत विश्वसनीय लगती है। क्या ग़ज़ब है कि स्त्री का अपना कोई व्यक्तित्व नहीं, जिसे समाज आसानी से स्वीकार कर सके। यहीं आकर सारे द्वार और दिशाएँ बन्द हो जाती हैं।

वैवाहिक बन्दिनी का जीवन जीने वाली, खुले में छोड़ दी गईं ये स्त्रियाँ नगरों और महानगरों में यूँ ही पड़ी हैं। अपने जीवन की कहानी लिख पातीं तो सबसे पहले लिखतीं—हमारी आत्माओं से दुनिया के अँधेरे उजाले में हमारी आँतें लिपटी पड़ी हैं। सारे सम्बन्ध पेट से आकर जुड़ जाते हैं। हर कहानी भूख से शुरू होकर भूख पर खत्म होती है। चाहे वह दुधमुँहे बच्चे को माँ के दूध की भूख हो या सूखते स्तन वाली माँ की भूख...हम भूखे-प्यासे अपने ठाँव छोड़कर भागते हैं।

लोग चाहते हैं कि ऐसी स्त्रियाँ और आएँ। सुविधाभोगी समाज की आरामतलब जिन्दगी के लिए हाड़तोड़ मेहनत करके आराम जुटाएँ। तातुश जैसे कितने लोग होते हैं, जिनका हृदय इनकी बेबसी के प्रश्न से टकराया हो और दिमाग इनकी ज़िन्दगी के बारे में चिन्तित रहा हो। सच में तातुश का मिलना बेबी के सपनों को आँखों का मिलना है। सुखमय क्षण लौटता है—माँ कितना चाहती थी, मैं पढ़-लिख जाऊँ। इतिहास जो प्रिय विषय था, जीवन की राह होकर गुज़रा। रानी लक्ष्मीबाई बेटे को पीठ से बाँधकर जंग में निकली थी, बेबी तीन बच्चों को साथ लेकर जीवन संग्राम में कूद गई। पति के घर में पिट-कुट कर जो आत्महन्ता जद्दोजहद की आग बुझने लगी थी, वह बाहर की हवा पाकर भड़क उठी। सम्भवतः आत्म चेतना ही आवाज़ देती थी कि तातुश जैसा पथ-प्रदर्शक मिला। वैसे संघर्षों का नाम ख़तरों का खेल है, भेड़िये भी मिले होंगे। टक्कर लेने की स्थितियों में पिछड़ना पड़ा है—एक बेबी थी जो बाहर निकलने की सज़ा में भय खाकर गर्भ गिरने की हालत से गुज़रती...अभावों की छाया में मनुष्य का चेहरा ऐसा बदरंग हो गया कि जीव-जन्तु सुखी लगने लगे। बेबी अपना नया चेहरा चाहती है और उस मनुष्य को देती है, जिसे देश का सम्मानित नागरिक कहा जा सकता है। 'आलो आंधारि' को पढ़कर लगता है कि दुख, पीड़ा और अनुभवों के जरिए जो कुछ व्यक्त होता है, वह खुद-ब-खुद महत्त्वपूर्ण विचार में बदल जाता है। क्यों न हो, उसका मूल स्रोत तो मनुष्य के हृदय से ताल्लुक रखता है।

बेबी हालदार की यह आत्मकथा लाखों-करोड़ों स्त्रियों की कहानी बन गई है, क्योंकि इसमें उन शोषित वंचित और सताई गई औरतों का दर्द प्रतिबिम्बित

होता है, जो देशकाल का अतिक्रमण करके साहित्य का नया सौन्दर्यशास्त्र बनाता है। विद्रूपताओं से कहीं पलायन, तो कहीं मुठभेड़, परिवेश से कहीं सामंजस्य तो कहीं विद्रोह स्त्री की स्वाभाविकता की निशानदेही करते हैं। तब लगता है उसकी मनुष्यगत रचनात्मकता को शासक समाज जादूगर की तरह लुप्त करता रहता है। यकीनन एक बड़ी तादाद वाली जमात अस्तित्वहीनता के कगार पर खड़ी है। हाँ, बेबी हालदार जैसी स्त्रियों को देखकर लगता है कि अब भी जीवन के प्रस्फुटन की नई सम्भावना शेष है, क्योंकि अब 'नौकरानी की डायरी' के विस्तार का समय आ गया है, जिसमें वे अपनी विखण्डित जिन्दगी के साथ रणक्षेत्र में जमे रहने का संकल्प उठाती हैं। संकल्प का एक नाम सर्जना है, नहीं तो बेबी हालदार क्यों सोचती, इतने दुख और कठिनाई में बीता जीवन लिखने के बाद सुन्दर कैसे हो जाता है।

कुलीन विसंगतियाँ

पिछले दिनों मुम्बई में साहित्यिक कार्यक्रम था, जिसका विषय था 'उत्तरशती की हिन्दी उपन्यास यात्रा'। विश्वविद्यालय अनुदान द्वारा हुए इस समारोह में प्रतिभागियों को उपन्यास के विभिन्न पक्षों पर पर्चे लिखने थे। स्त्री पक्ष मेरे हिस्से आया।

पर्चा लिखा। श्रोताओं को पर्चे की प्रतिलिपि बाँटी गईं। मेरे सामने माइक रखा गया कि मैं अपना प्रपत्र पढ़ूँ। मैं मंशा बताऊँ तो मेरे सामने पर्चा पढ़कर सुनाना माइक का दुरुपयोग और श्रोताओं की तौहीन जैसा लगता है। और वही नजारा नजरों के सामने आ जाता है, जब अपने क्लासरूम में खड़े होकर एक बच्चा किताब का अंश पढ़ता था, बाकी किताब में देखते हुए उसे सुनते थे।

बहरहाल मैंने अपनी बात आमने-सामने कहने का मन बनाया कि अकादमिक ढर्रे की ऊब से निकला जा सके। उपन्यासों को लेकर मैं यह मानती हूँ कि जब तक उपन्यास पाठक के मन में प्रश्न पैदा करते हों, तब तक वे जिन्दा बने रहते हैं, वरन् निष्प्रश्न रहकर किसी भी रचना को मरते देर नहीं लगती। हमारे क्षेत्र के लोक कवि ईसुरी ने कहा है—का काऊ से काने/ऐसे हते फलाने—अर्थात् किसी से क्या कहा जाए कि वे ऐसे थे। उन्होंने किसी और सन्दर्भ में कहा है,

मैं इसे अपने सन्दर्भ से जोड़कर कह रही हूँ। फलाने का जिक्र न करना चाहकर भी तब करना पड़ता है, जब फलाने में अपनी निजी कशिश हो, चमक हो, जिसे साहित्यिक भाषा में चेतना कहते हैं। चमक/चेतना हमारे भावपक्ष की जीवन्त रूप होती है, इसलिए उसकी गति से सदा एक से रूप, एक से व्यवहार और एक से विकास की उम्मीद नहीं की जा सकती। और जहाँ एक जैसा विकास नहीं होता, वहीं उम्मीदें ज्यादा पनपने लगती हैं। आकांक्षाएँ शिद्दत से जन्म लेती हैं। 'पूर्णता' में अवरुद्धता का संकेत है।

मैं अपनी जुबान को बेकारी से बचाकर नहीं रख पाई और उत्तरशती के उपन्यासों का ब्यौरा देते हुए कहा कि—काशीनाथ जी ने जिस क्रम में उत्तरशती के उपन्यासों का ब्यौरा दिया है, उतना व्यवस्थित रूप मेरे पास नहीं। हाँ कुछ उपन्यास हैं, जिनमें स्त्रियों की भागीदारी की उस जगह का जायजा लिया जा सकता है, जिसकी कि वे हकदार थीं या बनाई गईं। मैंने पाँच-छह उपन्यास चुने और प्रमुखतः चार पर ध्यानाकर्षण किया। बिना यह सोचे-समझे कि मेरी मंशा भले किसी को चोट पहुँचाने की नहीं, मगर चोट पहुँच सकती है, कि निष्पक्ष होना निष्कवच होना भी हुआ करता है। स्त्री को बेबाकी और सच्चाई पर चरित्रगत लांछन देकर सजा देने का समाज में विधान है, जो साहित्य की दुनिया तक जाता है।

उपन्यास जिसमें 'स्त्री की जगह' की छानबीन की गई, थे—राग-दरबारी, आधा गाँव, मित्रो मरजानी, आपका बंटी और मुझे चाँद चाहिए। सबको पता है कि इन उपन्यासों की रचनात्मकता और लोकप्रियता समीक्षकों और पाठकों के सिर चढ़कर बोली है। असर आज तक माना जाता है कि वे मील के पत्थर हैं। 'मील का पत्थर' यह शब्द साहित्य में प्रयुक्त होने के लिए उपयुक्त नहीं, क्योंकि साहित्य का स्वभाव गतिशीलता का परिचायक है, न कि स्थिर हो जाने का। स्थिर चीजों को जल्दी ही स्थगित करके साहित्य आगे चल देता है।

मैं गतिशीलता की बात करना चाहती थी। हमारे हिन्दी साहित्य में यदि किसी की गतिशीलता पर गतिरोधक लाए जाते हैं तो वह है स्त्री। औरत जितनी ही ठहरी रहे, उतनी ही उत्तम कोटि की मानी जाती है। 'राग दरबारी' उपन्यास में स्त्रियाँ कितनी हैं और किस रूप में हैं? ये अपनी जीवन यात्रा को किस तरह सरंजाम देती हैं? एक लड़की लगभग घर में कैद-सी है, क्योंकि वह जवान हो रही है, वह पिता का शासन है। वही लड़की रात के समय किसी के इशारे से अँधेरों तक चलती-फिरती है, गलियों में होकर नहीं, छतों-छतों, यह पिता के अलावा अन्य पुरुषों द्वारा संचालन है। उसकी किशोर वय लोलुप अहातों पर पुरुषों की नजरों से गुजरती है, जीभ के स्वाद, देह के स्वाद के वर्णनों में बदल जाते हैं, लड़की को पकड़े जाने की आशंका होती है, उसके वजूद का डूबकर रह जाना यह

समाज का अनुशासन है।

यही स्त्री-नस्ल 'आधा गाँव' उपन्यास में अपने पुरुषों की मुँहदेखा के रूप में आई है, कि सेवा, समर्पण, तिरस्कार और पलायन से उभर नहीं सकी। स्त्री के चलते 'आधा गाँव' आधे गाँव का भी आधा नहीं रह जाता? यह अलग बात है कि पाकिस्तान बनने के कारण विभाजन की त्रासदी पुरुष समुदाय के दुख-दर्द का ऐसा दस्तावेज है कि हर दिल ऐसा कटा हुआ...मगर उसमें भी स्त्री के लिए अपने पुरुषपन से बाज न आना!

'मित्रो मरजानी' पुरुष व्यवस्था के होश ठिकाने करने का अचूक नुस्खा है। उसे पढ़कर मर्दों के रोंगटे खड़े हो गए होंगे। हजारों साल की स्त्री चुप्पी को तोड़ती वह छोटी-सी किताब मित्रो की उफनती खौलती भावनाओं से लबरेज है। व्यंजना की लय का विशिष्ट कमाल कि मैं मित्रो की मुरीद हो गई। मर्द भाषा के बरक्स नई स्त्री-भाषा की सर्जना के जरिए उसी बात को खोल दिया, जिसको अब तक दाब-ढँककर रखा गया था, और जिम्मेदारी औरतों को ही सौंपी थी। सचमुच साहित्य में अनहोना घटित हुआ। मगर स्त्री ने ही मुझसे कहा, इसमें अनहोना क्या हुआ? मित्रो रण्डी की बेटी थी, दबी-ढँकी देह को खोलकर दिखाना उसका व्यवहार ही नहीं, धन्धा भी था। यह क्या हुआ? कुलीन स्त्रियाँ फिर बचा ली गईं। उनको अपनी शरीर की कुदरती इच्छाओं के लिए लज्जा के मर्यादित पर्दों में रहना होता है। इसलिए तो मित्रो के ससुर-जेठ सरीखे मर्दों ने मित्रो को बैरंग वापस कर दिया। उपन्यास का अंत कोठे पर ही होता है। पुरुष व्यवस्था द्वारा दो भागों में बँटी हुई औरतों के लिए अपने-अपने दायरे। मित्रो छिटका दी, देह-धन्धे के दायरे में धकेलकर।

नहीं, मैं मित्रो को इस रूप में नहीं पढ़ूँगी, मैं उसे समाज से काटकर बहिष्कृत नहीं कर सकूँगी। मान लूँगी कि वह हमारे बीच की ही स्त्री है और इस मान्य समाज से सवाल कर रही है, अपने शरीर के, अपनी आकांक्षाओं के। अपने आवेग-संवेगों की गतिशीलता के प्रश्न उस पुरुष प्रजाति के सामने रखती है, जो कुश्ते और शिलाजीत के सेवन पर आश्रित होकर उन मूँछों को ऐंठते हैं, जो मर्दानगी की निशानी होती हैं या नहीं, मगर मानी जाती हैं। जो शोरगुल 'मित्रो मरजानी' के छपने पर मचा था, यह कोहराम छेड़े रखना चाहिए, वरन् स्त्री की आवाज को कोमल और सुरीली कहकर, प्रखर स्वर से काट दिया जाता है। स्त्री की गतिशीलता को बर्दाश्त न करने वाले लोगों की मंशा पूरी हो जाती है, कि आखिर औरत पीछे लौट गई। यही अनुकूलन तो अब तक अपना असर दिखाता रहा है।

और 'आपका बंटी' जो 'मित्रो मरजानी' के बाद की रचना है, क्या उसी पुरुष व्यवस्था का शिकार नहीं हुआ, जिसने मित्रो की चेतना से धक्का खाया था।

शकुन पढ़ी-लिखी स्त्री, पेशे से प्राचार्या, एक बच्चे की माँ। पति को न जाने उसमें कौन-सी कमी नजर आई कि उसकी लालसाएँ पूरी नहीं हुईं। किसी दूसरी स्त्री के मोह में बँध गया। शकुन छूट गई, अपने बेटे के साथ। मगर वह कौन-सी खला थी, कौन-सी मजबूरी थी कि शकुन पहले पति के खिलाफ कानूनी कार्यवाही करने का साहस तो दिखाती है, मगर दो-तीन बच्चों के बाप विधुर डाक्टर के करीब खिसकती जाती है और अन्त में उससे विवाह कर लेती है। दूसरा पति पिछले पुरुष की सन्तान को झेलने की सामर्थ्य नहीं दिखा पाता तो बंटी को वह पहले पति के हवाले छोड़ देती है। हम आर्थिक रूप से आत्मनिर्भर स्त्री को सशक्त स्त्री मानते हैं, मगर शकुन कैसी ताकतवर औरत थी कि स्वाभिमान को जिन्दा रखती हुई अपने बेटे के साथ नहीं रह पाई। उसकी चेतना पुरुष नियन्त्रित ही रही, जिसका विकल्प शादी है, शादी भले उस मासूम बच्चे की बरबादी बन जाए जिसका नाम बंटी है। तो मैं 'आपका बंटी' की शकुन को आज की स्त्री-चेतना का प्रतीक नहीं मान पाती। स्त्री की सामाजिक और साहित्यिक यात्रा में ऐसी शकुनों की बनाई रहगुजर दिशा नहीं देती।

मेरी बात का जवाब दिया एक समीक्षक ने, जिसे 'आधा गाँव' और कृष्णा सोबती के उपन्यास पर मेरा कुछ कहना, उन पर हमला करना लगा था। उन महोदय ने सभा को सुनाया—कुछ बुजुर्ग साहित्यकार स्त्री-विमर्श के रूप में सोने का कंगन औरतों को दिखा रहे हैं। कृष्णा सोबती ने 'ए लड़की' लिखा है, 'जिन्दगीनामा' लिखा है—वे मुझे मेरे आधे-अधूरे ज्ञान पर लानत दे रहे थे, क्योंकि उन्हें पता नहीं था कि मैंने कृष्णा सोबती का लगभग सारा साहित्य पढ़ा ही नहीं, खूब समझा है और जो सवाल मैंने इस सभागार में 'मित्रो मरजानी' पर उठाए थे, उन प्रश्नों को कृष्णा जी से आमने-सामने पढ़कर पूछा है (सीधी बात लेखक से)। कृष्णा जी को बुरा लगा है, ऐसा मैंने कभी उनके करीब जाकर महसूस नहीं किया। पहले से ज्यादा स्नेह देती गईं वे मुझे। वे रचयिता हैं, अपने बाद आनेवाले रचनाकार को रचने का सुगढ़ दायित्व समझती हैं। मैं उन्हीं की परम्परा में खुद को मानती हूँ, बशर्ते उसे आगे बढ़ा पाऊँ। आगे बढ़ाने से मेरा मतलब बदलते समय के साथ स्त्री का बदलता हुआ चेहरा, जिस पर उसकी जिन्दगी के नक्श हों।

जीवन पलटकर तो देखा

प्यारी लीडिया,

हमने तुम्हारी पुस्तक हिन्दी में पढ़ी, तुमने तो रूसी भाषा में लिखी है। हिन्दी में अनुवाद किया है रंजना श्रीवास्तव ने और संपादक हैं राजेन्द्र यादव। संपादक महोदय ने हिन्दी लेखिकाओं को चुनौती जरूर दी है कि उनमें से कोई भी अपने प्रिय लेखक या प्रेमी लेखक के अंतरंग प्रसंगों पर इस तरह प्रकाश नहीं डाल सकती।

संपादक का अपना मत जो भी हो, हम इतना जरूर कह सकते हैं कि जो समय लीडिया एविलोव पर डेढ़ सौ साल पहले रूस में गुज़र रहा था, वही समय आज भी भारतीय स्त्री को शिकंजे में कसे हुए है। वह छटपटाती है, छूट नहीं पाती। छूट लेना, उसे समाज से छाँटकर फेंक देने का बहाना बनेगा। लीडिया एविलोव भी समाज से छिटककर रहने की यन्त्रणा से नहीं गुज़रना चाहती थी। डैविड मैगार्शक की भूमिका बताती है कि लीडिया तुमने ही इस पुस्तक को अपने जीते-जी छपने से रोका।

बेशक रोका होगा क्योंकि तुम भी हमारी तरह की स्त्री थी, जो कुछ करने, कुछ बनने के सपने पालती है, विवाह होते ही सुखी गृहस्थिन हो जाती है। उसका एक अदद पति आदर्श पुरुष इसलिए माना जाता है कि वह बीवी-बच्चों की सुख-सुविधा की खातिर आमदनी के स्रोत बढ़ाने में जी-जान लगा देता है, मगर पत्नी को आज़ादी देने की हिम्मत नहीं करता। बस इसी सिद्धान्त के चलते स्त्री का जीवन सुरक्षित घर (घेरे) में हँसी-खुशी गुज़रता है। वह बच्चों की परवरिश और अपने रहन-सहन के ऊँचे होते जाते स्तर पर इतरा सकती है। अपनी ओर से उठने वाली असहमतियों को दूध के झाग की तरह बिलाते हुए देखती रह जाती है। अनायास का योग ऐसा बनता है कि लड़ाई-झगड़ों के बीच सुलह-सफाई होते-होते पत्नी पति की दोस्त हो जाती है। अभिन्नता का अहसास जादुई छड़ी घुमाता है कि वह इच्छाओं के दमन में पारंगत होती चली जाती है। यहाँ भी पति का गुस्सा, उसकी खास पसन्द का ख्याल, उसकी सुख-सुविधा की चिन्ता जैसी कवायदें कर्तव्य हो गई हैं। और वह लीडिया पीछे रह गई, जिसने दृढ़-संकल्प

लड़की की तरह सोचा था—शादी मेरे लेखन में बाधा नहीं बनेगी। मैंने लेखिका बनने का सपना देखा है। ऐसी साहसिक प्रतिज्ञाएँ अक्सर ही विवाह के बाद क्षीण होती जाती हैं। अन्त में दम तोड़ देती हैं। शादी-विवाह लड़की के जीवन की ऐसी विभाजक रेखाएँ हैं, जिससे जीवन साफ तौर पर दो पाटों में फट जाता है। और पिछला सोचा-सँजोया सुख और यातना के रसायन में घुल-मिलकर 'पीड़ा' के रूप में उभर आता है। उस दर्द की असहनीय टीसें रह-रहकर विद्रोह कर देने के लिए उकसाती हैं। क्या इसीलिए तुम लिखने के लिए वक्त चुराने लगीं? चोरी बहुत दिन गोपनीय नहीं रह पाती, लीडिया तुम पकड़ी गईं। और तुम्हारे पति डेढ़ सौ साल पहले हमारे आज के पुरुषों की जुबान में बोले—शर्म आनी चाहिए तुम्हें! मैं तुम्हारी सुन्दरता के पुल बाँधता हूँ और तुम? तुम लिखती हो!

यह वही पति थे, जो तुम्हारे बिना जी नहीं सकते थे। तुम चली जाओ तो अनाथ हो जाते थे मगर तुम्हारे पर कतरना जरूरी समझते थे और लिखने के लिए थोड़ा-सा समय भी नहीं दे सकते थे। लीडिया, हम स्त्रियों का समय, शरीर और श्रम हमारा नहीं होता, न तब न अब, मगर इससे क्या होता है? तुम्हारा सपना तब भी न मरता, तुम्हारा संकल्प तुम्हें यातना देता था, जिसमें पति के घर का सुख मिल जाता तो 'पीड़ा' का रूप ले लेता! क्या तुम्हें इसलिए ही चेखव की पीड़ा नामक कहानी से प्रेम हो गया था? बूढ़े के पास अपनी पीड़ा बाँटने के लिए एक घोड़ी थी और तुम्हारे पास कलम।

'पीड़ा' का लेखक तुम्हारे शहर आया है, घर की दीवारों के बीच बैठी स्त्री क्या जाने? जाना अख़बार के संपादक से, जो जहान भर की सूचनाएँ जन-जन तक पहुँचाने को अपना फर्ज समझता है, फिर लीडिया तुम तो उस प्रकाशक की सम्बन्धी थीं, इस मायने में सौभाग्यशाली, वरन् कितनी ही स्त्रियाँ अज्ञान के अन्धकार में प्रतिभा के साथ गुम हुई रहती हैं। चेखव से मिलने तुम पति के साथ नहीं, अपने साहस के साथ भागीं, समय की छाती पर स्त्री के पग-चिह्न बनाती हुई। कहा गया है कि तुम तब पच्चीस की थीं और चेखव उन्तीस के। अगर तुम पैंतालीस की होतीं और चेखव साठ के तो भी तुम्हारे उल्लास, उत्साह और लगन में कोई फ़र्क आया होता क्या? कला, साहित्य, संगीत, नृत्य, नाटक के दीवानों की उम्र नहीं होती, धुन होती है, साँसों की तरह निरंतर बजने वाली धुन।

क्या इसी धुन, इसी लगन को देखकर चेखव ने तुमसे नहीं कहा था—लेखक को वही लिखना चाहिए, जो उसने देखा या भोगा है। पूरी ईमानदारी और सच्चाई के साथ। यह लेखन की वह कुंजी थी, जो किसी भी रचनाकार की 'गीता' हो सकती है, लेकिन चेखव यह भी तो जानते होंगे कि स्त्री की कलम से देखा हुआ लिखा जाए, क्षम्य होगा, मगर भोगा हुआ? उसे सूली पर टाँगने के लिए काफी होता है। उस जमाने की बात क्या रही होगी, हम समझ सकते हैं,

क्योंकि आज इतने अन्तराल के बाद भी तसलीमा के भोगे हुए का दर्ज होना गुनाह हो गया। मौत का फतवा, देश निकाला। उस भोगे हुए को लिखकर सार्वजनिक करने का परिणाम है। पूरी सच्चाई और ईमानदारी का सिला है। साहित्य में एक ऐसा खतरा बना रहता है, जिसमें नाम और परिचय के साथ जीवन-गाथा खुलती है, ज़ाहिर है हाहाकार मचता है। बदनामी कौन चाहता है? इसलिए ही तो जो मनचाहा-अनचाहा किया जाता है, वह पर्दे के पीछे ही शोभा देता रहता है। 'करो, मगर कहो नहीं' की ईमानदारी और सच्चाई साहित्य पर लागू है। स्त्रियों के लिए तो खतरा कई गुना बढ़ जाता है, क्योंकि उनके वजूद से परिवार और समाज की इज़्ज़त लिपटी रहती है।

चेखव कहते हैं—तुम्हारे भीतर एक सहज नैतिक बोध है। बहुत बड़ी बात है यह—नैतिकता और प्यार, दोनों का तालमेल अगर बनता है तो भी शक की गुंजाइश बनी रहती है। क्या इसीलिए उन्होंने खत लिखना बन्द कर दिया था? वह महान लेखक तुमसे छिप-छिपकर प्यार करता था, सार्वजनिक रूप से तो सदा आशंकित रहा कि कहीं बात खुल न जाए। और कलम के उस जादूगर ने कहीं भी तुम्हारे प्रेम को लिखकर जगज़ाहिर नहीं किया। नहीं स्वीकारा कि किसी स्त्री के प्यार में वह दीवाना था। यहीं संदेह की सूई अटक जाती है प्यारी लीडिया...

हमने जब तुम्हारी लिखी इस किताब 'मेरी जिन्दगी में चेखव' पर एक गोष्ठी की, जिसमें हिन्दी साहित्य के शीर्ष विद्वानों ने शिरकत की। तब तुम्हारे बयानों पर हमारे मूर्द्धन्य समालोचक जी ने उँगली उठा दी थी, सब कुछ मनगढ़न्त बताया था। बिल्कुल ऐसे ही फ़तवा दिया, जैसे कि तुम्हारे पति ने तुमसे चिढ़कर कहा था—'तुम चेखव को प्रभावित करना चाहती थीं (तुम्हें चेखव से आँखें लड़ाने से फुरसत नहीं)'—अरे वह औरत लेखिका बनना चाहती थी, बस चेखव के पीछे पड़ गई थी। उफ् हम तो स्तब्ध रह गए। हमारी प्रसिद्ध समीक्षक, जिन्होंने सबसे पहले तुम्हारी किताब पर वक्तव्य दिया था, निर्मला जैन थीं, जिन्हें पुस्तक प्रेमगीत लगी, वह भी यही कहकर रह गईं—औरत की बात है न! मैंने उनकी आँखों में स्त्री के लिए ऐसा अपनत्व पहली बार देखा।

'चेखव क्या केवल साहित्यिक जीव हैं?' तुमने किताब में पति से पूछा है और हम इस सवाल से जूझते रहे कि प्रेम दो मनुष्यों के बीच होता है या...?

'हमने सिर्फ एक-दूसरे को देखा था, पर उस नज़र में क्या कुछ नहीं था? उमंग, उल्लास, आनन्द की हज़ार आतिशें...इस अनुभव में मैं अकेली नहीं थी, मेरे साथ चेखव भी थे।' यह बयान कहता है, मनुष्य महान कभी नहीं होता, यदि महान हो जाना उसका ध्येय बनता है तो वह मनुष्य नहीं रहता। बेशक चेखव मनुष्य थे, इसलिए मनुष्य के कथाकार बने और यह बात उन्होंने खुद भी स्वीकार की है कि कहानी मैं मनुष्य की लिखूँगा, फिर वह कहानी हो या न हो।

चेखव का इस तरह सोचना, तुमने उनके चेहरे पर पढ़ा, क्या इसलिए ही उनका मुखड़ा सुन्दर से सुन्दर लगता रहा? उनके माथे पर झूल आई लटों को सँवारता उनका हाथ वही तो था। जिसने बूढ़े कोचवान की कहानी लिखी थी–पीड़ा के सुन्दरतम वाक्यों से बुनकर। उनके नामालूम से होंठ हिले, लगा कुछ कहा है, और तुम दोनों ने एक-दूसरे के लिए हाथ फैला दिए। एकान्त मुखरित हो उठा। स्त्री के उबाऊ दिन, उसका उबाऊ जीवन, गृहस्थी के सुख से बाहर निकल आया। गतिरोध टूटा, जो गरिमा के नाम से स्थापित था।

चेखव कह रहे थे–'लीडिया, तुम्हें यहाँ से कोई खींच ले जाए, ऐसा मैं होने नहीं दूँगा।'

नहीं, हमारा बुद्धिजीवी वर्ग नहीं मानता। चेखव ने ऐसा किया होगा, एक साधारण औरत के लिए महान लेखक ऐसा नहीं कर सकता। औरतों को ऐसा कहकर अपनी ही सुन्दरता पर रीझने की आदत होती है। वे अपनी धाक जमाना चाहती हैं।

झूठ है, धोखा है कि चेखव ऐसा कहे–'हमारे मन का हो गया न? हमारी जीत हुई न? तीन साल पहले जब हम मिले थे तो क्या तुम्हें ऐसा नहीं लगा था कि हमारा परिचय पहली बार हुआ हो, मगर हमारी जान-पहचान पुरानी है। लम्बे बिछोह के बाद हमने एक-दूसरे को पाया है।' चेखव यही, ऐसा ही कह रहे थे, तुम दावा करती हो। अपने बयान के साथ तुम्हारे भीतर प्यार की बुझती-बुझती लौ जाग उठी लीडिया। तुम दो पुरुषों के बीच फड़फड़ाती दीपशिखा-सी निरन्तर जले जा रही थीं, कैसे? यह बात हम स्त्रियाँ पुरुषों के मुकाबले ज्यादा शिद्दत से महसूस कर सकती हैं, क्योंकि हमारे पास कोई कमरा, कोई कोना इस तरह निजी नहीं होता कि दूसरों को ताकने-झाँकने की इजाजत न दे। तुम भी तो निहायत सुरक्षित घर में ऐसी ही सार्वजनिक थीं कि किसी तरह अपनी निजता का वजूद न बने। पति-पत्नी के सम्बन्ध का यही कायदा रहा है, आज तक है।

तभी तो तुमने चेखव से कहा–'पति-पत्नी का सम्बन्ध तो नहीं रहा होगा हमारा।'

वे हँसे थे–'मगर हम प्रेम तो करते थे, युवा प्रेमी-प्रेमिका...हमारी मृत्यु जहाज डूबने से हुई थी...लहरों में डूबते हुए तुम्हारी बाँहें मेरे गले में थीं।'

'वह तो डर के मारे ऐसा हो गया होगा/मुझे तैरना नहीं आता न!'

'मैं भी कोई बढ़िया तैराक नहीं, हो सकता है, पहले मैं नीचे गया, फिर तुम्हें भी ले डूबा।'–आपने मुझे बचाने के बजाय डुबो दिया!–लेकिन तुमने मेरी **गर्दन छोड़ी** क्यों नहीं?

मझधारों के आकांक्षी प्रेमी युगल, ऐसा न होता तो चेखव बार-बार पीटर्सबर्ग क्यों आते? पीटर्सबर्ग को नापसन्द करने के बावजूद। शहर को ठण्डा

और बेजान कहने के बाद भी। तुमने किताब में यही लिखा है, मगर लोग यहाँ न मानने की कसम खाए बैठे हैं।

मैं इस पुस्तक के संपादक महोदय को सम्बोधित करती हूँ और पूछना चाहती हूँ कि कोई पुरुष अपनी चाहत में प्रेयसी को ऊँचाइयाँ देना चाहता है या नहीं? यदि चेखव लीडिया को ऊँचाइयाँ देना चाहते थे और कहते थे–'मुझे कुछ भेजा क्यों नहीं तुमने? मैंने तुमसे तुम्हारी कहानियाँ माँगी थीं।' चेखव की इस मनोकांक्षा को दर्ज करने के बाद लीडिया को डर क्यों लगा? क्या चेखव एकान्त और सार्वजनिक रूप से अलग-अलग मुखौटे धारण कर लेते थे? महान लोग अक्सर ऐसा ही करते हैं, उनको अपनी आन्तरिक प्रणयेच्छा से ज्यादा बाहरी छवि की चिन्ता रहती है।

यहाँ लीडिया, तुम साहसी कदम उठाती हो और उस सूचना का सामना करती हो, जिसमें यह बात मौजूद है कि चेखव तुम्हें मिखाइल से छीन लेंगे, तलाक दिलवाकर शादी कर लेंगे।

वैसे शादी ही प्यार की परिणति नहीं होती, फिर भी स्त्री चाहती है कि पुरुष उसके लिए हिम्मत दिखाए। मगर चेखव ऐसा न कर सके। तुम्हारे परिवार की गरिमा की दुहाई देते रहे। तुम्हारे 'सुख' में खलल डालना उन्हें अच्छा नहीं लगा। तुम बार-बार लिखती हो 'पति बच्चे परिवार'...यह तो तुम्हें उस वक़्त भी मालूम था, जब चेखव के प्यार में गिरफ्त हुई थीं, अजीब औरत नहीं हो तुम, सामान्य साधारण समाज से अनुकूलित औरत की तरह चाहती थीं, प्यार भी करो और कोई जाने नहीं। इधर तुम्हारे पति कहें–अब तुम युवती नहीं रहीं–उधर चेखव तुम्हारा दिल रख लें–युवती नहीं हो? सत्ताइस साल में ही?–तुमने इन दोनों पुरुषों को अपनी वय, सुन्दरता और जिन्दगी का फैसला लेने का हक दे दिया। तुम पेण्डुलम की तरह प्यार भी करती रहीं। कर्तव्य भी निभाती रहीं। तुम एक विवाहिता स्त्री की तरह अभिनय कर रही थीं लीडिया, नहीं तो चेखव के चले जाने के बाद यह कराह भरी आवाज़ दिल से क्यों निकली–'मेरे सुखी पारिवारिक जीवन में अब कोई रोशन दिन नहीं होगा'। जो कुछ तुम पति और समाज के सामने नहीं कह सकीं, लिखकर कहा। कहा कि चला आ रहा ढर्रा तुम्हारे जीवन में ऊब और खीझ पैदा कर रहा है। स्वीकार किया कि तुमको अपने आन्तरिक स्तर पर चेखव जैसा संवेदनशील पुरुष चाहिए। जानती थी कि यह खरी बात, सच्चाई से सामना करने का हौसला समाज में स्त्री को नजरों से गिरा देता है। इसका मुखिया तुम्हारा ही समाज नहीं, इसमें हमारे समाज की भागीदारी बराबर है और न जाने कितने देशों के समाज ऐसे प्रश्नों में मिलकर रजामन्दी बनाए हुए हैं। ऐसे नियम-कायदों का निर्धारण किया गया है, जिनकी कसौटी सिर्फ पुरुष-सुविधा है।

तो मैडम लीडिया एविलोव, कितने भ्रमों, धोखों और साजिशों की शिकार

रानी-महारानियाँ होती रहीं, जिनका अनुकरण साधारण स्त्रियों ने भी किया, क्योंकि उसे भी रानी बनने का सपना बचपन से ही दिखाया जाता है जिससे कि सपने की खातिर वह जगह-जगह खुद को खारिज करती जाए। अपने नज़रिए से आँखें बचाती जाए। तुम उस सौम्यता, शिष्टता और बनी-बनाई सामाजिक गरिमा से अनुकूलित दिखते हुए भी, अनुकूलित नहीं हो पाईं। आखिर अपना 'ऐंगिल' रख ही दिया कि देखो, साहित्य और समाज के कर्णधारो, मेरी जिन्दगी में चेखव के लिए मेरा नज़रिया क्या है? क्या है उनके 'सीगल' की तत्कालीन वास्तविकता और क्या थी उनकी मानसिकता। उनकी कहानियों की सामाजिक मूल्यवत्ता, साथ ही आर्थिक साधनों की तूफानी रिक्तता और व्यक्तिगत आकांक्षाओं के लिए शून्यता। यही कारण रहा कि वह महान लेखक तुमसे जो कुछ कह नहीं पाता था, दे नहीं पाता था, अपने नाटकों, कहानियों की पंक्तियों के रूप में तुम्हें समर्पित कर देता था। उसके भीतर भी न जाने कितने डर समाए थे। मेरे ख्याल में सामाजिक विधान से अगर किसी का आमना-सामना होता है तो वह रचनाकार का होता है। जो टूट-फूट वह करता है, समाज का सबसे बड़ा शत्रु हो जाता है। क्योंकि नए का संधान जल्दी ही विधान तो नहीं बनता। काग़ज़ी शत्रु। काग़ज़ की टेक रखनी होती है साहित्यकार को...और तुम इस बात को अच्छी तरह जान गई थीं लीडिया, तभी तो असमंजस सा हुआ—क्या मिखाइल मुझे बच्चे ले जाने की अनुमति देते?—से ज्यादा बड़ा सवाल यह—क्या चेखव ही तुम्हें स्वीकार कर पाते?—हालाँकि तुम्हारा पेंडेंट चेखव के पास पहुँच चुका था, जिसमें वह काग़ज़ बन्द था और लिखा था—अगर कभी मेरे प्राणों की ज़रूरत हो तो आना और निस्संकोच ले लेना। चेखव की ही पंक्तियाँ हैं ये।

'निर्णय' शब्द आसान नहीं है, क्योंकि इसे लोग आसानी से अपने जीवन में उतार नहीं पाते। संकल्प का यह व्यावहारिक रूप—सीस उतारे भुंइ धरैं—के रास्ते से गुज़रता है। हाँ, मैं मानती हूँ कि तुम इस रास्ते से गुजरना चाहती थीं—नकाबपोश बनकर नाटक देखने पहुँची आधी रात को। उस समाज के पुरुष अपनी गिरफ्त में एक औरत रखने की भद्रता निभाना खूब जानते थे, औरत जिसका कोई चेहरा न हो। तुमने खुलासा किया है। चेखव, तुम्हारी पहचान न खुल जाए इस बात से कितने सावधान थे। उधर मिखाइल जैसे सब कुछ अपनी आँखों देख आए हों, झल्लाकर तुम्हारे बनाए गुलगुलों की तश्तरी फर्श पर फेंकते हैं—ये तो सिर्फ कुत्तों को खिलाने के काबिल हैं—कहने के बाद तुम्हें अपनी ओर खींचते हैं—तुम मेरी जादुई परी—यह उलटबांसी...इस दुविधा से यदि निकलती हो तो चेखव ऐसा प्यार है, जिसमें वे तुम्हारे बदन को छूने से डरते हैं कि कहीं तुम नाराज न हो जाओ। हाँ यही रजामन्दी वाला प्यार, जहाँ तुम अपने आपको उलीचने के लिए तैयार हो जाती हो। क्या अब तक तुमने खुद को इस तरह

खंगाला था? नहीं न? और न साहित्यिक संसार का वह चेहरा देखा होगा, जिसमें महान माने जाने वाले लोग खान-पान की तुलना करते हुए एक-दूसरे को नीचा दिखाते हैं, पोशाक की नफासत स्त्रियों को रिझाने के लिए समझते हैं। 'पीछे पड़ जाने' की अपेक्षा औरतों से करते हैं, मगर औरत घोड़ागाड़ी पर चढ़े तो मेजबान तुरन्त चढ़ाने में मदद करेंगे...कितनी फांकों वाला माहौल है यहाँ! लेकिन ऐसे में कोई तुमसे कहता है—बताओ उपन्यास लिखोगी न? न मत कहना। स्त्री को उसी प्रकार लिखना चाहिए जैसे वह कुछ काढ़ती है। खूब लिखो और विस्तार से लिखो। लिखो और काटो। फिर लिखो, फिर काटो—तुम शैतान बच्ची-सी पूछती हो—यहाँ तक कि कुछ न बचे?

और चेखव का जवाब—कुछ अवास्तविक नहीं। जीवन जैसा है, वैसा ही, लिखोगी न?

लीडिया एविलोव, औरत को ऐसे कितने लोग मिलते हैं, जो उसे ज्ञान की दिशा में ले जाएँ? अपने समाज और शास्त्रों की तो बात मैं जानती हूँ, स्त्री के शरीर से ही पुरुष का मतलब रहता है, बच्ची है तो उसको कौमार्य बचाए रहने के लिए सजग रखना, युवा होने पर अपने शरीर को पति की विरासत में रख देना, वृद्धा स्त्री का कोई मूल्य नहीं रहता। यदि औरत के दिल की बात कोई करता है तो समझो कि वह फरिश्ता है, तभी तो फरिश्ते अक्सर दिखते नहीं। इसलिए ही वे आकाशवासी माने जाते हैं। 'मैं एक अजाने व्यक्ति की प्रेमकथा लिखूँगा।' तुमने कहा और मैं मान गई कि चेखव जैसे व्यक्ति से कोई भी स्त्री प्रेम कर सकती थी। और तुमने प्रेम किया, प्रेमकथा लिखी। वे बारीक कोमल नन्हे-नन्हे ब्यौरे दिए, जो गहरे में उतरते चले गए। सच मानो लीडिया, हमने तुम्हारी प्रेमकथा अपनी कहानी के रूप में आँखों से नहीं, दिल से पढ़ी है। तुम्हारे धरती, आकाश, चाँद-सितारों, पेड़-पत्तों, काँटे-फूलों से अपनी पहचान जोड़ दी। और लीडिया एविलोव, उस छठे अध्याय का सत्य क्या है, स्त्री के अन्तरतम का महत्त्वपूर्ण हिस्सा है, जिसमें औरत प्रेमिका होती है, मगर वात्सल्य के साथ—परसकर खिलाना जैसे उसके प्यार की सबसे सहज अभिव्यक्ति हो। नहीं खिला पाईं, कसक रह गई। कसक पीड़ा बना गई, पीड़ा से आख्यान निर्मित हुआ। चाहत की यह गहराई प्रेमिकाओं के घर-घर मिलती है। नहीं तो तुम्हारे दिए हुए फूल, फूलों से अपना बीमार चेहरा चेखव ने ढँक लिया...वे तुमसे आच्छादित, तुम उनमें समाई हुईं... क्या तुम दोनों की स्वतन्त्रता यही थी? प्रेम की गाँठ में बँधी हुई आजादी, चेखव ने ख़ुद ही तो कहा—सदा स्वतन्त्र रहा, पर स्वतन्त्रता का अर्थ नहीं जाना।

और तुम, तुम उनकी पंक्तियों को दोहराती हो, पत्रों को फिर-फिर पढ़ती हो, पढ़ते-पढ़ते ठिठकती हो—'जीवन कहीं अधिक सहज है, इतनी यन्त्रणा भोगने के योग्य नहीं...' सोचती हो, चेखव पलटकर जैसे एक नजर अपने जीवन को देख

रहे हैं...

नहीं, लीडिया जीवन को पलटकर तो तुमने देखा, एक-एक वरक उलटकर परखा और उसमें से प्रेम की धाराएँ प्रवाहित कर दीं। कोई माने या न माने, हम मानते हैं, मानते हैं कि ऐसे प्रेम गीत हिन्दी लेखिकाओं द्वारा लिखे जाएँ, और यह शर्त न लगाई जाए कि ऐसी किताब लेखक या लेखिका के मरने के बाद छपे। सब कुछ जीवन में ही हो, मृत्यु के बाद किसने क्या देखा है?

तुम्हारी
—मैत्रेयी पुष्पा

द्विखण्डित जीवन के बावजूद

'मैं एक खारिज नाम हूँ। एक निषिद्ध और वर्जित नाम। मैंने जूडो-कराटे नहीं, संस्कार सीखे हैं, इसलिए पति-विहीना होना ऐसा बीभत्स जख्म है, जिसे ढँकने के लिए मुझे बेशकीमती चादर चाहिए।' ये उद्‌गार हैं उस तसलीमा नसरीन के जो धर्म के कठमुल्लाओं और इस्लाम के नाम पर राजनीति करने वाले शासनकर्ताओं के लिए चुनौती बनी हुई हैं। नहीं तो तसलीमा की आत्मकथा द्विखण्डित में ऐसा क्या था कि वह प्रतिबन्ध के निशाने पर आ गई?

हालाँकि द्विखण्डित में से कुछ हिस्से काट दिए हैं, जिन्हें आपत्तिजनक माना गया है, फिर भी किताब का तेवर बताता है कि यह उनकी आपबीती है। जिसमें उनके अपने चरित्र की द्विखण्डिता उपस्थित है। डॉक्टर और रचनाकार के शामिल खाते से जो स्त्री बनी है, वह तसलीमा नसरीन है। बानगी देखिए—'डॉक्टर कॉल पर जाए और फीस न ले तो मन में डॉक्टर जैसा अहसास नहीं होता। मैंने फीस कबूल की थी'—और संवेदनशीलता के आग्रह की मारी स्त्री सोचती है—'मैं अपने को माफ नहीं कर सकती। आईने में अपना चेहरा कुत्सित लगा। मुझे अपनी कुत्सित क्रूर हथेलियों के प्रति हिकारत होने लगी, जिनसे मैंने उन रुपयों को छुआ था।' (पृष्ठ 11) तसलीमा उस अपराधबोध से आज भी ग्रस्त हैं, जिसके कारण उनकी बहन की सहेली हैजे से मरी थी, अपने भाइयों का इलाज कराती हुई, खुद का रोग छिपाती हुई...

पेशेगत जरूरतों के बरक्स संवेदना और सहानुभूति का ज्वार न होता तो

वे निश्चित ही उस रुद्र से न जुड़तीं जिसके शारीरिक रूप को देखकर उन्हें उबकाई आई थी। मगर ऐसा क्या हुआ कि उसी शख्स के साथ शादी तक का फैसला लेना पड़ा? वह था तसलीमा के कवि-हृदय का आग्रह, जो रुद्र की कविताओं से जा जुड़ा था। बेहद हसीन पुरुष के सपने सँजोती स्त्री खुद का एक हिस्सा काटकर काव्य रचनाओं के कारीगर रुद्र के हवाले करती है, जो वेश्याओं से सम्बन्ध रखता है, सिफलिस से पीड़ित है और खुद तसलीमा को उस रोग का शिकार बनाता है। मेरी समझ में तसलीमा के भीतर बैठी डॉक्टर पति नाम के जीव से तलाक लेती है और उनके अन्दर की कोमल कमजोर स्त्री, जो पहले पिता के साम्राज्य की किलेबन्दी से टकरा-टकरा कर लहूलुहान होती रही है और फिर पति के लांछनों से छलनी हुई। पहला कहता है—दूल्हे के साथ दो दिन नहीं टिक पाई। मानुस लोग तो इसे रण्डी कहेंगे। तो पति की हैसियत पर चढ़ा दूसरा पुरुष बोलता है—सोती फिरती हो जिस-तिस के साथ। सच में ही यह एक हिस्सा समाज की उस लड़की का प्रतिनिधित्व करता है जिसे औरत बनने का प्रशिक्षण दिया जाता है। कौन कहेगा कि यह डॉक्टर तसलीमा है, जो अपनी योग्यता में शिखर पर है और आर्थिक आत्मनिर्भरता की जिसे सुविधा हासिल है। प्रताड़ना का पुरुष कोड़ा स्त्री पर कहाँ-कहाँ से वार करता है, यह कोई द्विखण्डित में देखे।

और देखे औरत की अपनी स्वाभाविकता में जनधर्मिता। माँ जहाँ मर्यादा और भय के कारण तसलीमा के पिता की गुलाम बनी दिखती हैं, वहीं तसलीमा अपने स्वभाव के कारण बार-बार उस पति की ओर जाने की इच्छा करती हैं, जिसकी मुर्दा-सी देह छू-छूकर बूँद-बूँद पानी को तरसती रही। मन ही मन कहती रही—जो अश्लीलता मचाते हैं, वे श्लीलता क्यों सिखाना चाहते हैं? मगर तलाक के बाद पति के मिलने पर एक कमरे में सोना, अपने बिस्तर पर जगह देना, अपने शरीर से आनन्दित करना क्या उस डॉक्टर की मानसिकता को दर्शाता है जो मरीज से घृणा नहीं करता, मर्ज को काट फेंकना चाहता है, या उस स्त्री के संस्कारित मन का हिस्सा है, जो पति को परमेश्वर मान लेती है? तसलीमा के चरित्र की परतें खोलती हुई यह पुस्तक ऐसे बिन्दु को छूती है, जहाँ दुनियाभर में अपनी बोल्डनेस के लिए ख्यात लेखिका महज एक कठपुतली है।

तसलीमा को नईम पर तरस आया था कि शक के कारण उसने अपने बच्चे का एबॉर्शन करा दिया और पाठकों को तसलीमा पर तरस आता है कि एक डॉक्टर, एक लेखिका अपने बच्चे का खात्मा केवल पति के आदेश पर कर आई। सवाल हो सकता है कि क्या अपनी इस मजबूरी से ही उन्होंने मजबूती हासिल की? मगर मजबूती तो उनमें पहले भी कम न थी, जब पिता का कारागार तोड़ा था, जब नाना की पीली कोठी की धार्मिक पाबन्दियों को नजरअन्दाज किया था, जब मयमन सिंह से ढाका की बस पकड़ी थी या रुद्र से विवाह किया था। रुद्र,

नईम, मिनार, महमूद से सम्बन्ध जोड़ती, विच्छेद करती अपने स्त्री रूप में कैसर तक आती है और सारे लिहाज, शर्म के लबादे एक ओर फेंककर हिम्मत का परिचय देती है—पुरुष को स्त्री की खोज-खबर लेने की आदत नहीं होती। मैंने कैसर को आगाह किया कि वह मेरी खबर रखे। चाँद की तरह मुझ में ज्वार जगाए। क्या तसलीमा ने अब तक पुरुष मनोविज्ञान पढ़ लिया था कि धर्म के उस कायदे को धता बता दी, जिसमें पुरुष को सूर्य माना गया है और स्त्री को उसके ताप से पिघलना होता है। अपनी जिन्दगी को खण्ड-खण्ड तोड़ती, जाँचती-परखती आखिर इस नतीजे पर आ गई कि समाज के सारे नियम धर्म की दुहाई देते हुए पुरुष की सुविधानुसार बनाए गए हैं। यदि किसी औरत ने आत्मनिर्भर बनने की कोशिश की है तो मौलाना लोग फतवों से राह रोक देते हैं।

शम्सुल हक सरीखों को लड़कियों के साथ व्यभिचार करने की लालसा रहती है, वे झूठ बोलकर सम्बन्धों का पाखण्ड फैलाकर अपनी महिमा के साये में मजे से शिकार खेल सकते हैं। गीदड़ों के मुँह जब खून लग जाए तो वह शेरों से ज्यादा खतरनाक हो जाते हैं। भेद खुलते ही भभक पड़े। वे हों या सुनील गंगोपाध्याय, अभिव्यक्ति की सच्चाई से उन्हें डर लगता है। फिर अपनी कविता में क्या झूठ ही अभिव्यक्त करते हैं? तसलीमा यों तो खुद को भी कठघरे में रखती हैं कि वे उस बूढ़े पुरुष को झूठ-पर-झूठ बोलते देखे जा रही थीं, आँखों के कामुक इशारे सहे जा रही थीं, और स्त्री की प्राणशक्ति को जागने नहीं दे रही थीं। वरन् एक कमरे में सोने का प्रावधान क्यों रास आता? रात-भर किसी मर्द के पास एकान्त में रहने की स्वीकृति क्यों देतीं? क्या इन देवता जैसे लोगों को असली आदमी से ज़ोड़कर नहीं देख पाईं? या इनके सहारे साहित्य में पतंग की तरह मँडराने की आकांक्षा थी कि डोर कोई अन्य काट न पाए? आखिर कौन-सा कारण था कि भूल गईं कि अक्सर ही ये बूढ़े अपनी कमसिन शिष्याओं के शरीरों पर निर्बल मर्दानगी आजमाया करते हैं। यह दीगर बात है कि पुरुष की कामुकता घटित होने की सजा औरत को दी जाती है। तसलीमा ने सच से पर्दा उघाड़ा कि फतवे जारी होने लगे। सिर पर इनाम, किताब पर रोक, देश निकाला आदि आदि। सचमुच पुरुषों को स्त्री इस हद तक लुभाती है कि एक का भोग करके दूसरी के पास अपना संत चेहरा दिखाएँ और वश में कर लें। दूसरी ओर अपनी स्त्री के लिए मुखौटों की जरूरत पड़ती है। मुखौटा नोचने वाली औरत को वे मृत्युदण्ड तक देते हैं।

मान-अपमान और धार्मिक फतवों की मारी तसलीमा उस हबीबुल्ला को खोजती है, जो प्रेम का प्रतिरूप था, जो रुद्र से आगे था, जो किसी स्त्री का भी मन मोह सकता था। डॉ. हबीबुल्ला के रूप में प्रकट हुआ तो प्यार का क्षितिज खुल गया। क्या स्त्री प्रेम का इस तरह इन्तजार करती है? हाँ, तसलीमा का

अनुभव इसका गवाह है, इस घटना को बहुत वर्ष बीत गए, फिर भी...जीवन में तमाम पुरुष आए फिर भी...औरत की देह, दिल और दिमाग उसका अपना होता है, वह किसी की सम्पत्ति नहीं, बस इसलिए हबीबुल्ला की चाहत जागी। मगर चाहत ही तो अपनी हो सकती है, राहत देने वाला भी अपना रहे, जरूरी तो नहीं। सपनों का राजकुमार पहले अपने बीवी-बच्चों की तस्वीर दिखाता है और फिर फरमाइश करता है कि मुझे अमेरिका भिजवाने का इन्तजाम कर दो। विदेश में तुम्हारी काफी जान-पहचान है। इस देश में डॉक्टरी करके पैसे नहीं बनाए जा सकते।

खण्ड-खण्ड टूटती औरत दाँत पर दाँत जमाकर रोती है, ढाका से मयमनसिंह तक श्मशान दिखाई देता है। सन् 1971 का स्वतन्त्रता युद्ध किसके लिए लड़ा गया था? मुजीबुर्रहमान को गोलियाँ भून डालती हैं। रुद्र की मौत हो जाती है जैसे बंगलादेश की धरती अपने प्यारे मुजीब की हत्या अपने ऊपर लेती है। तसलीमा रुद्र की मौत के लिए जिम्मेदार मानी जाती है। हत्यारी का खिताब माथे पर चिपकाए रुद्र की रचनाओं का समग्र छपवाने में बदहवास रहती है। उसे हबीबुल्ला, रुद्र, नईम, मिलन, कैसर के अलावा और भी प्यारे-दुलारों में से किससे सबसे अधिक प्यार था? जिससे विवाह किया, क्या उनसे? नहीं, विवाह और तलाक को तसलीमा ने कागज और दस्तखतों का खेल माना है। उनके मन का खाली दायरा यदि किसी प्यार से भरा है तो वह रचनाधर्मिता है, जिसके लिए जोग उठाए दर-दर फिरी, जिसके लिए अपनी मति-गति का बार-बार पुनरावलोकन किया कि पुराने संस्कार दिमाग में किस तरह घात लगाए बैठे हैं? आखिरकार तसलीमा उस टूटे-फूटे समूह में जा मिलती हैं, जो उनके अधार्मिक कलाम पढ़कर गुनहगार हुए हैं, जिनके लिए मेला उत्सव और शोभा-यात्रा निषिद्ध हैं। तसलीमा माँ का चेहरा पढ़ती है और समझ लेती है कि मेले अब लगते नहीं, शोभा यात्राएँ निकलती नहीं...। अनुवाद की हुई यह पुस्तक भाषा की दृष्टि से ठीक-ठाक है। हाँ, शिल्प के लिहाज से विवरण बहुत ज्यादा हैं। और वे अंश काट दिए गए हैं जिनको लेकर पुस्तक प्रतिबन्धित हुई है। इसलिए आपत्तिजनक कहने के लिए ऐसा कुछ नहीं है जो इन दिनों साहित्य में न आ रहा हो। हाँ एक समाज विशेष या खास धर्म की ऐसी पाबन्दियाँ हो सकती हैं, जिनके विरुद्ध तसलीमा नसरीन के खयालात पड़ते हैं, बिल्कुल ऐसे ही जैसे रोगों के प्रति किसी डॉक्टर का नजरिया होता है। एकदम युद्धस्तर पर तैनात रहने का, किसी प्रकार न हटने का।

आधी आबादी/मुबारक आजादी

चौखट से बाहर निकलनेवाली औरत के लिए तमाम खतरे हैं, जैसे उसको बन्धक बनाया जा सकता है, लूटा जा सकता है, उसका बलात्कार किया जा सकता है। ये सजाएँ इसलिए मुकर्रर की गई हैं, क्योंकि वह पुत्री, पत्नी और माता के बतौर अपनी 'विशिष्ट रमणीयता' खोती चली जा रही है। कर्तव्य पालन की नैतिकता का मूल्यांकन फिर किस तरह होगा, जब उसने अपनी क्षमताओं को अपनी इच्छा सिद्धि की राह पर मोड़ लिया है? क्या वह अपने लिए रास्ता बनाने का लुत्फ लूट रही है? या इस अनिमन्त्रित आनन्द में दिग्भ्रमित हो रही है?

ये कुछ ऐसे सवाल हैं, जो सभी स्त्री को उस प्रचलित धारणा या सामाजिक मान्यता से तोड़कर देखते हैं, जिसमें स्थापित है कि स्त्रियों की सृष्टि पुरुषों के लिए हुई है। माना गया है कि हव्वा आदमी के पसली के सिवा कुछ न थी। ब्रह्मा की बेटी ने पिता पुरुष के आनन्द के लिए जन्म लिया। पुरुष का शैशव विशेष सेवा पाने के लिए स्त्री की गोद की शोभा बनता रहा तो उसका यौवन किसी स्त्री के शरीर में घटित होता है।

पिछली सदियों से स्त्री का आदर्श रूप वह है, जिसे शास्त्रों ने तय किया, इतिहास ने घटित किया। मगर जब इतिहास का पर्दा पलटता है तो ऐतिहासिक अभिलेख के रूप में वह समय दर्ज होता है, जब स्वाधीनता का सरोकार भारतीय समाज से जुड़ गया था, जिसके चलते भले अँग्रेजों का विरोध हुआ हो, मुखालफत तो सामाजिक सामंतवाद और राजनीतिक निरंकुशता की ही थी। नहीं तो हाशिये पर पड़ा वह जन-समुदाय अपने मूलभूत अधिकार कैसे प्राप्त करता, जिसे सेवा के धर्म से जोड़ा गया था। दलित समाज का जीवन विकास के लिए आरक्षण स्वतन्त्रता का सबसे प्रखर स्वर है, जो आज 'जय भीम' कहकर भक्तिभाव में गोते लगा रहा है। मेरे मन में सवाल उठता है कि मालिकीकरण के रस्से से जिनकी गर्दन बँधी थी, उनमें स्त्रियाँ थीं और दलित के मुकाबले वह कई गुणा ज्यादा थीं। गाँधी जी ने स्त्री दुर्दशा पर गौर किया, मगर भीमराव अम्बेडकर की तरह उन्हें ठोस आधार नहीं दिया।

स्त्री दुर्दशा पर उस जमाने के पुरुष अफसोस करते रहे हैं, जिन्होंने समाज

में प्रचलित कुरीतियों को खत्म कराने के संकल्प भी उठाए थे। उनका योगदान बेजोड़ माना जा सकता है, लेकिन भारतीय पुरुष व्यवस्था में स्थायी तौर पर स्त्री का भला नहीं हुआ। कारण यही रहा कि गंभीरता के साथ स्त्री सवालों को, उनकी जड़ों में देखने का प्रयास नहीं किया गया। सती प्रथा, बाल विवाह कम जरूर हो गए, मगर स्त्री की अधीनता को मिटा नहीं पाए। स्वतन्त्रता के बाद उसे वो सहूलियतें नहीं मिलीं, जो स्त्री जीवन के स्तर पर मिलनी चाहिए थीं। हालाँकि उनमें से कितनी ही पति के साथ जेल गईं, कितनी स्त्रियों ने पति की अनुपस्थिति और आन्दोलन के समय गृहस्थी का बोझ ढोया। वंश को अपना खून-पसीना लगाकर पालते हुए गोरों की चाबुकें उनकी रीढ़ तोड़ती रहीं। इस सारे परिश्रम को पुरुष वर्ग ने सती धर्म से जोड़ा, सीता माता और रानी वार्दमनी माना। अफसोस यह होता है कि औरतें भी सिर झुकाकर अपनी नियति स्वीकार करती चली गईं।

अपने पुरुषों को खुश रखना स्त्रियों का कर्तव्य है। उनको रिझाना औरत का गुणधर्म है। सेवा को स्वीकार करना सभी के प्रति पुरुष का प्रेम माना गया है। प्रेम में आकण्ठ डूबी स्त्री चेतनाशून्य रहेगी। यह मजबूत धारणा पौराणिक युग से ऐतिहासिक युग तक चली आई, जिसका विस्तार आज भी देखा जा सकता है। मगर यहाँ वे स्त्रियाँ भी दृश्यपटल पर हैं, जिन्होंने साहित्य, राजनीति और समाज में बदलाव लाने के लिए कमर कसी है। वे उन्हीं की उत्तराधिकारिणी हैं, जो कुछ समय पहले स्त्री की कथा कहती थीं, कुप्रथाओं को उखाड़ना चाहती थीं, मगर साफ-साफ कहने में हिचकती थीं। निरंकुश शासक और इन्द्रभोगी पुरुष मानता था कि औरत अज्ञान है। दासों का अज्ञान ही स्वामी का मजबूत हथियार बनता है। अतः पुरुष प्रणय के रस में डुबोकर गुलामी का जहर उसके भीतर उतारता रहा और कुलीन मर्यादाओं की कुल जमा पूँजी स्वामिभक्ति रही।

विष पीते-पीते नीली गर्दन वाली औरतों ने पराधीनता के पर्दे पर लिखनी चाही स्वाधीनता। यह शब्द स्त्री के मन और आत्मा की तरह आकुल व्याकुल था, क्योंकि जिन्दगी में कुछ नहीं बदला। मालिकों ने व्यवस्था को रिवाजों के रूप में ढाल दिया और स्वतन्त्रता के बाद पैदा हुई स्त्री पीढ़ी ने बदलाव के नाम पर पार्वती की तरह शिक्षा को तपस्या मानकर जीवन में उतारा, जिसका फल उसे शिव जैसे वर के रूप में प्राप्त होना था। मगर कौन जानता था कि यही शिक्षा उसकी सोई हुई चेतना को झकझोरकर जगा देगी कि जिन्दगी की नई इबारत लिखी जाए।

आत्मालोचन ने मंथन का काम किया। समझ में आया कि स्त्री के लिए कोई अम्बेडकर नहीं आएगा, क्योंकि देश की प्रधानमन्त्री इंदिरा गाँधी के होते हुए भी उसके लिए आरक्षण नीति नहीं बनी। प्रश्न काँटों की तरह खड़े थे, भय की लकीरों में उतर उलझते रहे। बस, उसके लिए निषिद्ध शास्त्र वेद उसने उठा लिए। पढ़ने लगी और मर्यादा की सीमाओं के वे मुलम्मे उखड़ने लगे, जो पाप-पुण्य की

व्याख्याएँ समझाते थे। पारिवारिक किलेबन्दी की दीवारें ढहने लगीं, जिनमें किसी झरोखे तक का विधान न था। समझ में आया कि बिना पुरुष की स्त्री पत्नी, बेटी, माता, बहन न हो, स्त्री जरूर होती है। शास्त्रों के अनुसार जो औरत का सौभाग्य है, वही उसकी बुद्धि का तिरस्कार है। अनुभवजन्य निष्कर्ष बताते हैं कि उसकी क्षमता कम नहीं, कम आँकी भले जाए। दैहिक उपलब्धियों तक सीमित की जाने वाली स्त्री के पास नैसर्गिक विलक्षणता होती है, मगर उसे मर्यादावादी सामाजिक सिद्धान्तों से नियन्त्रित किया जाता है, जैसे वह किसी फौज की सिपाही हो, जिसको मालिकों के इशारे समझने के सिवा कोई कर्तव्य न बचा हो।

अपने बारे में शक-संदेह, खुद को आलोचना की नजर से देखना शुरू किया उस स्त्री ने, जो पढ़ी-लिखी थी, लेकिन परिवार के खूँटे से बँधी रही। अबला, असहाय और आत्मनिर्भर न होने वाली इस स्त्री ने मानों अपने आत्माधिकार को ही जन्म दिया हो, उस चेतना को पैदा किया हो, जिसे वह खुद ही अँधेरे में छिपाए रही। और फिर उसने दास रखने के अभ्यस्त, क्रीड़ा-कौतुक के शौकीन पुरुषों से आँखें मिलाना शुरू किया, जिनके सामने वह नजरें झुकाकर प्रशंसा पाती रही थी। अपने बँधे रहने की सजा का निराकरण यह कि बेटियों के बन्धन खोल डाले। उनको पारिवारिक चालाकियों के प्रति सावधान किया, जिनमें स्त्री के श्रम को चाट जाने की खूबसूरती चिपकी होती है। अपने ऊपर लगाए गए सामाजिक कानूनों को कुछ ऐसे तोड़ा कि पुरुष व्यवस्था सकते में आ गई। शास्त्रों के खुले हुक्मनामे और आधुनिक समाजशास्त्र की बारीक साजिशें स्त्री को कहीं प्यार, कहीं पूजा, कहीं समादर तो कहीं सजा देकर चित करती रही हैं। ज्ञान से वंचित औरत की समझ में कुछ आया या न आया घुटन और घबराहट का मर्म वह जान गई। जान गई कि वह गर्भ में खण्डित की जा सकती है, बचपन में कुपोषण से मारी जा सकती है, जवानी में जिंदा जलाई जा सकती है और उसे 'औरत की औरत दुश्मन है' के नारे के साथ सारी खुदाई चुपचाप भीषण काण्डों में देखती रह सकती है। यह सारा मामला पुराने विधानों को नई तकनीक में ढालकर प्रस्तुत करने का तरीका है।

तब फिर क्या आश्चर्य कि स्त्री को उसी तरह ठगने के रूप समाज में बाकायदा चल रहे हैं, जैसे सीता को, द्रौपदी को, अहल्या को और दमयन्ती को ठगा गया। भय दिखाकर, संस्कारों का वास्ता देकर, एक अघोषित 'अनुकूलन' बराबर चलता रहा है, जिससे वह खुद ही अपने खात्मे के लिए प्रस्तुत होती रही है।

मगर एक भाव, अपराध-भाव का भी होता है। जिसे चेतनामूलक भावना कह सकते हैं, जो किसी रणनीति की पक्षधर होती है। आन्तरिक स्तर पर खुद से युद्ध करती हुई स्त्री ही तो आगे निकल आई, जिसने नवयुवतियों के कान में

शंख फूँका। वह स्त्री कभी दिखती है, कभी छिप जाती है और कभी वह अपने सेक्स प्रजनन और शिशुपालन को हथियार की तरह इस्तेमाल करती है। अद्भुत सैन्य संचालन में माहिर औरत ने नवयुवा बेटियों की फौज मैदान में उतारी है, जो समाज में, राजनीति में, उद्यमों में, कला-साहित्य में अपनी हिस्सेदारी बनाती जा रही है। योनि शुचिता का सिद्धान्त तहस-नहस हो गया, जो हजारों सालों से उसका गतिरोधक था। वह बाजार में बिकनेवाली नहीं, उन उत्पादों को बेचनेवाली है, जिनका मालिक पुरुष बनता है। अपनी ताकत से वह उन उत्पादों का सूचकांक धरती में मिला सकती है, जिनके भरोसे पुरुषों की अर्थव्यवस्था है। अपने फैसले की उस स्वामिनी को कौन सजा-सँवारकर बाजार में उतार सकता है? जो तमाम पुरुष बाधाओं को तोड़कर यहाँ तक पहुँची है। यह असूर्यंपश्या नहीं, फिर भी मान्यता प्राप्त समाज में उसकी जगह है। वह पातिव्रत्य धर्म को कब की उड़ा चुकी है, क्योंकि कोर्ट-कचहरी, अस्पताल, कॉलेज, सिनेमा और राजनीति में भागीदारी करती है।

जाहिर है कि इस स्त्री से पुरुष-व्यवस्था नाराज होनी ही थी, क्योंकि हमारे सामाजिक आदर्श अठारहवीं शताब्दी की स्त्री को मान्यता का प्रमाणपत्र दिए हुए हैं। मगर 21वीं सदी की औरत ने अपने कायदे खुद बनाए हैं, जिनमें वे वेश्या होकर भी खुद को छिपाती नहीं और न पुरुषसत्ता के कुकर्मों को पर्दे में रहने देती। यह पारदर्शी रवैया पुरुष वर्चस्व में सेंध लगा रहा है और भयानक सजाओं के खतरे उठा रहा है। पुरानी स्त्री के अपराध रूप का यह साहसी रूप...उसके भविष्य का संकेत।

'मैं चित्रलेखा हूँ'

मैं चित्रलेखा, भगवतीचरण वर्मा की ऐतिहासिक पात्र। एक नर्तकी, जिसे उन्होंने सार्वजनिक महफिल में नचाया तो, मगर वेश्या होने की नियति से बचाते हुए यह वाक्य बार-बार लिखा कि—चित्रलेखा वेश्या न थी—उनका लिखना असर तो करता था, मगर दो क्षण बाद ही सोचने के लिए मैं बाध्य हो जाती थी कि क्या मैं वेश्या होने से बच पाई हूँ? जिन स्थितियों में कोई स्त्री वेश्या हो जाती है, वे वही तो होती हैं, जिन्हें मैंने भोगा है। पुरुषों का भद्र और अभद्र समाज मेरी देह

के प्रति मनमानी लालसाएँ दिखाता हुआ अपनी धारणाएँ बनाता रहा है।

मेरे सर्जक मेरे जीवन का इतिहास कुछ इस तरह रचते रहे कि स्त्री का हतभाग्य बार-बार उसके जीवन से टकराया। वरन् मैं ब्राह्मण कन्या तो शास्त्र सम्मत विधि-विधान से विवाहिता ही थी। विधवा होना इसलिए जरूरी माना गया कि मैं बेसहारा अनाथ की तरह कैसे भटकती? पुरुष का साया हट जाना स्त्री के जीवन में मामूली बात तो नहीं, वह फिर भले ही परिवार की छत्रछाया में रहे, सार्वजनिक रूप से जिन्दगी उघड़ती-उखड़ती रहती है। सामाजिक विधान के अनुसार मेरे रचयिता ने मुझे घर-परिवार से उखाड़ दिया क्योंकि मुझे उस चेतना से भी लैस कर डाला था, जिसके चलते मैं समझूँ कि विधवा हो जाने से सुहाग तो जाता है, मगर तन-मन की आकांक्षाएँ खत्म नहीं होतीं। अपने आवेग संवेगों को मुझे ही पार लगाना होगा। ऐसा सोचना था कि मैं उन शास्त्र-सम्मत नियमों के पार जाने लगी, जिनकी अर्गला से स्त्री कुमारी, विवाहिता और विधवा के रूप में बँधी रहती है।

कृष्णादित्य मेरे प्रेम का आधार बना और मैं वैधव्य भूल गई क्योंकि पत्नी होकर माँ बन गई थी। मगर यह सब हो गया, बिना पण्डिताई संस्कारों के। पाण्डित्य द्वारा तय किए गए विधि-विधान को ठुकराना सामाजिक लोगों के लिए अपराध माना जाता है, बस इसलिए ही हम पति-पत्नी अवैध घोषित किए गए। सजा देने का जिम्मा कृष्णादित्य के पिता ने अपने ऊपर ले लिया, जैसे हर पिता अपने बेटे को सुधारना चाहता है। मेरे पति कृष्णादित्य को उसके पिता ने इतना धिक्कारा, उसके कृत्य पर इतना थूका कि वह आत्मग्लानि बर्दाश्त नहीं कर सका। आत्महत्या करके खत्म हुआ। मैंने दूसरी बार प्रेम/पति खो दिया और इसी दौरान मेरी गोद का शिशु भी काल कवलित हो गया। दोनों का जाना एक स्त्री के दुर्भाग्य की वह नियति मानी जाती है, जब वह भावात्मक रूप से बिखर जाती है और सामाजिक व्यवस्था उसे अभागिन कहती है।

अभागिन कहाँ जाए, जिसने पति और पुत्र दोनों खा लिए? सद्गृहस्थों को वह एक अपशकुन लगती है, यह शाश्वत मान्यता की तरह समाज को स्वीकार है। अतः अब मेरा सहारा वही स्त्री हो सकती थी, जिसे समाज की परवाह न हो। एक नर्तकी ने मुझे आश्रय दिया या आपने दिलवाया कि वह मुझे नाच विद्या में निष्णात करे।

अब मैं ऐसी जगह थी, जहाँ कुलशील पुरुष तो आते, मगर आते नृत्य देखने के लिए। मनोरंजन में अभिभूत हुए वे हमारी नृत्यशाला में आनन्दलोक का अनुभव करते और आश्चर्य कि जिस समाज में मैं विधवा एक अपशकुन थी, उसी के सदस्य मुझ नर्तकी के पाँवों पर लोटा करते। क्या वे मेरे रम्भा रूप के दास थे मेरे रचयिता? या उस श्रृंगारपूर्ण सौन्दर्य के, जिसे मैंने सार्वजनिक सम्पत्ति होकर

ही पाया? अब मेरी समझ में आ गया कि स्त्री को शृंगार या तो सुहाग रूप में मिलता है, या मनोरंजक के रूप में, जिसके चलते उसे क्रमशः एक पुरुष को, फिर अनेक पुरुषों को रिझाना होता है। यदि यह मंजूर नहीं तो विधवा के रूप में अपने आपको ताउम्र छिपाए रहना पड़ता है।

ओह, मेरी शारीरिक मुद्राएँ, अब ऐसी दिलकश हो गईं कि मैं पुरुष समुदाय का सामना करते हुए काँप उठती क्योंकि महसूस होता मैं सैकड़ों आँखों द्वारा बलात्कृत हो रही हूँ। और यह तय था कि आप लाख बार कहें कि चित्रलेखा वेश्या न थी, मगर सारा समाज मुझे वेश्या करके ही देख रहा था। क्यों न देखता, जब मैं सार्वजनिक महफिलों में उपलब्ध थी। बीजगुप्त भी तो एक ऐसी ही महफिल में आया था और उसने उसी तरह का भाव दिखाया था, जैसा कि हर रसिक दिखाता है। अतिरिक्त अनुरक्ति उसकी आँखों में लहकी। लेकिन मैं तो समुदाय के सामने नाचने वाली नर्तकी, बीजगुप्त को अपने ऊपर एकाधिकार कैसे देती? मेरे जीवन से 'एक व्यक्ति के सम्बन्ध' का विधान तो व्यक्तियों ने ही काट डाला और मैं नगरवधू के अलावा कुछ भी नहीं रही। फिर भी आप तो कहते ही जाते थे मेरे प्रणेता कि चित्रलेखा वेश्या न थी। बताइए तो आपने ऐसी घोषणा क्यों की, यह समझने के बाद भी कि मनुष्य कुछ नहीं बदल सकता। जो व्यवस्था उसे दे दी गई है, उसी में रहना उसकी मजबूरी है। क्या आपकी भी यही मजबूरी नहीं रही कि बीजगुप्त की मर्यादा की रक्षा की जाए? और अपने ही मान-अभिमान की खातिर वह सामन्त महफिल से उठकर चला गया था, फिर पलटकर मुँह नहीं फेरा जैसे एक गणिका को उसकी औकात बता रहा हो।

अपनी औकात मैं भी तो जानती ही थी गुरुदेव। पाँवों में घुँघरू बाँधकर और नाक में नथ पहनकर सरेआम छमाछम नाचने वाली स्त्री कितना स्वाभिमान रख सकती है? क्या कोई बीजगुप्त उसको इतना चाह सकता है कि नर्तकी को अपनी महफिल उजड़ जाने का गम न हो। बीजगुप्त की चाहत थी या कि मेरी, आप ही बताएँ, मैंने ही तो उसको पत्र लिखकर बुलाया था। पत्र ने अपना प्रभाव दिखाया और कलम गवाह है आपकी कि केलिगृह में मद और मदिरा मिलकर रात के वैभव का विस्तार करने लगे थे। नृत्य के बाद या नृत्य छोड़कर तन में होश क्या जागा, मन मदहोशी में चला गया। नगरवधू का दामन अपने हाथ में थामकर बीजगुप्त ने कहा था—तुम मेरी पत्नी जैसी...

पत्नी जैसी! सुनकर हँसी आ गई थी, मुझे। भोग-विलास के समय पुरुष परस्त्री से ऐसे ही शब्दों का व्यवहार करता है, इसका अनुभव तो मुझे था। बीजगुप्त आपका धर्मानुयायी सामन्त, उससे कहीं ज्यादा सच्चा तो शिष्य श्वेतांक था, जिसने मेरे सान्निध्य में मदिरापान का अभ्यास किया और मुझे कंचन-कामिनी मानकर अरुण कपोलों का स्पर्श किया। पराग-भीगे मेरे मधु अधरों से आकर्षित

और उत्तप्त यौवन को देखकर मौका लगते ही हाथ पकड़ बैठा था। सीधा प्रस्ताव रखा—देवि, मेरे जीवन में तुम बवंडर...

श्वेतांक अज्ञानी था गुरुदेव? क्या इसलिए ही सच बोल गया, नहीं तो ज्ञानियों के ज्ञानी कुमारगिरि आँखें बन्द करके कहते रहे—स्त्री अंधकार है, माया है, वासना है। ज्ञान के आलोकमय संसार में स्त्री का कोई स्थान नहीं—पर आचार्य, योगी की अपलक आँखें, विजड़ित पुतलियाँ और अवाक् स्वर कैसा हाहाकार कर रहे थे, जो मेरे सौन्दर्य के कवित्व, स्वर के संगीत और मस्ती के अहंकार से पैदा हुआ था। बीजगुप्त भी तो बेहद अशान्त था, ईर्ष्या से जलता हुआ पुरुष...सच कहती हूँ दोनों पुरुषों की आँखों में छीना-झपटी का वह दंगल मचा कि मैं घबराने लगी। आपने फरमाया कि यही योग और भोग का द्वन्द्व है। दार्शनिक मुठभेड़ है। कैसे आध्यात्मिक वरकों में लपेटा अपने पुरुष युग्म को! आपकी बलिहारी है मेरे रचयिता। पर यह भी देखिए कि आपकी रचना चित्रलेखा के कोमल कपोल थर्राने लगे। पराग मधु भीगे होठ प्रकम्पित हुए। आप प्रत्यक्ष रूप में कहें न कहें, मगर हम तीनों ही अपनी-अपनी नियति के हवाले थे।

इसके बाद भी आप न माने, फिर कहा, चित्रलेखा वेश्या न थी—कहने से क्या होता है आचार्य प्रवर! आपने संगतियाँ ही ऐसी बिठा दीं कि एक स्त्री को उसी स्थिति को स्वीकार करके उद्धार की राह मिलेगी। मृत्युंजय महाशय का प्रकट होना इसी नियति का संकेत तो था। वे अपनी कन्या यशोधरा के साथ उपस्थित हुए। पिता का भव्य व्यक्तित्व और बेटी का भोला चेहरा, प्रशान्त और सुधासिंचित आँखें कुलशील होने की गवाही दे रहे थे और लज्जा से परिपूर्ण मुखमण्डल उसको सुलक्षिणी बता रहा था। यह सब मेरे पास कहाँ था? विधवा होते ही रूप बदल गया, रंगत उड़ गई और नर्तकी के रूप में शिष्टता खो दी। इस सबका इन्तजाम मैं फिर से कर सकती थी मेरे मालिक, मगर जो वहाँ मौन से मुखरित था, उसे कहाँ से लाती? यशोधरा यौनिक पवित्रता की स्वामिनी थी। उसने भावी पति के लिए अक्षत यौन रहने का व्रत पाल रखा था और यही उसकी वह योग्यता थी जो उसे बीजगुप्त की पत्नी बना सकती थी। इस योग्यता के आगे बीजगुप्त के वे दावे और वादे कच्चे पड़ गए, जिनमें वह कहता था कि उसने चित्रलेखा से प्रेम किया है, इसलिए पत्नी माना है। विवाह का सम्बन्ध प्रेम से होता है।

बीजगुप्त क्या जाने कि शास्त्रसम्मत विधान सामन्ती शक्ति से ज्यादा ताकतवर है। विवाह में प्रेम का तिनका-भर भी दखल नहीं। मृत्युंजय महाशय ने सरेआम घोषणा कर तो दी थी कि—एक नर्तकी की बीजगुप्त से पैदा सन्तान बीजगुप्त की नहीं मानी जाएगी। वह सामन्त की उत्तराधिकारी भी नहीं होगी। जबकि विवाह पुत्रोत्पत्ति के लिए होता है।

अब मैं क्या थी मेरे प्रणेता? वही न, जिसने एक बार मदिरा पी ली,

मादकता को जान लिया, वह फिर मदिरा छोड़ नहीं सकता। अर्थात् बद और बदनाम। मैं बीजगुप्त की पत्नी इस जन्म में तो हो नहीं सकती थी। अपने भाग्य-कुभाग्य को भूलकर मुझे उन पत्नियों पर तरस आया, जिन्हें आपने जीवन भर का दैहिक उपवास देकर पत्नी का पद दिलाया है, जबकि बीजगुप्त जैसे लोग अपने लिए विवाह तक यौन नियन्त्रण को भी जरूरी नहीं मानते। तब मैं अपने नर्तकी-जीवन के बदनाम कोने में ही भली। वे सामन्त स्त्रियाँ मुझ पर क्या खाकर थूक रही थीं, जिन्होंने अपने शरीर उम्र भर के लिए गिरवी रखकर उधार का 'मान' प्राप्त कर लिया है?

मैं वेश्या नहीं थी तो यह बताइए कि आपने मुझे उस योगी कुमारगिरि के पास क्यों भेजा? इसलिए ही न कि समाज-बहिष्कृत स्त्री सामन्त बीजगुप्त को सद्‌गृहस्थ का जीवन जीने दे। उद्धार का नाम लिया, दीक्षा की शर्त रखी, निश्चित ही आप मेरी विद्रोही चेतना से घबरा गए थे, क्योंकि मैं उद्धार और दीक्षा जैसे पाखण्डों की कायल नहीं। कुमारगिरि योगी का आना बीजगुप्त और मृत्युंजय महाशय के लिए महत्त्वपूर्ण होगा, मेरे लिए नहीं। उसके आने से मेरे नृत्य में जो अवरोध पैदा हुआ, वह मेरे लिए नागवार था। यदि उसने जंगलों में तप किया है तो मैंने भी नृत्यशाला में साधना कम नहीं की। कला पर शून्य चस्पां करने वाला संन्यासी पापी नहीं था तो क्या था? ऊपर से आपने कसर पूरी कर डाली, जब अपनी चित्रलेखा को साकार और निराकार की रटन्त लगाने वाले भोगी-योगी के बीच लाकर खड़ा कर दिया। फिर वही अध्यात्म, शास्त्र और यथार्थ की टक्कर, माध्यम वही चित्रलेखा। खींचतान, घसीटा-घसीटी और फिर चीर-फाड़ के प्रावधान में औरत की छीछालेदर ही आपके आख्यान की नियति रही। शायद इसीलिए बीजगुप्त और कुमारगिरि सामाजिक कलंकों से मुक्त होकर अपनी मर्दानगी का शिकार चित्रलेखा को बनाने लगे।

फिर यह क्या प्रायोजित रवैया नहीं था कि जिस स्त्री को समाज न अपनाए, उसे बैरागी-संन्यासियों के हवाले कर दो। आपको जरूरत नहीं लगी कि स्त्री से भी पूछा जाए। वह खुद को पापिन माने या न माने, आप मानने लगे। सच बात तो यह है कि आप पुरुष थे मेरे रचयिता, सो अपने हिसाब से ही स्त्री को रचा। माना कि कुमारगिरि संन्यासी था, फिर भी क्या पुरुष नहीं था? पर आपके अनुसार बिना पुरुष के स्त्री की गति नहीं। अभी तक चित्रलेखा को बीजगुप्त मद में बहलाए था, अब कुमारगिरि उसका उद्धार करनेवाला हुआ।

उद्धार कैसे हुआ, खुद ही सुन लीजिए—

''देवि चित्रलेखा'' मेरे पाँवों की आहट पर कुमारगिरि ने आँखें खोल दीं।

''क्षमा करें गुरुदेव, मैं जाती हूँ।''

''जाने की आवश्यकता नहीं, तुम यहीं बैठो। मैं आज अभी समाधि नहीं

लगाऊँगा। तुम दीक्षा लेने आई थीं। तुमने कहा था, तुम मुझसे प्रेम करती हो।''

''मैंने सत्य कहा था गुरुदेव।''

''प्रेम के अर्थ क्या होते हैं चित्रलेखा?''

''दो आत्माओं के सम्बन्ध।''

''प्रेम केवल दो आत्माओं, दो मनुष्यों में हो सकता है। मनुष्य और ब्रह्म में नहीं। विराग नकारात्मक है। विराग का आधार शून्य है। जब कोई कहता है, कि वह विरागी है तो गलत कहता है क्योंकि संसार के प्रति विरागी का अनुराग अवश्य है।''

कुमारगिरि, योग साधना के आचार्य की मति ने ऐसा पल्टा खाया कि वे अपनी इन्द्रियों से काबू खोते चले गए। मैं घबराने लगी थी मेरे सर्जक। घबराहट के क्षणों में ही योगी का वह आतंककारी चेहरा सामने आया कि तपस्वी का मुखौटा उखड़ गया। एकदम नंगा पुरुष, जिसके शरीर में दौड़ती कामाग्नि की लपटें और जुबान का लटपटाना–''निराकार की उपासना आज कठिन मालूम होती है चित्रलेखा। मन कहता है, साकार साकार। मैं एक प्रयोग करना चाहता हूँ, तुम मेरी सहायता करो, उठो।'' योगी के नेत्रों की जगह लिप्सा के दो जलते-बुझते शोले, हाथों से बना शिकंजा। आलिंगन पाश में स्त्री छटपटाने लगी क्योंकि होठों पर होठों का जानलेवा कँटीला दबाव बढ़ता जा रहा था और स्वर की विषैली फुसफुसाहट–मैं तुम्हें प्रेम करता हूँ। मैं प्रयोग प्रयोग प्रयोग...

प्रयोग हमारे प्रारब्ध में लिखा है मेरे लेखक। हमारे कर्मों के हिसाब से हम पुरुषों के प्रयोग के साधन हैं। बीजगुप्त ने मदिरा में मस्त करके मेरे ऊपर अपनी मर्दानगी आजमाई थी और कुमारगिरि ने देह में भस्म-भभूत मलकर अपनी बलिष्ठ यौनिकता को परखा। इन दोनों को पत्नियाँ भी मिल सकती थीं आर्य, जो बकरी की तरह हर रात निःशब्द जिबह होने के लिए तैयार रहती हैं। मगर इन्हें पत्नियाँ वंश का बोझ ढोने के लिए चाहिए और मनमाने आनन्द के लिए चित्रलेखा जैसी स्त्री का अरमान रहता है। आखिर शिकारी भी बकरी का शिकार करने तो नहीं जाता, उसे आखेट के लिए शेरनी ही चाहिए। क्या कला, विद्वत्ता और आकांक्षा का गौरव रखनेवाली स्त्री को अंकशायिनी बनाना इनके लिए चुनौती है? निश्चित ही मुझे मेरी तर्कबुद्धि के लिए दण्डित किया गया। गुप्तकाल से लेकर आज तक ऐसे अनेक मंज़र आए हैं, जब ऋषि, मनीषी और महात्मा कहे जाने वाले पुरुषों ने पत्नी को छोड़कर कुमारियों और बिना पुरुष की स्त्रियों के शरीरों से अपने शरीर रगड़कर अक्सर ही अपने पुंसत्व को आजमाया है, और कभी अखण्ड ब्रह्मचर्य पर ताल ठोंकी हैं तो कभी अपनी मर्दानगी का बिगुल बजाया है। संच में स्त्री से ही आप पुरुष और नपुंसक सिद्ध होते हैं। औरत रूपी कसौटी न हो तो आप क्या हैं?

लेकिन कभी यह भी तो सोचा होता कि यह कसौटी का पत्थर जाग पड़े तो? वह पत्थर नहीं होती, आपकी तरह मांस-मज्जा और नस-नाड़ियों से युक्त मनुष्य का रूप होती है, जिसमें ऐसी ही आवेग-उत्तेजना प्रवाहित होती है, जो आप के भीतर उत्पात मचाती है। काश किसी ने उन स्त्रियों से पूछा होता कि संसर्ग में आए वज्रपुरुषों और ढुलमुल मर्दानगियों का रहस्य क्या था? चित्रलेखा गवाह है कि उसकी निकटता में स्खलित होने से भोगी बचा न योगी! दरअसल पत्नी रखैल या वेश्या कह देने से स्त्रीत्व का रूप नहीं बदलता। ये खाँचे तो पुरुषों ने अपनी सुविधा के लिए बना लिए हैं। बहरहाल मेरे गुरुवर आप यह कहना छोड़ दीजिए कि चित्रलेखा वेश्या न थी। नहीं तो फिर यह भी बता दीजिए कि वह वेश्या नहीं थी तो क्या थी?

बहरहाल यशपाल ने दिव्या को सरेआम वेश्या रूप में रखा और प्रमाणित किया कि वर्ण व्यवस्था को खारिज करनेवाला बौद्धधर्म भी स्त्री के मामले में कैसा वर्गवादी है, वह पुरुषवर्ग को मान्यता देते हुए दिव्या से पूछता है कि धम्म और संघ में प्रवेश के लिए उसको पति की अनुमति है? पति नहीं तो पिता की अनुमति है? पिता नहीं तो पुत्र की रजामन्दी है? और इसी पाखण्ड पर दिव्या उस धर्म का बहिष्कार करती है, जिसकी शरण में अशोक जैसे सम्राट और उनके पुत्र-पुत्री गए थे, जिससे तथागत ने देवदत्त को करुणा का पाठ पढ़ाया था, जिससे अर्हत नागसेन ने सम्राट मिलिन्द के मन को विजय किया था। उसे वह चिर आकांक्षित पृथुसेन भी त्याज्य लगा, जिसने भय और शत्रुता के नाश के लिए संघराम अपनाया।

क्या यशपाल ने यह सब दिव्या से इसलिए ही नहीं कराया, क्योंकि उनको चित्रलेखा का बीजगुप्त की अनुगामिनी होना बन्दिनी-स्त्री का ही रूप लगा था। बेशक आपने बीजगुप्त की कहानी को चित्रलेखा नाम दे डाला। आपकी भी मजबूरी। रिवाज ही ऐसा था कि किताब के नाम पर उस कमजोर, मरियल या ऊँघी हुई स्त्री को पेश किया जाए, जिसको समाज की दया-करुणा और तरसदारी मिल सके। इंसाफ के रूप में औरत की हकदारी यहीं तक रही। बीजगुप्त के अधिकार में चित्रलेखा का प्रेम और यशोधरा की पवित्रता के साथ सामन्ती पदवी के सुख-साधन और वैभव थे। सामन्त ने जब तक चाहा शान-शौकत का भोग किया, मन ऊब गया, सब त्याग दिया। तुर्रा यह बना कि राजपुरुष कितना त्यागी था। मेरे सर्जक, जिसके पास कुछ होगा, वही तो त्याग सकेगा और वही श्वेतांक जैसे शिष्यों को कृतार्थ कर पाएगा कि अपने प्रेम में सूखती पवित्र कन्या के साथ राजपाट सौंप दे। आखिर सद्गृहस्थों की सम्पत्ति सद्गृहस्थों को ही गई न?

वैराग्य में भी कितनी छूटें हैं, बीजगुप्त से ज्यादा कौन जानता? कुमारगिरि स्वतन्त्र संन्यासी, निरंकुश पुरुष की तरह वन-सम्पदा का स्वामी था, बीजगुप्त उसी राह गया, जहाँ सामाजिक बन्धनों के भी झमेले न थे। आपके अनुसार ऐसे उदात्त नायक का अनुसरण चित्रलेखा न करे तो लानत है उसके स्त्री होने पर। आखिर सीता की नियति देकर आपने चित्रलेखा को कृतार्थ ही किया न? जो भी हुआ, बहरहाल मैं इस कथा में इतनी जगह हूँ, जहाँ सैक्सुअल मोर्चे पर कुमारगिरि द्वारा पछाड़ी जाऊँ और सामाजिक स्तर पर बीजगुप्त के योग्य न मानी जाऊँ। मुझे सामान्य जीवन जीने का अधिकार आप कैसे दे सकते थे। पुरुष व्यवस्था को शान्त भी तो रखना था। या आप स्त्री-मन को पुरुष दृष्टि से इतना ही जान पाए कि उसकी नियति सती नारी की है। खैर अब मैं इतना ही चाहती हूँ कि अगला जन्म मिले तो किसी ऐसी स्त्री द्वारा रची जाऊँ जो स्त्री के साथ इतना इन्साफ कर पाए कि उसे अपने फैसलों की मालकिन बनाए। आपको मेरा दण्डवत् प्रणाम।

ऐसा क्या कर डाला?

तो आप हमसे आजिज आ गए हैं! इससे पहले तो सकते की हालत में थे। फिर भयभीत हुए...बताया कि 'कनक छड़ी-सी कामिनी' कैसी बातें कर रही है, उसके मुलायम मुख से कोई इचार-विचार शोभा नहीं देता। अपनी ही सुन्दरता को बुद्धि विवेक से झुलसानेवाली स्त्री आकर्षण की मूर्ति कैसे हो सकती है? देवी दुर्गा की जो कल्पना की थी, क्या वह साकार होने वाली है?

आप आतंकित हुए। और हम विस्मित। ऐसा क्या कर डाला हमने? कौन-सा चाँद माँग लिया आप से?

—कुछ नहीं माँगा तुमने! तुम कुछ माँगतीं तो सही। जब-जब गहने-कपड़ों की फरमाइश की, हम यथा सामर्थ्य देने के लिए तैयार रहे। साज-सिंगार का आधार सुहाग दिया। घर-आँगन से लेकर कोठे-अटारी सौंपे। तुम कहीं घरवाली बनीं तो कहीं दिल की रानी बनाकर रखीं। मगर इन दिनों तुम्हारे तेवर ही दूसरे हैं। हमारे दिए-लिए में सन्तोष नहीं, आखिर कितना चाहिए एक औरत को? कन्या को 'योग्य और बलिष्ठ' वर की आकांक्षा रही है तो विवाहिता स्त्री के लिए पति और पुत्रों से भरा परिवार जिन्दगी का अभीष्ट रहा।

—यही तो आज भी है। हमने आखिर कौन-सा कसूर किया? क्या तोड़ा?

—तुम कोमल तन कोमल मन, क्या तोड़ सकती हो? तुम्हारे तो पाँव भी इतने नाजुक हैं कि बिछिया पहनने से उँगलियों में लहू छलछला आता है। होंठ ऐसे कि कठोर शब्द तो निकालते ही वे छिल जाएँगे क्योंकि अंगूर की झिल्ली तक उन्हें घायल कर देती है। आह...तुम्हारा रूप वर्णन हमने किन-किन उपमाओं के नगीने जड़-जड़कर किया है, तुम क्या जानो? निठुर प्रेयसि तुम हमारे सौन्दर्यपारखी हृदय को आज तक नहीं पहचान पाईं।

—तब क्या हुआ प्राणप्यारे?

—ओह! प्राणप्यारे न कहो, तुम्हारी इसी अदा पर हमारी जिन्दगी निछावर रही है। ऐसे सम्बोधन देकर ही तो तुम हमें उन तोतों की तरह भ्रान्त करती रही हो, जिन्होंने तुम्हारे अधर की कान्ति से लाल होते नाक में पहने मोती को देखकर दाड़िम का बीज समझा था, और तुम्हारी नासिका को दूसरे तोते की छवि में देखा...सुमुखि! जाओ हटो बैरिन, अब तो हमें तुम्हारी परछाईं से भी डर लगता है।

—डर! वृषभस्कंध, वज्रवक्ष और बाहुबली को डर, भय, दहशत! सो क्यों मेरे सहचर-साथी?

—अपने हृदय से पूछो प्रिये, जो हमें सहचर-साथी कह रहा है। प्राण-वल्लभ, प्राणाधार, मेरे राजा, मेरे स्वामी जैसे सम्बोधन क्या हुए, बोलो तो! तुम्हारा मिजाज बदल गया है। स्त्री सुलभ भंगिमाएँ तिरोहित हो चलीं। भाव-अनुभावों में वक्रता का समावेश है। ऐसी औरत...

—कैसी औरत?

—न कहलवाओ, जुबान पर वे ही शब्द आ रहे हैं, जिनके डर से तुम अपने तन-मन को आदर्श नारी के गुणों में ढालती रही हो। क्या तुम अब इतनी निर्लज्ज हो गईं कि उन सम्बोधनों (गालियों) को सुनकर भी सामान्य रह सकती हो? कुल कलंकिनी, कुल्टा, बदचलन जैसे शब्द ही अब तुम्हारे जीवन को परिभाषित कर सकते हैं, क्योंकि तुम पर पुरुषों के बीच जाने से गुरेज नहीं मान रहीं। यही चलन तो तुम्हें वेश्या, प्रौस्टीट्यूट मतलब कि रंडी बनाता है। तुमने मर्यादा तोड़ी है डार्लिंग।

—टूट गई! चलो टूटी तो सही। हजारों साल लग गए हमें इस काम में। और आप हैं कि हमारी जद्दोजहद को बदनामी के खाते में लिख रहे हैं। बदनुमा इतिहास बना रहे हैं। देखो हमारे जीवन के आसपास एक वैचारिक रोशनी पैदा हुई है, जिसकी सांस्कृतिक, सामाजिक और राजनीतिक व्याख्या आपको सकारात्मक रूप से करनी है। डरना नहीं है बिल्कुल भी...अच्छा!

—हे राम! अरी बदमाश औरतो, डूब मरो चुल्लूभर पानी में। गंगा में ही

समाधि ले लो कि तुम्हारा यह जन्म नहीं, तो अगला जन्म ही सुधर जाए। तुम्हारे पास था ही क्या, बस एक शील था, जिसकी चादर तले अपने शरीर को कसे बाँधे रहती थीं। वह चादर उतारकर फेंक दी। हम किस तरह देखें तुम्हें? उसी तरह जैसे एक गन्दी मछली...गन्दी मछली हमारे पवित्र समाज के तालाब को गन्दा न करो।

पता है, पाठको, स्त्री ने क्या कहा?

कहा कि ओ उलूक बुद्धि आदमी, मछली और तालाब का किस्सा बहुत पुराना हुआ। हमें पवित्र पावन/दकियानूस ख्याल के आदमी भाते नहीं। गंगा में डूब मरने की बात कर रहा है, मगर पता भी है कि उसमें इतना पानी भी नहीं कि मछली जिन्दा रह सके। यही तो नजर का फेर है, असलियतें दिखाई नहीं देतीं या वास्तविकताओं को छिपाने की लत नहीं छूटती।

—तो तू हमें उल्टे-सीधे तर्क सुझा-समझाकर गुलाम बनाना चाहती है।

—गुलाम? शराफत से कह रहे हैं कि हम न कमजोर हैं न आलसी, जो अपने कामों के लिए गुलामों की जरूरत पड़े। हम बराबरी के दर्जे में विश्वास करते हैं और यह आधुनिकतावादी रौशन ख्याल है। इसे अब संसार नए अर्थों में देख रहा है। लद गए वे दिन जब सौन्दर्य के नाम पर चीन देश में लड़कियों के पाँव लोहे के जूतों में कस दिए जाते थे, ताकि विकसित न हो सकें, और स्त्री समाज चुपचाप इस जुल्म को सहता रहता था। सुन्नत के रिवाज पर मुस्लिम देशों में सवाल उठ रहे हैं, इस दर्दनाक, भयावह और अन्यायकारी यौन दमन से औरतें इनकार करती हैं। यहाँ भी प्राचीन मन्त्र, श्लोकों के हथियार चलाने की पुरजोर कोशिश रहती है। रूढ़ियाँ शास्त्रों के रूप में पल रही हैं, जिन्हें नैतिकता के रूप में पेश किया जाता है कि स्त्री जानवर की तरह खूँटे से बँधी रहे। इसके पीछे का रहस्य हम जान गए हैं कि पुरुष सत्ता इतनी डरी हुई है कि औरतों को कमजोर बनाने के लिए धार्मिक मगर पुराने संस्कारों के पीछे छिपकर वार करती है। नारी-विमर्श का मुद्दा, जिसे भारतीय आदर्श स्त्री की परम्परा को विकृत-विद्रूप करने का कारण माना जा रहा है और आयातित कहकर पश्चिम से जोड़ा जाता है। वह पश्चिम से ही आया है, क्योंकि फ्रांस, अमेरिका, इंग्लैण्ड और रूस जैसे देशों में स्त्री-चेतना की हवा ने भारत से पहले अपने पंख खोले थे। आधुनिकता की दुहाई देनेवाले देशों में भी औरत के लिए इन्साफ न था। सिमॉन दा बउआ, वर्जीनिया वुल्फ, मेरी बुलस्टोन क्राफ्ट ने साहसपूर्ण आवाज उठाई और उन विद्वानों को कठघरे में खड़ा किया, जो समाज की बातें करते हुए स्त्री को यथास्थिति में रखना चाहते थे—गेटे और ज्यांजाक रूसो जैसे विद्वान।

भारतीय समाज में औरत की जिन्दगी उस नैतिकता से बँधी है, जिसकी डोर पिता, पति और पुत्र के हाथ में है। स्वतन्त्रता बन्धक है क्योंकि स्त्री को झूठी,

मक्कार, धूर्त और कुटिनी, चुगलखोर माना गया है। विश्व के महान चिन्तक नीत्शे फरमा गए हैं कि औरत के पास जा रहे हो तो अपना कोड़ा साथ ले जाना न भूलना।—इसी के समर्थन में प्रतिष्ठा शिरोमणि तुलसीदास ने मत दिया—'ढोल गँवार शूद्र पशु नारी/ये सब ताड़न के अधिकारी'। कबीरदास पहले ही कह गए थे—'तिय सुंदरि ना सोहई, सनकादिक के साथ। कबहुँक दाग लगावहि, कारी हांड़ी हाथ'। या 'विकट नारि पालें परी, काटि करेजा खात'। वात्सल्य की कोमल धारा बहाने वाले सूरदास की सुनिए—'नारी नागिन एक सुभाइ'।

इन सन्त कवियों का रवैया मनुष्यता पर प्रश्नचिह्न लगाता है। सोचिए बचपन से ही हम इनकी रचनाओं को पढ़ने के लिए बाध्य हैं, इनके द्वारा दिए गए संस्कार स्त्री के प्रति या तो भय जगाते हैं या घृणा। आश्चर्य नहीं कि समाज में व्याप्त रामायण ग्रन्थ—रामचरित मानस हो या कबीर के लोकप्रचलित दोहे अथवा सूर की लीला; औरत की छवि को दूषित करते रहे हैं, पुरुष को डराते रहे हैं। डरा हुआ आदमी औरत को डराता है। यही मानकर मैंने साहित्य के जरिए उन दृश्यों की आस्था सँजोई थी, जो कथा साहित्य के वर्चस्व के केन्द्रीयकरण को हिलाने और खण्डित करने की स्थिति से बनते हैं क्योंकि मर्दवादी अहंकार कथा-लेखिकाओं को वश में रखने का माहौल उपस्थित करता रहता है। इस अहंकार के खिलाफ अपील करना लाजिमी है। रचनाकार मनुष्यता में विश्वास तो जरूर रखते हैं मगर, स्त्री को मनुष्य के रूप में बराबरी का हकदार नहीं मानते। औरत के दुखदर्दों से द्रवित होकर तरस और दया की धाराएँ प्रवाहित कर देते हैं, करुणा का जाप करते रहते हैं, मगर उसकी सामाजिक, राजनीतिक और साहित्यिक भागीदारी मर्यादा, नैतिकता और आदर्शपरकता पर कुठाराघात लगती है अतः वह स्त्री के पालतू रूप की गौरवगाथा सुनाने लगते हैं। पालतू, जिसमें भय और प्यार का समावेश रहे—भय बिन होइ न प्रीति...शिकार करने का कारगर तरीका।

सच में क्या स्त्री ऐसी अजेय ताकत है? उसे बन्धक न बनाया गया तो वह अहल्या से मेनका हो जाएगी। उसे पूतना बनाकर मारना होगा, शूर्पनखा कहकर अंग-भंग करने होंगे, रावण की सीता बताकर देश निकाला देना होगा और पाण्डवों (पाँच पुरुषों) की पत्नी द्रौपदी को भरी सभा में नंगा करना होगा। स्त्री के लिए समय परिवर्तन का विधान नहीं। उसे आज भी त्रेता और द्वापर युग की स्त्रियों के रूप में देखा जाता है और माना जा रहा है कि रस्सा ढीला होते ही वह उच्छृंखल, स्वच्छन्द और जंगली हो जाएगी। कहीं पुरुष की तरह सत्ता संचालक हो गई तो? उसकी हैसियत अपने काबू में रखनी है, तभी वह मर्द के स्वाद की वस्तु बनी रह सकती है। अतः घूँघट का सौन्दर्यबोध, हिजाब की नकाब के कसीदे, सस्ती-महँगी धातुओं के गहने, घर-आँगन की सुरक्षा और असुरक्षा का

अहसास देकर डरे हुए पुरुष ने औरत को चालाकी के बारीक तारों में उलझा लिया कि वह अपने स्व को बिसरा दे। मनुष्य की नस्ल में पैदा होने वाले व्यक्ति को औरत बनाया गया, जिसका ठोस आधार बना 'सुन्नत' यानि कि यह एक शल्यक्रिया है, जो स्त्री को अपनी योनिगत स्वाभाविकता में निष्क्रिय कर देती है, यही मानसिक धरातल पर लज्जा है, जो उसे 'सुन्नत' का भाव देती है। इसी के अधीन होकर वह मनुस्मृति और कामसूत्र के विधानों से बँधी, जैसे वे सूत्र उसको बाँधने के लिए ही रस्से हों। और उसकी आत्मा (चेतना) को इस तरह निकाल फेंकने में पुरुष व्यवस्था कामयाब हुई जैसे जानवर को वश में करने के लिए उसे खस्सी कर दिया जाता है। अब यह स्त्री शरीर ऐसी गठरी बना जिसके सैक्स को मर्द ही खोल सकता है, वह अपने आप नहीं खुल सकती। वियाग्रा, शिलाजीत और कुश्तों की आजमाइश इस सैक्स की पोटली पर ही सुविधापूर्वक होती है।

इस करतब पर हमें सख़्त एतराज है। हमारे हिसाब से स्त्रीत्व से ही मर्दानगी जिन्दा है, वरन् पुरुष है क्या? हिम्मत है तो श्रम और सैक्स के मैदान में बराबरी से उतरो। अपने अनुभवों को पुरुषों ने ही लोकोक्तियों में दर्ज किया है–

साँच बात कैसे कहें, पुरिख नारि से हीन।
सत्रह विश्वे इस्तिरी, पुरिख है विश्वे तीन ॥

तो तीन विश्वे के मालिक महोदय वृषभकन्ध, वज्रवक्ष और बाहुबली नामकरण के तहत ही ताकत के स्वामी बने हुए हैं। साहित्य में स्त्री को क्षीणकटि, मन्दोदरी, बिल्वस्तनी बताकर कमजोर बना रहे हैं। हाय शरतचन्द्र, भगवतीचरण वर्मा जैसे लेखको, आपने स्त्री पात्रों, चित्रलेखाओं का कैसा विमर्श रचा! महादेवी वर्मा को क्या इसलिए ही 'नीरभरी दुख की बदली' को छोड़कर 'शृंखला की कड़ियाँ' में उतरना पड़ा? कवयित्री आपके डर से ही तो प्रिय को रहस्य के पर्दे में छिपाती रही, वह गद्य में अपने तेवर बदलने के लिए बाध्य हुई तो इसलिए कि दमनकारी मान्यताओं ने उसे कलम खोलने को मजबूर किया। जैनेन्द्र कुमार ने त्यागपत्र के बहाने 'मृणाल' के लिए प्रायश्चित्त तो किया, लेकिन यह प्रश्न त्रिशंकु की तरह लटका रह गया कि स्त्री के लिए प्रायश्चित्त की जरूरत नहीं, उन प्रस्तावों की आकांक्षा है, जिससे कि वह केन्द्र में आ सके।

'दिव्या' स्त्री-विमर्श का सशक्त उपन्यास है। अपनी स्वतन्त्रता के लिए यहाँ औरत सती नारी नहीं, वेश्या होना ही मंजूर करती है और उस बौद्धधर्म पर थूकती है, जिसने उसे नन्हे शिशु के साथ विहार में घुसने नहीं दिया क्योंकि वहाँ आने के लिए स्त्री को पिता की, पति की, या पुत्र की अनुमति चाहिए। मगर वेश्या बिना किसी की अनुमति के आ सकती है। यानि कि औरत को आजादी हासिल करने के लिए चरित्रहीन बनकर बहिष्कृत क्षेत्रों में जाना पड़ेगा।

यह नैतिकता! यह विद्रूपता!

क्या यह मनोभाव कृष्णा सोबती का भी रहा कि कुलीन परिवार की बहू को स्वतन्त्रता तभी मिली जब वह अपने पूर्व रूप 'वेश्या की बेटी' को ग्रहण कर पाई और उसके बाद 'आपका बंटी' अपनी मर्यादा में शकुन को स्वतन्त्र व्यक्तित्व त्यागने तथा दूसरे पति की मर्दानगी के अधीन होने के लिए यहाँ तक विवश करता है कि वह अपनी वात्सल्य भावना को सुखा दे। बच्चे को पहले पति को सौंप दे। मेरे कहने का मतलब यह है कि समाज में जिन नैतिक मर्यादाओं ने जाल फैला रखा है, उन मर्यादाओं के जंजाल से स्त्री छूटते-छूटते भी कहीं बाँध ली जाती है। और वह मान्यता हावी रहती है कि वर्जनाओं से छूटी स्त्रियों के स्वाभाविक क्रिया-कलाप अपराध के रूप में दर्ज हों और खतरे माने जाएँ। फिर क्या ताज्जुब कि ईश्वर का बहाना-सहारा खोजती हुई स्त्रियाँ ईश्वर-पुरुषों को खुश रखती हैं।

इस इतिहास को जानने के बाद हम अपने संकल्प को कौन-सी ताकत दें कि हमारी नस्ल आबाद और आश्वस्त हो और यह मानकर चलें कि अब परम्परा के बहाने जिन मजबूरियों और दबावों को हमने आदत में शुमार कर लिया है और उनसे इनकार करने की मुद्रा विद्रूप दिखती है, इस धारणा को त्यागना होगा। हमारी चुप्पी ही हमें सलाह देती है कि विद्रूप मुद्रा कितनी जरूरी है। हमने पढ़ा-गुना है कि सबसे खामोश क्षणों में पैर के नीचे जमीन धँसी और व्यक्ति सपनों में जा गिरा। खामोशी ने कहा, बोल सकते हो तो बोलते क्यों नहीं?

निश्चित ही बोलने की छटपटाहट हमारी भाषा को अधिक मुखर बनाती है। इस्मत चुग़ताई की 'लिहाफ़' कहानी दर्ज होते ही तहलका मचाने लगी। सदियों का पिया जहर नीली लपट में पैदा हुआ, ढँके-मुँदे संसार के दरवाजे खुल पड़े। साहित्य की साफ-शफ्फाक चादर सलवटों भरी दिखाई दी। कोर्ट-कचहरियाँ हाँका लगाने लगीं। मुल्लों की दाढ़ियाँ जो झुलस रही थीं। इस्मत चुग़ताई ने धार्मिक समाज को विद्रूप किया या तथाकथित नैतिकता का मारा साहित्य अपनी विद्रूपताओं को ढँक-मूँदकर उपदेश झाड़ रहा था। बहरहाल लेखिका ने अफसोस के साथ लिखा—मेरा तमाम लेखन फिर 'लिहाफ़' से जोड़कर देखा जाने लगा।

हम जैसे लोग इस्मत चुग़ताई को देखकर साहस पाते हैं और उन आरोपों को झेलते हैं, जिनमें बेबाक होने का अर्थ है बोल्डनेस और बोल्डनेस का अर्थ निकाला जाता है सैक्स प्रसंगों की मनमानी। स्त्री के फैसले व्यभिचार के खड्ड में पटक दिए जाते हैं, जिन्हें सामन्ती मानसिकता के लोग गिद्ध की तरह खोंट-खोंट कर खा जाते हैं। और प्रभु से प्रार्थना के स्वरों में कहते हैं—

(हे परमात्मन्, इस वधू को सुयोग्य पुत्रवाली तथा सौभाग्यवती बनाओ। इसके गर्भ में दस पुत्र स्थापित करो। इसके पास दस पुत्र और ग्यारहवें पति, सब

मौजूद रहें)

अधः पश्चस्व मीपरि संतरा पादकौ हर।
मा ते कशप्लकौ दृशन्त्स्त्रीहि ब्रह्मा विभूविथ ॥

(साध्वी नारी, तुम नीचे देखा करो। पाँवों को परस्पर मिलाए रहो (टाँगें फैलाकर मत बैठो) वस्त्र इस प्रकार पहनो कि तुम्हारे होठ तथा कटि के नीचे के भाग पर किसी की दृष्टि न पड़े)

आपका यह अन्दाज था और मैं 'चाक' नाम का उपन्यास लिख बैठी। नायिका मन से ही नहीं तन से भी गतिशील रहना चाहती है। उसका वजूद घर की शोभा नहीं, चौखट के बाहर भी कार्यरत है। अपनी सक्रियता में वह श्रम और सैक्स को सकारात्मक रूप देती है तो आप श्रम के मामले में चुप रहते हैं, मगर जैसे ही सैक्स का फैसला लेती है, हंगामा होने लगता है। ऋषि-मुनियों से लेकर समाज-सुधारकों को बीच में ले आते हैं। यदि प्राचीन मनीषियों ने या आधुनिक समाज-सुधारकों ने किसी मुद्दे को नजरअन्दाज किया है या उस मुद्दे पर बात करना अनैतिक माना है, तो उसमें सुधार होना चाहिए न? बड़े अचरज की बात है कि स्त्री को शरीर के आधार पर ही घेरा जाता है और यदि वह कुछ बोले तो अश्लील अमर्यादा का लांछन तैयार है। सारा कुछ पुरुष सत्ता का किया धरा है, किसी विदुषी नारी से पूछकर शास्त्र नहीं रचे गए न नैतिकता के मानदण्ड बने। तभी तो पुरुष से नतनेत्र और घूँघट में रहने के लिए नहीं कहा जाता। मर्यादा वाली स्त्री के पक्ष में बयान देते हुए पाश्चात्य विद्वान मैकडॉनल क्या कहते हैं, सुनिए—ऋग्वेद (10/188-9) और अथर्ववेद में कई जगह सहमरण का संकेत है। तैत्तरीय संहिता औख्य शाखा का मन्त्र देखिए, अर्थ है—अग्नि देव, तुम सम्पूर्ण व्रतों के व्रतपति हो। मैं पति के साथ अनुगमन (सहमरण) का व्रत करूँगी। ऐसी कृपा करो जिससे मैं यह व्रत पूर्ण कर सकूँ।

शतपथ ब्राह्मण का कथन है, पत्नी के बिना पुरुष स्वर्ग नहीं जा सकता। इसलिए स्वर्ग की कामना से किए जाने वाले यज्ञ में पत्नी की उपस्थिति आवश्यक है। वह स्वर्ग लोक पर आरूढ़ होते ही पत्नी को सम्बोधित करता है—जाये चलो, स्वर्ग चलें। वह पत्नी को इसलिए पुकारता है क्योंकि जाया (पत्नी) उसका अर्द्धांग माना गया है।

यह है हमारा वैदिक अनुशीलन! शास्त्रों में नारी सम्मान। भारतीय सभ्यता का आदर्श। तभी तो सुहागवती स्त्री को अन्य स्त्रियों के मुकाबले प्रथम स्थान पर रखा जाता है। वही तो सतीत्व की वाहिका बनती है। मैं अपनी नायिका को ऐसी पति-प्रिया नहीं बना सकी। मुझे परिणीता के वजूद को दासत्व के हवाले करने का हुनर नहीं आया। वह नतनेत्र और सलज्ज स्त्री की भूमिका अदा नहीं कर

पाई। मुझे पतिव्रत-धर्म से भय हुआ, क्योंकि वह स्त्री के लिए बर्बर सजा है। आजीवन अपने तन मन को दमित रखने की मजबूरियाँ पैदा करने वाला...पति की मृत्यु के बाद सती होने के लिए बाध्य करने वाला...

मैं यहाँ साहित्य की उन पवित्रात्माओं से पूछना चाहती हूँ कि मैं स्त्री-विमर्श में देह-विमर्श घुला देती हूँ तो क्या बुरा करती हूँ? यदि पति की चिता के पास खड़ी स्त्री कहे—मेरा मन पति की देह के साथ जल रहा है—और फिर सामान्य जीवन जीने लगे तो क्या आप उसे सती कहेंगे? जब तक कोई स्त्री पति को अपनी देह समर्पित नहीं करती, वह सती तो क्या, पत्नी भी नहीं मानी जाती। पुरुष का रिश्ता स्त्री देह से है, इसमें लेशमात्र भी सन्देह नहीं और इसीलिए वह स्त्री के शरीर का नियन्ता बनता है। अपनी मृत्यु के बाद भी चाहता है कि पत्नी की देह उसी के चंगुल में रहे, अतः सती होना स्त्री-धर्म बताया गया है। यदि वह बच जाती है तो परिवार के पुरुष उसका जीना मुहाल कर देते हैं। विधवा की पवित्रता की परीक्षा देते रहने से अच्छा है कुएँ में छलाँग लगाना, नदी में डूब मरना, रेल से कट जाना, विष खा लेना...।

स्त्री शरीर विषघट माना गया है, जब पुरुष उसे छूता है तो अमृत घट बन जाता है, नहीं तो वह शरीर पुरुषों की ठोकर ही खाता है। क्या कभी पुरुष ने सोचा कि इस शरीर को प्रदूषित किसने किया? या स्त्री का शरीर प्रदूषित है तो पुरुष का क्यों नहीं? धर्म की परम्पराओं के मर्दवाद ने, समाज की मान्यताओं के पुरुष वर्चस्व ने, साहित्य के नैतिक सिद्धान्तों की व्याख्या ने स्त्री-आकांक्षाओं को रौंदने के सिवा किया क्या है? पुरुष ने सदा अपनी पसन्द की स्त्री चुनी है, भले उसके लिए खून-खराबे से लेकर अपहरण और अत्याचार से क्यों न गुजरना पड़े, लेकिन अपनी पसन्द दिखाने का अधिकार स्त्री को वह हरगिज नहीं देता। स्वकीया-परकीया के खाँचे में स्त्री को बाँटना पुरुषों की साजिश है। मेरी सारंग अपने अधिकार का मूल्य जानती है। सांस्कृतिक मनोभूमिकाओं में वह किसी पुरुष से ऊपर है। अपमान, घृणा, उपेक्षा, जो पति से मिलती है, उसका निदान हमख्याल मित्र के साथ अपने लक्ष्य की ओर बढ़ने में है। उसे पति नहीं, साथी चाहिए। साथी मन का भी तन का भी। कारण कि वह शारीरिक, मानसिक, आर्थिक और सामाजिक यातना ही पति से पाती रही है। अब आप अपनी राय में गुर्राहट जारी रखें तो इसमें हमारा क्या दोष? आपका भी दोष नहीं, आदत की लाचारी है कि दिल खौल उठता है—स्त्री की यह हिम्मत कि वह अपने शरीर के फैसले ले! आपको उसकी नैतिकता पर शक होने लगता है। और पवित्रता की चिन्दियाँ आपकी आँखों के सामने उड़ने लगती हैं। इस विनाश के लिए आपको तैयार नहीं किया गया था।

समाज के स्तर पर औरत पाखण्डपूर्ण रिवाजों के सामने पूरी ताकत से खड़ी हो जाती है और साहित्य में लेखिका के परखचे उड़ाने के लिए लोग कमन्ध साधे

बैठे हैं। वे ऐसा मानकर चल रहे हैं कि साहित्यिक प्रमाणपत्रों की फाइलों पर उन्हीं का कब्जा है अतः उनकी राय ही सर्वोपरि होगी और कोई स्त्री उनसे बिना पूछे नहीं लिखेगी, या आँख का इशारा ही समझ लेगी। क्या इस मुगालते का असर स्त्री रचनाकारों पर भी है, या इसी भ्रम में कतिपय कहानियों, उपन्यासों के स्त्री पात्रों का रूप धुएँ के जाल-सा बिखर जाता है?

अभी कुछ दिन पहले एक मासिक पत्रिका ने स्त्री-विमर्श पर संवाद के लिए मुझे बुलाया। मैं उस आमन्त्रण को स्वीकार कैसे करती? मेरे पास विमर्श के लिए 'चाक' जैसा उपन्यास और सारंग जैसी नायिका थी। बदनाम सारंग ने मेरी जितनी ले-दे कराई है, मुझे उतनी ही ताकत भी दी है। माना कि उसके चरित्र ने हजारों साल के स्त्री-संस्कारों पर पानी फेर दिया, मगर उसने अपनी संस्कृति का निर्माण भी खुद किया है। किसान पत्नी की तरह मजबूत मेहनती औरत अपनी मनोभावना को खुद अंजाम देने का दम-खम रखती है। मैंने उस पत्रिका की गोष्ठी से सविनय क्षमा माँगनी चाही, क्योंकि मेरे पास स्त्री-विमर्श के अलावा तथाकथित 'देह-विमर्श' का भी सरोकार है। लक्ष्य के बरक्स टैबू का मामला है। पतिव्रता के सिंहासन को ठुकराने का अपराध है। यह उपभोग-संस्कृति में प्रतिरोध की ऐसी पेचीदा इकाई है, जिसे पुरुष कभी 'माया महा ठगिनी' और 'कभी नारी विष की खानि' कहकर उलझता और निकलने का उपाय खोजता है। साहित्य का माफिया तो कमाल है, कभी औरत को गाली देकर डराता है, कभी किसी पुरुष की चेली कहकर चिढ़ाता है। बहरहाल अपने ही मुखौटे नोचने के सिवा अब उसके पास चारा क्या है?

यदि है तो वह है एक अमोघ अस्त्र कि औरतें ही औरत को लांछित करें। पुरुष मानसिकता की शिकार परिवार की खूँखार बुढ़िया की तरह साहित्य में पढ़ी-लिखी खंखाएँ तैयार हो गई हैं। इसके अलावा जवानी के मुगालते में घूमती विगत यौवनाएँ पुरुष सत्ता की खाँटी ब्रांड के रूप में काम कर रही हैं। वे पुरुष व्यवस्था से कोड़ा उधार माँगकर निकलती हैं और स्त्री अनुभवों, शब्दों तथा भाषा को लहूलुहान करती हुई चर्चा में आने की कोशिश जारी रखती हैं। सत्ताधारी हँस रहे हैं, बिल्कुल उसी तरह जैसे रोमन गुलाम रूपी मनुष्यों के मांस-खून को छितराते हुए देखकर पीड़ा का आनन्द उठाते थे। घोषित किया जाता है—ये स्त्रियाँ क्या लिखेंगी? पुरुषों से और पुरुषों द्वारा पीटी गई स्त्रियाँ लिख नहीं सकेंगी। लिखेंगी तो हमारे मन मुताबिक, हमारी सम्पादित किताबों के लिए, हमारी पत्रिकाओं के रुझान को देखकर।

सच में, क्या हम वही औरतें हैं, जो 'स्त्री-अवज्ञा' के खिलाफ आन्दोलन चलाने की चाह में घर से निकले थे? ओह नहीं...हम तो पतियों को छोड़ साहित्यपतियों की शरण में आ गए। क्या हमने इन आकाओं, सेनापतियों और

साहित्यिक सेना को बताया नहीं कि हम तो किसी आकर्षण, किसी निमन्त्रण और किसी नियन्त्रण से खुद को कब का मुक्त कर बैठे। बचपन से सीखे संस्कारों का मुलम्मा तोड़ बैठे। गीतांजलिश्री का उपन्यास 'तिरोहित' हो, सोना चौधरी का 'पायदान' और तो और छोटी-सी लड़की शिल्पी की जबरदस्त कहानी 'पापा तुम्हारे भाई' हो या अनामिका की कविताएँ, सबका सब कुलीनता में पालतू बनाई गई स्त्री, दहशत खाने वाली औरत होने से इनकार के स्वर में हैं। वेश्या, कुल्टा, बदचलन जैसे शब्द हमने नहीं बनाए। रंडी जैसा सम्बोधन आपने ही अपने बाहरी आनन्द को दिया है, इन शब्द और सम्बोधनों से हम क्यों लज्जित हों? 'रखैल' और पत्नी का विभेद पुरुषों के दायरे से निकला है। वैधता-अवैधता के चक्कर आप जानें। हम चेतना सम्पन्न स्त्रियाँ अपनी वैधता, नैतिकता, मर्यादा, सांस्कृतिक दक्षता खुद निर्मित कर रही हैं, पता है कि यह आपकी मान्यताओं पर भारी पड़ेंगी। आप कहेंगे हम विद्रूपता के कारण हैं, प्रतिरोध नाम की संक्रामक बीमारी लिए फिरते हैं।

बेशक आप साहित्य में शाइस्तगी और सजावट के साथ मर्यादा पसन्द करते हैं, मगर हम भी तो अपनी जिन्दगी तबाह होने देने की नैतिकता लेकर जीवित रहने नहीं आए। आप साहित्यिक मुकदमे की कोई अनकही दफा लगा देते हैं और हमारी अभिव्यक्ति को जुर्म की तरह घेर लेते हैं, मगर तब क्या कथाएँ रुक जाती हैं? या वे रहस्यमय षड्यन्त्र छिपे रहते हैं, जिन्हें बड़े आहिस्ते से उतारा गया? हम सती की पहचान से फिर इनकार करते हैं, बस इसलिए ही मानते हैं कि गिरफ्तारी देश निकाला जैसी सजाएँ हमारे 'इनकार' से ज्यादा प्रभावकारी नहीं। समझ में आ गया है कि मृत्यु की सजाएँ उन कुलांगनाओं को आसानी से दी जा सकती हैं, जो आज भी पतिव्रताओं के खोल में रहने का ढोंग पालती हैं। यह बात तो सरेआम मणिपुर की महिलाओं ने उजागर कर दी कि अब इस खतरनाक, साजिशपूर्ण समय से सुलह नहीं करनी। अपनी नैतिक मर्यादाओं के बरक्स स्त्रियों का निर्वस्त्र होकर जुलूस निकालना देखते जाइए। और अक्कू यादवों को चाकू से गोद-गोदकर मार डालने का स्त्री निर्मित कानून अपने न्यायालयों तक पहुँचा दीजिए।

लड़ाई लड़ने का चुनाव क्या होगा, यह स्त्री पक्ष ही तय करेगा कि हमारी ओर से यही है नारीवाद की नैतिकता। यही है पुरुष व्यवस्था के तंग रास्तों को खोलने का रास्ता और यही है सत्ता के किले को ढहाने का उपाय। इसमें ही तय होना है कि संचार माध्यम, प्रिंट मीडिया और सूचना के साधनों को कैसा होना होगा। क्रूर कारनामों को राजनीति का नाम देकर राजनीति का असली चेहरा बदलने का अर्थ क्या है? यही कि स्त्री डरी रहे, धर्म और आस्था के नाम पर आतंक का मतलब क्या है? आधी दुनिया को कामुक और व्यावसायिक उन्माद

का साधन और शिकार बनाना किस आधुनिकता में कौन-सी प्रगति मानी जाएगी? स्त्रियों को भी सावधान रहना है। गहने, कीमती कपड़े, उपहार, प्रशंसाएँ ऐसे जरिए हैं, जिनसे सबसे पहले जो चपेट में आता है, वह स्त्री-समाज है।

मुक्ति की दावेदारी

नैतिकता क्या होती है, क्या नहीं होती, स्त्रियाँ नहीं जानतीं। नैतिकता का दावा करने वाली और मर्यादा का मुकुट पहननेवाली स्त्री के सन्दर्भ में भी यह कथन बाकायदा लागू होता है, इसलिए कि नैतिक-अनैतिक माने जानेवाले नियम और उल्लंघन की सजाएँ मुकर्रर करते समय औरतों की राय नहीं ली गई। उनकी नैसर्गिक इच्छाओं, भावनाओं, अर्जित की हुई योग्यताओं, स्वाभाविक क्षमताओं तथा धैर्यपूर्वक कमाई हुई कार्य कुशलताओं के मद्देनजर सही-गलत, वैध-अवैध के विधान नहीं बनाए गए। अतः वे अँधेरे जल में तैरनेवाली मछली सी न जाने कब सीमा पार कर जाती हैं और भँवर में फँस जाती हैं। वहाँ उसे ताड़ना-प्रताड़ना और अन्य यातनाओं को सजा के रूप में भुगतना पड़ता है या जीवन के 'अन्तिम सत्य' की तरह खुद को गुनहगार की तरह देखना होता है। यानी कि जिसकी किस्मत फूटी थी, जिससे भाग्य रूठा था, जिसने पिछले जन्म में पाप किए थे, जिसकी इस जन्म में मति मारी गई। निस्सन्देह यह सब उसे दूसरे लोग ही, जिनमें पुरुष होते हैं या बूढ़ी स्त्रियाँ, बोध कराते हैं। जबकि बात सिर्फ इतनी सी होती है कि कृत्य से सम्बन्धित स्त्री लीक पर न चलकर अपने मालिकों के लिए कुछ असुबिधाएँ पैदा कर देती है और उसका 'अस्वीकार भाव' ही जघन्य अपराध के खाते में जाता है।

परम्परा का ध्वंस, जब कहा जाता है तो स्त्री औचक ही भौचक-सी देखने लगती है—परम्परा! मेरी स्वाभाविकता के विरुद्ध मुझसे ही कराए जाने वाले कृत्य परम्परा होते हैं? मर्यादा! वही न, जो मुझे ढँक-तोपकर, छेद बाँधकर, जाग्रत इन्द्रियों को सुन्न करके कारगर साबित होती है और उससे समाज सक्रिय है, सदियों से, हजारों वर्षों से आज तक...यही संस्कृति का रूप होता है। क्या कभी औरत से पूछा गया है कि यह संस्कृति उसको कितना सुख देती है, इस पर उसे कितना गर्व होता है? संस्कृति के कठघरे स्त्री के सुरक्षाघर हैं। यह मान्यता औरत

की महानता से जोड़ी जाती है। सामाजिक संस्कार सर्वोपरि होते हैं, यह अघोषित हुक्मनामा है। इन हुक्मनामों की उदूली (उल्लंघन) सामाजिक व्यवस्था में खलबली मचाती है, जिसे स्त्री अपनी गतिशीलता से जोड़कर देखती है। फिर तो बनाए गए कायदे-कानूनों की रक्षा में स्त्री के लिए कोड़ा उठा लिया जाए, तब भी वह उन्हें तोड़े बिना मानेगी नहीं। यही होता भी रहा है, यह तो आप भी मानेंगे न? स्वीकार कीजिए या इनकार, फर्क पड़नेवाला नहीं। कारण यह है कि पाप और पुण्य, अपराध और निरपराध जिन्दगी का जो बोध उसे मिला, वह पुरुषों द्वारा निर्धारित था/है और उन्हीं के सुख आराम का साधन है। इस दी हुई व्यवस्था को अस्वीकृत कर देने वाली स्त्री के खिलाफ जो बनना था वही बन पाया कि उसे बदनाम कर दिया। तिरस्कार और बहिष्कार के बियाबानों में फेंक दी। अपनी आचार संहिता के शब्दकोश में से रंडी, वेश्या, पुंश्चली और बदकार-बदचलन जैसे शब्द निकालकर वह उसके वजूद पर दे मारें। ये शब्द खासतौर पर उस औरत के लिए सुरक्षित और आरक्षित हैं, जो मनुष्य होने के नाते अपनी इच्छाओं का इजहार करती है। सपनों का हक रखती है।

स्त्री-पुरुष सम्बन्ध की नियमावली खूँखार कानूनों का पोथा है, क्योंकि इसमें पुरुष सम्बन्ध बनाता है, स्त्री सम्बन्धी बनती है, जिसमें ज्ञात कराया जाता है कि सामन्तों, विद्वानों और शास्त्रों के हिसाब से औरत को अपनी चेतना कील देनी है। मेरे खयाल में चेतना-सम्पन्न स्त्री 'निर्लज्ज' से गुजरती हुई 'कुल्टा' तक जा पहुँचती है। और ऐसी स्त्रियों को सजा देने के बाद, उनका क्या किया जाए, चिन्ता का विषय हो जाता है। समाज को पाक-साफ रखने के लिए देह मंडियाँ/रैडलाइट एरिया पुरुष व्यवस्था का न्यायकारी रूप दिखाते हैं। लाभ यह है कि ऐसी जगह रहनेवाली बदनाम और घृणित औरतें इज्जतदार पुरुषों की अहंकारभरी मर्दानगी को उस अमर्यादित रूप से तुष्ट करने के लिए बाध्य होती हैं, जिसे पत्नी अप्राकृतिक सम्भोग कहकर तौबा कर लेती है। पत्नी की तौबा को मान्यता मिल जाती है क्योंकि उसके सिर वंशोत्पादन की जिम्मेदारी है, साथ ही योनि शुचिता की शर्त लागू है कि सन्तान में रक्त की कोई मिलावट न हो। क्या इस कठिन व्रत को पालने की बात पुरुष सोचता है? नहीं, उसे खुद अपनी नीयत पर भरोसा नहीं, इसलिए सामाजिक व्यवस्था में पतिव्रत धर्म लागू हुआ और इसी कौशल पर स्त्री बन्धक होती गई। अपने पुरुष ने उसे हर तरह से सुरक्षित (कैद) किया क्योंकि वह पुरुष प्रजाति की कामुकता को अपने अनुभव से जानता है। यह दीगर बात है कि वहशी पुरुष के खिलाफ जब वह कुछ नहीं कर पाता तो स्त्री को बदचलन कहकर त्याग सकता है, इसका सबसे ज्वलन्त उदाहरण सीतापति रामचन्द्र हैं। वह उन्हीं की तरह राजा बन जाता है, जिसने नैतिकता का पक्ष लिया है। रामराज्य की सीमाओं के भीतर सीताओं का गुजर नहीं।

हम तो यह मानकर चलते हैं कि न तो नैतिकता किसी की बपौती है, न उसका बँधा-बँधाया रूप है। हर व्यक्ति अपनी नैतिक व्याख्या खुद करता है, उस मुकाम तक जाकर भी, जहाँ उसे गलत ठहराया जाता है। इसके अपने अलग कारण होते हैं। यदि ईमानदारी से छानबीन की जाए तो नैतिकता उस अनैतिकता के सामने टिक नहीं पाती, जिसमें मनुष्य अपने वजूद की रक्षा में आगे बढ़ता है, भले ही जिन्दगी दाँव पर लग जाए। यहाँ मुझे वह कहानी बार-बार याद आती है, जिसमें एक स्त्री के 'तथाकथित अनैतिक जनून' की शोकगाथा लिखी गई है। कब का समय, कब की बात...लगभग पैंतीस साल गुजर गए। 'सूली ऊपर सेज पिया की' शीर्षक से छपी राजेन्द्र राव की पाँच-छह किश्तों में 'पाप पुण्य से परे' को मैं आज भी नहीं भूली। अपनी तरुणाई भरी दोपहरों में मैंने वे कहानियाँ पढ़ी थीं, असफल प्रेम की कहानियाँ। स्त्री-पुरुष सम्बन्धों के आदिम दस्तावेज। नैतिकता पाप और अपराध तथा चाहत सपने और आकांक्षाओं की टकराहट में खूनमखून जिन्दगियाँ। स्त्री देह का आकर्षण और लक्ष्मण रेखाएँ तोड़ने वाली सीता का संकल्प...अपनी-अपनी तृप्ति और मुक्ति। उन कहानियों को पढ़कर बहुत दिन तक सहज नहीं हो पाई। गृहिणियों की जिन्दगी का रौंदा हुआ नक्शा...मुझ जैसी घरेलू औरतें बदहवास न हों तो क्या हों? बस गृहस्थी में ऐसे मन लगा लिया, जैसे हम श्री (कहानी की नायिका) के लिए प्रायश्चित्त कर रहे हों। इन कहानियों का जिक्र करना तो कुफ्र था। हमारे मर्दों ने कहा, बदकार औरतें।

'ऐसा क्यों हुआ?' इस प्रश्न पर विचार करने का हमें हक न था क्योंकि जो कुछ हमारे शील में लागू किया गया था वह तर्कातीत था। बस हमें सपने में भी बदकार औरत नहीं होना है, हमारा संकल्प नए सिरे से ताकतवर हुआ। अब नहीं पढ़ेंगे ऐसी कहानी...

मगर कम्बख्त 'श्री' हमारे भीतर प्रवेश कर गई और वहाँ छिप गई, जहाँ स्त्री की आत्मा रहती है, जिसे हम तब तक चेतना कहने लगे थे। क्या वह श्री ही नहीं थी, जिसके सौन्दर्य से हमारी आत्मा दीप्त हो उठी! कैसे पता चला हमें, बताएँ? यही कि मन की कालिमा हट गई और चेतना सी चमकने लगी, जैसे जुगनू उड़ा हो, अन्धकार के खिलाफ चमका हो। श्री के न लम्बे और रेशमी बाल दिखे, न गोरा चाँद-सा चेहरा नजर आया, न गुलाब की पंखुड़ियों से होंठ और न अनार की आकृति वाले स्तन। केहरि कटि, इजाफेदार नितम्ब, कदली जंघा और सफेद कपोत से पाँव...हमें नहीं नजर आए, क्योंकि हम स्त्री ही थे। पुरुष के हृदय-उद्गार की शक्ल में ये उपमाएँ माफ कीजिए किसी औरत ने तो बनाई नहीं।

श्री कहानी के हिसाब से बदचलन औरत है। उसकी आशनाई दम नहीं लेती। जो पति महोदय हैं, वे भी भूतपूर्व प्रेमी ही हैं। उनका विश्वसनीय चरित्र

देखिए कि अब पति हैं। शास्त्रीय मान्यता (भ्रम) यही है कि प्रेमी के मुकाबले पति ज्यादा भरोसेमन्द होता है। इस मान्यता पर औरतों की क्या राय है, शोध का विषय है। यदि हम जैसी औरतों से पूछा जाए तो जवाब यही मिलता है कि प्रेमी पुरुष पति बनकर ज्यादा ताकतवर हो जाता है और फिर स्त्री-पुरुष का सम्बन्ध मित्रता का नहीं, मालिक और दास का बनता है। कारण कि वैवाहिक विधान में अधिकारों की पूरी फेहरिस्त पति के हिस्से में आती है और कर्तव्यों की नैतिकता पत्नी के कन्धों पर लाद दी जाती है। बस यहीं स्त्री के प्रति भी मेरा मन शंकालु हो उठता है—वह प्रेम, प्रेम के लिए करती है या विवाह के लिए? प्रेम के आधार पर उसका यह कैसा मनोविज्ञान है कि विवाह का ठप्पा लगाकर ही प्रेम को सफल मानना चाहती है! यही बात प्रेमी की ओर भी लागू होती है। गहन से गहन विश्लेषण कर लीजिए, नतीजा यही निकलनेवाला है कि हमारे समाज में स्त्री-पुरुष सम्बन्धों की नैतिकता विवाह संस्था तय करती है और पारिवारिक बाड़ेबन्दी उसे पुष्ट करती है। मालिक और नौकर जैसा चलन वैधता पाता है। स्त्री की ओर से ऐसा इसलिए होता है कि वह जानती है। पुरुष का प्रेमी कहकर परिचय कराना, उसका अपराध माना जाएगा। पारिवारिक सम्बन्धों का हिमायती समाज पिता, पति, पुत्र, भाई, चाचा, फूफा, जीजा के अलावा ससुर, जेठ, देवर आदि के रूप में पुरुष को स्त्री का संरक्षक मानता है। जबकि हकीकत यह है कि पुत्र (जिसका निर्माण उसकी अस्थि-मज्जा से होता है) को छोड़कर वह किसी पारिवारिक सदस्य के साथ उतने उत्कट प्रेम से नहीं जुड़ी होती, जितनी प्रेमी से जुड़ी होती है।

गृहस्थ धर्म की नैतिकता ऐसी बेरहमी अख्तियार करती है कि स्त्री सिवा पत्नी के कुछ नहीं रह जाती। माँ बनती है तो तभी तक मान्यता पाती है, जब तक कि किसी पुरुष की पत्नी होकर माँ बने। बिना पति के उसका माँ होना भी अवैध और अनैतिक है। 'पाप पुण्य से परे' की नायिका श्री का उस गृहस्थ को निबाहते हुए दम घुट रहा था। लेखक राजेन्द्र राव चाहे इसे नैतिकता का निषेध मानें या सामाजिक वर्जनाओं, बन्दिशों और प्रतिबन्धों, अव्यावहारिकता का प्रभाव अथवा दैहिक आकर्षण के चलते प्लेटोनिक प्रेम की निस्सारता। हो सकता है, यह भी उस जटिल स्थिति का सरलीकरण हो। लेखक के अनुसार पर्दे की आड़ में चल रहे अन्तरंग मानवीय सम्बन्धों और संस्पर्शों को चित्रित किया गया है। प्रेम के समान्तर निरन्तर उत्कट होती जा रही यौनेच्छा को अंडर करेंट की तरह निर्बाध पाकर पाठक का मनोरंजन हो सकता है। यह खालिस प्रेम राग नहीं, देहराग भी है, शायद इससे भी कुछ अधिक...भारतीय मध्यवर्ग पर गुजरती नैतिकता, जिसका दूसरा नाम पाखंड है।

हम सब जानते हैं कि औरतें इस पाखंड के किले में अपनी चेतना को

मारती रहती हैं। मर्यादा की पथरीली दीवारों में आकांक्षाओं को चिनवा देती हैं। जिसे आत्मा का पवित्र जल कहते हैं, वह संस्कारों के पुराने सड़े-गले सूत्रों की सड़ाँध से बजबजा उठता है। औरतें सोचती हैं, मेढकों जैसा यही सुरक्षित जीवन है। बस साँसें चलती रहें, जिन्दा रहने का झूठा-सच्चा अहसास...

श्री इस अहसास को जाँचने-परखने लगी। श्री की गृहस्थी अपने स्त्री से मेढक हो जाने का मुख्य कारण लगी। पति, बच्चे और घर, उसका चेहरा गृहस्थिन का चेहरा...मुझे यहाँ वह कहानी याद आती है, जिसमें एक स्त्री का तहखाने में रख दिया गया था। चेहरे पर उल्लू का मुखौटा लगा दिया क्योंकि इसी रूप में उसके मालिक को वह प्यारी, सुन्दर और सैक्सी लगती थी। अपने पुरुष के प्यार में सब कुछ सहना ही तो प्यार की निशानी है। पतियों के लिए पत्नियाँ हद से गुजर जाती हैं, जान निछावर कर देती हैं, सती हो जाती हैं, बशर्ते कि वे अपनी योनि शुचिता को भंग न करें (पति कह दे तो बेशक करें)।

और श्री ऐसा कुछ न कर सकी। अपनी उम्र से दस वर्ष छोटे युवक के प्रेमजाल में पड़ गई। पाप, व्यभिचार, अपराध...पति के साथ धोखा करनेवाली पतिघातिनी, छिपते-छिपते उजागर हो गई, यानी कि भय त्याग दिया! ओह, शास्त्रों में ऐसी स्त्री को मृत्युदंड देने का विधान बताया गया है। श्री के पति सज्जन थे। बेशक सज्जन थे। वे श्री जैसा आचरण भी करते तो भी सज्जन कहलाते। पुरुष अपने से दस वर्ष तो क्या, बीस-तीस वर्ष छोटी लड़की से प्रेम ही नहीं करता, शारीरिक सम्बन्ध बनाता है और किसी को कोई ताज्जुब नहीं होता। कोहराम नहीं मचता। वह उस लड़की से शादी कर लेता है तो मामला किसी दफा में नहीं आता, सामान्य माना जाता है। कहा जाता—एक पुरुष के यहाँ क्या दो पत्नियाँ रह नहीं सकतीं? सामर्थ्य की बात है, चार रख लो। यह भी नैतिकता है, पुरुष की नैतिकता। वह राजा है। लोकगीतों में स्त्री अपने पति को राजा कहकर यों ही सम्बोधित नहीं करती। यों ही नहीं बहुत-सी गुहारें करती और वह यों ही नहीं अनसुनी कर देता, आखिर वह राजा होता है।

श्री नाम की औरत से स्त्री के लिए बनी नैतिकता जवाब माँगती है और श्री जानती है कि वह लाजवाब रहकर ही फबेगी। चुपचाप सिर झुका दो। मगर उसका सिर झुकता नहीं...कहानी पढ़ते हुए दहशत ने मुझे घेर लिया था। क्या सतीश नाम का लड़का उस स्त्री की जिन्दगी से ज्यादा महत्त्वपूर्ण हो गया था? उसी की चाहत, उसी की प्रतीक्षा और ऐसे सम्मिलन को आतुर कि जिसका नाम बेचैनी के अलावा कुछ नहीं हो सकता। घर-आँगन से बेजार श्री यह भी भूल गई कि सद्‌गृहस्थ पति स्त्री द्वारा किए गए इस जुल्मी खौफनाक गुनाह को बर्दाश्त नहीं करेगा। मानो पति से उसको स्वतन्त्रता पाने का भी अधिकार हो। उसने प्रेम को मुक्ति का द्वार माना हो। लेकिन प्रेम को अपने समग्र रूप में लेने का मंजर

तो तब बने, जब प्रेम के पूर्ण रूप को हम जानते-पहचानते हों। व्यक्ति की अपनी हीनताएँ, असुरक्षित होने की भावनाएँ, एकाधिकार की अहम्मन्यताएँ सिर उठाने लगती हैं और उसने जिस पर विश्वास किया होता है, उसी पर अविश्वास के खंजर फेंकना शुरू कर देता है। श्री के पति को सतीश नाम के लड़के का आना-जाना, श्री से संगीत सीखना, उसका देर तक रुक जाना स्त्री-पुरुष के अभिसार में बदलते दिखता है। यही कारण है कि वे उनकी बातें छिपकर सुनते हैं। सोने का ढोंग करके जागते हैं। अँधेरे कोनों में छिपकर पत्नी को लिखते-पढ़ते देखते हैं और फिर जमकर बन्धन डालते हैं। यथासम्भव पहरे पर रहते हैं। वे जो कुछ कर रहे हैं, नैतिक मूल्यों के लिए कर रहे हैं। औरत को गलत रास्ते पर जाने से रोक रहे हैं। श्री को समझ लेना चाहिए विवाह की वैधता में किसी अन्य पुरुष से प्रेम पाप है, अपराध है, यहाँ तक कि अपने पुत्र से भी...परिणीता स्त्री के सारे भाव एक ही दिशा में आवागमन कर सकते हैं, वह है पति की ओर खुलती दिशा।

तहरहाल मेरी समझ में जो आया, बता रही हूँ—श्री ने प्यार किया, क्या वाकई एक पुरुष की लालसा में किया था? या अपनी देह के अतृप्त कामना से विवश होकर खुद से दस-ग्यारह साल छोटे सतीश के प्रति आकर्षित हुई थी? मुझे लगा, श्री कह रही है, ऐसा कुछ नहीं था। बस वह गुनाह करती पाई गई तो यही कि ऐसी औरत नहीं बन पाई, जो परिवारों द्वारा बचपन से ही नजर झुकाकर जीने के लिए ढाली जाती हैं। वह पिता और पति की सत्ता में मालिकों के आदेशों पर नहीं चल सकी। और दोनों जगह गुनहगार की तरह रही। क्यों? श्री हाड़-मांस की औरत, जिसके भीतर आत्मा है, चेतना है, इसलिए परिवार में अपनी हैसियत से आतंक पैदा करने लगी क्योंकि उस मुक्ति का सपना टूटने लगा, जिसकी खातिर पिता के शासन से विद्रोह किया था—प्रेम फिर प्रेम विवाह। 'मैं अपनी जिन्दगी का फैसला दूसरे के हाथ में क्यों दूँ' इसी सवाल के काँटे से पिता के परिवार की बखिया उधेड़ डाली, उस फाँक से अत्यन्त बनावटी संसार दिखाई देने लगा।

उस औरत की आत्मा चीत्कार करती है, क्या वह लड़का सिर्फ लड़का ही था?

नहीं सतीश वह व्यक्ति था जिसने उस बन्द कमरे का द्वार खोल दिया, जिसमें अँधेरे भरे थे और श्री का मन चमगादड़ की तरह सिर पटकता था। स्त्री के संसार में विवाह जब सन्तान आने का रास्ता खोलता है तो उसके लिए तमाम दूसरे दरवाजे बन्द कर देता है। संगीत की अप्रतिम साधिका, प्रवीणा, मर्मज्ञा श्री के वाद्ययन्त्रों पर जाले चढ़ गए थे। उसकी सुरीली आवाज लुट गई थी। उसका शरीर बाकायदा पति और बच्चों को समर्पित था। सामाजिक धरातल पर संस्कार के रूप में, वह एक आदर्श स्थिति बना चुकी थी। भूल गई थी कि संगीत की

इसी मर्मज्ञता पर पति रीझे थे, जो अब मृतप्रायः पड़ी है। सतीश उसी प्रतिभा की मान्यता में उससे संगीत सीखने आया है। अपनी प्रतिभा ने श्री को झकझोर डाला। बहुत दिनों बाद उस कारागार में सतीश की आँखों के दीपक जले। बहुत दिन बाद उन आँखों के साए में श्री अपनी प्रतिभा के आमने-सामने हुई।

बहुत कुछ अनकहा-अनदेखा रह जाता है। स्त्री का जीवन केवल पारिवारिक स्तर पर सेवा और समर्पण के पर्याय के रूप में क्षरित होता रहता है। श्री अपनी प्रतिभा को नजरअन्दाज नहीं कर पाई। तब, जब पिता अपनी बड़ी हैसियत के अनुसार वर लाने की तैयारी कर रहे थे, श्री ने वर्तमान पति रूपी प्रेमी का हाथ पकड़ा था कि वह उसे अपनी प्रतिभा को विकसित करने का मौका अवश्य देगा। मगर चैतन्य हृदय में बजते तार जल्दी ही प्रसव वेदना में तब्दील हो गए। चूल्हे-चौके के रागों ने सारा समय घेर लिया। पति जैसा कहते गए, वह करती गई, इसी वाक्य में तमाम आग्रह, प्रार्थनाएँ और अस्वीकृतियाँ गुँथी हैं। समझ में यही आया कि बाहरी दुनिया मर्द की है और घर का किला (भले वह झोंपड़ी हो) 'घर की रानी' के लिए है। समाज की शान्त व्यवस्था अपने आदिम सम्बन्धों को इसी नैतिक रूप में परिभाषित करती है।

श्री जैसी औरतें परिवार की मर्यादा को ध्वस्त करती हुई समाज की शान्त व्यवस्था में खलल डालती हैं। स्त्री की चेतना, प्रतिभा और क्षमता के विकास से जरूरी मानी गई है उसकी सामाजिक सफलता। क्या मेरे दाम्पत्य जीवन की सफलता में श्री ही पहली औरत थी, जिसने बागी होकर बिसात पलट दी? सतीश प्रेमी नहीं, उसकी अपनी पहचान का दर्पण बना, जिसे वह किसी हालत में छोड़ना नहीं चाहती। अपने सुन्न सन्नाटे भरे घर से वह डरती है, पति से नहीं। और उसी गृहस्थ को छोड़कर 'सतीश के साथ' की चाह में भाग जाती है। वह मीरा नहीं थी कि कृष्ण के भगवान रूप का आसरा ले पाती और अध्यात्म का हवाला देकर सरेआम सतीश सतीश पुकारती। मगर इकतारा उसके पास था, जो उसकी चेतना के तार को सुरक्षित बचा पाया। पति और बच्चों को छोड़कर भागनेवाली औरत, परिवार और समाज की अपराधिनी, मर्यादा के नाम पर बदनुमा धब्बा। घृणित और संगीन सजा की अधिकारिणी। ऐसी बहिष्कृत, जिसको केन्द्रीय समाज पायदान के सिवा कुछ नहीं मानता, अपनी गन्दगी उसके शरीर से गुजार देने का लाइसेंस उन पुरुषों को मिल जाता है, जिन्हें नैतिकता का प्रतिनिधित्व करते हुए खुद को मिसाल की तरह पेश करना है।

और...नैतिकता का अपना दुमुँहापन, इसमें झाँकिए जरा गौर कीजिए। ईमानदारी से कहिए कि आपने क्या देखा? देखा न कि पुरुष जब गृहत्याग करता है तो वह महापुरुष बनने की राह पर चलता हुआ माना जाता है। सिद्धार्थ हों या नरेन्द्र, घर से जाकर बुद्ध और विवेकानन्द के चोले में पहचाने गए। दयानन्द

सरस्वती या शंकराचार्य अथवा गाँधी, विनोबा सभी तो गृहत्यागी थे। इनमें से गृहस्थधर्म के साथ किसने न्याय किया? मगर वे महान हुए। राम और कृष्ण का गृह-त्याग तो भारतीय मानसिकता के लिए आदर्श है। इनके अलावा जो घर छोड़ते हैं, भले वे डकैती के लिए घाटी में कूदें, डाका डालें, कत्ल करें, कोई उनको चरित्रगत अश्लील लांछन नहीं देता। वे बागी माने जाते हैं। मानसिंह, मौहरसिंह, मलखान सिंह से लेकर विक्रम मल्लाह तक और ददुआ, लोकमन तक एक से एक उदार हृदय, उजले चरित्र के स्वामी हैं, जिन्होंने व्यवस्था से, सरकारी तन्त्र से विद्रोह किया, उनकी दिलेरी और बहादुरी के गीत गाए जाते हैं। लेकिन औरत का घर छोड़ना, शुरू से ही उसे बदचलन सिद्ध करने का मामला बना दिया जाता है। अपनी छाती पर हाथ धरिए और शपथ खाकर कहिए कि 'बैंडिट क्वीन' में फूलन देवी को भरसक न्याय देने की कोशिश करते हुए भी लालाराम को उसका बलात्कार करते हुए दिखाना क्या उस औरत को मिट्टी में मिलाते हुए अपवित्र घोषित करना नहीं था? यानी कि वह अब सिर्फ बलात्कार के लिए उपलब्ध है, जंगल में हो, या रैडलाइट एरिया में। क्या लालाराम के लिए भी यह कानून लागू होता है? औरत तो जैसे इसी सम्बन्ध के लिए बनी है। समाज में प्रचलित नैतिकता ने स्त्री को सिर्फ मादा माना है। चेतना सम्पन्न व्यक्ति होने का अधिकार उसे नहीं। यहीं जब वह इस ऐयाश व्यवस्था को अस्वीकृत कर देती है तो सजाएँ इतनी संगीन हो जाती हैं कि वह कुंठित होती-होती विक्षिप्त हो जाए।

क्यों होता है ऐसा? 'क्यों' शब्द स्त्री को दी गई भाषा में शामिल नहीं। ईश्वरीय आदेशों पर 'क्यों' नहीं लगाया जाता। आदेशों पर बहस नहीं की जा सकती। अगर विद्रोह करती है तो उसका अपना वजूद टूटता है। जान के लाले पड़ जाते हैं। इसलिए ही तो यह नैतिक नियम तय किए गए कि मर्द की सुख-सुविधा के लिए ऐसी औरत चाहिए, जो उसकी खोह में रहे, गुफा में कैद हो। औरत को तभी तक प्यार किया जा सकता है, जब तक कि वह आदमी के वश में रहे।

श्री ने गजब किया। वह असहमति और अस्वीकार का पर्याय बन गई। मना में सिर हिलाने वाली औरतें कमल की पंखुड़ी नहीं, गूलर के फूल हो जाती हैं। खतरनाक, भयानक, डरावनी। इसे रास्ते पर कैसे लाया जाए? यानी कि वह कोमलता कहाँ से आए, जिसको साधना उसे बचपन से सिखाया गया है? झूठ, फरेब, बेईमानी, जिनसे श्री को काबू करने की कोशिश की गई। पति मर्यादा के लिए सब कुछ कर रहे थे। नैतिकता का यही ढंग उस सतीश को भी रास आया, जो उसकी राहों पर चिराग की तरह सजा था। 'औरत को गर्भवती बनाकर खिसक लो' यह सिद्धान्त सदियों से चला आ रहा है। औरत को प्यार के बदले गर्भ मिलता है, यह अजूबा तो नहीं। सतीश से कौन सवाल करेगा? श्री जब बदकारी

के खाते में चली गई। यही माना गया कि पति ने जो किया पत्नी और गृहस्थी को व्यवस्थित करने के लिए किया, प्रेमी ने जो किया श्री के प्यार के लिए अनन्य त्याग किया। दोनों के दोनों आदर्श पुरुष। यही आदर्श व्यवस्था इन दिनों इमराना नाम की औरत को अपना खूँखार चेहरा दिखा रही है। बलात्कारी ससुर अपनी पुरुष नस्ल के कठमुल्लों के फतवे से बरी ही नहीं हुआ, उसे इनाम में इमराना के रूप में जवान औरत मिल रही है,-बूढ़े की मर्दानगी! पति पाँच बच्चे पैदा करने के बाद इमराना का बेटा माना जाएगा, क्योंकि अब इमराना शौहर के लिए हराम है। बेशक पति को भी नई नकोर (अक्षत योनि) लड़की मिलेगी।

ओह! पुरुष सत्ता का शिकंजा! हम औरतें इस शिकंजे में बुरी तरह जकड़ी हैं। या तो उनका फैसला मानो या दर-ब-दर की हो जाओ। कैसा इन्साफ है! कि पुरुष-एकता ही धार्मिकता और नैतिकता है?

श्री इसी नैतिकता की धज्जियाँ उड़ाने लगी। संगीत कला में प्रतिभा-सम्पन्न स्त्री श्री का जज्बा निश्चित ही उस औरत से मेल नहीं खाता, जिस पर कोई फतवा असर करे, भले वह भयानक समाज से विद्रोह करके पागल हो जाए, आत्महत्या करे या सपने आँखों में ही पथरा जाएँ, जो हुआ कुछ करके हुआ। पुरुष सोचता है, मांस के लौंदे में तब्दील की गई औरतें अपनी कहानी के साथ गुमनाम ही दफन हो जाएँगी।

मांस, जीवित मांस का उपभोग ही स्त्री की कीमत है, यह जीवित मांस पुरुष के इशारे पर हरकत में आता है और बेहरकत होता है, तब माना जाता है कि वह अपना नैतिक चरित्र निभा रही है। इसी मान्यता के आधार पर स्त्री को लेकर गाँवों में यह कहावत प्रचलित है कि 'मांस खाओ, हाड़ गले में मत लटकाओ', यह कहावत पुरुष की अपनी सुरक्षा का सूत्र है। अंग्रेजी में हम इसे Use and Throw कहते हैं। 'काम चलाओ और जान छुड़ाओ' यह नियम आज का नहीं सदियों पहले से जारी है। इसी सुरक्षा-कवच से मर्द कहीं फँसता नहीं है। जो करना है करो, मगर इसे सार्वजनिक मत होने दो। आँख ओझल, पहाड़ ओझल होता है। मेरे खयाल में सन्तों ने, शास्त्रों ने पुरुष व्यवस्था के हित में ही स्त्री को झूठी, ठगिनी, दूती आदि विशेषण दिए हैं। और पुरुष नैतिकता की इस एकता पर हर पुरुष को गर्व है।

पिछले दिनों मर्द-नैतिकता को एक मर्द ने क्षति पहुँचाई क्योंकि उसने मांस खाया और हाड़ गले में लटका लिए। वह दूर से ही दिखाई देने लगा कि औरत का संग-साथ करने का अभ्यस्त है। किस बिरादरी का है? फलाँ का। पोल खुल गई पूरी मंडली की, उस पंथ की, जिसके दामन पर अब तक दाग नहीं। सबके सब अवसन्न, जैसे साँप सूँघ गया हो और जब होश आया तो साँप जैसे फन काढ़कर खड़े हो गए, यह कौन है नादान, पोल खोलता है। नादान बोला,

पोल होती है, तभी तो खुलती है। बस फिर क्या था, उस पर इतना थूका गया जैसे वह थूक में नहाकर ही पवित्र होगा। इतनी गालियाँ दी गईं, जैसे उसका जीवन ही अब गाली हो। बड़े-बूढ़े निर्बल हो जाते हैं सो दयालु बन जाते हैं, समझाने लगे, क्यों बेटा, तुम हाड़ फेंकना भूल गए थे या जान-बूझकर हाड़ों की माला पहने चले आए? अब देखो अपनी गलती, अब तो औरतों की कही बातें सच्ची मान ली जाएँगी। तसलीमा नसरीन और अतिया दाऊद जैसी बदकार माने जानी वाली औरतें, जो लेखकों, सम्पादकों और वामपन्थियों के लिए आँय-बाँय बक रही हैं, उन्हें हम झूठी और मक्कार कैसे कह पाएँगे? बदनाम कैसे कर पाएँगे? देश निकाला दिया है, कहीं वापस न लेना पड़े। यह तुमने साहस किया बेटा या कि नस्ल-द्रोह किया? सदियों से चली आ रही हमारी महान परम्परा का नाश कर डाला। जाओ, कुछ दिन हमसे दूर रहो। हम नहीं बोलते तुमसे रामशरण जोशी, जब तक कि तुम प्रायश्चित्त नहीं करते। हमें किसी स्त्री को फाँसकर, खरीदकर या हमदर्दी देकर, मनमाना सुख लूटकर दिखाओ और ताल ठोंकते हुए चले आओ कि तुममें क्या बाँकी मर्दानगी है। इसी मर्दानी ताकत पर तुम सर्वहारा की लड़ाई लड़ सकते हो। बेटा, तुम हमारी नीति पढ़े, पर गुने नहीं। सोचो, हमने पूँजीपतियों के विरुद्ध मजदूरों की लड़ाई तो लड़ी है, सवर्णों के विरुद्ध दलितों की बात भी जब कभी आ जाती है, मगर पुरुषों के खिलाफ स्त्रियों की टोलियाँ कभी नहीं बनाईं। अलबत्ता अपनी टोली में उन्हें मिलाया जरूर है कि वे हमारी मुहिम में शामिल होकर संख्या बढ़ाएँ?

श्री जैसी औरत के शरीर को दो पुरुषों की निरंकुशता का इतिहास काबू में करना चाहता था, एक निर्लज्ज इतिहास, जिसमें यह भी लिखा गया कि 'मुझ जैसे लड़के को अपनी लड़की कौन देगा?' (श्री के प्रेमी की तड़पती हुई लालसा)। श्री का मांस मज्जा भकोस लिया, हाड़ फेंक दिए। मुँह पोंछ लिया। अब तलाश है विवाह के लिए कुँआरी कन्या की। यही है नैतिकता...रामशरण जोशी, तुम किस अपराधबोध के मारे थे, जो हाड़ नहीं फेंक पाए? यदि एक साहस और कर सको तो कहूँ कि अपने साथियों से कहो, आओ मांस खाने वालो, समाज सुधारक, शोधकर्ताओ, अध्यापको और शोध-प्रबन्ध गाइड करनेवालो, आओ इंजीनियर्स, डॉक्टर्स और पुरातत्त्ववेत्ताओ, उसी सरजमीं पर चलें एक बार, जिस पर निरीह तबाह स्त्रियों के रूप में लखनपालों के खून के धब्बे फैलकर सूख गए हैं, उनकी हड्डियाँ जानवरों ने छोड़ दी हैं, आओ, चुपके से उस मंजर का भी मजा लें।

□□□